DAS BUCH

In einer Sylter Klinik sterben mehrere Patienten an einer rätselhaften, unbekannten Krankheit. Ohne etwas davon zu ahnen, beobachtet zur selben Zeit Tierarzt Dr. Hamm, Urlauber auf Sylt, sonderbare Symptome bei Rindern. Und warum bestreitet der Besitzer den Tod einer Kuh? Dann bricht unter den Syltern eine wahre Epidemie aus. Besteht ein Zusammenhang zwischen den Erkrankungen von Menschen und Tieren? Hamm, leidenschaftlicher Wissenschaftler, recherchiert fieberhaft, entdeckt vergiftetes Wasser und warnt davor. Aber die Behörden schauen weg, Lobbyisten verhindern Gegenmaßnahmen, Filme verschwinden, Hamm wird sogar verfolgt. Aber ist das Wasser wirklich die Ursache oder steckt noch mehr hinter dieser mysteriösen Sache? Als die Klinik unter Druck gesetzt wird, die Todesfälle zu verschweigen, gibt es nur noch Hamm und die junge Friesin Gotje Nommensen, die den Kampf gegen die Seuche und die Beschränktheit der gefährdeten Sylter führen …

DIE AUTORIN

Silke Jensen hat deutsch-schwedische Eltern, wurde 1946 in Lübeck geboren und wuchs in Schweden auf. Sie hat in Gießen Veterinärmedizin studiert und in Bakteriologie promoviert. Zehn Jahre arbeitete sie als Wissenschaftlerin in einem internationalen Forschungsinstitut. Seit 1980 lebt sie in Nordfriesland, sie ist verheiratet und hat zwei Kinder. Seit 1985 arbeitet sie als freie Schriftstellerin. Silke Jensen ist Spezialistin für BSE.

Silke Jensen

Das Sylt-Virus

Roman

Ullstein

Ullstein Taschenbuchverlag
Der Ullstein Taschenbuchverlag ist ein Unternehmen der Econ Ullstein List
Verlag GmbH & Co. KG, München
Originalausgabe
1. Auflage 2002

Lektorat: Barbara Lauer, Bonn
Umschlagkonzept: Lohmüller Werbeagentur GmbH & Co. KG, München
Umschlaggestaltung: Bezaubernde GINI, München
Titelabbildung: Corbis, Picture Press
Gesetzt aus der Sabon
Satz: Pinkuin Satz und Datentechnik, Berlin
Druck und Bindearbeiten: Clausen & Bosse, Leck
Printed in Germany
ISBN 3-548-25286-9

Prolog

If you do not like what a scientist is saying,
get another scientist.

Ostsylt Über dem Meer im Osten zeigte schon ein schmaler Streifen Helligkeit den dämmernden Tag an. Aber noch war Zeit. Noch lag tiefe Schwärze über der Weide, auf der zwei Männer ein Loch gruben.

Ein dritter hielt Wache auf dem Feldweg, der einzigen Richtung, aus der sich jemand nähern konnte, was fatal gewesen wäre. Sie wussten nur zu gut, dass sie gerade dabei waren, gegen das Tierseuchengesetz zu verstoßen.

»Wie tief noch, Vater?«

»Mindestens zwei Meter.«

»Da unten ist aber Wasser …«

»Und wenn schon. In die Stiefel wird es dir nicht hereinlaufen.«

Der junge Mann murrte unhörbar und grub weiter. Der Kleiboden war schwer, verfestigt von den Tritten der Rinder. Auch war er nie gepflügt worden, weil er für den Ackerbau zu nass war. Große Erdklumpen rutschten an den Seiten herab und der Sohn fühlte sich wie in einem Brunnenschacht.

Stunden schienen vergangen und das Loch war weit wie ein Badezimmer geworden, als sein Vater endlich mit gedämpfter Stimme herunterrief: »Lass gut sein, Ove! Komm hoch!« Er ließ ihm die Leiter herunter.

Dann schleiften sie das Rind an den Rand der Grube.

Der Vater keuchte, als er die Taschenlampe auf den Kadaver richtete. »Will verdammt sein, wenn ich so etwas schon einmal gesehen habe«, fluchte er. »Eine kaum tote Kuh ist doch nicht steif wie ein tiefgefrorenes Stück aus dem Kühlhaus! Wir müssen die Beine an den Gelenken abschneiden und daneben legen. Hol das Schlachtmesser.«

»Seid ihr bald fertig?«, zischte der Nachbar, der im Schatten des Anhängers stand, aber jetzt schon deutlich erkennbar war. »Junge, es wird bald hell ...«

»Reg dich nicht auf, so früh kommt keiner auf die Weide«, antwortete Ove. »Das Vieh sperrt sich noch ... Mit dem stimmt wirklich etwas nicht. Aber wir fangen gleich an zu schaufeln. Du kannst schon mitkommen.«

Er beeilte sich, zu seinem Vater zurückzukehren. Der riss ihm das Messer aus der Hand, machte einen tiefen Schnitt in das Fleisch des Rindes und stemmte sich auf den Vorderlauf, der sich mit einem Knacken an den schwarzweißen Leib legte. Das Brechen der Gelenke hörte sich widerlich an.

»Komm jetzt!«, schnauzte sein Vater. »Soll ich alles allein machen?«

Zu dritt rollten sie den Kadaver über die Erdmassen in das Loch hinein. Ove putzte sich die Hände im taunassen Gras ab und machte sich dann mit Feuereifer ans Zuschaufeln.

Als sie die Erde festgetreten und das Grab mit den ausgestochenen Grassoden bedeckt hatten, dämmerte es. Ove sammelte die Schaufeln ein, um sie zum Auto zu tragen. Entgeistert blieb er vor seinem Vater stehen.

»Beweg dich, Ove! Lernt ihr auf der Universität nicht mal das?«

»Sieh dich an, Vater«, flüsterte Ove.

Auch der Nachbar verzog angeekelt sein Gesicht.

Die Hände des Altbauern waren nass von wässerigem Blut, dessen Farbe stellenweise ins Bräunliche spielte. Und an seiner blauen Jacke klebten lange rosa Fetzen, die vor kurzem noch das Flotzmaul des Rindes gewesen waren. Stinkender gelblicher Schleim hielt sie am Stoff fest.

»Das war keine Maul- und Klauenseuche«, sagte der Nachbar bedächtig.

»Natürlich war es keine MKS!«, fuhr der Alte ihn gereizt an und entledigte sich der Jacke, so schnell er konnte. »Ich wusste schon, warum ich das Mistvieh verschwinden lassen musste. Bloß kein Aufsehen!«

Teil 1

Mit der schwarzbunten Kuh hatten auch alle anderen Organismen, die auf ihr, in ihr und von ihr lebten, ein plötzliches Ende gefunden: Die Larven der Dasselfliegen hielten zwar ihre Atemöffnungen noch eine Weile offen; die borstigen Stacheln der Leberegel aber wurden weich und blieben in Blut und Lebergewebe stecken; die zwirnsfadendünnen, grauen Lungenwürmer erschlafften und streckten sich.

Die nützlichen Bakterien des Magens und des Darms beendeten ihre Verdauungstätigkeit, lange bevor die sinkende Körpertemperatur des Wirtes ihren Stoffwechsel lahm legte und die entstehenden Methangase ein ihnen feindliches, tödliches Milieu schufen.

Und auch die Viren, die in einigen Zellen des Rinderkörpers schmarotzt hatten, wurden abrupt an der Weitergabe ihrer Erbinformation gehindert. Sie waren ohnehin ein Irrtum der Natur.

Kapitel 1

»Erledigt«, sagte Thomas Hamm munter und legte die Injektionsspritze weg. »Ein Glück, dass wir noch nicht so viel Kummer mit unbekannten Infektionen haben wie unsere Kollegen in der Humanmedizin.«

Herr und Hund starrten ihn gleichermaßen überrascht an. Die acht Jahre ihres Zusammenlebens hatten sie einander immer ähnlicher werden lassen.

Hamm fühlte sich bei seinen Überlegungen ertappt. »Oder, vielmehr«, korrigierte er sich, »sind die Tiere wohl ebenso befallen von Bakterien und Viren, aber wir identifizieren sie nicht.«

»Wollen Sie damit sagen«, fragte ihn der Besitzer der großen, fast weißen Dogge in streitsüchtigem Ton, »dass die Tiere Ihnen wurscht sind? Sie behandeln sie nicht sachkundig?« Seine eisgrauen Augenbrauen zogen sich bedrohlich zusammen.

Die Dogge richtete ihre goldbraunen Augen auf Hamm und zog leicht die Lefzen hoch. Kein Lächeln, eine Warnung. Ihre Zähne waren wie die ihres Besitzers ausgesprochen weiß. Fleischfresser, dachte Hamm und behielt die Hand des Mannes im Auge, die das Kettenhalsband umschloss und allmählich weiß vor Anstrengung wurde.

Die Dogge begann entschlossen vorwärts zu tappen.

Hamm rührte sich nicht. »Du meine Güte«, sagte er,

»selbstverständlich behandeln wir sie nach bestem Wissen. Aber ist Ihr Hund vielleicht krankenversichert? Können Sie die hohen Kosten bezahlen für Laboruntersuchungen, die sich womöglich über Wochen erstrecken? Und vor allem, wollen Sie das überhaupt? Nur um zu erfahren, dass Ihr Hund vom Morbillivirus befallen ist, der genauso wenig behandelt werden kann wie ein Herpes, HSV oder XYZ?«

»Stellen Sie erst einmal fest, was für ein Virus es ist, damit Sie wissen, ob Sie überhaupt behandeln können«, knurrte der Hundebesitzer, »dann werde ich feststellen, ob ich bezahlen möchte.« Die Dogge ließ ein tiefes, dröhnendes Bellen ertönen.

»Okay, okay«, sagte Hamm friedfertig und ging zur Tür, um beide zu entlassen. Die Tür fiel hinter dem letzten Patienten dieses Tages zu. Erleichtert wusch er sich die Hände, irgendeine alberne Melodie auf den Lippen.

Dieser Freitag war nicht nur der letzte Tag vor dem Wochenende, sondern vor seinen Ferien. Er zog den Kittel aus, warf ihn in den Korb für Schmutzwäsche, zupfte vor dem Spiegel seinen krausen rötlichen Kinnbart zurecht und strich sich über die lockigen Haare, die einen Ton heller waren. Dann ging er in den angrenzenden Raum, wo eine seiner Sprechstundenhilfen fieberhaft an der Buchführung arbeitete. »Na, noch immer nicht fertig?«, fragte er und stützte die Ellenbogen auf den Tresen.

Sie ließ die Finger auf den Tasten des Computers ruhen und sah auf. »Ich habe es bald geschafft, Dr. Hamm«, sagte sie.

»Fein.« Hamms Gedanken kehrten zu seinem letzten Patienten zurück. »Der kommt wieder«, prophezeite er. »Sagen Sie meinem Vertreter, dass der Mann zu den Querulanten gehört. Er soll behutsam mit ihm umgehen. Als Kunden will ich ihn nicht verlieren, auch wenn er ein absolutes Ekelpaket ist.«

Seine Helferin nickte. »Ich werde ihn warnen. Erholen Sie sich gut.«

»Ach, erholen kann man sich bei dem Rummel auf Sylt doch nicht.« Er grinste. »Will ich ja auch nicht. Allerdings, in Diskotheken und Bars rumzuhängen habe ich auch keine Lust. Vielleicht kann ich dort tauchen oder segelfliegen.«

»Warum fahren Sie denn da hin?«

»Meiner Frau zuliebe. Ich hab es ihr versprochen«, erklärte er knapp. Er stieß einen leisen Seufzer aus, drehte sich um und betrachtete gleichgültig den noch nicht geputzten Praxisraum.

Kleine Blutspritzer unterhalb des Behandlungstisches, der gleichzeitig Operationstisch war, ließen erkennen, dass hier angewandte Wissenschaft praktiziert wurde, abhängig von den Forschungsergebnissen in Universitäten und Pharmafirmen. Hamm hielt seine Praxis auf dem neuesten Stand, aber sein Herz hing nicht an ihr …

Seine große Liebe wäre die Wissenschaft gewesen. Und im Urlaub Segeln. Am liebsten hätte er seinen Urlaub in Griechenland auf einem Kaiki verbracht; die moderne Gin Fizz beim ersten gemeinsamen Segeltörn war bereits ein Kompromiss gewesen, ein Zugeständnis an seine Frau. Aber in diesem Jahr hatte sie auch dies kategorisch abgelehnt. Sylt war ihr recht gewesen.

»Sylt soll echt gut sein.«

Hamm schrak hoch. »Ja, Sylt soll gut sein«, murmelte er, klatschte mit der flachen Hand auf die Theke und verließ seine Praxis.

Die Wohnung lag ziemlich weit von der Praxis entfernt. Mainzer Landstraße, Galluswarte, Platz der Republik. Stickig war es und staubig. Am Messegelände atmete Hamm auf. Ab hier waren die Staus zu dieser Tageszeit nicht mehr schlimm. Als er seine Wohnung in Westhausen endlich erreicht hatte, war es bereits dunkel. Die fünf großen Zimmer waren hell erleuchtet.

Margrit saß mit hochgezogenen Knien auf dem mit weichem hellen Stoff bezogenen Sofa und studierte eine Zeitschrift. Ihre enge Lederhose spannte an den Oberschenkeln, aber sie konnte sie gut tragen. Sie blickte auf, als er näher kam. »Wollen wir's nicht mit Golf probieren?«, fragte sie. »Oder Heißluftballon. Auf Sylt gibt es alles.« Sie schlang die Arme um seinen Nacken und zog ihn zu sich herunter.

»Meinetwegen Golf, Tauchen oder Raketenfliegen«, antwortete Hamm gut gelaunt. Immerhin hatten seine Ferien in dieser Minute begonnen. Er küsste seine Frau zärtlich auf beide Nasenflügel. »Schon fertig mit Packen?«

Margrit ließ ihn so abrupt los, wie sie ihn eingefangen hatte, und griff wieder nach ihrer Zeitschrift. »Nein, ich hatte noch keine Lust. Außerdem war ich beim Frisör, habe ein paar Einkäufe erledigt, weißt du, den Badeanzug, den ich so gerne haben wollte ...«

»Aber der kostete doch über dreihundert Mark!« Hamm war entsetzt. »Kaum ein Stückchen Stoff und dafür so viel Geld! Des Kaisers neue Kleider ...«

»Ach, lass mich doch!«, rief Margrit wütend. »Sei nicht so engstirnig. Für Sylt braucht man so etwas. Sonst glauben die Leute noch, ich sei deine arme Verwandte.«

Hamm nickte. Er drehte sich um und ging zum Regal, das die lange Seite des Raums einnahm; schwarz gebeizte

Holzbretter auf schlichten Metallstollen nahmen seine luxuriöse Musikanlage auf und wenige Bücher, die wie Skulpturen angeordnet waren. Das war Margrits Werk, ihm selbst war es gleichgültig, wie sie standen, nur zur Hand sollten sie sein. Daneben seine Teddybären. Er nahm einen auf und streichelte das knubbelige, abgegriffene Fell, ohne zu wissen, was er tat. Er wollte keinen Streit, schon gar nicht jetzt. Ein neuer Autoklav für die Praxis wäre wichtiger gewesen, aber er verkniff sich die Bemerkung, setzte das Plüschtier wieder hin und goss sich einen Gin ein.

Margrit beobachtete ihn aus dem Augenwinkel, während sie sich eine Zigarette anzündete.

Hamm warf ihr einen Blick zu. »Wolltest du nicht mit dem Rauchen aufhören?«

»Das sagst du nur, weil du aufgehört hast, stimmt's?«

Er fühlte sich erwischt und sie lächelte triumphierend.

»Der Zug geht um kurz nach neun. Wir müssen mit dem Packen anfangen. Du bist sowieso immer so spät dran ...« Hamm brach ab. Eigentlich hatte er das gar nicht sagen wollen, aber Margrit brachte es immer wieder fertig, ihn zu provozieren. Glücklicherweise hatte sie den letzten Satz nicht mehr gehört.

»Sei doch nicht immer so pedantisch«, sagte sie abfällig. »Wir sind jung, wir wollen unseren Spaß haben. Aber du denkst immer nur darüber nach, was du in der nächsten Minute tun musst. Oder ich. Die Praxis, der Zug, die Koffer. Irgendwie und irgendwann werden wir schon fertig werden. Wenn wir es morgen nicht schaffen, fahren wir eben übermorgen.«

Die Reservierung, dachte er und schwieg verbissen. Das Geld wirft man doch nicht so einfach weg.

Margrit hing anscheinend inzwischen anderen Gedanken nach, worüber er ganz froh war. Ihre Lippen wurden plötzlich schmal, ihr Nasenrücken scharf. »Wenn's wenigstens die Praxis wäre«, fuhr sie gehässig fort. »Damit lässt sich ja ganz gut Geld machen, jedenfalls Kollegen von dir tun es. Aber das ist es nicht einmal. Deine Bakterien sind es, die du in Wahrheit liebst. Wenn du mich nicht kennen gelernt hättest, säßest du immer noch als Assistent an der Universität. Für einen Hungerlohn, um es mal deutlich zu sagen.«

»Das nun auch wieder nicht«, murmelte Hamm müde, weil sie das Thema immer wieder aufwärmte. »Ich hätte mich habilitiert.«

Die Glasplatte des Tisches kreischte schrill, als Margrit ihr Glas abstellte. »Professor, was ist das schon. Glaubst du, mit dem Titel kann man heutzutage jemandem imponieren? Eindruck schinden könntest du, wenn du genug Geld verdienen würdest, um uns anständig zu ernähren!«

»Bitte nicht schon wieder!« Hamm wandte sich erbittert ab. Selbst an diesem Abend musste sie wieder den alten Streit heraufbeschwören. Was sollte er denn noch tun? Alle Zugeständnisse, die in diesem Hause gemacht wurden, gingen von ihm aus. Sylt war der letzte Versuch.

Er ging hinüber ins Schlafzimmer und fing an zu packen. Einige Zeit später schlenderte Margrit mit der Zigarette zwischen den Fingern hinter ihm her und sah seiner hektischen Tätigkeit mit amüsiertem Lächeln zu.

Der Zug flog durch die Landschaft, Mainz und Köln rasten vorbei, in Bremen stiegen mehrere Fahrgäste mit schwarzen Aktenkoffern ein. Margrit verzog ihr Gesicht, als sie ihre Zeitschriften und die Handtasche von dem freien Sitz neben sich räumen musste. Hamm betrachtete verstohlen die beiden Männer, die zugestiegen waren. Den Typ kannte er von früher; das waren keine Manager aus dem kaufmännischen Bereich. Die waren ihm seelenverwandt.

Er hatte sich nicht getäuscht.

»Die 0-Antigene beweisen es doch fast«, sagte der eine, ein Dunkelhaariger mit einer Narbe an der Wange.

Typisch: Schmiss einer schlagenden Verbindung, dachte Hamm. Vielleicht auch ein Veterinär. Irgendwie erkannte man sich. Juristen und Soziologen waren anders.

Der andere schüttelte den Kopf. »Ach, keine Spur«, widersprach er, »außerdem ist es nur noch von akademischem Interesse. Syphilis interessiert nicht mehr, seit die Menschheit mit immer neuen Virusarten beglückt wird. Ich wünschte, ich wäre Virologe. Der Virologie und der Genetik gehört die Zukunft. Zu meiner Zeit war es die Bakteriologie.«

Margrit legte ihre Hand auf Hamms Knie. »Wir haben Urlaub, bitte, Thomas«, flüsterte sie.

»Ja, eben.«

»Ich wollte dir gerade etwas Witziges erzählen …«

»Später«, sagte er. Im Moment interessierten ihn die Erlebnisse seiner Frau nicht, während Nachrichten aus der Welt der Wissenschaft immer noch eine unwiderstehliche Faszination auf ihn ausübten.

Um sein Interesse nicht allzu offen zu zeigen, sah er aus dem Fenster. Flache norddeutsche Landschaft, Kopfweiden, langsam fließende breite Flüsse, Kanäle. Ihm gefiel sie. Was ihm nicht gefiel, war die Entdeckung, dass Margrit seine geliebte Wissenschaft immer noch als Konkurrentin ansah. Sie würde nie aufhören, sie zu bekämpfen.

Kurz hinter Altona stellte Hamm sich ans offene Fenster. Sie näherten sich der See. Fast meinte er schon, Wasser riechen zu können.

»Warum grinst du denn so? Bin ich der Anlass für deine Heiterkeit?«, fragte Margrit pikiert.

»Ich habe überhaupt nicht an dich gedacht«, antwortete er, um gleich reuig hinzuzufügen. »Entschuldige, ich habe es nicht so gemeint.«

»Das ist wohl noch die freundlichste Erklärung«, murrte Margrit unversöhnlich.

In Niebüll hatte der Zug fünf Minuten Aufenthalt. Krähen schrien und umkreisten hohe Ulmen neben einem Wasserturm. Die Fußgänger retteten sich mit großen Sprüngen vor dem Unrat, der herabklatschte und den ganzen Bürgersteig schon weiß eingesprenkelt hatte.

Margrit rümpfte angeekelt die Nase. »Und das soll das Sprungbrett nach Sylt sein? Sind wir wirklich im richtigen Zug? Was für eine öde, langweilige Gegend! Nur Kühe und Schafe. Und Friesen, vermute ich.« Sie entzog sich Hamms Arm und begann in ihrer Handtasche zu kramen.

»Ein Urlaub ist für einen Neubeginn gut geeignet«, sagte er leise.

Aber seine Frau zündete sich mit eckigen, kompromisslosen Bewegungen eine Zigarette an und begann zornig zu inhalieren, ohne ihn aus den Augen zu lassen.

»Endlich«, sagte sie, als draußen ein schriller Pfiff das Signal zum Weiterfahren gab und der Zug anrollte. »Aber ich kann dir sagen, wenn du auf Sylt nur ein einziges Mal das Wort Virus oder Bakterie fallen lässt, kannst du dir die Hoffnung auf einen harmonischen Urlaub abschminken.«

Das ungeduldige Klacken ihrer hohen Absätze verstummte, als er widerwillig nickte. Erleichtert betrachtete er die grauen Steinquader unterhalb des Gleisbettes, die nach wenigen Metern zu einem erhöhten Damm aufwuchsen, auf dem sich sogar das Rattern der Räder anders anhörte. Wenn sie erst einmal auf Sylt angekommen waren, würde Margrit vom Sylter Trubel absorbiert werden. Der Glanz des Reichtums würde ihr gefallen.

»Es ist Ebbe«, stellte Margrit staunend fest und blickte über den glitzernden Schlick, der das Sonnenlicht tausendfach reflektierte und endlos weit schien. »Das Meer ist fast bis an den Horizont zurückgedrängt. Wann kann man denn dann baden?«

»Ja, schön«, sagte Hamm bewundernd. »Irgendwann wird es schon gehen. Andere Menschen baden ja hier auch. Bei Flut, vermute ich.« Er versuchte, die Missstimmung von eben zu vergessen.

Einige Minuten später ging der Damm in Grünland über. Sylt. Hamm zog das Fenster hinunter und steckte die Nase in den Wind. »Genau so habe ich es mir vorgestellt«, sagte er, als er das Gesicht wieder zurückgezogen hatte. »Schafe, Rinder, Pferde und im Hintergrund die See.«

Unterhalb des Bahndeiches lagen Weiden und hin und wieder Häuser, die sich allmählich zu einem Ort verdichteten. Als die Reetdächer immer näher an den Eisenbahndamm heranrückten, um schließlich fast an ihm hochzuklettern, blieb Hamms Blick an einem von ihnen hängen. »Morsum«, las er am Bahnhofsgebäude ab. »Hoffentlich wohnen wir in einem solchen Friesenhaus.«

»Hoffentlich nicht.« Margrit drückte die Zigarette mit einer energischen Bewegung aus. »Hoffentlich ist das Friesische Haus nicht so, wie es sich anhört. Zugige Ritzen und Spinnen überall!«

»Meine Güte, es ist ein Hotel. Die Preise sprechen nicht

für eine Kate«, verteidigte Hamm verdrossen seine Wahl. Dann zeigte er verwundert auf die Weide, an der sie gerade vorüberfuhren.

Die meisten Tiere waren Milchkühe, aber in der Herde befanden sich auch einige Jungrinder. Wie Erstklässler in der Grundschule hatten sie sich von den Älteren abgesondert, lagen dicht beieinander in einer kleinen Senke und käuten wieder. Nicht weit von ihnen lag eine einzelne Milchkuh auf dem Rücken, die Beine steif in die Höhe gestreckt. Ihr Bauch war aufgebläht, als stünde er kurz vor dem Platzen.

»Merkwürdig«, murmelte Hamm. »Es ist Nachmittag und jede Menge Verkehr. Aber die Besitzer haben anscheinend noch nicht entdeckt, dass sie ein totes Rind auf der Weide haben.«

»Bestimmt eine Bakterienerkrankung, wenn es nach dir ginge!« Margrits Stimme klang gehässig. »Aber es ist nicht dein Bier! Und ich will nichts mehr davon hören.«

»Ja, ich weiß«, antwortete Hamm abwesend. Ihm war beim Anblick des Kadavers unbehaglich geworden. Obwohl er ihn wegen der Geschwindigkeit des Zuges nur kurz hatte sehen können, war ihm irgendetwas seltsam vorgekommen.

Es dauerte einige Zeit, bis der Zug entladen war und sie in ihren Wagen steigen konnten. Hamm entdeckte einen großen Plan von Westerland und Sylt, an dem sie hielten, um sich zu orientieren.

Der Autoverkehr war fast großstädtisch. Staus wie zur Frankfurter Rushhour hatte Hamm hier eigentlich nicht erwartet. Und überall Hinweisschilder auf Restaurants, Kneipen, Strände, Surfspezialisten. Na ja, wegen Margrit war er eigentlich ganz froh darüber.

Als sie den Stadtrand erreichten, wurde es ruhiger. Die Sonne stand schon tief im Westen und ließ die Reetdächer golden aufleuchten.

»Ich glaube, es wird mir doch gefallen«, sagte Margrit heiter und drückte ihre halb aufgerauchte Zigarette aus.

Hamm nickte erleichtert, entdeckte in diesem Augenblick eine reetgedeckte Tafel mit dem Hinweis auf ihr Hotel und bog von der Straße ab. Das Hotel erwies sich als altes friesisches Haus mit modernem Anbau: zweistöckig, in rotem Backstein, mit Zwerchgiebel und an den kurzen Seiten abgewalmt. Auf so etwas hatte er gehofft.

Margrit nahm mit gerunzelter Stirn Kurs auf die Rezeption, während er noch das Auto abschloss.

Der Portier, der ihnen einen Anmeldezettel zuschob und den altmodischen Schlüssel aus einem Fach holte, war von ausgesuchter Höflichkeit. Er lächelte Margrit zurückhaltend an und deutete mit einer kaum sichtbaren Verneigung seine Bewunderung für sie an. Alles wird gut, dachte Hamm.

Er überließ Margrit das Auspacken, das sie mit links erledigen würde. »Ich will mich unten kurz umsehen«, sagte er. »Pläne holen, Tidenkalender und so etwas.« Dann rannte er nach unten zur Rezeption, wo immer noch der höfliche Concierge Dienst tat.

»Kann ich Ihnen helfen, Herr Doktor Hamm?«, fragte er.

»Ja«, antwortete Hamm und versuchte zu verhindern, dass sein Lachen allzu verlegen klang. »Unterwegs habe ich ein totes Rind auf einer Weide gesehen und würde den Besitzer gerne benachrichtigen. Kein schöner Anblick. Wissen Sie, ich bin beruflich einschlägig tätig …

Das Tier lag auf einer Weide in der Nähe einer Bahnschranke. Kurz danach fuhren wir durch Archsum.«

Der Hotelangestellte hörte aufmerksam zu. »An der Bahnschranke zwischen Morsum und Archsum«, fasste er zusammen. »Ich werde sehen, was ich tun kann.«

Er wählte mehrere Anschlüsse an, während Hamm in den ausliegenden Prospekten blätterte und mit halbem Ohr zuhörte. Der Besitzer war bald gefunden. Die Weiden rechts und links der Bahnschranke gehörten Nanning Wollesen.

Problem erledigt, dachte Hamm erleichtert. Es vertrug sich nicht mit seinem Verantwortungsgefühl zu wissen, dass irgendwo ein Kadaver verweste. Der abstoßende Anblick passte nicht zum Image der Insel als erste Adresse Deutschlands für Urlauber. Vielleicht spielten da ja auch Kinder. Aber jetzt war die Tierkörperverwertungsanstalt an der Reihe. Auch auf Sylt musste es so etwas wie einen Abholdienst geben.

Der Hörer klickte leise, als der Portier ihn auf den Apparat zurücklegte und zu ihm zurückkam. »Ich sprach mit Nanning Wollesen selber«, berichtete er. »Er hat seine Weiden gerade inspiziert. Er macht das jeden Nachmittag. Ein totes Tier hat dort nicht gelegen. Sie müssen sich irren, Herr Doktor Hamm.«

»Ich bin Tierarzt! Glauben Sie, ich könnte ein totes Rind nicht von einem lebenden unterscheiden?«, fragte Hamm erstaunt.

»Ich glaube es Ihnen«, antwortete der Concierge nachgiebig. »Aber Nanning Wollesen nicht.«

Kapitel 2

»Ich habe es mir viel kälter auf Sylt vorgestellt«, sagte Margrit, als sie eine Stunde später beim Abendessen in einer kleinen griechischen Kneipe in der Innenstadt saßen, die sie ausgewählt hatte.

Zweifellos betrachtete sie den Griechen als Zugeständnis an Hamms Liebe zu Griechenland. Er hätte hier an der Nordsee ein Fischrestaurant vorgezogen, aber um des Friedens willen hatte er auf Einspruch verzichtet. Er hob Margrit das Glas mit dem goldgelben Retsina entgegen. »Auf unseren Urlaub.« Dann begann er entschlossen, der Moussaka zu Leibe zu rücken, für ihn der Prüfstein für die Güte eines griechischen Lokals.

Sie war gut. Margrit hatte es anscheinend trotz des kalorienarmen marinierten Gemüses, das sie nach langer Diskussion mit dem Wirt bestellt hatte, weniger gut getroffen. Nach dem ersten Bissen begann sie sich umzusehen. Als Hamm ihren Blicken verstohlen folgte, blieben seine Augen an dem idiotischen Talkmaster eines privaten Senders hängen.

Er grinste in sich hinein. »Gut?«, fragte er.

Margrit blickte ihn an, als sei sie gerade aufgewacht, und führte erneut die Gabel zum Mund. »Zu viel Olivenöl«, sagte sie und schluckte lustlos.

Danach richtete sie ihr Interesse auf die Gäste in der hintersten Ecke der Kneipe, drei Männer und eine junge

Frau, die Hamm noch nicht auf dem Bildschirm gesehen hatte. Prominent waren sie also wahrscheinlich nicht. Aber er konnte sich ausmalen, in welche Richtung Margrits Gedanken gingen.

Sie liebte Plastiken und Malerei. Einer der Männer, dunkel getönt und mit einem markanten, herben Profil, sah aus, als wäre er in Afrika von einem Künstler geschnitzt worden. Alles an ihm wirkte teuer und elegant, das bis zum Brustbein offene Hemd und die Lederjacke.

Hamm aß in Ruhe, aber mit wachsender Wut zu Ende und bemerkte, dass Margrit nur ein paar Bissen genommen hatte. Mit einer energischen Geste lenkte er die Aufmerksamkeit des Kellners auf sich. »Die Rechnung bitte.«

»Wir gehen«, sagte er zu Margrit. »Dein Appetit ist wohl nicht so groß heute. Und mir gefällt die Umgebung nicht sonderlich.«

Margrit nickte mit mürrischer Miene und schob den noch halb vollen Teller von sich weg.

Als sie zur Tür gingen, legte Hamm seine Hand ganz leicht auf die Schulter seiner Frau. Nicht besitzergreifend, so wollte er es nicht verstanden wissen. Aber ein kleines Signal in Richtung auf das Kunstobjekt in der Ecke konnte nicht schaden. Dessen Blicke folgten Margrit mit einem versteckten Lächeln, das besagen sollte, dass er sie sehr wohl haben konnte, wenn er wollte. Hamm antwortete mit einem spöttischen Grinsen. Als er draußen auf dem Kies stand, fühlte er sich als Sieger dieses stummen Kampfes. Ein völlig neues Gefühl. Nicht schlecht.

Sein kleiner Triumph wurde schnell abgekühlt durch die Entdeckung, dass das Wetter mit überraschender Geschwindigkeit umgeschlagen war. Am Nachmittag war es noch warm gewesen; jetzt fuhr ein scharfer Wind durch die alten Bäume, und es war erheblich kälter. Wie meistens trug er keine Jacke über dem T-Shirt. Aber ganz schutzlos war er nicht. Er grinste in sich hinein, als er bemerkte, dass sein Körper sich ohne sein Zutun ein atavistisches Fellkleidchen anlegte; er spürte beinahe jedes einzelne seiner rotblonden Haare, die sich auf seinen Armen aufstellten.

»Grinst du schon wieder über mich?«, fragte Margrit.

Seine Nase fing Rauch auf, als er sich umdrehte. »Ich habe noch nie über dich gegrinst«, antwortete er höflich und fuhr schärfer als beabsichtigt fort: »Du wolltest hier nicht mehr rauchen!«

Er nahm ihr die Zigarette aus der Hand, warf sie auf den Boden und trat sie aus. Sie war neben einem schwarzen Porsche Targa gelandet, den er jetzt erst bemerkte. Neustes Modell, ohne Charakter.

Margrit stand wie erstarrt. »Wenn du so viel Geld nach Hause bringst, dass wir uns einen solchen Wagen leisten können, hast du das Recht, mir das Rauchen zu verbieten«, sagte sie mit harter Stimme und zündete sich eine neue Zigarette an.

»Du irrst dich«, sagte Hamm erbittert. »Ich würde mir eine solche Kiste nie zulegen. Wahrscheinlich muss man Münchner sein, um so etwas zu mögen. MM 111. Je teurer der Wagen, desto simpler die Nummer.«

»Wer Geld hat, kann sich alles kaufen«, entgegnete Margrit schnippisch und wartete demonstrativ genervt darauf, dass er endlich ihren eigenen Wagen aufschloss.

»Wie wahr.«

Sie fuhren zum Hotel zurück, ohne ein Wort miteinander zu wechseln. Hamm wusste, dass er zu scharf reagiert hatte. Wenn er gekonnt hätte, so hätte er den ganzen überflüssigen Abend rückgängig gemacht.

Im Hotel ging er zum Kühlschrank, um sich eine Flasche Sprudel gegen die Nachwirkungen des Retsina zu holen, und setzte sich dann vor den Fernseher.

Er hörte Margrit im Bad kramen, vermutlich unterzog sie sich ihrer üblichen Abschminkprozedur. Der Krimi interessierte ihn nicht, und die Szene, die er ihr gemacht hatte, tat ihm inzwischen unendlich Leid.

Als sie im Bett lagen, stahl sich seine Hand zu ihr hinüber. Sie rührte sich nicht, obwohl sie nicht schlief, wie er an ihren Atemzügen erkennen konnte.

Er stützte sich auf seinen Ellenbogen. Margrit lag auf dem Rücken und starrte einen Deckenbalken an. Ihre dunkelbraunen Haare, die im Sonnenlicht zuweilen einen rubinroten Schimmer bekamen, bauschten sich um ihren Kopf wie ein seidenes Prunkgewand auf einem Barockgemälde. Sie war so schön. Leider versäumte er oft hinzuschauen. »Margrit?«, flüsterte er.

»Nein«, erwiderte sie brüsk und warf sich auf die Seite.

Na ja, die Bahnfahrt war lang, dachte Hamm und starrte auf ihren Rücken. Er ließ sich zurücksinken. Offenbar war er gestresst, ohne es bemerkt zu haben. Er würde alles gutmachen. Er streichelte ihre nackte Schulter, bis er nach langer Zeit einschlief.

Am nächsten Morgen kuschelte sich Margrit in Hamms Arme, kaum dass sie richtig aufgewacht war. Schlaftrunken umarmte er sie.

»Ich höre mit dem Rauchen auf.«

»Versprochen?«, fragte er ungläubig und war auf der Stelle hellwach. Eine von Margrits guten Seiten war, dass sie absolut ehrlich war, mit sich und anderen.

Sie nickte.

Er war grenzenlos erleichtert. Die vielen Untersuchungsergebnisse über die Gefahren von Zigaretten konnte nun wirklich keiner wegdiskutieren, ein Mediziner am allerwenigsten. Das Risiko eines Lungenkarzinoms war damit deutlich verringert, aber das konnte er ihr nicht erzählen. Auch nicht, wie erotisch so ein bisschen Ohrknorpel mit Bindegewebe war, dachte er versonnen und ließ seine Zunge an ihrem Ohr spielen. Überhaupt war die menschliche Anatomie etwas Wunderbares. Er ließ sich an diesem Morgen viel Zeit, sie zu erforschen.

Hand in Hand, kichernd wie Teenies, rannten sie später die Stufen ins Erdgeschoss hinunter. Der große Frühstücksraum war aufgeteilt in gemütliche Nischen, in denen der Tisch jeweils von zwei Bänken mit karierten Kissen flankiert wurde. Warmes, gelbes Licht erhellte jeden Tisch. Eine Wand des Raums wurde eingenommen von einem großen Büfett. In den Schüsseln und Körben mit Brötchen, Wurst- und Fleischaufschnitt, Käse, Marmeladen und Müsli klafften bereits größere Lücken.

Ein Ober lenkte Hamms Blick dezent zu einem Schild, das die Frühstückszeit angab. Hamm zuckte bedauernd mit den Schultern, während Margrit schon die Müslimischungen inspizierte. Klar, sie waren zu spät, aber man würde ihnen sicher das Büfett nicht vor der Nase abtragen. Außerdem saßen da noch zwei andere Gäste, ein Paar, das sein Frühstück noch nicht beendet hatte. Sie schienen sich über Hamms Verlegenheit zu amüsieren.

»Wünschen Sie Kaffee oder Tee?«, fragte der Ober mit einem unterdrückten Seufzer.

»Oh, Kaffee und Tee, bitte«, antwortete Hamm dankbar. Der Morgen war gerettet.

Etwas verwundert sah er dem grauhaarigen Gast entgegen, der sich erhoben hatte und auf ihn zusteuerte. Sein blauer Blazer und die graue Hose waren geeignet für jeden Kongress, weniger für die Sylter Strände. Wie ein Mediziner sah er nicht aus. Von nahem wirkte er jünger, als seine Haare ihn scheinen ließen, vielleicht fünfzig bis fünfundfünfzig.

»Gestatten, Weiss«, sagte er förmlich. »Darf ich Sie einladen, mit uns zusammen zu frühstücken?«

Eigentlich nicht. Hamm hätte den Morgen lieber allein mit seiner Frau fortgesetzt. Aber er überließ Margrit die Entscheidung und sah sie fragend an. Sie musterte Weiss mit vorgeschobener Unterlippe, überlegte kurz und nickte. Dann balancierte sie ihre randvolle Schale mit Müsli zum Tisch des Ehepaars.

»Meine Frau«, stellte Weiss die rundliche Dame vor, die dort saß. »Entschuldigen Sie bitte, dass wir gelacht haben. Wir wollten nicht unhöflich sein. Mir wurde zu spät bewusst, dass es in Ihren Augen eigenartig erscheinen musste.«

»Kein Problem.« Margrit setzte sich.

»Der arme Ober«, sagte Frau Weiss mit gedämpfter Stimme. »Mit uns hat er nämlich vor einer Viertelstunde genau dasselbe erlebt wie mit Ihnen und deshalb lachten wir. Wir sind für ihn alle miteinander bestimmt disziplinlose Süddeutsche.«

»Aus Bayern.« Hamm schmunzelte. Man hörte es deutlich.

»Aus Bad Tölz.«

Hamm begann sein Brötchen anatomisch genau zu zerlegen, während er Weiss zuhörte, der gewandt Konversation machte, wie jemand, der gewohnt ist, zu Kongressen und Tagungen zu fahren.

Er hatte Recht. Weiss stellte sich als Rechtsanwalt heraus. Und als Segler. Nicht uninteressant.

Aus dem Augenwinkel warf er einen verstohlenen Blick zu Margrit hinüber, die ein gelangweiltes Murren von sich gab. Aber sie schüttelte nur den Kopf und widmete sich ihren Körnern. Ihre Stimmung schien umzuschlagen. Hamm unterdrückte einen Seufzer. Obwohl es ihre Entscheidung gewesen war, lag es jetzt wieder an ihm, das Beste aus der Situation zu machen.

»Wir sind das erste Mal so weit nördlich«, berichtete Weiss. »Wir waren schon mal auf den Ostfriesischen Inseln. Aber am liebsten segele ich im Süden. In diesem Klima zieht man sich auf dem Wasser vermutlich sofort Rheuma und Ähnliches zu. Wenn ich an diese traditionellen dänischen Holzboote denke ... Brr.«

»Aber die Holzboote sind wunderbar!«, widersprach Hamm begeistert. »Ein Colin Archer, zum Beispiel. Die können hervorragend kreuzen. Lotsenkutter. Auch früher war Zeit Geld. Wer keine Höhe segeln konnte, verlor seine Kunden an den Besseren.«

»Na ja«, sagte Weiss nachgiebig und goss sich eine weitere Tasse Kaffee ein, »trotzdem ziehe ich heutige Hochseesegler vor.«

»Zu groß! Was wollen Sie allein auf einem Zwölfmeterboot! Oder wollen Sie immer mit Crew segeln? Ich nicht, ich würde einen kleinen Spitzgatter von Berg bevorzugen.«

»Ist der nicht etwas unbequem?«, fragte Weiss in höflichem Ton. »Ich meine, nass und eng ...?« Er zog den Teller mit Katenschinken zu sich heran und legte die übrig gebliebenen Scheiben auf seinen Teller. Mit einem entschuldigenden Lächeln zu seiner Frau winkte er dem Ober.

»Da können Sie noch die Hand des Bootsbauers spüren«, schwärmte Hamm. »Sie können seine Gedanken lesen, sein Geist ist im Boot. Glauben Sie mir!«

»Selbstverständlich, Herr Doktor Hamm«, sagte der Rechtsanwalt versöhnlich, »aber ich bin älter als Sie. Ich brauche keinen Geist, ich brauche die Dusche.«

Der Ober wartete auf das Ende der Diskussion.

»Ich hätte gerne noch Schinken, falls die Küche es möglich machen kann. Und ein Kännchen Kaffee«, sagte Weiss.

»Sofort«, murmelte der Ober ein wenig gereizt.

Frau Weiss wandte sich mit einem gequälten Lächeln an Margrit. »Segeln Sie auch so ungern?«

»Ich hasse Segeln!« Margrit machte sich nicht die geringste Mühe, ihre Stimme zu dämpfen. »Und nie im Leben würde ich einen Fuß auf ein kleines, enges, nasses hölzernes Boot setzen!«

Hamm zuckte zusammen. Das hatte er nicht gewusst. Vielleicht hatte er es auch nur nicht wissen wollen …

»Liebling …« Frau Weiss legte ihrem Mann die Hand auf den Arm. »Wir Frauen segeln nun mal nicht gern.«

»Könnt ihr nicht mal von etwas anderem sprechen?«, fragte Margrit mit kaum unterdrückter Wut.

Hamm hörte auf zu kauen. Margrit stand wieder einmal kurz vor der Explosion. Die unscheinbare Frau Weiss hatte genau das getan, was seine Frau am meisten hasste: sie auf mütterliche Art in Schutz genommen. »Sind Sie schon lange hier?«, warf er hastig ein. »Was kann man hier unternehmen?«

»Fünf Tage. Man kann hier vieles machen, langweilig wird es einem nie, wenn man zu zweit ist. Da wäre zum Beispiel …«

Hamm hörte Frau Weiss unkonzentriert zu, während

er erleichtert zur Kenntnis nahm, dass Margrit ihre Kampfhaltung wieder ablegte. Stattdessen setzte sie das mokante Lächeln auf, das signalisieren sollte, wie sehr sie sich der etwas betulichen und auf liebenswerte Weise altmodischen Frau Weiss überlegen fühlte. Sie hatte nicht das geringste Recht dazu. Er konnte dieses Lächeln nicht ausstehen.

»Darf ich ...?«, fragte Weiss mitten in die ausführlichen Erklärungen seiner Frau hinein und hielt das Kaffeekännchen einladend hoch.

»Gerne.« Margrit dankte ihm mit dem für wichtige Gesellschaftsanlässe reservierten Lächeln.

Frau Weiss machte eine Pause, bis ihr Ehemann die Kanne wieder abgestellt hatte, und fuhr dann mit ihren Vorschlägen fort. Hamm entspannte sich in der wieder friedlich werdenden Stimmung und genoss sein erstes Inselfrühstück bis zum letzten Brötchenkrümel.

»Sind Sie ein Schinkenfetischist, Herr Weiss?«, fragte Margrit amüsiert, während sie beobachtete, wie er sich über die neue Schinkenportion hermachte.

Wider alle Erwartungen hatte der Koch die Schinkenscheiben gerollt und mit eingelegten Brokkoliröschen dekoriert. Weiss lachte ein wenig und überließ seiner Frau die Erklärung.

»Robert kann daran nicht vorbei. Morgens, mittags und abends Schinken«, sagte sie zärtlich und blickte ihren Mann mit der Vertrautheit einer langjährigen Ehe an.

Er blinzelte ihr zu. Nach dem letzten Bissen holte er eine blaue Packung Gauloises aus der Jacke und hielt sie einladend in ihre Richtung. Hamm lächelte stolz, als Margrit standhaft ablehnte.

Ein Rauchwölkchen schwebte über den Tisch. Margrit blähte die Nasenflügel und erstarrte. Hamm entschloss sich gerade zu einer unverbindlichen Erklärung, als Margrit aufsprang.

»Komm, Thomas!«, sagte sie und rannte davon, wie von Gespenstern gejagt.

»Was hat Ihre Frau?«, fragte Frau Weiss erschrocken. »Erwarten Sie ein Kind?«

Hamm kaute auf seiner Unterlippe und blickte Margrit unschlüssig hinterher. »Sie hat gerade mit dem Rauchen aufgehört. Da ist es wahnsinnig schwer, abstinent zu bleiben, gerade nach einer Mahlzeit. Und wenn dann noch jemand anders raucht ...«

»Warum haben Sie denn nichts gesagt, Herr Doktor?«, fragte Frau Weiss vorwurfsvoll. »Robert hätte natürlich verzichtet, wenn er das gewusst hätte. Er ist zwar ein starker Raucher, aber er ist vor allem ein Gentleman.«

Klar. Aber Margrit scheute nie davor zurück, eine Szene zu machen. Nur konnte er das dem Ehepaar Weiss schlecht sagen. Hamm stand auf, bedankte sich und ging seiner Frau nach.

Kapitel 3

Über dem zweistöckigen Anbau des Krankenhauses von Sylt lag die Stille eines Museums. Professor Tilmann Habermehl, ärztlicher Direktor der Klinik am Rande von Westerland, zog sich gerne in seine Privatpraxis für Frauenheilkunde zurück, in der nichts vom Hubschrauberlandeplatz zu hören und zu sehen war, wo man aus allen Fenstern auf englischen Rasen blickte und in den Fluren das Auge mit Originalradierungen von Eckener erfreut wurde.

Nur das Flachdach bot Anlass zu ständigem Ärger. Und ärgerlich wurde auch Habermehl, als er die Schüssel bemerkte, die irgendein Idiot auf den Fußboden gestellt hatte. Schwärzliche Streifen an den Deckenfliesen ließen erkennen, dass dort bei Regen Tropfen entlangliefen. Aber derzeit war heißes Sommerwetter.

Im Vorübergehen warf er einen Blick in sein Sekretariat. »Frau Teschke, lassen Sie den Blechtopf auf dem Flur entfernen. Das geht so nicht! Ich bin jetzt in der Suite.«

Die Suite war der größte und schönste Raum seines Reiches. Habermehl öffnete und schloss die Doppeltüren und trat an das Krankenbett.

Wie täglich, wenn er zur Visite kam, war Frau Schönherr eifrig bemüht, wie ein Bild von Tizian zu wirken, hingegossen in überquellender Schönheit. Nüchtern betrachtet, war sie eine übergewichtige Patientin im Nachthemd, eine von den zahllosen älteren Damen mit viel Geld und noch mehr Beschwerden. Habermehl liebte diese Patientinnen.

Sie betrachtete ihn fasziniert, von der silbernen Stirnlocke bis zu seinen makellos glänzenden schwarzen Schuhen. »Ich möchte nicht weg«, sagte sie und versuchte, ihrer tiefen Stimme den Ton eines hölzernen Klanginstrumentes zu verleihen.

Doch Habermehl interessierte sich nicht für Musik. Er setzte eine teilnahmsvolle Miene auf, während er über die Finanzierung der Dachreparatur nachdachte. Koch, der ein ausgesprochen penetranter Verwaltungschef war, drängte schon seit einiger Zeit auf eine Lösung.

»Liebe Frau Senator, liebe Frau Schönherr«, sagte Habermehl herzlich, als ihm die Stille auffiel. »Sie werden den Alltag leicht meistern, Sie sind völlig gesund, glauben Sie mir.«

»Ja, Gott sei Dank, oder vielmehr Ihnen sei Dank, Herr Professor«, schmeichelte sie ihm, was er nicht ungern hörte, »ich bin jetzt nicht mehr krank. Jetzt brauche ich Erholung. Mir gefällt es hier.«

Habermehl folgte ihren Blicken. Der Raum war wohnlich eingerichtet, leicht antikisierend in einem Gemisch aus Rokoko und Biedermeier. Trotz des exklusiven Preises würde er ab dem übernächsten Tag von einer Privatpatientin aus Flensburg belegt werden.

»Ich würde wahrscheinlich im Nu wieder die gleichen Symptome haben und das wollen wir doch nicht, bester Herr Professor, nicht wahr?«

»Nein, natürlich wollen wir das nicht, aber dieser Fall wird nicht eintreten«, widersprach Habermehl geduldig. »Sie sind voll eingestellt auf die Tabletten; Ihren Blutdruck haben wir stabilisiert.« Er setzte sich vertraulich auf die Bettkante und nahm die beiden Hände der Patientin zwischen seine eigenen. »Sie müssen sich mit der Diät aber disziplinieren, versprechen Sie mir das, Frau Senator?«

Die Wärme seiner Hände und sein gütiger Ton wirkten wie gewohnt. Sie atmete tief durch. Röte überzog die runzelige Haut ihres Brustausschnittes, während sie Habermehl tief in die Augen sah.

Seine graue Haartolle saß perfekt, er hatte sich im Spiegel, der im Eingangsbereich hing, davon überzeugt. Er war immer noch ein gut aussehender Mann; sein Charme war Teil des Renommees der Klinik. Er zog ihre rechte Hand an seine Lippen.

Mitten im Handkuss entzog Frau Schönherr ihm abrupt ihre Hand. »Was aber, wenn ich die Tabletten weglasse? Ich bin psychisch labil. Sie können mich nicht fortschicken.«

Habermehl ließ sich einen Gedanken durch den Kopf gehen, der zunehmend an Attraktivität gewann. Sie besaßen kein zweites Zimmer dieser Ausstattungskategorie. Aber möglicherweise würden sie zwei der anderen Räume zu einer Suite umbauen können. Gegen gutes Geld ließen sich Handwerker vom Festland auch kurzfristig beschaffen. Er lächelte seine Patientin beruhigend an und erhob sich. »Sie dürfen natürlich bleiben, so lange Sie möchten, Frau Senator.«

Als er die innere Tür hinter sich schloss, hatte die Idee bereits feste Formen angenommen. Sie war so simpel, dass er sich wunderte, sie noch nicht gehabt zu haben.

Er würde den ganzen Anbau zu einer Kurklinik umbauen. Nicht Patienten, sondern Erholungssuchende waren die Lösung für die Geldnöte des Hauses.

Der Assistenzarzt Gebhardt bog so stürmisch in den verglasten Gang zwischen dem Anbau und der Klinik ein, dass sein Kittel hinter ihm herflatterte. Er hatte es eilig und außerdem lag dieser Trakt außerhalb seines Kompetenzbereichs. Ohne nachweisbaren Grund hatte er darin nichts zu suchen.

»Herr Gebhardt!«

Die Stimme seines Chefs, den er zu dieser Zeit auf dem Golfplatz vermutet hatte. Pech gehabt. Gebhardt verhielt seinen flotten Schritt und wandte sich um. Habermehl stand in dem kurzen Gang, der zu seinem privaten Untersuchungszimmer und der Rokokosuite führte.

Nervös schob Gebhardt den Kopf seines Stethoskops in die Tasche zurück. Die andere Hand behielt er auf dem Rücken. »Ja, Herr Habermehl? Ich bin etwas in Eile.«

»Das bemerke ich, Herr Kollege«, antwortete Habermehl steif. »Dennoch ist es Ihre vornehmste Aufgabe, dies vor den Patienten zu verbergen.«

»Zum Glück sind gerade keine im Flur. Aber ich werde es beim nächsten Mal berücksichtigen«, versprach Gebhardt lebhaft und wollte mit einem knappen Nicken verschwinden. »Ich muss trotzdem ...«

»Besteht akute Gefahr?«

»Nein«, gab Gebhardt etwas verstimmt zu. »Aber es ist wichtig.«

»Viele Dinge sind wichtig. Unter anderem auch, wie man sich in einem Krankenhaus verhält, damit die Patienten nicht an Siechtum, an Sterben und an Katastrophen erinnert werden. Ich weiß, dass Sie in menschlicher Hinsicht noch nicht über viel Erfahrung verfügen, dennoch ...« Habermehl seufzte.

Gebhardt stand wie auf Kohlen. Er schlug die Augen

nieder, um zu verbergen, wie sehr er den Chefarzt verabscheute. »Ich werde es mir merken«, antwortete er widerwillig.

»Na, na, nun gehen Sie schon. So schlimm war es ja auch nicht«, sagte Habermehl, plötzlich wohlwollend.

Gebhardt sah ihm ins Gesicht und begriff. Es schmeichelte dem Alten, wenn er glaubte, dass ein junger Arzt sich ihm gegenüber wie ein Schuljunge fühlte.

Pfui Teufel, war der Mann eitel und dazu noch unfähig! Aber die Hauptsache war, dass er ihm entkommen war, ohne dass Habermehl das Buch entdeckt hatte.

Versonnen betrachtete Gebhardt den Titel: ein älteres Kompendium der tropischen Erkrankungen mit einer hoffentlich so genauen Beschreibung von Symptomen wie im 19. Jahrhundert üblich. Er war nicht gerade Spezialist auf diesem Gebiet. Niemand in diesem Hause war es, auch Habermehl nicht. Dafür war er eigen, was seine Besitztümer betraf. Das Teschke-Mädchen wäre in Teufels Küche gekommen, wenn Habermehl bemerkt hätte, dass sie ein Buch aus seiner Privatbibliothek ausgeliehen hatte.

Er blätterte das Kapitel Malaria auf. Sechs Seiten. Er überflog sie und fragte sich erneut, ob er es bei der Patientin wirklich mit der bösartigsten Form von Malaria zu tun hatte.

Auf der Station überprüfte Gebhardt ein zweites Mal den Vorbericht. Der Hausarzt hatte sich außerstande gesehen, eine Patientin mit ständigem Erbrechen und Atemnot zu behandeln, deren Urin schwarz wie Kohle war. Als er die neuesten Labordaten studierte, steckte eine junge Lernschwester den Kopf ins Stationszimmer.

»Bitte kommen Sie mal, Herr Doktor«, bat sie schüchtern. »An Frau Christensen kommt mir etwas ganz merkwürdig vor.«

»Ja, das weiß ich doch«, sagte er etwas erstaunt.

»Wirklich? Auf dem Krankenblatt ist es aber nicht aufgeführt«, sagte sie standhaft. Sie war jung und hübsch, und Gebhardt tat ihr den Gefallen, sofort mitzugehen.

Merle Christensen war vor zwei Tagen eingeliefert worden. Sie stammte aus Archsum auf Sylt und war noch nie über Husum und Flensburg hinausgekommen. Es war also fast unmöglich, dass sie sich eine tropische Malaria zugezogen haben sollte. Bisher war es ihnen nur gelungen, den Zustand der Kranken zu stabilisieren. Sie war immerhin ansprechbar. »Moin, Merle. Wie geht's?«, grüßte Gebhardt freundlich.

Ihre blauen Augen waren matt. »Noch nicht so gut wie sonst«, sagte sie, »aber schon besser als gestern. In ein paar Tagen bin ich wieder gerade vor.«

»Nehmen Sie sich nicht etwas zu viel vor?«, fragte Gebhardt nachsichtig lächelnd. Zum Glück wusste sie nicht, wie nahe sie dem Tod gewesen war. Er wandte sich zur Lernschwester um und hob fragend die Augenbrauen.

Ihr Daumen deutete verstohlen auf das Fußende des Bettes.

»Ich möchte Sie nochmals untersuchen, Merle«, kündigte Gebhardt ihr unschuldig an.

Sie zuckte die Schultern.

»Seit wann haben Sie dieses Geschwür?«, fragte er, als er am linken Fuß der Patientin eine offene Stelle entdeckte, die ihm bisher entgangen war.

»Ich habe da kein Geschwür«, antwortete sie und stützte sich auf die Ellenbogen hoch.

»An der Unterseite des Fußes, an der Sohle zwischen dem großen Zeh und dem nächsten.«

»Nein, da hatte ich nie etwas. Das hätte doch wehtun müssen? Ich gehe gerne barfuß.«

Mit angehaltenem Atem betrachtete Gebhardt die schwarzbraune Verfärbung der Haut, in deren Mitte ein kleiner blutender Krater nach innen führte. Es konnte nur eine sinnvolle Erklärung für das Symptom geben …

Sorgsam bettete er den Fuß zurück unter die schlichte weiße Klinikdecke und beendete seine Untersuchung. »Nun, wir werden sehen«, sagte er munter. »Ich komme am Nachmittag noch mal vorbei.«

Merle Christensen, laut Krankenblatt zweiundzwanzig Jahre alt, strich sich die blonden Haare zurück und schenkte Gebhardt ein vertrauensvolles Lächeln.

»Das haben Sie gut gemacht«, sagte er draußen im Flur anerkennend zur Lernschwester und erntete dafür eine erfreute Miene. »Wenn mich jemand sucht: Ich bin in der Pathologie.«

Bis zur hinteren Treppe ging er im normalen Tempo, aber die Stufen ins Kellergeschoss nahm er in weiten Sprüngen. Dieser untere Teil der Klinik stammte noch aus früheren Zeiten, als man sich auch außerhalb der Universitätskliniken eine eigene Pathologie leistete.

Er rannte am Sektionsraum und am Histologielabor vorbei. Den Pathologen fand Gebhardt in seinem Büro vor. »Hallo, Ralf«, sagte er, noch etwas atemlos.

Dr. Michelsen, seit einem Jahr Pathologe an der Klinik und zum selben Zeitpunkt eingestellt wie Gebhardt, was sie sofort zu Verbündeten gemacht hatte, schwang auf seinem Drehstuhl herum und schob irritiert die Brille vor die Augen. »Ist dir ein Patient abhanden gekommen, oder was?«

»Glaubst du, ich würde ihn ausgerechnet bei dir suchen?«, fragte Klaus Gebhardt abwesend.

Michelsen wies schweigend auf einen Stuhl.

»Ich habe vermutlich eine Patientin mit einem Melanozytoblastom«, erklärte Gebhardt düster.

»Kommt vor.«

Gebhardt schwieg.

»Die Kinder werden es wohl mit Fassung tragen«, versuchte Michelsen ihn zu trösten. »An irgendetwas muss ein Greis ja sterben. Und es geht immerhin schnell. Sie wird nicht zum Pflegefall werden.«

»Das ist es ja«, entgegnete Gebhardt. »Von wegen Greis. Sie ist zweiundzwanzig Jahre alt.«

Der Pathologe runzelte die Stirn. »Sehr ungewöhnlich. Glaubst du im Ernst an ein MZB?«

»Sieht so aus. Aber das ist noch nicht alles. Gestern gab es die maligne Veränderung noch gar nicht, heute ist sie schon pfenniggroß.«

»Das gibt es nicht. Entweder du hast gestern geschlampt oder es ist kein Melanom«, sagte Michelsen entschieden.

Gebhardt holte scharf Luft. »Geschlampt! Bei so ungewöhnlichen Symptomen schlampt man nicht. Zuerst dachte ich an Schwarzwasserfieber. Aus dem tropischen Sylt! Aber aus Nordfriesland ist die Patientin noch kaum rausgekommen. Und jetzt noch ein Melanom! Manche Patienten machen einem das Leben wirklich schwer.«

»Bring mir die Patientin her und ich sage dir, was sie hat«, schlug Michelsen vor.

»Werde mich hüten! Ich will sie schließlich am Leben erhalten«, lehnte Gebhardt mit einem schwachen Grinsen ab.

»Warum so misstrauisch? Auch Pathologen sind Menschen! Aber was willst du dann von mir? Du bist doch sicher nicht nur gekommen, um mein fachmännisches Urteil zu verwerfen?«

»Bücher. Alles über Melanome. Ein Buch über Malaria habe ich gerade von Habermehl ausgeliehen. Heute Nacht werde ich im Bereitschaftsdienst mal ein paar Lesestunden einschalten.«

Michelsen lehnte sich auf seinem schwingenden Stuhl zurück und wies großzügig über die Bücherregale. »Bitte bedien dich. Über Melanome gibt es genug, seitdem die Australier sie in den Mittelpunkt ihres Interesses rücken mussten.«

»Was? Das ist ja eine Zumutung!«, sagte Gebhardt betroffen.

»Tja«, sagte Michelsen bedauernd. »Dann frag doch Habermehl, was er dazu meint.«

»Habermehl! Erstens hat er keine Ahnung, und zweitens würde er eine halbe Stunde brauchen, um es zu dementieren«, sagte Gebhardt mit düsterer Miene. »Und dann würde er noch verhindern, dass die Patientin nach Eppendorf geflogen wird. Nein, ich muss wohl oder übel Lorenzen hinzuziehen.«

Der Pathologe verzog das Gesicht. »Ich wünschte nicht mal meinem ärgsten Feind einen solchen Chef bei seiner Facharztausbildung.«

Kapitel 4

Thomas Hamm trat vor den Eingang des Hotels und schnupperte in die Luft. Heute war herrliches Wetter, es war bedeutend wärmer als an den ersten zwei Tagen und völlig windstill. Beinahe trotzig hatte er seine Bermudashorts angezogen.

Margrit war in ihrem Zimmer geblieben, um sich die Haare zu waschen, wie sie sagte.

»Dass die Luft so ruhig ist, werden Sie bei uns nicht oft erleben, Herr Dr. Hamm«, sagte ein Hotelangestellter in dunkelblauer Uniform mit goldenen Knöpfen und trat respektvoll neben ihn. »Meistens geht ein Lüftchen. Aber heute haben wir gute Chancen auf richtig heißes Wetter.«

»Ist das selten so im Frühling?«

»Tja«, sagte der ältere Mann. »Im Mai haben wir immer einige schöne und warme Wochen …« Er lächelte verschmitzt. »Eigentlich sollte ich es Ihnen nicht erzählen, aber manchmal war das dann der Sommer.«

»Echt?«

»Na, im September ist es manchmal noch warm …«

»Du meine Güte«, sagte Hamm, »dann müssen wir das Wetter ja ausnutzen!«

»Genau. Es ist ein guter Tag für eine Strandwanderung oder einen Ausflug mit der weißen Flotte. Es kommen bestimmt noch unwirtliche Stunden, die sind gut zum Besuch von Galerien oder Webereien. Manche Gäste loben auch unsere Heimatmuseen. Wir haben sehr schöne Museen.«

»Na, das ist wohl nichts für meine Frau«, wehrte Hamm ab. »Aber vielen Dank für den Tipp.«

Der Hotelbedienstete neigte freundlich den Kopf und nahm wieder seine Warteposition ein, die Hände auf dem Rücken verschränkt, die Augen aufmerksam auf die Auffahrt gerichtet.

Hamm spurtete mit großen Sätzen die Treppe hoch, um sich seine Jacke und seinen Rucksack zu holen. Kurz überlegte er, ob er das Ehepaar Weiss auffordern sollte mitzukommen; dann fiel ihm ein, dass sie vorhatten, ins Wellenschwimmbad zu gehen.

Margrit wollte heute eigene Wege gehen, ihr Ziel war die Friedrichstraße. Nicht einmal beim Anblick des ruhigen Meeres, das in der Morgensonne glänzte, war sie bereit gewesen, ihren Bummel zu verschieben. Und er hatte keineswegs Lust, in die gleichen Schaufensterauslagen zu starren wie in Frankfurt. Dafür war er nicht nach Sylt gefahren.

Und wenn er ganz ehrlich war, freute er sich auf einen Ausflug allein.

Robert und Karin Weiss gingen ins Meerwasserschwimmbad von Westerland und verbrachten dort zwei Stunden.

»Herrlich«, sagte Weiss, als sie danach wieder auf den Stufen vor der Halle standen, »man fühlt sich bärenstark nach so einem Wellenbad, finde ich. Wollen wir nach Keitum hinüberfahren und dort ein bisschen am Ufer spazieren gehen?«

»Wenn du meinst, Robert«, sagte Karin nachgiebig. »Obwohl ich mich, wenn ich ehrlich bin, eher müde fühle. Na ja, ich war ja auch nie Wettkampfschwimmerin.«

Er lächelte stolz. Das waren noch Zeiten gewesen!

Die Busse fuhren so oft wie die Shuttles eines beliebigen Großstadtparkplatzes. Es dauerte nicht lange, bis sie in Keitum ankamen. Robert mochte dieses Steilufer mit seinen hohen Bäumen sehr. Es war so ganz anders als die wellige Dünenlandschaft der übrigen Insel. Er schob seinen Arm unter den seiner Frau und schlug ein gemächliches Tempo an.

»Merkwürdig, diese weite Schlickfläche da unten«, sagte Karin nachdenklich. »Kaum vorstellbar, dass hier in ein paar Stunden wieder Wasser sein wird.«

Sie begannen die Treppe hinunterzusteigen. Unterhalb des Steilufers zog sich ein Pfad zwischen Schilf und austrocknenden Tangbüscheln an Keitum entlang.

»Es sind grässlich viele Mücken hier, Karin«, sagte Weiss und klatschte eine tot, die sich auf seinen nackten Arm gesetzt hatte. »Na ja. Selbst wenn der Westwind weht, ist es hier geschützt, und heute weht nicht mal der. Logisch, dass die Biester munter sind.«

»Du Ärmster«, sagte Karin und lachte mitleidig.

»Lach nicht«, brummelte er und rang sich ein mühsames Lächeln ab, während er die Reste der Mücke von seinem Arm wischte. »Also hier auf der Insel ist es eindeutig besser, ein bevorzugtes Opfer von Bremsen zu sein. So wenige, wie hier sind.«

»Dann lass uns wieder hochgehen«, sagte Karin und machte so hastig kehrt, dass sie Robert auf die Füße trat. Sie lächelte entschuldigend und strich ihm über die Wange.

Er reagierte nicht. Um seinen Humor wiederzufinden, benötigte er Schatten. »Jetzt geht es mir wie dir vorhin«, murmelte er einige Schritte später. »Man merkt doch, wenn man fünfunddreißig Jahre nicht mehr auf Zeit geschwommen ist.«

»Wir könnten in das kleine Museum gehen«, schlug Karin vor. »Da ist es kühl, wir können uns hinsetzen und verschnaufen. Und es gibt keine Mücken.«

»Zum Glück ist es heute trocken«, bemerkte er nach der Hälfte der steilen Treppe. »Weißt du noch, neulich?«

»Ja, ja«, murmelte sie.

»Und trotzdem«, schnaufte Weiss und blieb stehen, »ist mir so merkwürdig. Selbst bei dem Regen und Matsch war die Treppe nicht so steil und lang wie heute.« Er war dankbar, dass seine Frau stehen blieb, um auf ihn zu warten.

Sie schaute zurück, um das Watt zu betrachten, dann fiel ihr Blick auf ihn. »Du bist ganz blass«, stellte sie besorgt fest. »Ist dir nicht gut?«

Er schüttelte atemlos den Kopf und stützte sich auf das Geländer, weil ihm schwindelig war. Aber schließlich brachte er es nicht mehr fertig, den Schein aufrechtzuerhalten, und er ließ sich auf den schwarzen, von Baumwurzeln durchzogenen Boden niedersinken, die Hand noch am Handlauf. In seinem Kopf hämmerte es und sein Herz pochte wild. Die Luft wurde ihm knapp. »Hol einen Arzt, Karin!«, keuchte er.

Karin Weiss rang die Hände und sah sich suchend nach jemandem um, der ihr helfen konnte. Dann entschloss sie sich, die Treppe hinauf und auf die Straße zu rennen.

Die Holzknüppel, auf denen Weiss immer noch seine Hand liegen hatte, vibrierten. Merkwürdig, dass der Lehm trotz der Trockenheit schmatzt, dachte er benommen, während er Karins Stimme in dem Tunnel aus Bäumen gedämpft um Hilfe schreien hörte.

Als ihm nach einer Weile der schwache Duft von Lavendelwasser, das seine Karin so liebte, in die Nase stieg, rutschte seine Hand vom Handlauf ab und in seinem Kopf breitete sich Dunkelheit aus.

Hamm stieg am Busbahnhof in den erstbesten Bus, der, wie sich herausstellte, nach Norden fuhr. Während der Fahrt studierte er Prospekte und einen Führer von Sylt und entschloss sich kurzerhand, ein prähistorisches Hügelgrab zu besichtigen, an dem der Bus halten würde.

Als er den engen Gang mit dem lehmig-feuchten Geruch wieder verließ, genoss er dankbar die frische Luft, sog den würzigen Duft von Blütenpflanzen und frühen Heckenrosen ein und lauschte. Das Summen der Insekten und das leise Wispern des Grases wurden überdeckt von einzelnen Vogelstimmen und irgendwo rauschte das Meer. Der Autoverkehr der Nord-Süd-Strecke war zu hören und das ferne Signal eines Krankenwagens.

Er beschloss, ziellos durch die Gegend zu bummeln, schließlich war es überall schön, wo nicht Touristenpulks alles platt walzten. Am Sonnenstand sah er, dass er nach Osten ging, und schließlich blinkte die Schlickfläche durch Bäume hindurch. Er folgte dem Ostufer eine Weile nach Süden, aber da stachen die Mücken ihn für seinen Geschmack zu oft und so machte er sich wieder auf den Weg zurück zur Bundesstraße.

Er kürzte über eine von Gräben eingefasste Weide ab, auf der in einiger Entfernung Rinder grasten. Als sie weiterzogen, blieb eine Kuh zurück, die wie ein Hund auf den Hinterbacken saß. Hundesitzigkeit war nicht normal, es kam beim Rinderwahnsinn vor. Vielleicht hatte die Kuh auch nur das Becken gebrochen. Auf jeden Fall war sie dem Tod geweiht.

Um das kranke Tier nicht aufzuscheuchen, machte er einen Bogen, stieg über den Elektrozaun, stapfte durch einen Graben und stand endlich wieder auf der Bundesstraße, wo er einen flotten Schritt anschlug.

Zum zweiten Mal an diesem Tag hörte er einen Krankenwagen. Verkehrsunfall oder Herzinfarkt? Bürohengste entdeckten im Urlaub plötzlich, dass sie stundenlang am Strand joggen mussten. Nur hatten die Herzkranzgefäße manchmal ganz andere Vorstellungen von Urlaub.

Der Krankenwagen überholte ihn und verschwand hinter einer sanften Biegung. Ein Gatter kam in Sicht, vor dem ein totes Rind lag. Der Bauer hatte es von der Weide an die Straße gezogen, damit es abgeholt werden konnte. Eine schillernde Schmeißfliege setzte sich auf den trüben, eingetrockneten Augapfel. Das Maul war abgeschürft und erdig. Er konnte nichts Auffälliges erkennen. Ein plötzlicher Tod eben. Trotzdem, es war schon merkwürdig, dass er in drei Tagen bereits zwei tote Rinder zu Gesicht bekommen hatte.

Wieder im Hotel angekommen, stellte er zu seinem Erstaunen fest, dass Margrit noch nicht zurückgekehrt war, obwohl es bereits drei Uhr war und sie in den vergangenen Stunden doch wohl die Geschäftsstraßen in allen Richtungen durchstreift haben sollte. Verdrossen warf er sich auf sein Bett und schlief ein.

Margrit Hamm fand für ihren Wagen nur mit Mühe einen Parkplatz im Gewimmel, dann schlenderte sie durch die Einkaufsstraßen. Eigentlich gefiel es ihr ganz gut hier und die Auslagen waren nicht allzu langweilig.

Als sie am Ende der Friedrichstraße angekommen war, hatte sie schon mehrere Dinge gekauft, die sie eigentlich nicht brauchte und zu Hause auch nicht anziehen würde. Aber was machte das schon? Das Schöne daran war das Anprobieren und Kaufen und dazu hatte sie im Urlaub jedes Recht. Sie war froh, dass Thomas nicht mitgekommen war. Manchmal war er so knickerig, dass sie sich für ihn schämte.

Ihr Blick fiel auf einen schwarzen Porsche mit Münchener Nummer, der in einer Halteverbotszone stand. Sie betrat ohne zu überlegen das Geschäft, vor dem der Wagen parkte. Erst drinnen stellte sie überrascht fest, dass es sich um ein kleines Juweliergeschäft handelte.

Vereinzelt angeordnete Stücke von Baumstämmen waren sehr elegant mit Schmuck dekoriert. Und in der Auslage, deren schwarzer Vorhang zurückgezogen war, lag nur ein einziger Gegenstand: ein Platinring mit einem Funken sprühenden Stein auf rotem Samt.

Daneben entdeckte sie den jungen Schönen aus dem griechischen Restaurant. Sie starrte ihn an. Er war etwas älter, als sie auf den ersten Blick gedacht hatte. Reifer, die Nase wie ein Adlerschnabel. Sein Kopf war gemeißelt wie die Büste eines griechischen Athleten. Nicht allzu oft traf man auf griechische Athleten der frühen Periode.

Der Juwelier näherte sich mit höflichem Lächeln. »Kann ich etwas für Sie tun, Madame?«, fragte er zurückhaltend.

Margrit Hamm sah aus dem Augenwinkel, dass der Athlet sich lässig auf eine gläserne Vitrine stützte und sie beobachtete. Wie gelähmt suchte sie nach einem Ausweg. »Ich hätte gerne ein kleines Schmuckstück«, sagte sie schließlich, »etwas, das mich an meinen Aufenthalt auf Sylt erinnert.«

Der Grieche lächelte mit einem Hauch von Spott.

Warte, dir wird dein Lächeln schon vergehen. »Ich dachte an den Ring in Ihrem Fenster.«

»Selbstverständlich, gnädige Frau«, antwortete der Juwelier und kam hinter seinem gläsernen Tresen hervor. Mit zwei Fingern nahm er behutsam die kleine Kostbarkeit auf und präsentierte sie Margrit auf einem Samtkissen.

»Ganz ausgezeichnet, gnädige Frau. Er schmeichelt Ihrer besonders schlanken Fingerform. Und ich bin überzeugt, dass Grüntöne Ihnen ohnehin gut stehen. Darf ich die Vermutung äußern, dass Grün Ihre Lieblingsfarbe ist?«

»Das stimmt«, gab sie lachend zu.

Der Juwelier lächelte. Aus dem Gesicht des Athleten war inzwischen jeglicher Spott gewichen.

»Nehmen Sie American Card?«

»Selbstverständlich, gnädige Frau«, antwortete der Juwelier mit einer höflichen Verneigung und entnahm einer Schublade eine winzige Schachtel mit goldenen Rändern. Dann schrieb er eine Zahl auf einen Zettel und schob ihn ihr hin.

Margrit wurden die Knie weich. Mit einer Summe von knapp sechstausend Mark hatte sie nicht gerechnet. Aber sie konnte jetzt unmöglich noch vom Kauf zurücktreten. Außerdem war das Objekt ihrer Neugier mittlerweile lebhaft an ihr interessiert; dafür besaß sie ein untrügliches Gespür.

Als sie bezahlt und das kleine Päckchen in Empfang genommen hatte, ging ihre Rechnung auf.

»Darf ich Sie ein Stück begleiten?«, fragte er, nahm ohne weitere Umstände ihren Ellenbogen und führte sie hinaus.

Mit klopfendem Herzen stieg sie in den schwarzen Porsche.

Keine Besserung war eingetreten, als Karin Weiss sich auf die Treppenstufe neben ihren Mann sinken ließ. Sie drückte ihr Gesicht an seine Weste und begann zu weinen.

Es schien Stunden zu dauern, bis das Rettungsfahrzeug endlich kam. Der hilfreiche Passant, der mit der Klinik telefoniert hatte, wies der Besatzung den Weg. Während die Rettungsmänner sich um Robert bemühten, zog ihr Helfer sie behutsam hoch und brachte sie zum Rettungswagen. Neben ihm lief ein Hund, aber zum ersten Mal in ihrem Leben gab es etwas, vor dem sich Karin Weiss noch mehr fürchtete.

Wie versteinert starrte sie auf ihren Mann, nachdem die Trage befestigt worden war. Das war der Mann, den sie liebte und mit dem sie seit fünfunddreißig Jahren zusammenlebte. Er sah so eigenartig aus, so ... anders. Sie nahm seine Hand in ihre und streichelte sie. Seine Finger waren starr wie Apfelbaumäste im Winter.

Er schlug kurz die Augen auf. »So sparen wir doch wenigstens das Geld für die Rückfahrt«, flüsterte er.

Ihr trieb es erneut die Tränen in die Augen. Ihm ging es schlecht, aber er musste Witze machen, um sie aufzuheitern. »Können Sie ihm nicht helfen?«, fragte sie verzweifelt den Notarzt, der neben Robert saß und zuweilen mit einem Stethoskop seinen Herzschlag kontrollierte, während der Wagen in der von parkenden Autos eingeengten Straße Fahrt aufnahm. »Was ist denn mit ihm?«

Er schüttelte den Kopf. »Nichts Bestimmtes festzustellen. Tachykardie. Das Herz rast«, ergänzte er erklärend, und nach vorne rief er: »Blaulicht, Lars!«

Karin Weiss schloss für einen Augenblick die Augen, dann starrte sie durch das verstaubte Fenster nach draußen, ohne viel zu sehen. Unter Sirenengeheul und mit kreischenden Reifen rasten sie über die Straße nach Westerland.

Kapitel 5

Wieder einmal stand Gebhardts weißer Kittel offen, das Stethoskop hing aus der Tasche heraus, und gelegentlich ertappte er sich selbst dabei, dass er rannte. Aber manchmal gab es Wichtigeres als Kliniketikette.

Schon der dritte Neuzugang seit dem Vortag. Zwei von ihnen hatten sehr hohes Fieber mit entsprechenden Auswirkungen auf den Kreislauf. Sie lagen in einem Zimmer.

Mit dem dritten Fall stand es völlig anders. Der Mann wurde von seinen Angehörigen ins Krankenhaus gebracht. »Er ist ohnmächtig, aber so unruhig«, bemerkte einer von ihnen zu Gebhardt, der sich nur zufällig am Ambulanzeingang aufhielt.

Er wechselte ein paar Bemerkungen mit dem Mann, die Zuversicht signalisieren sollten, und folgte dann den Pflegern, die den Patienten ins Souterrain hineinrollten.

Vincence, der Dienst tuende Ambulanzarzt, stellte einen schweren Schock fest, und als der Patient anfing, schnell wie ein Hund zu hecheln, war alles in höchster Alarmbereitschaft. Nachdem sie ihn stabilisiert hatten, begleitete Gebhardt ihn selbst zur Intensivstation, wies die Schwester ein und fuhr wieder nach unten in die Innere.

Eine halbe Stunde später wurde er zur Intensivstation zurückgerufen. Der Blutdruck des Schockpatienten war erneut abgefallen, der Puls kaum mehr zu fühlen. Kurz danach starb er in tiefer Bewusstlosigkeit.

Gebhardt ging in den Aufenthaltsraum hinüber, wo die beiden Angehörigen warteten, ein Bruder und ein Nachbar, wie er erfahren hatte. Durch die Glasscheibe sah er sie rauchen und miteinander reden; beide waren eindeutig Landwirte. Er seufzte. Die Angehörigen von einem plötzlichen Tod unterrichten zu müssen war die weniger schöne Seite seines Berufes.

»Es tut mir Leid«, sagte Gebhardt bedauernd. »Mein Beileid, Herr Wollesen. Wir konnten nichts mehr für Ihren Bruder tun. Es ging sehr schnell.«

Wollesen drückte die Zigarette aus und starrte Gebhardt ungläubig an. Ein Duft von Rinderstall mischte sich mit dem Zigarettenqualm. »Jaa«, sagte er bedächtig und senkte seinen Blick auf die schweren, schmutzigen Stiefel.

Er trug Arbeitskleidung und schien geradewegs vom Feld gekommen zu sein. »Was ist passiert?«, fragte Gebhardt. »Ein Unfall?«

»Nein.« Wollesen wedelte den Rauch mit seiner blauen Schirmmütze bedächtig beiseite und sah wieder hoch. »Wir waren auf der Weide. Wir wollten Nannings Leistungskuh ansehen, die mit den weißen Fesseln ...«

»Schon gut«, unterbrach Gebhardt ihn. »War Alkohol im Spiel? Ich meine, habt ihr heute Nacht gesoffen?«

»Diesmal nicht«, beteuerte Wollesen aufrichtig. »Außerdem: Vom Saufen stirbt man nicht. Nanning war sein Leben lang gesund. Aber auf der Weide musste es ihn erwischen. Das kommt von diesen Atomreaktoren und dem sauren Regen ...«

»Ich glaube nicht, dass Ihr Bruder einen Reaktorunfall hatte«, sagte Gebhardt friedfertig. Aber er hatte keine Zeit, sich auf eine Diskussion mit dem Landwirt einzulassen, die ohnehin nichts gebracht hätte. »Vorläufig müssen wir als Todesursache Herzversagen angeben. Bitte gehen Sie jetzt in die Verwaltung hinunter und hinterlassen Ihre Adressen. Man wird Ihnen dort erklären, was zu tun ist. Die Familie des Toten wird von uns natürlich benachrichtigt. Wo ist sie zu Hause?«

»In Archsum«, sagte der Bruder.

Gebhardt nickte, gab beiden die Hand und kehrte in die Innere zurück.

Vor sich sah Gebhardt den breiten Rücken des Chefarztes der Inneren. Der weiße Kittel spannte sich über seinen Schultern und er stapfte vorwärts wie ein Bär. Gebhardt entschloss sich, Lorenzen sofort hinzuzuziehen. Besser, als wenn er ihm die Fälle erst bei der Visite vorführte. Lorenzen, der am Vortag nicht im Haus gewesen war, kannte sie noch nicht.

»Herr Lorenzen, könnten Sie wohl mal eben einen Blick in die 1.5 werfen?«, fragte er und öffnete einladend die Tür.

Lorenzen machte auf den Hacken kehrt, warf Gebhardt einen nachdenklichen und etwas verwunderten Blick zu und folgte ihm.

Zwei Schwestern kümmerten sich um die beiden Kranken. Der eine hing am Tropf. Mit fieberglänzenden Augen und hochrotem Kopf betrachtete er für einen Moment die Ärzte, bevor sein Kopf matt zur Seite sank.

»Ich habe noch keine Diagnose«, berichtete Gebhardt leise. »Das Labor arbeitet unter Hochdruck, natürlich.«

Lorenzen blickte zu Boden, hielt die Hände auf dem Rücken verschränkt und wippte auf den Zehenspitzen vor und zurück. Sein Gesicht blieb ausdruckslos.

»Ich würde gerne ausführlich mit Ihnen über die Fälle diskutieren«, sagte Gebhardt notgedrungen, der alles andere als das wünschte. »Sie sind beide etwas problematisch. Ungewöhnlich.«

»Es sind Ihre Fälle, junger Kollege«, entgegnete Lorenzen kühl, »also übernehmen Sie auch die Verantwortung. Und die Weiterbehandlung. So werden Sie's am besten lernen. Es sollte kein Problem sein, die Ursache für hohes Fieber zu ergründen. Verabreichen Sie Antibiotika und kreislaufstabilisierende Mittel.« Er schüttelte missmutig den Kopf und verließ das Zimmer.

Gebhardt nagte an seiner Unterlippe und sah ihm verärgert nach.

Die Stationsschwester, die mit einer Nierenschale, in der Kanülen lagen, seinen Weg kreuzte, runzelte die Stirn. »Haben Sie ihn beleidigt?«

Gebhardt stieß ein Schnauben aus und schloss die Tür hinter sich. »Eigentlich nicht. Aber man weiß ja nie. Und wo ich mich nun gerade mit den Problemfällen der Station befasse, schaue ich auch noch einmal bei der Christensen vorbei.«

»Nett von Ihnen!«, rief die Schwester ihm dankbar über die Schulter hinweg zu und eilte in den Spülraum.

Merle Christensen saß halb aufgerichtet im Bett, als Gebhardt noch ziemlich zornig in ihr Zimmer einbrach. Er sah ihre Hand blitzschnell hinter der Bettdecke verschwinden.

»Machen Sie die Zigarette aus. Auf einen Zimmerbrand legen wir keinen Wert«, sagte Gebhardt und wedelte den Rauch weg. »Glauben Sie etwa, man riecht es nicht?«

»Ich konnte ja nicht wissen, dass Sie am Spätnachmittag noch arbeiten«, sagte sie ganz ohne schlechtes Gewissen. »Man wird doch irgendwann mal Ruhe vor Ärzten und Therapien haben dürfen! Jeder Mensch hat Anspruch auf Freizeit.«

»Kranke dürfen nicht rauchen.«

Merle Christensen zwinkerte ihm zu und drückte die Zigarette auf einem Unterteller aus. »Wenn es aber dazu beiträgt, sie wieder gesund zu machen?«

Gebhardt musterte seine Patientin. Offensichtlich ging es ihr besser. Wenigstens etwas Positives an diesem unangenehmen Tag. Aber er hatte nicht vor, sie durch muntere Bemerkungen von seinem ernst gemeinten Tadel abzulenken. »Kein Erbrechen mehr?«

»Nein, und mein Pipi ist auch nicht mehr schwarz.«

»Trotzdem sehen wir Nikotin im Allgemeinen nicht als Medikament an. Jedenfalls nicht bei Ihnen. Rauchen dürfen Sie erst, wenn Sie gesund genug sind, nach unten in den Raucherraum zu gehen. Sie sollten wegen des Geschwürs allerdings besonders zurückhaltend mit Zigaretten sein. Wie geht es dem überhaupt?«

»Keine Ahnung«, antwortete sie. »Dafür sind Sie zuständig.«

»Genau. Ich würde es gern noch einmal ansehen. Ich hole nur eben den Verbandwagen.«

Als er in den Flur trat, herrschte dort inzwischen die Ruhe des Spätnachmittags. Nicht einmal Besucher waren zu sehen. Über der 1.1 und der 1.7 leuchteten rote Lämpchen. Gebhardt holte den Wagen mit dem Verbandszeug aus dem Stationszimmer. Nur das leise Geräusch der Rollen auf dem kunststoffbelegten Fußboden und seine eigenen Schritte waren zu hören. Eine friedliche Stimmung. Um neunzehn Uhr war sein Dienst beendet. Er überlegte, ob er in die Sauna gehen sollte. Nach einem solchen Stress tat Entspannung gut.

Unter den mäßig interessierten Blicken von Merle Christensen begann er den leichten Verband über dem Geschwür aufzuschneiden. Er wunderte sich ein wenig, dass der an einer Stelle durchfeuchtet war. Dann erstarrte er.

»Was ist?«, fragte Merle Christensen, während sie die Zehen beugte und streckte. »Ist es schon wieder weg? Ich schwöre hochheilig, es ist der richtige Fuß.«

Gebhardt sah keine Veranlassung, auf ihren scherzenden Ton einzugehen. »Tut es eigentlich nicht weh? Spüren Sie irgendetwas?«

»Weh tut es nicht«, antwortete sie sorglos. »Es juckt ein wenig. Irgendwie arbeitet es in der Fußsohle, als wenn eine Wunde heilt, so ungefähr.«

»Aha«, murmelte Gebhardt. Der kleine Krater, den er am Vortag gesehen hatte, war jetzt eine wulstige, knotige Wucherung, die den ganzen Ballen umfasste. Etwas Serum sickerte aus dem aufgequollenen Zentrum.

»Ist etwas?« Sie richtete sich auf ihren Ellenbogen auf und sah ihn halb neugierig, halb beunruhigt an.

Er schüttelte den Kopf und lächelte gezwungen. »Ich hole nur eine Kamera. Manche Fälle sind eben nicht 08/15. Sie werden in die Wissenschaft eingehen. Ist doch auch schön, oder?«

Merle Christensen nickte belustigt, während er das Zimmer verließ. Äußerst widerwillig schlug Gebhardt den Weg zu Lorenzens Zimmer ein. Zum Teufel, dachte er, was stimmt mit dem Mädchen nicht? Und warum hast ausgerechnet du eine Pflaume zum Direktor, einen falschen Hund zum Chef und dann auch noch einen so merkwürdigen Fall?

Er klopfte an der Tür des Chefarztes. Als er keine Antwort bekam, drückte er die Klinke herunter und sah ins Zimmer.

»Ich möchte nicht gestört werden, Herr Kollege«,

knurrte Lorenzen missgestimmt. »Die kurze Zeit, die mir der Dienst übrig lässt ...«

»Entschuldigen Sie, Herr Lorenzen, aber es ist wichtig«, sagte Gebhardt und betrat den Raum. Es war nicht angebracht, seinem Chef zu empfehlen, die wissenschaftliche Arbeit außerhalb der Dienststunden zu erledigen. Andererseits war er hier schließlich nicht der Gärtner, sondern selbst Arzt. Er zog den Stuhl, der vor dem Tisch stand, zu sich heran und setzte sich unaufgefordert.

»Wussten Sie, dass es Leute gibt, die Hornhaut mit der Nagelfeile bearbeiten?«, bemerkte Lorenzen und betrachtete kopfschüttelnd ein Dia im Lampenlicht. »Kein Wunder, dass sie chronische Entzündungen entwickeln.«

»Die Patientin auf 1.9, Frau Christensen ...«

»Aber das ist auf den Inseln nicht anders als auf dem Festland«, fuhr Lorenzen fort und machte sich Notizen.

»Ich würde gerne ...«

»Ich auch. Was meinen Sie, Gebhardt? Hat die Insellage einen Einfluss auf Hautkrankheiten?«

Gebhardt seufzte. »Das weiß ich nicht. Das ist Ihr Fachgebiet. Aber ich habe etwas, das Sie in diesem Zusammenhang interessieren könnte. Eine wuchernde, geschwürige Veränderung. Ich möchte Sie bitten, es sich anzusehen.«

»Merle Christensen. Nierenschädigung. Haben Sie Röntgenaufnahmen von den Nieren machen lassen?«, fragte Lorenzen scharf.

Gebhardt schüttelte den Kopf. »Die Nieren sind nicht die primäre Erkrankung.«

»Nützt Ihnen das etwas, wenn sie an Nierenversagen stirbt? Lassen Sie Röntgenaufnahmen machen, dann sehen wir weiter.«

Na ja. Er hatte getan, was er konnte. Gebhardt erhob sich. Wenn er ganz ehrlich war, hatte er schon gehofft,

Lorenzen hinzuziehen zu können. Immerhin trug der Stationsarzt offiziell die Verantwortung. Aber er war wie ein Pudding; er schlüpfte durch alle Finger, die ihn festzuhalten versuchten. Mit ziemlichem Nachdruck ließ Gebhardt die Tür ins Schloss fallen und ging die kleine Kamera holen.

Er machte sorgfältig mehrere Diaaufnahmen. Die Christensen posierte, als ginge es um Bilder für einen Modekatalog. Es belustigte ihn auf eine traurige Art und Weise. Subjektiv ging es ihr ganz gut, und es gab einfach keinen Grund, ihre Zuversicht zu zerstören. Zumal Hoffnung nicht das geringste Heilmittel war.

Dann legte er die Kamera beiseite und bückte sich, um einen Metallkasten aus der unteren Etage des Verbandwagens hervorzuholen. Der Behälter führte dort ein friedliches Dasein und wurde kaum jemals geöffnet. Er enthielt mehrere Plastikdosen mit antibiotischen Pudern, deren Verwendung längst als obsolet galt.

Er überprüfte am aufgedruckten Datum, dass die Verfallszeit des Penizillins nicht überschritten war, und stäubte das Pulver über das Geschwür.

Seit Jahrzehnten waren sich die Mediziner darüber einig, dass durch die großzügige Verwendung von antibiotischen Pudern viele Bakterien resistent geworden waren. Aber die in diesem Tumor vielleicht vorhandenen Bakterien würden keine Zeit mehr haben, Resistenzen zu entwickeln. Er fraß sich mit so rasender Geschwindigkeit in das gesunde Gewebe hinein, dass er bald lebensnotwendige Organe erreichen würde.

Aber selbst der oberflächlichen Merle Christensen wäre vielleicht aufgefallen, wenn ihr behandelnder Arzt überhaupt nichts unternommen hätte.

Kapitel 6

In der Patientenaufnahme herrschte Unsicherheit, welcher Station Robert Weiss zugeordnet werden sollte. Karin Weiss war schluchzend in sich zusammengesackt und hinter dem Bildschirm fast nicht mehr zu sehen. Es ging über ihre Kräfte, ausführlich Auskunft zu geben.

Die Sachbearbeiterin rief bei Frau Teschke an und teilte ihr mit, dass der Patient Rechtsanwalt sei und in einem guten Hotel wohne. Nach wenigen Minuten traf Habermehl bei ihr ein und ließ sich flüchtig informieren, während er die verstörte Ehefrau betrachtete.

»Okay. Er kommt zu mir«, entschied er und eilte Seite an Seite mit Lorenzen, der aus der Inneren gerufen worden war, in den kleinen OP.

Nach anderthalb Stunden hatten sie die Lage unter Kontrolle. Der Puls von Robert Weiss wurde langsamer, seine Haut nahm wieder die normale Farbe an. Die Monitoren gaben leise Geräusche von sich und der Sauerstoff blubberte.

»Das war knapp«, sagte Lorenzen. »Bloß nicht noch einer im Schock. Für einen Tag reicht's, finde ich.«

»Wieso?«

»Heute früh wurde ein Landwirt eingeliefert, der im Schock starb. Gebhardt hat ihn behandelt. Derzeit wissen wir noch nicht, von was der Schockzustand herrührte.«

»Denken Sie an Güllegruben, in die Bauern zu fallen pflegen«, empfahl Habermehl gleichgültig und verließ den Raum.

Als die Schwingtür zu dem für Angehörige verbotenen Bereich hinter ihm zufiel, stürzte die Ehefrau auf ihn zu. Zum ersten Mal sah er mehr von ihr als graue Haare und einen konventionellen Blazer. Typ Hausfrau, ohne jeden Schick gekleidet, aber teuer.

»Wie geht es meinem Mann?«, rief sie. »Ich bin Frau Weiss.«

»Ihrem Mann geht es den Umständen entsprechend, gnädige Frau«, sagte er beschwichtigend und drückte warmherzig ihre feuchte rechte Hand.

Karin Weiss holte Luft. »Ich bin Ihnen ja so dankbar«, murmelte sie. »Kann ich zu ihm ...«

Habermehl winkte ab. »Später, liebe Frau Weiss. Im Moment liegt alles in Gottes Hand. Wir müssen abwarten. Ihr Gatte kommt jetzt auf meine Privatstation. Ich bin Professor Habermehl.«

Frau Weiss starrte Professor Habermehl nach. In ihrem Kopf drehte sich alles. Sie verstand nicht, was er meinte. Es hatte beinahe geklungen, als ob es ernst sei ... Dabei waren sie doch nur spazieren gegangen.

Automatisch folgte sie ihm, ohne auf den Weg zu achten, bis sie vor einer Tür stand, die Angehörigen und Fremden den Zutritt verwehrte. Verwirrt drehte sie sich um sich selbst und wanderte einen anderen Gang entlang, der an einer Treppe endete.

Sie befand sich nun im Souterrain. Plastikbedeckte Betten standen in einer endlosen Reihe an der Wand; dahinter gab es einen Heizungsraum und einen offenen Abstellraum, aber sie sah keinen Menschen.

Endlich vernahm sie Stimmen und Geräusche und drehte sich um. Zwei Pfleger kamen ihr entgegen, die ein Bett durch den Gang schoben, in dem eine Patientin lag. Die Rollen quietschten auf dem Linoleum.

»Spinnst du?«, fragte der eine. »Wie soll man die Bundesligaspiele denn zu sehen kriegen, wenn die nur noch über Pay-TV laufen? Glaubst du, ich kann mir die Gebühren leisten? Das ist ja Betrug!«

»Entschuldigen Sie«, sagte Frau Weiss und trat ihnen in den Weg. »Wo ist denn hier jemand, den ich nach meinem Mann fragen kann?«

»Wo ist denn Ihr Mann?«

»Der Professor sagte, in seiner Privatstation«, sagte Karin Weiss und wies unbestimmt hinter sich.

Der junge Mann zuckte mit den Schultern. »Da müssen Sie den Professor selbst fragen. Zum Eingang geht's in diese Richtung und dann die Treppe hoch.« Er setzte das Bett wieder in Bewegung und entfernte sich zusammen mit seinem Kollegen. »Was die sich mit uns erlauben, ist eine Unverschämtheit«, schimpfte er, während sein Kollege das Kopfende des Bettes in eine breite, milchverglaste Seitentür hineinbugsierte.

Als die Tür mit einem dumpfen Rumpeln zugeschlagen war, stand Karin Weiss wieder allein im Gang. Nur das Ticken einer großen Bahnhofsuhr, die von der Decke herabhing, klang überlaut in ihren Ohren. Sie ließ sich auf einen einsamen Plastikhocker sinken und vergrub das Gesicht in den Händen.

Lorenzen überwachte den Transport des Patienten Weiss in den Sanatoriumsbau, wo er in einen Raum gerollt wurde, der alle für die Intensivüberwachung benötigten technischen Geräte enthielt.

Die Schwester der Station kümmerte sich zusammen mit einem Pfleger darum, dass alle Apparate angeschlossen wurden, während Lorenzen an der Tür stehen blieb. »Urlauber«, brummte er. »Wenn wir die nicht hätten ...«

Schwester Inge überprüfte routiniert die Funktion der Messgeräte und war zufrieden. Ihr Blick blieb am Hals von Robert Weiss hängen. »Sehn Sie mal, Herr Doktor. Das sieht aber merkwürdig aus.«

Lorenzen kam wieder zurück und beugte sich über Weiss. Er schob seine Brille auf die Stirn, um die Quaddel von nahem betrachten zu können. Mit seinem stattlichen Leib presste er den Arm des Patienten in das Laken, aber der befand sich in einem komaähnlichen Zustand und spürte nichts.

»Tatsächlich. Habe ich gar nicht bemerkt.« Lorenzen ließ seinen Finger über die Erhöhung dahingleiten. »Glatt, heiß, in der Mitte ein rot gefärbtes Loch. Wenn es zwei wären, könnte man eine Kobra vermuten.« Er sah auf und lachte unbekümmert.

Aber die sauertöpfische Stationsschwester tat ihm nicht den Gefallen einzustimmen.

»Suchen Sie mal die Ehefrau!«, befahl er und schlenderte zum Fenster, nachdem Schwester Inge gegangen war. Die Hautveränderung interessierte ihn aus wissenschaftlichen Gründen.

Gedankenlos betrachtete er den Park hinter dem Anbau. Er war eigentlich ganz hübsch, jedenfalls gepflegt. Im Winter fütterte der Gärtner dort allerlei Piepmätze, damit die Patienten etwas zu schauen hatten.

Er sah auf die Uhr. Inge war jetzt eine geschlagene Viertelstunde fort. Gerade als er sich entschloss zu gehen, schob sie die Ehefrau durch die Tür. »Wo bleiben Sie denn?«, knurrte er.

»Frau Weiss hatte sich zur Bäderabteilung verirrt«, antwortete Schwester Inge sachlich.

»Wie geht es ihm?«, fragte Karin Weiss und rang ihre kleinen Hände, die aussahen, als ob sie gelegentlich Gartenarbeit verrichteten.

»Besser, schon etwas besser«, sagte Lorenzen in beruhigendem Ton und brachte sie höchstpersönlich zu einem der bequemen Sessel. Als sie saß, auf der äußersten Kante und jederzeit zum Aufspringen bereit, begann er seine Befragung. »Reagiert Ihr Gatte immer stark auf Insektenbisse?«

»Insektenbisse?«, wiederholte sie verstört und sah mehr denn je aus wie eine Marktfrau am Ende eines erfolglosen Tages. Einige graue Strähnen hingen ihr ins Gesicht.

Lorenzen bemühte sich, auf sie einen geduldigen, Vertrauen erweckenden Eindruck zu machen. Er hatte das vage Empfinden, dass diese Sache wichtig für ihn sein könnte.

Karin Weiss ließ ihren Blick zu ihrem Mann hinüberschweifen, der schwer atmete. Als plötzlich ein verstärktes Gurgeln zu hören war, erhob sie sich halb.

Lorenzen sah flüchtig nach den Monitoren. »Es ist alles in Ordnung«, beruhigte er sie. »Reden Sie nur.«

Karin Weiss ließ sich wieder zurücksinken. »Meinen Sie damit auch Mückenstiche?«

Lorenzen nickte.

»Ja, die setzen ihm stark zu«, bestätigte Frau Weiss. »Schon immer. Sie werden so groß wie bei mir die Bremsenbisse und bei anderen Leuten Wespenstiche.«

Lorenzen hörte ihr aufmerksam zu, während er an das Krankenbett zurückging und die Arme des Patienten einer kurzen Untersuchung unterzog. Unter den Ärmeln des Operationshemdes fand er tatsächlich mehrere Stiche. »Ja«, sagte er befriedigt. »Sehen Sie hier? Mittlerweile ganz schöne Plaques. Ihr Mann muss in einen Schwarm von Blutsaugern geraten sein.«

»Bei Keitum. Wären wir da nur nicht hingegangen!«

»Ihr Gatte hat vermutlich einen allergischen Schock, bedingt durch die Vielzahl der Insektenstiche«, erklärte Lorenzen. »Wenn wir den Schockzustand beherrschen können – und im Moment sieht es ganz danach aus, liebe Frau Weiss –, dann ist die Sache eigentlich harmlos. In ein paar Tagen haben Sie ihn wieder.«

»Vielen, vielen Dank«, stammelte Karin Weiss überglücklich.

Lorenzen richtete sich auf und lächelte wohlwollend auf sie hinunter. Er hasste Frauen, zu denen er aufsehen musste. »Sie sollten Ihren Mann jetzt allein lassen. Er braucht Ruhe.«

»Ja, ja«, sagte Frau Weiss. »Ich kann nichts für ihn tun, ich weiß. Der Herr Professor hat mir auch schon gesagt, dass er in besten Händen ist.« Auf Zehenspitzen schlich sie hinaus.

Lorenzen folgte ihr, nickte kurz und eilte durch die Gänge in sein Arbeitszimmer. Dieser Fall passte ausgezeichnet in seine derzeitige wissenschaftliche Arbeit.

Nach Sylt war er nur wegen seiner Habilitationsarbeit gekommen, in der er den Einfluss der Insellage auf Effloreszenzen der Haut nachweisen wollte. Er ging davon aus, dass die UV-Strahlen Hautkrankheiten stärker und früher zum Ausbruch brachten. Schließlich war die Küste durch Luftverunreinigungen weitgehend unbelastet, sodass die Strahlen gewissermaßen gebündelt auf die menschliche Haut auftrafen.

Und nun hatte er einen Patienten, der wenige Tage

nach seiner Ankunft nicht nur dicke Quaddeln nach Mückenstichen entwickelte, sondern sogar einen allergischen Schock bekam, obwohl er doch offenbar die bayerischen Insekten ohne Klinikaufenthalt ertrug. Sehr interessanter Fall. Lorenzen war fest entschlossen, ihn auszuwerten. Sein industrieller Auftraggeber würde im Hinblick auf positive Ergebnisse auch für teure Spezialuntersuchungen aufkommen.

Am liebsten würde er sogar eine Biopsie machen. Leider fiel das aus, weil der Mann Privatpatient und infolgedessen tabu war. Außerdem war es natürlich ausgeschlossen, an Habermehl vorbei irgendetwas zu unternehmen.

Er kehrte vom Fenster an seinen Schreibtisch zurück und beugte sich hinunter, um eine Haftnotiz zu lesen, die jemand dort angeklebt hatte.

Es ging um die Christensen. Gebhardt bat ihn dringend um eine Unterredung. Lorenzen sah auf seine Uhr. Kurz vor neunzehn Uhr. Eine Melanurie interessierte ihn nicht. Es reichte, sich am nächsten Morgen darum zu kümmern.

Er hob den Zettel zwischen zwei Fingern in die Höhe und ließ ihn durch die Luft segeln. Er landete unter einem Regal.

Am nächsten Morgen ertönte der Piepser in Gebhardts Kitteltasche. Er eilte ans nächste Telefon und erfuhr, dass er umgehend auf der Inneren benötigt wurde. Seine Patientin Christensen hatte einen Schock erlitten.

Mein Gott, dachte er entsetzt, das kann doch nicht sein! Er nahm die Treppen im Laufschritt und stürzte schnaufend ins Krankenzimmer, in dem sich sein Chef und eine Krankenschwester befanden.

Gebhardt überflog die Etiketten der Flaschen auf dem Tisch. Glucocorticoid und Adrenalin; künstlich beatmet wurde die Patientin auch bereits.

Lorenzen beendete die Injektion und warf die Spritze klirrend in die Nierenschale. »Was, um Himmels willen«, knurrte er Gebhardt an, »haben Sie mit dieser Patientin gemacht? Oder besser: unterlassen?«

»Wieso?«, fragte Gebhardt verdattert und lief rot an. »Ich habe sie ihren Symptomen entsprechend behandelt. Bis gestern Abend hatte sich alles überraschend gebessert.« Er verschwieg die heimliche Zigarette der Patientin. »Ich verstehe gar nicht, dass sie einen Schock bekommen konnte.«

»Ja eben, Sie verstehen nicht. Das ist es ja gerade.« Lorenzen stieß ein zorniges Schnauben aus. »Vielleicht lesen Sie abends noch etwas in Ihren Büchern ... Anscheinend haben Sie Weiterbildung nötig.«

»Zu ihren sonstigen Symptomen passte kein Schock«, wandte Gebhardt ein. »Ich erwarte beim Knöchelbruch auch nicht gerade Zahnschmerzen.«

»Sie sind hier, um sich Gedanken zu machen! Selbst Zahnschmerzen müssen Sie voraussehen!«, fuhr ihn Lorenzen barsch an.

»Ich habe mir Gedanken gemacht!« Gebhardt war mit einem Schritt am Bett, zog der Patientin die Decke von den Füßen und hob den rechten Fuß am Knöchel an. Hastig öffnete er den Verband. Die Wucherung an der Fußsohle hatte inzwischen Pflaumengröße erreicht. »Bitte.«

Lorenzen stieg Röte ins Gesicht. »Mein Gott, ein Melanom! Und wieso haben Sie mir das verschwiegen?«

»Das habe ich nicht! Erstens habe ich es selbstverständlich im Krankenblatt vermerkt, zweitens versuche ich seit zwei Tagen, Sie für diesen Fall zu interessieren, und drittens zweifle ich daran, dass es sich um ein Melanom handelt.«

»Sie haben, versuchen und zweifeln!«, rief Lorenzen pathetisch. »Und während Sie hatten, versuchten und zweifelten, starb die Patientin – jede Stunde ein bisschen mehr. Ich fürchte, sie wird es nicht überleben. Ihre Behandlung war unverantwortlich! Ich glaube nicht, dass ich es Herrn Habermehl verschweigen darf, vor allem wegen der Klage, die auf uns zukommen könnte …«

»Ich bin mir keiner Schuld bewusst!«, rief Gebhardt erbittert.

»Ja, genau«, antwortete Lorenzen mit einem feinen Lächeln und nahm die Karteikarte an sich. »Vielleicht ist gerade das Ihr Fehler. Ein Arzt muss sich täglich, stündlich seiner Schuld bewusst sein. Es gibt immer etwas, was er vielleicht noch hätte tun können. Erst wenn der Patient das Haus geheilt verlassen hat, darf der Arzt aufhören, sich Gedanken um ihn zu machen.«

Heuchler, dachte Gebhardt voll Verachtung. Laut sagte er: »Wo waren Sie selbst denn eigentlich? Ich hatte gestern Abend schriftlich um Ihren Beistand gebeten!«

»Nun werden Sie mal nicht patzig, Gebhardt. Ich habe keine Nachricht erhalten.«

»Doch, sogar dringend«, sagte Gebhardt hartnäckig. »Ich habe den Zettel auf Ihren Schreibtisch gepappt. Solche Nachrichten gehen üblicherweise nicht verloren!«

»Ich habe keinen Zettel gefunden«, tat Lorenzen die Sache ab, während er die Patientenkarte studierte. »Vermutlich hat sie überall Metastasen. Ich werde eine Biopsie vornehmen.«

Gebhardt starrte seinen Chef fassungslos an. »Das meinen Sie doch nicht im Ernst!«

»In vollem Ernst.«

»Aber«, die Worte lagen ihm richtig quer im Hals, er konnte nicht verhindern, dass er zu stottern begann, »Sie sind sich doch darüber klar, dass es absolut kontraindiziert wäre, bei einem metastasierenden Tumor eine Gewebeprobe zu entnehmen!«

»Was macht das in diesem Fall schon?«, fragte Lorenzen kühl. »Sie stirbt sowieso und außerdem haben Sie eben selbst Zweifel an der Diagnose geäußert. Ich werde es tun. Zumindest können wir für die Zukunft etwas lernen. Und Ihnen rate ich, meine Anordnungen nicht in Zweifel zu ziehen.«

In der Kehle der jungen Frau blubberte es leise. Schwester Katrin wagte sich kaum zu rühren. Gebhardt sah ihr an, wie peinlich ihr der Meinungsstreit war. »Sie haben aber gar nicht gefragt, warum ich Zweifel habe«, wandte er ein.

»Nein, Ihre Meinung interessiert mich nicht sonderlich«, gab Lorenzen zu. »Wir sehen ja, wie verkehrt sie ist.«

»So schnell wächst kein malignes Melanom«, sagte Gebhardt eigensinnig. »Es muss etwas anderes sein.«

»Ach, ja?« Lorenzen warf Gebhardt einen Blick zu, der besagen sollte, ihm ja nichts wissenschaftlich Interessantes zu verschweigen. Dann federte er zum Bett hinüber und tastete mit den kräftigen Griffen eines Masseurs das Bein der Patientin ab. Als er an der Kniekehle angelangt war, nickte er befriedigt. »Starke Schwellung der Lymphknoten. Wahrscheinlich längst Metastasen. Ein hochinteressanter Fall. Ich werde Gewebe entnehmen.«

Gebhardt presste die Kiefer so hart aufeinander, dass die Zähne schmerzten. Wortlos verließ er das Krankenzimmer. Um sich zu beruhigen, drehte er eine Runde im Kurgarten und rauchte in der frischen Luft zwei Zigaretten.

Als er zurückkam, lief Schwester Katrin ihm über den Weg. »Merle Christensen ist gerade verstorben«, sagte sie bedrückt.

Thomas Hamm hatte im Hotel erfahren, dass Weiss ins Krankenhaus eingeliefert worden war. Während sich alle anderen Gäste in der unerwarteten Hitze am Strand tummelten, machte er sich auf, um in die Klinik zu fahren und Frau Weiss seine Hilfe anzubieten. Auf dem Weg zum Hotelparkplatz ging ihm immer noch der ärgerliche Streit im Kopf herum, den er deswegen mit Margrit gehabt hatte.

»Bitte komm mit«, hatte er gesagt.

»Ausgerechnet in den Ferien? Zu völlig fremden Leuten? Du weißt, wie ungern ich in Krankenhäuser gehe.«

»Wir haben mit ihnen zusammen gegessen und getrunken. Und gelacht. Jemand, mit dem du lachst, ist kein Fremder. Und Frau Weiss ist hilflos ohne ihn.«

»Ich bin ohne dich auch hilflos auf dieser Insel«, sagte Margrit schnippisch. »Vor allem ohne Auto.«

Er fuhr allein ins Krankenhaus.

Als Hamm im Anbau die Marmorstufen zum ersten Stock hochstieg, wankte Karin Weiss ihm entgegen. Sie sah ihn nicht einmal. Er fing sie auf, als sie eine Stufe verfehlte.

»Geht es ihm noch nicht besser?«, fragte Hamm spontan.

Frau Weiss hing wie ein Sandsack in seinen Armen. Sie begann zu schluchzen. Im Gang am Ende des Treppenhauses hörte Hamm unterdrücktes, hastiges Geflüster.

Ein junger Mann im weißen Ärztekittel sprang mit einem Riesensatz an ihm vorbei und bremste dann plötzlich.

»Da ist sie ja«, sagte er erleichtert und hakte Frau Weiss unter. »Kommen Sie, Frau Weiss, am besten setzen Sie sich erst einmal ins Sekretariat. Sie hat gerade einen Angehörigen verloren«, fügte er leise für Hamm hinzu.

»Robert Weiss ist tot? Aber er schien doch kerngesund. Er war sportlich und aktiv. Segler und ehemaliger Wettschwimmer.«

»Oh, Sie kannten ihn!« Gebhardt stellte sich vor. »Wenn dem so ist, wäre es uns sehr lieb, wenn Sie bei den Formalitäten helfen könnten. Ich glaube, Frau Weiss ist derzeit nicht in der Lage …«

»Selbstverständlich«, sagte Hamm. »Ich verstehe, was Sie meinen.«

Gebhardt brachte Frau Weiss in Habermehls Sekretariat, gefolgt von Hamm. Habermehl selbst war außer Haus, aber Gebhardt traf mit ruhiger Stimme die Entscheidungen, ordnete an, dass sie als Patientin aufgenommen, in ein stilles Eckzimmer mit privatem Charakter gelegt und mit einem milden Schlafmittel sediert werden sollte.

Hamm hörte alles mit, während er in einem bequemen Sessel im Sekretariat des Chefarztes saß und unaufmerksam in einer Modezeitschrift blätterte, die ihn nicht interessierte. Gelegentlich traf ihn ein freundliches Lächeln der Sekretärin, die mit Hilfe eines Headsets nach Diktat schrieb.

Endlich kam Gebhardt zurück und winkte ihm zu folgen. Hamm sprang auf. Nebeneinander gingen sie die Treppe hinab.

»Halten Sie es bitte nicht für Neugier«, sagte Hamm,

»aber Herr Weiss machte einen so durchtrainierten Eindruck. Ich kann nicht glauben, dass er einen Herzinfarkt erlitten haben soll. Ein solcher Verdacht sprach sich im Hotel herum. Ich habe mit ihm gegessen. Tabletten hat er bei der Mahlzeit nicht genommen ... Aber was bleibt dann noch? Toxine, Intoxikation?«

Gebhardt blickte ihn überrascht an. »Sind Sie ein Kollege?«

»Ich weiß nicht, ob Sie einen Tierarzt als Kollegen gelten lassen«, sagte Hamm.

Gebhardt lächelte breit. »Klar! Unter diesen Umständen kann ich Ihnen erzählen, dass Herr Weiss im Schock starb, vermutlich allergisch bedingt. Allerdings, so ganz sicher bin ich mir nicht. Er war nicht mein Patient.«

»Nicht ganz alltäglich, vermute ich.«

Gebhardt nickte unzufrieden. »Genau. Auf Sylt gibt es kaum Wespen und Bremsen. Und doch war er der dritte Schockpatient in zwei Tagen. Bei keinem von ihnen konnten wir uns erklären, warum es zum Schock kam. Es beunruhigt mich, ehrlich gesagt.«

»Interessant«, sagte Hamm beeindruckt. »Sehen Sie einen Zusammenhang zwischen den Fällen?«

»Nein, sicher nicht. Eine zufällige Anhäufung von Merkwürdigkeiten.« Gebhardt grübelte einen Moment.

Hamm wartete geduldig. Es war manchmal nicht schlecht, einen außenstehenden Diskussionspartner zu haben, er kannte das.

»Sagen Sie, Herr Hamm, haben Sie öfter mit Melanomen bei Tieren zu tun? Mich interessiert vor allem, wie schnell die bei den Viechern wachsen.«

»Schimmel«, antwortete Hamm nachdenklich, »ja, Schimmel haben häufig Melanome. Sie sind genauso tödlich wie beim Menschen. Aber sie wachsen langsam.«

»Ein Melanom, das in drei Tagen zum Tod führt, könnten Sie sich das vorstellen?«, fragte Gebhardt vorsichtig.

Hamm schüttelte entschieden den Kopf. »Das gibt es nicht!«

»Das dachte ich bisher auch«, murmelte Gebhardt. »Aber ich wurde eines Schlechteren belehrt.«

»Wer sagt das?«

»Niemand. Ich habe es selbst gesehen, sonst würde ich es nicht glauben. In zwei Tagen von Pfennig- zur Fünfmarkstücksgröße gewachsen. Zerklüftet, wulstig, wirkte absolut bösartig und war sehr wahrscheinlich metastasierend.«

Hamm sah Gebhardt merkwürdig berührt an. »Das muss etwas anderes sein«, sagte er schließlich.

Gebhardt zuckte die Schultern. »Hätten Sie denn eine Idee? Ich nicht. Es war nur so ein Gedanke, dass Sie sich da vielleicht auskennen. Vergessen Sie's. Unser Pathologe wird die Diagnose stellen.«

»Würde mich auch interessieren«, sagte Hamm und kehrte dann zum Nächstliegenden zurück. »Das Beste wird sein, dass ich Frau Weiss abhole und in den Zug setze. Ich kümmere mich auch um die Absprache mit dem Beerdigungsinstitut wegen der Überführung des Leichnams nach Bad Tölz, wenn es Ihnen recht ist.«

»Oh, sehr«, sagte Gebhardt dankbar. »Ich werde Sie informieren, wann Habermehl Frau Weiss entlässt. Sie bekommen eine Nachricht ins Hotel.«

»Ja, gut«, sagte Hamm, verabschiedete sich mit Handschlag und ging nachdenklich die Treppe hinunter ins Erdgeschoss. Wenn ihm an einem Tag drei Hunde im Schockzustand in die Praxis geschneit kämen, würde er sich informieren, wo sie zu Hause waren. Gifte in der

Atemluft, Gifte im Futter – alles Mögliche kam da infrage. Auf jeden Fall würde er einen Zusammenhang vermuten.

Er wunderte sich, dass bei den Humanmedizinern drei Schockzustände und eine Zellwucherung, die sämtlichen Lehrbüchern der Medizin widersprach, so wenig Beachtung fanden.

Kapitel 7

Kaum hatte Thomas das Hotel verlassen, griff Margrit Hamm zum Telefon. Sie war so wütend auf ihn, dass ihre Hand beim Wählen zitterte.

Sie musste es lange klingeln lassen, bis sich eine heisere Stimme meldete. »Hallo«, erwiderte sie schleppend und wartete gespannt, ob er erkennen würde, wer am Apparat war.

Er räusperte sich. »Du hast mich geweckt«, beschwerte er sich. »Na, macht nichts.«

»Eben, es ist spät genug. Und außerdem ...«

»Außerdem?«, wiederholte er. Seine tiefe Stimme mit dem bayrischen Akzent signalisierte, dass er sich auf ihr Spiel einließ. Endlich war er wach.

»Du könntest vorbeikommen und mich abholen, wenn du Lust hast.«

»Das ließe sich machen. Die Querstraße vor dem Hotel? Wie gestern.«

»Wie gestern«, sagte sie träge und ließ den Hörer sinken. Im Stakkato einer Melodie aus der Technoszene ging sie zum Kleiderschrank hinüber. Sie entschied sich für einen knappen schwarzen Lederrock, den ihr langweiliger Ehemann als breiteren Gürtel bezeichnete und den er nicht ausstehen konnte.

Im Gegensatz zu ihr selbst. Sie würde ihre Jugendlichkeit wie nasse Wäsche in die faltigen Gesichter der alten

Schachteln auf der Westerländer Promenade klatschen. Das machte Spaß.

Der Dienst tuende Portier ließ seine Augen auf ihr ruhen, länger, als seine dienstlichen Pflichten es notwendig machten. Und der Page an der Drehtür warf ihr bewundernde Blicke zu, über die sie hochmütig hinwegsah.

Dann machte sie sich mit lässigen Schritten zur nächsten Querstraße auf, wo der schwarze Porsche stand. Manfred Kerst rauchte und stieg nicht aus, um ihr die Tür zu öffnen. Er war wütend. Sie lächelte verstohlen.

»Beim nächsten Mal rufst du an, wenn du fertig bist, nicht vorher, verstanden?«

»Aber, Manfred«, sagte sie heiter, »es hätte doch sein können, dass du nicht da bist. Oder mein Mann wäre gekommen, während ich wie bestellt und nicht abgeholt im Foyer gesessen hätte.«

»Wo ist er überhaupt?«, fragte Kerst misstrauisch.

Margrit zog eine amüsierte Grimasse, schlüpfte auf den Ledersitz und machte es sich bequem. »Im Krankenhaus.«

»Unfall?«

»Wo denkst du hin! Doch nicht er! Er ist der geborene Samariter. Er gabelt immer Kranke oder sterbenslangweilige Typen auf, die er zu Freunden erklärt«, antwortete Margrit, ohne ihre Erbitterung zu verhehlen. »Oder er freundet sich mit niedlichen Bakterien an. Nie verläuft ein Urlaub so, wie ich ihn mir vorstelle.«

»Hör schon auf zu jammern!«, befahl Kerst schroff. »Du hast jede Menge Möglichkeiten, dir ohne ihn die Zeit zu vertreiben. Heute Abend gehen wir ins Spielkasino und anschließend zu Gosch. Es gibt Austern. Oder Hummer. Was du willst. Und wenn du brav bist, gibt es vielleicht noch etwas anderes ...«

Margrit lächelte und befeuchtete sich mit der Zunge die Lippen.

Später abends stieß Hamm vor dem Speisesaal auf seine Frau. Er wunderte sich etwas. Die Drehtür, an der zu dieser Zeit kein Portier mehr stand, kam langsam zur Ruhe. Margrit hatte das Hotel eindeutig erst jetzt betreten. Ihre Augen funkelten erwartungsvoll, aber er tat, als sähe er nicht, dass sie gefragt werden wollte.

Schließlich platzte sie mit ihrer Neuigkeit heraus. »Ich habe fünfhundert Mark gewonnen. Im Spielkasino.«

»Wieso gehst du allein dorthin?«, fragte er mit finsterem Gesicht. Wenigstens erklärte das Kasino ihre Aufmachung.

Margrit lachte hell.

Hamm sah sie aufmerksam an. Seine spontane Frage war gegen ihre Abmachung. Aber statt ihn daran zu erinnern, suchte sie nach einer Antwort. »Nur wir zwei«, sagte er bestätigend zu dem Restaurantchef, der auf ihn zukam, um ihnen einen Tisch zuzuweisen.

»Du hattest ja keine Zeit«, sagte sie genießerisch, als sie saßen und der Ober, der die Kerze angezündet hatte, wieder gegangen war. »Du musstest ja Bekannte besuchen, die du fast nicht kennst. Eine Mumie und seine Hausfrau. Oder heißt es: ihre Hausfrau? Egal! Schauen beide doch bloß mit dem Kopf noch aus dem Grab. Fährst du nach Sylt, um solche Bekanntschaften zu machen?«

Hamm blickte in die flackernde Flamme. Plötzlich fühlte er sich fehl am Platz. »Mit dem Grab hast du gewissermaßen Recht. Robert Weiss ist heute gestorben.«

»Oh«, sagte Margrit peinlich berührt. Sie ließ die Speisekarte, die in diesem Augenblick vor sie gelegt wurde, in einem Anfall von Pietät ungeöffnet.

Hamm nippte an seinem unverlangten Aperitif. Dankbar merkte er, dass Margrit ihn zu trösten versuchte. Ihre Hand schlich sich auf seinen Arm und blieb dort liegen.

»Lass uns nicht mehr an die beiden denken«, sagte sie nach einer Weile. »Jeden Tag sterben auf der ganzen Welt Leute, jede Minute. Wenn wir das Pech hatten, so einem Todeskandidaten zu begegnen, wollen wir ihn schnellstens vergessen, ja?«

Hamm schüttelte ihre Hand ab und schob die Karte nachdrücklich von sich. Ganz bestimmt würde er jetzt nichts mehr essen. »Ich werde ihn nicht nur nicht vergessen, sondern ich werde für Frau Weiss sorgen, bis sie und der Sarg in Bad Tölz von Verwandten in Empfang genommen werden. Frau Weiss ist zusammengebrochen.«

Margrits Gesicht gefror, während sie ihn anstarrte.

»Das alles werde ich tun, weil ich sie zufällig kennen gelernt habe und glaube, ihnen das schuldig zu sein. Und wenn es dir nicht passt«, fuhr er leise und in drohendem Ton fort, »dann rate ich dir, umgehend nach Hause zu fahren!«

»Das sagst du zu mir?«, fragte Margrit fassungslos.

»Wenn nötig, werde ich es wiederholen.«

»Wir haben Urlaub, Thomas! Urlaub! Kannst du nicht ein einziges Mal den Urlaub verbringen wie andere Leute auch?« Margrit ballte ihre gepflegten Hände. Mit Mühe gelang es ihr, nicht die Beherrschung zu verlieren. »In Irland das Pferd, das die Leute schließlich nur verladen haben, wie sie es gewohnt waren – aber wir landeten auf der Polizeiwache! Und in Griechenland diese Zigeuner! Warum musst du dich ständig in anderer Leute Angelegenheiten einmischen?«

»Margrit, wie kannst du das nur miteinander vergleichen!«, sagte Hamm. »Hier ist ein Mensch, der Hilfe braucht, und ich werde helfen.«

»Warum denn immer du? Es gibt doch auch noch andere Leute!«

»Werde endlich erwachsen, Margrit! Du bist nicht der Nabel der Welt!«, schnaubte Hamm.

»Du und deine blödsinnigen Hobbys auch nicht!«, schrie Margrit, sprang auf und stürmte zur Tür, so schnell es ihr enger Rock zuließ.

Das Messer, das auf ihrem Platz gelegen hatte, war klirrend auf den Parkettfußboden gefallen und schlitterte einem Ober vor die Füße. Thomas Hamm ignorierte die neugierigen Blicke, die ihnen beiden galten, ließ sich eine Flasche Bordeaux aushändigen, den es in der Zimmerbar nicht gab, und nahm sie mit nach oben.

Margrit war nicht da.

Am nächsten Morgen wurde Hamm telefonisch benachrichtigt, dass Frau Weiss an diesem Tag noch nicht entlassen werden könne. Er nahm Kontakt mit dem Beerdigungsinstitut auf und erledigte die Formalitäten mit Hilfe der Krankenhausverwaltung. Als er ins Hotel zurückkehrte, stellte er fest, dass Margrit wieder fortgegangen war, ohne ihm eine Nachricht hinterlassen zu haben. Der Wagen stand unten auf dem Parkplatz.

Er überlegte nicht lange, was er mit sich anfangen sollte. Seit ihrer Ankunft wurmte ihn die Sache mit dem toten Rind, das sein Besitzer nicht gesehen haben wollte. Es war eine gute Gelegenheit, dem nachzugehen.

Die Eisenbahnschranke bei Archsum fand er problemlos, parkte auf dem Seitenstreifen der Bundesstraße und wanderte auf einem Feldweg, der neben den Bahngeleisen her verlief, zur Weide hinüber.

Etwas verblüfft machte er die Entdeckung, dass die Rinderherde fort war. Dabei war er sicher, die richtige Weide gefunden zu haben. Er erinnerte sich gut an die Senke, hinter der eine einzelne Eiche stand.

Er tupfte an den Elektrozaun, vergewisserte sich, dass er nicht angeschlossen war, und kroch zwischen den Drähten hindurch. Das Weideland war ziemlich nass; der tiefer liegende Teil war von parallel verlaufenden Gräben durchzogen, in denen Wasser stand. Er bückte sich, schöpfte eine Hand voll, roch und probierte schließlich. Salzig war es nicht, musste Grundwasser sein.

In der Senke ging kein Lüftchen; Mücken tanzten, und dort, wo die tote Kuh ungefähr gelegen hatte, summten Fliegen. Wahrscheinlich irgendwelche Ausscheidungen, dachte er, während er sich langsam näherte, um die Stelle zu inspizieren.

Der Geruch nach Verwesung, der aus dem Gras aufstieg, war zu stark, um von drei Tage alten Ausscheidungen herzurühren. Sehr merkwürdig. Und dann entdeckte er frische Grabungsspuren; die ausgestochenen Grassoden waren unordentlich zurückgelegt und festgetrampelt worden.

Sollte das Rind hier wirklich verscharrt worden sein? Hamm schüttelte sich. Tierkadaver zu vergraben war verboten; die gehörten in die Tierkörperverwertungsanstalt. Er konnte das Veterinäramt benachrichtigen und damit wäre die Sache für ihn erledigt. Für Nanning Wollesen nicht, der würde eine Ordnungsstrafe erhalten.

Er entschied sich dagegen. Er war nicht hier, um Polizei zu spielen. Dagegen gestand er sich ein, neugierig zu sein.

Zuerst machte er eine Aufnahme mit seiner kleinen Spiegelreflex, dann holte er sich einen Stock aus dem

Holzhaufen unter der Eiche, entfernte einige Grassoden und fotografierte wieder. Dabei machte er eine seltsame Entdeckung. Ein langer fleischfarbener Hautfetzen, schwarz gesprenkelt, war dank der Feuchtigkeit noch gut erhalten.

Er hob ihn auf und wickelte die Ränder auseinander. Ein wenig schleimig. Kein Zweifel, es war Schleimhaut vom Flotzmaul eines Rindes. Das abgeschilferte Stück war zu groß, um auf Maul- und Klauenseuche zu deuten. Vielleicht durch ein anderes Tier herausgerissen? Ihm fiel keine Krankheit ein, die dazu passte.

Gedankenvoll fing er an, in der noch ziemlich lockeren Erde zu scharren. Als er gut zwanzig Zentimeter tief gelangt war, bekam er einen Hieb auf die Schulter, der ihm den Stock aus der Hand schlug.

»Wer hat Ihnen erlaubt, auf privatem Gelände zu graben?«, schnauzte ihn ein Mann an, der zweifellos Bauer war.

Peinlich, peinlich. Hamm fühlte den Schweiß an seinem Rücken entlanglaufen. »Sind Sie Nanning Wollesen?«

»Nein, ein Nachbar von ihm. Was machen Sie hier?«

»Das würde ich ihm gerne selbst mitteilen«, sagte Hamm ausweichend.

Der Landwirt grinste schief. »Kein Problem. Ich bringe Sie zu ihm. Er wird Sie bestimmt gerne anzeigen. Hier ist Grabungsschutzgebiet wegen der Altertümer.«

Ach, ja?, dachte Hamm verblüfft. Er zeigte auf die Grasklumpen. »Eben deswegen will ich diese Grabungsstelle überprüfen. Ich bin Mitarbeiter der Landesdenkmalbehörde.«

»Von wo kommen Sie?«, fragte der Bauer wie aus der

Pistole geschossen. Er war misstrauisch wie eine Ratte vor der Falle.

»Von Kiel«, sagte Hamm fest und hoffte, dass es stimmte.

»Die sitzen in Schleswig, nicht in Kiel.«

»Außenstelle Schleswig des Innenministeriums in Kiel«, konterte Hamm und begann mit langen Schritten auf den Zaun zuzugehen. »Was ist! Bringen Sie mich jetzt zu Wollesen?«

Der Landwirt folgte ihm, zögerte aber merklich mit seiner Antwort. »Ihre Behörde ist doch oft auf Sylt«, sagte er schließlich. »Können Sie nicht an einem anderen Tag wiederkommen? Nanning ist krank.«

»Auf einmal? Vor ein paar Minuten war er doch noch gesund genug, um mich anzuzeigen.« Hamm fühlte sich wieder auf sicherem Boden. Er setzte eine unnachgiebige Miene auf.

Dem Bauern wurde der Kragen zu eng. Er zog an seinem karierten Hemd, um sich Luft zu verschaffen, und verlegte sich schließlich sogar aufs Bitten. »Es geht nicht. Nanning ist vorgestern gestorben. Ist noch nicht unter der Erde …«

»Mein Gott, warum sagen Sie das jetzt erst! Wir werden die Sache später weiterverfolgen«, sagte Hamm und kroch durch den Zaun zurück.

»Wohin gehen Sie denn jetzt?«

»Zu meinem Auto«, antwortete Hamm in Gedanken. Er hatte eine Menge Wissenswertes gehört.

»Mit der Frankfurter Nummer?«, fragte der Bauer lauernd.

Hamm drehte sich um. Ach verdammt! Er nickte. »Mit der Frankfurter Nummer.« Immerhin hatte er erfahren, dass in der Senke etwas vergraben war, das weder Neugierigen noch Behördenvertretern bekannt werden sollte, über das ein Nachbar aber sehr wohl Bescheid wusste.

»Machen Sie, dass Sie fortkommen«, knurrte der Bauer hinter ihm her.

»Guten Morgen, Herr Doktor«, begrüßte ihn der freundliche Portier am nächsten Tag mit einem breiten Grinsen. »Sie haben ein Wetterchen erwischt, was?«

Hamm stellte sich neben ihn und sah hinaus. Die Sonne brannte schon herunter und frühe Heckenrosenblüten hatten sich geöffnet. Es ging immer noch kein Lüftchen. »Ich habe nur wenig davon«, bemerkte er.

»Oh«, sagte der Portier betroffen, »eine schreckliche Geschichte. Ich habe schon gehört, dass es Sie sehr mitnimmt.«

Thomas Hamm hörte ihn wie aus weiter Ferne. Hat meine Frau am Ende Recht, fragte er sich. Bin ich derjenige, der spinnt? Nein, entschied er trotzig und sprang die drei Stufen hinunter. Im Gehen zog er den Autoschlüssel aus der Tasche. Er würde jetzt in die Klinik fahren.

In der Telefonzentrale neben dem Eingang versah ein einarmiger Telefonist den Dienst; eine junge Dame, die vor einem Bildschirm saß und tippte, bat ihn zu warten, ohne ihm einen Grund zu nennen. Nachdem er eine Zeit lang in einer Zeitschrift geblättert hatte, die er die ganze Zeit verkehrt herum hielt, warf er sie beiseite und ging zur Theke. »Dauert es noch lange, bis Frau Weiss ausklariert ist?«, fragte er munterer, als ihm zumute war.

Die Sachbearbeiterin blickte ihn strafend an und schüttelte den Kopf.

Während Hamm noch auf eine Antwort wartete, klopfte ihm jemand auf die Schulter. Er drehte sich um.

»Noch ein Schock«, flüsterte Gebhardt und rannte weiter auf eine Fahrstuhltür zu.

»Wer?«, rief Hamm hinter ihm her.

»Schwester.«

Hamm lehnte sich mit dem Rücken gegen die Theke und sah ihm nach. Wen mochte er meinen? Eine Schwester von wem? Oder eine Krankenschwester?

Nachdenklich ging er zum Kaffeeautomaten und holte sich einen Becher Kaffee, mit dem er zu seinem Plastiksessel zurückkehrte. Leider ließ sich weder durch Nachdenken noch durch den Kaffee klären, um wen es sich handelte. Tatsache aber war, dass es zu viele Schockpatienten waren, um reiner Zufall zu sein.

Als es auf Mittag zuging, kam Frau Weiss am Arm eines Pflegers; sie ging schlurfend mit verhärmter Miene und wirkte winzig klein. Hamm schnitt es ins Herz, obwohl er sie doch gar nicht richtig kannte.

Mitleidig hakte er sie unter und führte Frau Weiss über den Parkplatz zu seinem Auto, ohne dass sie auch nur fragte, was er mit ihr vorhatte. Möglicherweise war sie im Krankenhaus informiert worden. Oder auch nicht.

Plötzlich kamen ihm Zweifel. »Wir fahren jetzt ins Hotel«, sagte er leise. »Ein Zimmermädchen hat die meisten Ihrer Sachen schon gepackt. Morgen früh bringe ich Sie an den Zug und morgen Abend sind Sie bei Ihren Verwandten. Die wissen Bescheid und holen Sie ab.«

Karin Weiss schaute verloren um sich. »Lieb, dass Sie das für mich organisiert haben«, murmelte sie. »Ich weiß nicht, wie ich ohne meinen Robert leben kann. Er hat alles gemacht.«

Hamm nickte stumm. Bestimmt hatte sie keine Kinder, denn Karin Weiss war ganz die Frau, die schon nach zehn

Minuten Bekanntschaft Kinderbilder herumgereicht hätte. Und offensichtlich hatte sie keinen Beruf erlernt, sondern war ganz in der Liebe zu ihrem Mann aufgegangen.

Die Rückfahrt verlief schweigsam und ebenso die Fahrt am nächsten Morgen, die damit endete, dass Hamm den reservierten Platz im Großraumwagen suchte und Karin Weiss hineinsetzte.

Erst als der Zug aus dem Bahnhof rollte, sah er seine freiwillig übernommene Verpflichtung als erledigt an.

Jetzt begann sein Sylt-Urlaub. Seiner und Margrits.

Kapitel 8

Den Beschluss in die Tat umzusetzen war nicht ganz einfach. Margrit war am Tag nach der Abfahrt von Frau Weiss immer noch beleidigt. Hamm verzehrte gerade sein zweites Brötchen, als sie aufstand, vor seinen Augen mit den Autoschlüsseln klimperte und irgendetwas von Ausflug murmelte. Er verstand nicht, wohin, aber er machte sich Sorgen. Sie fuhr schnell und in einer solchen Gemütsverfassung auch rücksichtslos.

Sein viertes Brötchen schmeckte ihm nicht mehr. Während er darüber nachdachte, wie er Margrit versöhnen könnte, trug ein Page ein Schild vorbei. Gedankenverloren folgte er ihm mit den Augen, bis er las: Herr Dr. Hamm, bitte ans Telefon.

Er sprang auf und stürzte zur Rezeption.

Am Telefon war Gebhardt. »Könnten Sie bitte ins Krankenhaus kommen?«

Allein sein Tonfall ließ Hamm zutiefst erschrecken. »Was ist mit meiner Frau?«

Unerwartet lachte Gebhardt leise. »Oh, Herr Hamm, ich hoffe doch sehr, dass es ihr gut geht. Ehrlich gesagt, brauche ich nicht Ihre Frau, sondern Ihren Sachverstand. Unser Pathologe und ich würden gerne einen weiteren Diskussionspartner haben. Es ist wieder etwas vorgefallen. Am Telefon kann ich darüber nicht sprechen.«

Hamm fiel ein Stein vom Herzen. »Ich bin gleich bei Ihnen!«, rief er und warf den Hörer auf die Gabel.

Den Rest des Frühstücks ließ er stehen. Er bestellte ein Taxi und lief nach oben, um einen Pulli zu holen. Er war aufgekratzt, neugierig und fühlte sich ein ganz kleines bisschen geschmeichelt.

Im Krankenhaus hatte an einem Samstagmorgen um acht Uhr die Geschäftigkeit des Tages noch nicht richtig begonnen. Die Putzfrauen waren gerade mit dem Eingangsbereich fertig, der Fußboden war noch feucht und an der Wand stand ein Wagen mit einem blauen Sack. Hamm rannte die Treppe hinauf und lief Gebhardt in die Arme.

»Ich bin in der Pathologie«, sagte er zu einer Schwester, die Tabletten und Dragees in kleine Medikamentendöschen füllte und auf ein Tablett stellte.

Sie fuhren ins Untergeschoss. Der Flur war enger und niedriger als oben. Wie im Personaltrakt eines Hotels, dachte Hamm und schnupperte. Er war lange nicht mehr in einer pathologischen Abteilung gewesen, aber immer noch konnte seine Nase Formalin und Glutaraldehyd voneinander unterscheiden. Ihm gefiel, dass das Provinzkrankenhaus sich wie eine Uniklinik eine eigene Pathologie leistete.

In einem kleinen, aber peinlich aufgeräumten Arbeitszimmer saß Michelsen, der Pathologe. Er holte zwei Bürostühle aus einem Nachbarzimmer, während Gebhardt den Grund seines Anrufs erklärte. »Wir haben Sie zu Hilfe gerufen, weil Ihre Frage nach den Schockpatienten mich dazu veranlasst hat, ein bisschen nachzuforschen.«

Hamm hob erwartungsvoll die Augenbrauen.

»Durch diese Krankenschwester, von der ich Ihnen im

Vorbeiflug erzählte, wurde ich aufmerksam«, fuhr Gebhardt fort. »Sie war der letzte Schock.«

»Ist sie entlassen?«

Gebhardt wechselte mit Michelsen einen Blick, bevor er antwortete. »Sie ist tot.«

»Dann haben Sie tatsächlich ein Problem.«

Gebhardt nickte. »Nettes Mädchen«, sagte er leise, und ein verträumtes Lächeln ging über sein Gesicht. »Hatte sie schon im Auge. Ich war nur noch, äh ...«

»Anderweitig besetzt«, half Michelsen aus.

Hamm bat um Zettel und Kuli. »Ich muss mir das mal aufschreiben«, sagte er entschuldigend. »Das sind mir zu viele.«

»Ja, genau deshalb haben wir Sie gerufen. Wir wollen das Ganze systematisieren.« Michelsen setzte seine Brille mit dem schmalen Goldrand ab und putzte flüchtig die Gläser, während er zu überlegen schien, wie er die Sache angehen wollte.

Hamm sah ihn abwartend an. Der Pathologe wirkte eher wie ein Wissenschaftler als wie ein Klinikarzt, trotzdem war er ihm nicht besonders sympathisch.

»Die Krankenschwester hatte nicht nur einen Schock, sondern auch das Melanom«, warf Gebhardt ein.

Michelsen hob die Hand. »Stopp. Lass uns von vorne anfangen. Wir hatten zuallererst die Christensen – übrigens müssen Sie die Namen überhören«, sagte er zu Hamm, »alles, was wir hier besprechen, fällt selbstverständlich unter die ärztliche Schweigepflicht. Also, sie starb im Schock und hatte am Fuß eine Hautveränderung, die wir normalerweise als Melanom ansehen würden.«

»Was meinen Sie mit normalerweise?«, erkundigte sich Hamm verblüfft.

»Mit bloßem Auge sah es wie ein Melanom aus, aber

ich habe das Gefühl, dass es etwas anderes ist. In der nächsten Woche habe ich die genaue Diagnose.«

Gebhardt beugte sich vor, um Hamms Aufmerksamkeit auf sich zu lenken. »Maike war die Erste, bei der ich gezielt nach Symptomen wie bei der Christensen suchte. Am Knöchel fand ich eine winzige offene Stelle, wie ein kleines Geschwür. Und in der Mitte eine blauschwarze Verfärbung. So hatte es bei der Christensen auch angefangen.«

Hamm schüttelte verwundert den Kopf. »Und keine Erklärung für den Schockzustand, vermute ich.«

»Ganz genau. Und er trat viel schneller auf als bei der Christensen. Am Tag davor hatte Maike freigehabt. Sie war schwimmen gewesen und hatte ihre Familie in Keitum besucht.«

Michelsen tippte auf seiner Tastatur. Auf dem Bildschirm erschienen Daten. Robert Weiss, las Hamm. »Dann bekam ich Herrn Weiss herunter, den Sie ja auch kennen. Tod durch Schock, obwohl er auf dem Weg der Besserung schien ...«

»... genau wie die Christensen«, warf Gebhardt ein.

»... und dann kommt der Hammer«, fuhr der Pathologe fort. »Weiss hatte ein beginnendes Melanom im Auge. Mit Sicherheit hat es seine Sehkraft beeinträchtigt, die Frage ist nur, ob er es schon hatte, bevor er zu uns kam.«

»So schnell?«, fragte Hamm und beugte sich vor.

»Jawohl, so schnell ...«

Hamm pfiff tonlos vor sich hin. Blitzschnell ging er alles durch, was er jemals über Tumorbildung gelesen hatte. »Kenne ich nicht. Gibt es nicht.«

Gebhardt starrte ihn triumphierend an. »Eben. Das gibt es nicht!«

Michelsen rief das nächste Krankenblatt auf und zeigte auf die Daten. »Schließlich hatten wir noch den Landwirt, der ebenfalls im ungeklärten Schockzustand starb. Bei ihm habe ich keine Veränderungen dieser Art gefunden.«

»Das wären die Fälle«, fasste Gebhardt zusammen. »Reichlich merkwürdig, finden Sie nicht?«

Hamm blickte auf seinen Notizzettel. »Wir haben also vier Leute, die im Schock starben, drei davon hatten ein Melanom. Wir können es ruhig als solches bezeichnen, solange wir nicht sicher wissen, was es ist, meine ich. Als Arbeitshypothese ...«

Die beiden Ärzte nickten.

»Wer weiß, vielleicht war es bei dem Bauern nur noch nicht erkennbar«, sagte Michelsen düster. »Erst im Entstehen, gewissermaßen.«

»Er war besonders schnell tot, das stimmt. Merkwürdig ist noch, dass die Christensen mit hohem Fieber und Melanurie eingeliefert wurde und den Schock erst später bekam, während die anderen deswegen eingeliefert wurden.«

Hamm nestelte an den Bändern seiner Turnschuhe. »Haben Sie eigentlich noch andere Patienten mit hohem Fieber, das nicht erklärt werden kann?«

Gebhardt sah ihn betroffen an. »Mein Gott, zwei Männer ... Wir behandeln sie einstweilen mit Penicillin, solange das Labor noch sucht.«

»Haben Sie bei denen ...?«

»Nein, habe ich nicht. Aber ich werde sie nachher gleich auf Melanome untersuchen.«

»Mach's sofort«, sagte Michelsen ernst.

Michelsen zündete sich eine Zigarette an, während sie auf Gebhardts Rückkehr warteten. Mit abwesender Miene bot er Hamm eine an, aber er lehnte dankend ab.

»Nicht auszudenken«, sagte Michelsen nach einer Weile, »wenn das zu einer Epidemie würde!«

Nach einer Viertelstunde hörten sie auf dem Gang Laufschritte und Gebhardt stürmte zur Tür herein. »Bei dem einen Patienten ja, bei dem anderen nein«, sagte er und ließ sich auf seinen Stuhl fallen.

»Bestell schon mal Plasmaexpander«, sagte Michelsen trocken, »dann bekommen wir noch mehr Schockzustände!«

»Sie sind doch alle gestorben«, bemerkte Hamm lakonisch. »Trotz effizienter Schockbehandlung.«

»Du meine Güte«, sagte Michelsen und drückte seine Zigarette sorgfältig aus, »eine unbekannte Krankheit mit tödlichem Ausgang; wir wissen nicht, was es ist, wir wissen nur, dass die Leute daran sterben, und zwar, nach unseren bisherigen Erkenntnissen, mit einer fast hundertprozentigen Mortalität. So etwas hat es nicht einmal in alten Zeiten bei Seuchen gegeben.«

»Und wir haben keine Ahnung, wie sie sich die Krankheit zugezogen haben«, sagte Gebhardt mit einem Seufzer. »Mit Sicherheit steht nur fest, dass wir sie entdeckt haben ... Ich habe sie noch nie beschrieben gesehen.«

»Hast du in meinen Büchern nichts gefunden?«, fragte Michelsen.

Gebhardt schüttelte den Kopf. »Kennen Sie sich mit tropischen Krankheiten aus, Hamm? Ach nein, Sie sind ja Viehdoktor.«

»Wir sollten die Krankenblätter durchgehen«, schlug Hamm vor. »Vielleicht können wir aus den Vorberichten etwas herauslesen.«

»Ich werde sie ausdrucken.« Michelsen ging an die Arbeit. Kurz darauf studierten Gebhardt und Hamm das erste.

Dann bekamen sie die übrigen Daten. Nach einer Weile schüttelte Hamm unzufrieden den Kopf. »Ein Tourist, drei Einheimische. Nichts Besonderes.«

Michelsen schien nicht weniger enttäuscht als Hamm. »Wesentlich scheint das alles nicht zu sein. Ich meine, das sind alles so normale Angaben, wie sie für jeden von uns zutreffen könnten.«

Hamm brummelte etwas Unverständliches als Antwort. Es wäre ziemlich erschreckend, wenn Normalität eine besonders gute Voraussetzung für die Krankheit wäre, aber das wollte er nicht laut sagen. »Weiss war ein starker Raucher. Das steht hier nicht, aber ich weiß es.«

»Raucher!« Gebhardt saß plötzlich kerzengerade. »Die Christensen rauchte sogar im Bett; kurz vor ihrem Schock erwischte ich sie dabei.«

»Wirklich?«, fragte Michelsen hoffnungsvoll. »Schock als Folge des Rauchens? Hm. Rauchten die anderen denn auch?« Sein Finger flog von Blatt zu Blatt. »Nein, nichts. Aber das will nichts besagen. Ist wahrscheinlich einfach nicht vermerkt.«

»Maike war Kettenraucherin. Die Maike«, sagte Gebhardt versonnen, »hielt die Zigarette immer mit der linken Hand. Ist hygienischer, sagte sie einmal. Wir machen fast alles mit rechts: Wir sollten trennen – wie die Araber. Die leben bewusster. Dann tanzte sie mir davon. Diskofox ...«

»Wissen Sie noch etwas von den Gewohnheiten der Patienten?«, fragte Hamm nüchtern.

»Nein. Wenn jemand in die Klinik eingeliefert wird, dann ist sein Leben von einer Minute auf die andere völlig umgekrempelt. Er wird kaum erzählen, dass er zu

Hause an der Uhuflasche schnüffelt oder Tauchbäder in der Kläranlage liebt ... Es ist aussichtslos, sich darüber Gedanken zu machen, glaube ich.«

»Ich nicht«, widersprach Hamm störrisch. »Wahrscheinlich wissen wir noch eine Menge, wenn wir darüber nachdenken. Weiss, zum Beispiel, aß für sein Leben gern auch Schinken. Es war auffällig.«

Gebhardt schob zweifelnd die Unterlippe vor. »Essgewohnheiten? Ich weiß nicht recht.«

Michelsen studierte immer noch die Krankenblätter. »Hamm hat Recht«, erklärte er kategorisch. »Also, fangen wir noch einmal von vorne an. Kinderkrankheiten haben sie alle gehabt; der Bauer war kerngesund, Weiss auch, abgesehen von einer schon lange auskurierten Tuberkulose. Unsere Krankenschwester hatte vor drei Jahren eine nicht infektiöse Hepatitis. Sie also war bestimmt vorsichtig mit dem Essen.«

Es blieb eine Weile still.

»Ich finde nichts Gemeinsames«, murmelte Michelsen. »Außer natürlich diesen Stichen, die Weiss und der Landwirt hatten.«

»Was für Stiche?« Hamm fuhr herum.

»Mücken offenbar. Weiss war dagegen besonders allergisch, soll seine Frau ausgesagt haben.«

»Ach ja? Interessant. Kriebelmücken können Rinder zum Biesen bringen. Zum Durchgehen. Stampede.«

»Trotzdem kommen wir so nicht weiter«, stellte Gebhardt fest. »Was wir brauchen, sind Informationen aus dem Familienkreis. Aber ich habe keine Zeit ...«

Hamm grinste. Ihn packte plötzlich das Jagdfieber. »Wie wäre es mit mir?«, fragte er. »Ich habe Urlaub. Ich könnte alle Recherchen außerhalb der Klinik übernehmen.«

»Echt?«, fragte Gebhardt.

»Klar, Partner.«

»Das ist ein Wort, Partner«, sagte Gebhardt und hielt die Hand in die Höhe.

Hamm schlug klatschend ein. »Frau Weiss habe ich gestern in den Zug gesetzt. Ich kann mich also nur um die drei anderen kümmern.«

Gebhardt atmete scharf ein. »Nehmen Sie die zwei Fieberkranken noch dazu. Wer weiß ...«

»Oje«, sagte Hamm mitfühlend.

»Ich werde die Herstellung der histologischen Schnitte beschleunigen«, versprach Michelsen. »Übrigens: Wir dürfen auf keinen Fall etwas nach außen durchsickern lassen. Es besteht immerhin die Möglichkeit, dass wir uns bis auf die Knochen blamieren. Vielleicht kennt man das Syndrom anderswo längst.«

»Glaube ich nicht«, sagte Gebhardt und wirkte zufriedener als anständig war.

Abenteuerlust im Labor, dachte Hamm. Das konnte er gut verstehen. Er empfand genau dasselbe.

»Was sehen Sie mich so an?«, fragte Gebhardt.

»Ich lese Ihre Gedanken.« Hamm klopfte ihm grinsend auf die Schulter. »Die sind schon in Ordnung. Auf geht's. Ich mache mich auch sofort an die Arbeit.«

»Aber wenn ihr hier auf Sylt eine Panik verursacht, fliegen wir beide. Das könnt ihr mir glauben«, sagte Michelsen und setzte sich an sein Mikroskop.

Gebhardt zog eine Grimasse hinter Michelsens Rücken und verschwand nach draußen.

»Kann ich die Krankenblätter haben?«, fragte Hamm den Pathologen.

»Unmöglich«, sagte Michelsen ohne aufzusehen. »Sie ziehen uns die Datenschützer auf den Hals.«

»Ich hatte ja nicht vor, die Blätter irgendwo in die Mülltonne zu stopfen«, bemerkte Hamm ein wenig verärgert und setzte sich hin, um Namen und Adressen von Hand abzuschreiben. Es versetzte ihm einen kleinen Schock, als er den Namen des Bauern las: Nanning Wollesen.

Als Hamm das Krankenhaus verließ, war es immer noch Morgen. Fast geblendet vom hellen Sonnenschein, ging er nachdenklich die Treppenstufen hinunter. Die Meisen zwitscherten zwischen den hellgrünen Heckenrosen und Amseln zerrten Regenwürmer aus dem Rasen zwischen dem Parkplatz und der Bushaltestelle. Aus der Ferne hörte er das Brausen des Verkehrs auf der Straße, die nach List an der Nordspitze führte, auch ein gelegentliches Hupen. Und wieder die Sirene eines Krankenwagens.

Nur hier auf dem Gelände des Krankenhauses war es himmlisch ruhig. Es war schwer vorstellbar, dass irgendwo auf Sylt eine unbekannte tödliche Erkrankung lauern sollte.

Kapitel 9

Hamm schlug zu Fuß den Weg in die Innenstadt ein, wo er nach der nächsten Buchhandlung suchte. Autos, Gestank, Touristen und Kneipen: Irgendwo in diesem hektischen Getriebe befand sich Margrit und fühlte sich vermutlich stark und überlegen.

In der Buchhandlung wartete er ungeduldig neben einer älteren Frau, die mehrere Bücher gekauft hatte. »Die jungen Leute gehen so gern schwimmen«, erzählte sie dem grauhaarigen Buchhändler. »Da bin ich oft allein, wissen Sie? Ich hatte gehofft, sie würden mehr Ausflüge mit mir machen.«

Der Buchhändler nickte teilnahmsvoll und steckte die drei Kriminalromane in eine Plastiktüte mit Werbeaufdruck. »Womit kann ich Ihnen helfen?«, fragte er freundlich.

Hamms schlechtes Gewissen wegen Margrit regte sich schlimmer denn je. Seine Ungeduld war verflogen. »Oh«, sagte er und fühlte sich ertappt. »Ich hätte gerne eine Karte von Sylt und Ortspläne von Westerland, List und Keitum, so genau wie möglich. Und Filme, Negativfilme, zwei Stück, wenn Sie so etwas haben.«

»Ja, doch. Wir haben alles, was der moderne Medienmensch braucht«, antwortete der Buchhändler mit einem stillen Lächeln.

Das Klingeln der altmodischen Kasse noch im Ohr, trat

Hamm wieder auf den Bürgersteig. Ein schwarzer Porsche raste vorbei, als er die Straße überqueren wollte. Mit dem hatte er schon zu tun gehabt und keine gute Erinnerung daran. Missmutig sah er dem Wagen nach.

Dann rief er im Hotel an. Margrit war nicht auf dem Zimmer. Er bat darum, ihr auszurichten, dass er am Abend auf jeden Fall ab sechs Uhr im Hotel sein werde.

In gedämpfter Stimmung machte Hamm sich auf den Weg nach Keitum. Es war Mittag, als der Bus ins Dorf einfuhr, nicht gerade die richtige Zeit, um die Eltern einer verstorbenen Tochter aufzusuchen, die noch nicht einmal beerdigt war. Er beschloss, spazieren zu gehen, bis die Mittagszeit vorüber war.

Das Steilufer, zu dem er gelangte, hatte er vor ein paar Tagen von weitem gesehen. Stufen führten hinunter zu einem Schilfgürtel vor dem Wasser. Dort schleppte ein Hund eifrig einen Ast, der viel zu lang für ihn war.

Hamm stieg nach unten. Er hatte noch nicht die Hälfte der Treppe hinter sich, als er schon von Mücken zerstochen war. Weiss war vor seinem Tod in Keitum gewesen und Gebhardt hatte als Erstes einen allergischen Schock vermutet.

Unten angelangt, beobachtete er zerstreut den Bearded Collie, der unermüdlich apportierte. »Bei der Rasse haben die Schafe keine Chance, was? Die arbeiten, bis sie zusammenbrechen. Werden höchstens noch von Border Collies übertroffen.«

»Um in dieser Wasserratte einen Bearded zu erkennen, müssen Sie aber Fachmann sein«, antwortete der Hundebesitzer anerkennend.

»Bin schon mal einem begegnet«, gab Hamm zu. »Sagen Sie, gibt es hier immer so schrecklich viele Mücken?«

Der Mann sah sich verdutzt um. »Sie haben Recht. Es ist unterschiedlich. Vor ein paar Tagen, als ein Gast hier einen Herzinfarkt oder so etwas bekam, war es auch so. Drückend und viele Mücken.«

Hamm schaltete schnell. »Herr Weiss. Ein grauhaariger großer Mann mit einer rundlichen, lieben und etwas hilflosen Ehefrau.«

»Stimmt genau.«

»Wissen Sie ganz zufällig, ob er kurz vor dem Zusammenbruch geraucht hat?«

Der Hundebesitzer starrte die Treppe an und überlegte. »Glaube ich nicht«, sagte er schließlich. »Seine Frau erwähnte, dass es ihm schon hier unten nicht gut ging. Ich schätze, da raucht man nicht.«

»Da haben Sie bestimmt Recht. Vielen Dank und tschüs«, sagte Hamm und schlenderte langsam die Promenade entlang, bis er kurze Zeit später auf einen steilen Pfad traf, der ihn wieder nach oben ins Dorf führte. Die Idee mit den Zigaretten war offensichtlich ein Irrweg.

Keitum gefiel ihm. Überall Reetdachhäuser in gepflegten Gärten. Ein wenig unschlüssig stand er schließlich vor dem Haus, in dem Maike gewohnt hatte, dann gab er sich einen Ruck und öffnete die Gartenpforte. Er klopfte an der Tür, weil er keine Klingel fand. Niemand antwortete.

Erst nach dem zweiten Klopfen rief eine junge, ungeduldige Stimme: »Komm rein, die Tür ist doch auf! Ich bin in der Küche!«

Er gehorchte. Aber welche von den drei Türen mochte wohl zur Küche führen?

»Was ist?« Die Tür wurde aufgerissen, und ein junges Mädchen, das sichtlich verärgert war, sah in den Flur. »Oh. Ich dachte, es wäre jemand anders. Moin.«

»Moin«, wiederholte Hamm zögernd und lächelte entschuldigend. »Ich wusste nicht, welche die Küchentür ist.«

»Aha«, sagte sie und betrachtete ihn aus blauen Augen mit einer Mischung aus Neugierde und Sympathie. »Dann sind Sie kein Sylter, aber einige Tage sind Sie wohl schon auf der Insel. Sind Sie Däne?«

Sie war nett anzusehen und hatte einen offenen Blick. Ihre blonden Haare waren in einer altmodischen Art aufgesteckt und kleine Haarsträhnen ringelten sich in ihr Gesicht mit dem großen breiten Mund.

Es machte ihm seine Sache etwas leichter, fand Hamm. Er schüttelte den Kopf.

»Soll ich weiter raten? Oder sind Sie heute nicht für Ratespiele vorbeigekommen?«

Sein Auftrag holte ihn schneller ein, als er eben noch gedacht hatte. »Doch, in gewisser Weise schon. Aber anders, als Sie vermuten. Es geht um Maike Nommensen.«

Das Lächeln verschwand aus ihrem Gesicht. Sie öffnete die Küchentür ganz. »Dann kommen Sie herein und erzählen es mir.«

»Ihre Schwester?«

»Ja. Warten Sie, ich mache uns einen Tee. Sie trinken doch Tee?«

Hamm nickte und sah sich verstohlen um. »Sie wohnen ja hier wie im Museum«, sagte er staunend.

»Ja, aber wir haben trotzdem einen technischen Fuhrpark. Man kann ihn nur nicht sehen«, meinte sie, schob die gusseiserne Herdplatte nach oben und deckte eine Reihe von Schaltknöpfen auf. Als sie einen Kessel Wasser aufgesetzt hatte, kam sie zurück an den Tisch. »So, nun fangen Sie an. Woran ist Maike gestorben?«

»Das wollte ich gerne von Ihnen wissen«, erklärte Hamm bedächtig. Er wusste nicht recht, wie er beginnen sollte. Als Reporter wollte er sich nicht ausgeben. Statistische Erhebungen? Er entschied sich für die Wahrheit. »Sie starb unter ungeklärten Umständen.«

»Mit anderen Worten, Sie wissen nicht, was sie hatte. Wer sind Sie überhaupt? Kriminalbeamter?«

»Nein, nein. Ich bin Mediziner, Tierarzt. Ich habe lange als Bakteriologe gearbeitet«, bekannte er.

Unerwartet lächelte sie. »Hi, Doc. Ich studiere Zahnmedizin.«

Er stieß einen erleichterten Seufzer aus. »Wir wissen nicht nur nicht, woran sie gestorben ist«, erklärte er, »wir befürchten, dass einige andere dasselbe hatten. Eine Intoxikation oder eine Infektion. Ich versuche, mehr über die Lebensweise und Gewohnheiten der Verstorbenen herauszufinden. Es muss etwas geben, das sie anfällig machte.« Er sah gedankenvoll aus dem Fenster. »Wir hatten uns streng vorgenommen, wie die Gräber zu schweigen«, sagte er nach einer Zeit. »Ich hab's nicht einmal beim allerersten Versuch geschafft.«

»Sie sind wohl ein besonders redseliges Grab.«

Sie fingen gleichzeitig an zu lachen und brachen auch im gleichen Augenblick ab. Oje, dachte Hamm betroffen, sie trauert und ich lache. Aber als er aufsah, reichte sie ihm feierlich die Hand und schüttelte sie kräftig.

»Ich heiße Gotje Nommensen. Und du?«

»Thomas. Thomas Hamm«, sagte er.

»Und wer ist wir? Die Gräber, meine ich.«

»Ach so, ja. Zwei Kollegen aus der Klinik. Sie kümmern sich um die Dinge, die sie im Haus erledigen können: Literaturrecherche, Telefonate usw., und ich habe den Außendienst übernommen.«

Gotje nickte. »Ich werde mithelfen.«

Hamm runzelte die Stirn. Er wusste nicht, ob er das annehmen sollte.

»Erstens bin ich unmittelbar betroffen, und zweitens gibt es sicher manches, bei dem du als Fremder auf der Insel Schwierigkeiten haben würdest. Versuch du mal, aus einem nordfriesischen Bauern etwas herauszubekommen, wenn er nicht will.«

»Ja, im Vogelsberg sind die Bauern auch nicht anders«, sagte Hamm nachdenklich.

»Da hast du wohl praktiziert?«

Er nickte.

»Komm mal mit.«

Gotje führte ihn durch den Garten rund ums Haus, vorbei an einem kleinen Gewächshaus, und blieb schließlich unter einem knorrigen, teilweise umgestürzten Holunderbaum stehen. Er war vom Wind schief geschoren und zerzaust; dicke, morsche Äste lagen abgebrochen im Gewirr jüngerer Zweige. »Er gehörte meiner Schwester. Niemand hat ihn je beschnitten oder Totes entfernt. Sie wollte es nicht. Sie fand, dass die Natur sich selbst regulieren sollte.«

Hamm starrte auf den Holunder. »Was willst du mir damit sagen?«

»Maike hatte ein Weltbild, an dem sie nicht rütteln ließ. Sie aß vegetarisch, wann immer es ging. Tiere mochte sie sehr, aber nicht auf dem Teller. Deswegen haben wir hier so viel Gemüse. Und Medikamente nahm sie selbst kaum. Im Krankenhaus kämpfte sie immer darum, dass den Patienten nicht automatisch irgendetwas verabreicht wurde.«

Hamm nickte. »Schlafmittel, Abführmittel, Schmerzmittel, ich weiß.« Er betrachtete die mit Plastik abgedeckten Hochbeete. Sie waren nicht einfach ein Berg von Humuserde, sie waren Philosophie.

»Maike zog hier Pflanzen, die die meisten Sylter nicht mal dem Namen nach kennen. Fenchel, Chicorée, Batavia-, Eichblatt- und Feldsalat. Sellerie, Brokkoli, Tomaten, Paprika.«

Plötzlich drehte Gotje sich um, und Hamm bemerkte erschrocken, dass ihr die Tränen die Wangen herunterliefen. »Gotje, es tut mir so Leid«, sagte er hilflos.

Gotje lächelte unter Tränen. »Schon in Ordnung. Maike würde wollen, dass wir nach der Ursache ihres Todes suchen.«

»Gut. Sie war also Vegetarierin. Alkohol, Süßigkeiten?«

Gotje schüttelte den Kopf. »Brunnenwasser; Sprudel, wenn sie nicht zu Hause war. Sie behauptete immer, sie könnte die Desinfektionsmittel in den Flaschen schmecken.«

»So fein war ihr Geschmackssinn?«, fragte Hamm ungläubig, aber dann fiel ihm sein eigener Geruchssinn ein. Naturbegabung plus Training. »Aber geraucht hat sie trotzdem?«

Gotje lächelte plötzlich. »Ja. Irgendein Laster musste sie ja haben. Sie wusste genau, dass es sich mit ihrer sonstigen Einstellung nicht sonderlich vertrug, aber das war für sie kein Problem. Sie war nicht fanatisch und missioniert hat sie nie.«

Hamm sah nachdenklich zum Himmel empor. Der Nachmittag war bereits fortgeschritten. »Ich muss gehen.«

Gotje begleitete ihn wortlos zur Pforte und sah ihm nach, als er sich mit langen Schritten zur Bushaltestelle aufmachte. Sie winkte, als er sich umdrehte.

Kapitel 10

Hamm war kurz vor sechs Uhr im Hotel. Margrit blickte von einer Zeitung auf, als er eilig ihr Zimmer betrat. »Na, auch mal wieder da?«

Auf den gehässigen Ton war er nicht vorbereitet. »Was willst du damit sagen, Margrit? Wenn ich hier anrufe, bist du auch weg.«

»Was soll ich denn allein im Hotel? Da gehe ich doch lieber bummeln.« Sie ließ die Zeitungsblätter auf den Teppichboden gleiten und setzte sich kerzengerade auf. »Ich warte«, sagte sie in herausforderndem Ton.

»Worauf?« Hamm war immer noch hauptsächlich verdutzt. Margrit schien zu glauben, er hätte ihr einen Grund für ein Kreuzverhör geliefert. Man konnte es auch andersherum betrachten.

»Auf eine Erklärung.«

Hamm ging langsam auf sie zu, ergriff ihre linke Hand und hob sie ihr demonstrativ vor die Augen. »Ich glaube, wer etwas zu erklären hat, bist du! Zum Beispiel, wieso du beim Bummel Platinringe erstehen kannst! Wenn ich ihn richtig einschätze«, sagte er und fuhr sarkastisch fort: »Silber war dir ja noch nie gut genug.«

»Na und?«, fragte sie. »Irgendwie muss ich mich ja entschädigen ...«

»Wie teuer war er?«

Margrit gab einen abfälligen kurzen Laut von sich und

zuckte mit der Achsel. »Achthundert. Aber mach dir nicht die Mühe, ihn zu bezahlen. Ich werde ihn mir von meiner Mutter zum Geburtstag schenken lassen.«

»Ich hatte es auch nicht vor«, sagte er bebend vor unterdrückter Wut und ging zur Zimmerbar, um sich einen Drink zu mixen.

»Mach mir auch einen«, bat Margrit. »Ich habe ihn genauso nötig.«

Hamm nickte. Als er ihr das Glas Gin Tonic brachte, sah er, dass auch der lila Rock neu war. Mürrisch drehte er sich um.

»Thomas«, sagte Margrit hinter ihm, »lass uns von vorne anfangen. Wir unternehmen morgen etwas Schönes. Nur wir beide. Meinetwegen auch eine Strandwanderung, wenn du willst.«

Er seufzte, holte seinen Drink vom Sideboard und kam zurück, um sich neben sie zu setzen. »Du hast Recht, Margrit, wir müssen von vorne anfangen. Heute schon. Morgen geht es nicht. Wirklich nicht«, beteuerte er gequält, »ich habe etwas ganz Dringendes vor.«

»Wir sind gemeinsam hier, erinnerst du dich noch?«, fragte sie mit dem rechthaberischen Unterton, den er so hasste.

»Es geht um Leben oder Tod. Das klingt zwar theatralisch, aber es ist buchstäblich wahr.« Er wünschte, er wäre besser in der Lage, es ihr begreiflich zu machen. Aber ihre Reaktion fiel so aus, wie er befürchtet hatte.

Margrit lachte ungläubig. »Als Schauspieler kenne ich dich noch gar nicht, aber es steht dir gut. Mach nur so weiter!«

Ihm blieb gar nichts anderes übrig, als ihr die ganze Geschichte zu erzählen; zum zweiten Mal an diesem Tag verstieß er gegen die Abmachung.

»Du spinnst«, sagte sie, als er seinen Bericht beendet hatte.

»Nein! Hast du mich jemals phantasieren hören, wenn es um Wissenschaft ging? Es ist mein voller Ernst! Und weil es so ungeheuer wichtig ist, müssen wir mit unserem Privatleben zurückstecken. Ich auch, nicht nur du! Glaubst du nicht, dass es mir lieber wäre, mit dir am Strand zu sein als Leute auszufragen?«

»Nein, genau das glaube ich dir nicht«, antwortete sie mit harter Stimme, sprang auf und stürzte zum Badezimmer. »Dazu kenne ich dich zu gut!«, rief sie, bevor sie die Tür hinter sich zuwarf.

Verdammt noch mal! Warum jetzt das alles? Ausgerechnet jetzt! Er vergrub die Hände in seinem dichten Haarschopf. Was sollte er tun?

Als Margrit nach einigen Minuten wieder erschien, war sie schick frisiert und geschminkt. Die Verärgerung hatte sie anscheinend abgelegt. So hatte er sie kennen gelernt und sich sofort in sie verliebt. Aber das war nun schon Lichtjahre her.

»Was geht das Ganze dich überhaupt an? Lass doch die Ärzte sich selber darum kümmern. Es ist ihre Insel und es sind ihre Krankheiten. Und es dreht sich außerdem um Menschen, vergiss das nicht! Nicht um Kühe oder Schweine. Wahrscheinlich bist du gar nicht kompetent dafür. Wenn du ausnahmsweise einen Rat annehmen wolltest – lass die Finger davon.«

Hamm zuckte zusammen.

Margrit warf sich eine Jacke locker um die Schultern und schritt zur Tür. Sie hatte allen Ernstes vor, allein auszugehen.

Hamm zwang sich zur Ruhe. »In dieser Beziehung bin ich genauso kompetent wie ein Humanmediziner«, widersprach er heiser. »Letztlich scheint es eine toxikologische Frage zu sein. Und wenn man so weit zu den Bausteinen des Lebens vordringen muss, ist es egal, ob als Arzt oder Tierarzt.«

»Wie pathetisch das klingt«, spottete sie. »Bausteine des Lebens! Wenn ihr Mediziner da mal nicht den Kesselflicker mit dem Hersteller verwechselt. Schließlich habt nicht ihr den Menschen erfunden.«

Er nagte an seiner Wange und sah sie bitterböse an. In dieser Hinsicht verstand er keinen Spaß und sie wusste es. Ihre Worte konnten sehr verletzend sein, wenn sie es darauf anlegte. Er holte tief Luft und versenkte sich in seinen Drink.

Als er aufsah, war Margrit gegangen.

Zur Beruhigung nahm er einen weiteren Drink und ging dann nach unten ins Restaurant. Margrit war nicht dort. Er bestellte sich eine Sylter Scholle im Speckmantel und blieb nach dem Essen noch sitzen, um sich aufzuschreiben, was Gotje ihm erzählt hatte. Er war ein zu erfahrener Wissenschaftler, um zu glauben, er könne alles im Kopf behalten. Wie schnell ging ein Detail verloren oder mischte sich mit Informationen aus anderen Quellen.

Am nächsten Morgen frühstückte er allein. Margrit war spät in der Nacht zurückgekommen und schlief jetzt aus. Er hinterließ ihr eine Notiz, dass er heute das Auto brauche.

Nanning Wollesen war in Archsum zu Hause gewesen. Auf seiner Karte stellte Hamm fest, dass Keitum auf dem Wege lag.

Gotje schaute aus der Tür, als sie den fremden Wagen vor dem Wall parken sah, der das Haus schützend umgab. Sie winkte und kam ans Gartentor. »Hi, Doc. Soll ich mitfahren?«

Er lachte wegen ihrer Anrede. »Das käme mir nicht ganz ungelegen«, sagte er linkisch.

»Wie wollen wir vorgehen?«, fragte er, als sie mit ihrer Jacke zurück war und sich neben ihn gesetzt hatte. »Es ist schwierig, Angehörige mit Fragen zu belästigen. Ich war noch nie in einer solchen Situation. Mit Ausnahme von gestern. Und da ging es schief.«

Gotje verzog das Gesicht. »Mir ist auch nicht ganz wohl. Immerhin kenne ich die Familie.«

»Ich würde es nicht tun, wenn ich nicht Grund zu der Vermutung hätte, dass mit jedem Tag die Spuren mehr verwischt werden«, fuhr Hamm fort. »Der Schocktod erfolgte so schnell, dass anzunehmen ist, die Ursache ging ihm unmittelbar voraus. Da müssen wir ansetzen!«

Der Hof lag am Rand von Archsum. Auf einem Küchenstuhl an der sonnengewärmten Backsteinwand räkelte sich ein älterer Mann. Gotje kondolierte, Hamm hielt sich im Hintergrund.

»Danke«, sagte der Bauer mürrisch. »Was willst du, Gotje?«

Gotje erklärte ihm, dass ihr Begleiter statistische Untersuchungen plötzlicher Todesfälle vornehme. »Deshalb hätte er gerne einige Auskünfte über deinen Bruder.«

»Jaa«, sagte Broder Wollesen.

»Was hat er denn an dem Tag gemacht, an dem er starb?«

»Nichts. Ist gestorben.«

»Ich meine«, erklärte Gotje, »bevor er starb.«

»Kühe auf die Weide gebracht.«

»Und an dem davor?«, fragte Gotje geduldig.

Der Bauer malte mit einem Stock auf der Erde. »Pferde auf die Koppel gebracht.«

»Hat er von irgendetwas Besonderem erzählt? Von unbekannten Pilzen oder so etwas? Wespen? Mücken oder Bremsen?«

»Pilze im Mai?« Die kleinen blauen Augen des Landwirts, die von spärlichen rotblonden Wimpern geschützt wurden, ließen Gotje nicht los.

Wie ein Schwein, fuhr es Hamm durch den Sinn, so guckt ein wachsamer alter Eber.

Wollesen wandte plötzlich den Kopf und fixierte ihn. »Und was willst du wissen?«

»War er Vegetarier?«, fragte Hamm.

»Das sind Leute, die nur Gemüse essen«, warf Gotje schnell ein, und Hamm biss sich wegen seiner idiotischen Frage auf die Unterlippe.

»Nein, mit so einem Schietkram geben wir uns nicht ab.« Der Bauer spuckte auf den Boden.

»Sie essen hauptsächlich Fleisch?«

»Ich kann nichts anderes denken.« Der alte Mann mahlte mit gelben Zähnen auf seinem Kautabak herum. Eine dünne Spur des Saftes lief ihm durch die Bartstoppeln. Er betrachtete Gotje mit Wohlgefallen. »Bist du die Jüngste?«

»Ja«, antwortete Gotje.

»Siehst deiner Mutter sehr ähnlich.«

»Was essen Sie denn so an Fleisch?«, warf Hamm ein.

Wollesen kümmerte sich nicht um ihn. »Sie war früher auch so hübsch.«

»Was für Fleisch?«, drängte Hamm ungeduldig.

Die Augen des Alten zogen sich zu schmalen Schlitzen zusammen. »Alles«, knurrte er.

»Nicht wahr, Broder, ihr esst meistens Fleisch vom

Schwein?«, ergänzte Gotje versöhnlich und setzte sich neben ihn. »Nacken, Koteletts, Bauchfleisch, Schwarzsauer und Sauerfleisch, stimmt's? Und Wurst. Saure Rolle?«

»Früher kochte die Mutter Euter«, sagte Wollesen und starrte Gotje auf das T-Shirt. »Und zu Weihnachten Schinken.«

Da war es wieder, das Reizwort Schinken. »Sonst keinen Schinken?«, fragte Hamm dazwischen.

»Was stellst du dumme Fragen!«, fuhr der Landwirt ihn an. »Schinken essen wir oft, Nanning am meisten.«

»Rauchte Ihr Bruder auch?«, fuhr Hamm mit steigender Spannung fort.

Wollesen schüttelte den Kopf und deutete auf seinen offenen Mund.

Herrje, war das schwierig. »Er priemte also«, sagte Hamm höflich.

Wollesen schloss seine gelben Zähne hörbar, erhob sich abrupt und schlurfte mit gekrümmtem Rücken zur Haustür.

Unhöflicher Kerl! »Hat es in der Rinderherde Ihres Bruders neulich einen plötzlichen Tod gegeben?«, rief Hamm hinter ihm her. »Auf der Weide neben der Bahnschranke?«

Wollesen schwang mit einer Geschwindigkeit herum, die einem Ringkämpfer alle Ehre gemacht hätte, und bedachte Hamm mit einem erschreckend hasserfüllten Blick. Er spuckte auf den Boden und machte wieder kehrt. Die untere Hälfte der Tür schlug hinter ihm zu.

Gotje und Hamm starrten ihm noch verdutzt hinterher, als ein tiefes, aggressives Bellen ertönte. Das Scharren von Krallen an der Tür hörte sich nach kräftigen Pfoten an.

»Der ist gefährlich«, sagte Hamm warnend, packte Gotje an der Hand und rannte los. Sie hatten kaum die Autotüren hinter sich zugeschlagen, als ein Schäferhund mit gesträubtem Nackenfell auf den Wagen zujagte. Er sprang an der Türscheibe hoch und hinterließ Spuren von Speichel.

Hamm gab Gas. »Ich bin im Augenblick nicht Tierarzt, sondern habe eine Stinkwut«, knurrte er.

Als sie auf der Bundesstraße angekommen waren, lehnte Gotje den Nacken an die Kopflehne und lachte erleichtert. »Glaubst du mir nun, dass es besser ist, wenn ich dabei bin? Obwohl ich gut auf solche Ekel verzichten könnte.«

»Ja«, stimmte Hamm aus vollem Herzen zu. »Ich auch. Sind die alle so?«

»Nein, natürlich nicht«, sagte Gotje. »Aber wenn sie sich über Fremde ärgern, dann schon.«

»Verstehe ich. Andererseits aber auch nicht. Sie wollen an den Touristen ja verdienen.«

»Das meiste Geld mit den Touristen machen andere, nicht die Sylter Ureinwohner. Das ist wie überall. Einzelne Sylter können Gäste vielleicht im Kleinen ausnehmen, mit einem Campingplatz oder einem Parkplatz. Aber nicht im großen Stil. Das besorgen die internationalen Konzerne«, sagte Gotje.

Hamm schwieg nachdenklich.

»Viel haben wir ja nicht erreicht«, meinte Gotje nach einer Weile.

»Ich weiß nicht.« Hamm ließ sich das Gespräch durch den Kopf gehen. »Fleisch. Weiss aß fanatisch Schinken. Nanning Wollesen anscheinend auch. Ob es damit etwas zu tun haben kann?«

»Bestimmt nicht«, sagte Gotje trocken, »meine Schwester aß überhaupt kein Fleisch, wie du dich erinnern wirst.«

»Ja, stimmt. Aber etwas anderes ist sehr eigenartig. Das Rind, von dem ich sprach, habe ich vom Zug aus gesehen. Es war eindeutig tot. Der Concierge des Hotels fand für mich heraus, dass es Nanning Wollesen gehörte. Aber Nanning Wollesen behauptete steif und fest, dass es keinen Todesfall auf seiner Weide gegeben hatte.«

»Tatsächlich?«, fragte Gotje. »Aber Broder Wollesen wusste sehr genau, wovon du gesprochen hast.«

»Eben. Erst starb das Rind und dann der Mann. Und noch etwas war merkwürdig: die Totenstarre. Sie war unnatürlich. Vom Zug aus erschien die Kuh wie eingefroren. Sie haben sie an Ort und Stelle vergraben.«

»Ist das nicht verboten?«, fragte Gotje.

»Selbstverständlich. Ein Nachbar jagte mich fort, als ich ein bisschen buddelte. Er behauptete, Nanning würde mich deswegen anzeigen, und ich erwiderte, ich wäre vom Denkmalschutz und würde ihn anzeigen. Dabei war Nanning Wollesen zu dem Zeitpunkt schon tot.«

»Vielleicht kam den Bauern der Tod des Rindes merkwürdig vor und sie fürchteten sich, die Behörden darauf aufmerksam zu machen«, dachte Gotje laut.

»Möglich. Ich denke, ich sollte den Film sofort entwickeln lassen. Vielleicht ist auf den Bildern noch mehr zu erkennen.«

Hamm setzte Gotje vor ihrem Haus ab und fuhr nach Westerland zurück. Im Hotelzimmer machte er die Entdeckung, dass die Kamera nicht da war.

Kapitel 11

In der chirurgischen Ambulanz des Westerländer Krankenhauses versah an diesem Sonntag Dr. Vincence den Dienst. Innerhalb der ersten vier Stunden hatte er einen Blinddarm diagnostiziert und in die Chirurgie weitergereicht, einen unterkühlten Urlauber behandelt, der unbedingt hatte baden wollen, und einen Herzinfarkt. Danach war der Warteraum leer.

»Gott sei Dank«, sagte die Schwester und sank für kurze Zeit auf einen Stuhl.

Vincence drehte sich verwundert um. »Warum? War das zu viel Arbeit?«

»Nein«, seufzte Schwester Ursula verlegen, »aber wenn Sie Dienst haben, ist es immer so wirbelig.«

»Ja, nun«, sagte Vincence gekränkt, »man muss seine Arbeit machen, wie es einem gegeben ist. Ich bin so.«

»Ich hab es ja nicht so gemeint«, murmelte die Schwester verlegen und sortierte die grün eingewickelten Instrumentenpäckchen in einen verglasten Nirostaschrank.

»Nein? Na gut«, sagte der Chirurg und schrieb gut gelaunt weiter an seinem Bericht. »Übrigens«, fuhr er nach einer Weile fort, »auch ich leide manchmal. Was heißt manchmal! Immer!«

»Wirklich?« Schwester Ursula drehte sich teilnahmsvoll um.

»O ja«, sagte Vincence leidenschaftlich. »Das Tempo

hier! Es macht mich nervös, die Leute zu beobachten. Sie gehen nicht, nein, sie schlendern. Sie arbeiten nicht, sie reden nicht! Sie transusen und sie maulfaulen! Wo bleibt da das Leben?«

»Sie meinen doch wohl hoffentlich nicht mich!«

Vincence winkte ab. »Anwesende sind immer ausgenommen, das wissen Sie doch.«

»Transusen gibt es übrigens nicht«, korrigierte die Schwester. »Und maulfaulen schon gar nicht.«

»Ich weiß. Aber es klingt so hübsch.«

Schwester Ursula lächelte. Sie öffnete die Tür zum Warteraum und schaute hinaus. »Niemand da. Ich mache uns eine Tasse Kaffee.«

Vincence küsste seine Fingerspitzen und vertiefte sich wieder in seinen Diagnoseschlüssel. Es war ein ruhiger Morgen, sehr angenehm.

Nachdem er den starken Kaffee getrunken und Schwester Ursula das Geschirr in den Spülraum gebracht hatte, wandte er sich wieder seinen Berichten zu. Diese Formulare in deutschen Krankenhäusern! Er hatte erst einen Teil aufgearbeitet, als Schwester Ursula ihren Kopf in die Türöffnung steckte.

»Hier ist ein Mann, der beunruhigt ist wegen eines Fleckens auf der Haut. Ich habe ihn gefragt, ob er weiß, dass wir Sonntag haben ...«

»Schon gut, Schwester Ursula«, antwortete Vincence, »dafür sind wir da. Sie wissen selbst, dass die Leute nachts und an Feiertagen glauben, sie könnten die Sprechstunde nicht mehr abwarten.«

»Wie wahr, wie wahr«, murmelte sie und holte den Patienten in den Vorraum. »Was fehlt uns denn?«, fragte sie mit routinemäßiger Freundlichkeit.

»Ich weiß nur, was mir fehlt«, hörte Vincence ihn antworten, »aber das reicht mir auch. Was Sie haben, will ich gar nicht wissen.«

Vincence lauschte. Anscheinend wurde das Gespräch jetzt sehr eintönig.

»Kaufmännischer Angestellter«, wiederholte die Schwester und tippte die Angabe in den Computer. »Seit fünf Jahren auf Sylt. Westerland. Siebenunddreißig Jahre alt. Privat versichert. Unverheiratet. Keine Kinder. Warum bleiben Sie denn, wenn es Ihnen nicht gefällt?«

»Westerland gefällt mir. Solange ich nicht gezwungen werde, das Meer oder die Dünen zu sehen ... Ich brauche Luft, wissen Sie? Luft zum Singen. Tief in den Brustkorb muss sie hinein. Sehen Sie mein Resonanzorgan?«

Vincence stellte sich vor, wie der Patient sich jetzt in die Brust warf, um der Schwester zu imponieren.

»Zu Hause ist entweder Kohlenstaub in der Luft oder Rußgestank. Könnten Sie da vielleicht singen?«

Der Patient erschien in der Tür zum Ordinationsraum. Vincence schmunzelte in sich hinein. Er hatte einen Bären von Mann erwartet, aber der Patient war kleiner als er selbst und schmächtig wie ein unterernährter Spatz. »Was führt Sie zu mir?«, fragte er in altmodischer Weise.

Der Mann sprudelte sofort los. »Ich habe so eine Stelle an der Haut, und ich frage mich seit einiger Zeit, ob ich die nicht lieber einem Arzt zeigen soll.«

Schwester Ursula räusperte sich laut und demonstrativ, aber Vincence ging nicht auf ihre Kritik ein. »Dann zeigen Sie mal her.«

Heinz Müller aus dem Ruhrpott begann sich aus seinem Pullunder und aus dem Oberhemd herauszuschälen. Er zeigte auf eine dunkelbraune Verfärbung der Haut zwischen Achselhöhle und Brustwarze. »Hier.«

Vincence spitzte die Lippen und summte ein Lied, während er sich vorbeugte und mit den Händen auf dem Rücken die Stelle musterte. »Legen Sie sich mal hin«, bat er, »ich benötige ein wenig besseres Licht.«

Schwester Ursula schaltete die Lampe über dem Operationstisch an.

»Da?«, fragte Müller entsetzt.

»Nun kommen Sie schon. Dies ist die hellste Lampe, die wir haben. Unsere sonstigen Sonntagspatienten haben meistens besser erkennbare Krankheiten«, sagte die Schwester spitz und ergriff ihren Patienten resolut am Arm.

Vincence untersuchte ihn lange und gründlich. Dann diktierte er Schwester Ursula, die mit dem Notizblock am Schreibtisch wartete: »Pigmentnävus und melaninhaltige Nävuszellnester, Verdacht auf Melanom.«

Schwester Ursula hob die Augenbrauen.

»Was ist das?«, fragte der Patient beunruhigt, während der Arzt vorsichtig seine Achselhöhle abtastete.

»Es könnte sein, dass Sie einen Tumor der Haut haben«, erklärte Vincence in lockerem Ton. »Aber keine Sorge, wir werden Sie erst einmal auf die Station einweisen und dort wird Dr. Gebhardt sich um Sie kümmern.«

»Station? Einweisen?« Müller war fassungslos. Plötzlich sprang er vom OP-Tisch und machte zwei große Schritte zu seinen Kleidern. »Nein!«, rief er entschlossen. »Ich bin doch nicht krank!«

»Warum sind Sie dann heute gekommen?« Schwester Ursula konnte sich selten eine Bemerkung verkneifen.

Vincence stemmte die Hände in die Seiten. Seine braunen Augen glitzerten vor Verärgerung. »Sie irren sich, wenn Sie glauben, dass Sie Ihre Scherze mit uns treiben können! Wenn Sie hier sind, weil Sie befürchten, ernsthaft krank zu sein, dann ist das in Ordnung. Das akzeptieren wir zu jeder Tages- und Nachtzeit. Aber uns mal eben nach der Kirche aufzusuchen, weil Ihre Stammkneipe heute geschlossene Gesellschaft hat, das geht nicht! Und wenn ich der Meinung bin, dass meinem Verdacht nachgegangen werden muss, wie können Sie sich unterstehen, das anzuzweifeln!«

»Ups«, sagte Heinz Müller erschrocken.

»Und noch eins sollten Sie wissen, Herr .... Herr ...? Wie heißen Sie noch?«

»Müller«, warf Schwester Ursula zufrieden ein.

»Müller, ja, also, Sie sollten diese Hautveränderung nicht auf die leichte Schulter nehmen.«

»Sie irren sich bestimmt!« Müller schüttelte den Kopf und fuhr in sein Oberhemd.

»Rufen Sie doch mal eben oben an und fragen Sie, ob Dr. Gebhardt im Haus ist«, bat Vincence. »Ich bin dagegen, dass eine Untersuchung durch die Flucht des Patienten beendet wird.«

»Dr. Gebhardt ist nicht da, aber Dr. Lorenzen«, meldete Schwester Ursula nach einer Weile.

Vincence verzog sein Gesicht. »Leider erst morgen«, sagte er zu Müller. »Kommen Sie morgen früh wieder!«

»Ich bin bereit, mich jetzt untersuchen zu lassen«, widersprach Müller, dessen Stimmungen wie ein Lämmerschwänzchen hin- und herzugehen schienen.

Vincence schüttelte bestimmt den Kopf. »Besser morgen.«

»Dr. Lorenzen arbeitet doch über Hautveränderungen«, bemerkte Schwester Ursula unwillkürlich. »Es wird ihn bestimmt interessieren.«

»Wenn der ein Fachmann ist, dann holen Sie ihn«, verlangte Müller beunruhigt. »Eben waren Sie doch selbst so besorgt.«

Vincence warf der Schwester einen ungehaltenen Blick zu. »Dann rufen Sie eben Lorenzen«, brummte er.

Nach einigen Minuten marschierte Rüdiger Lorenzen zur Tür herein. Dass sein Intimfeind ihn zu Hilfe holte, war ein sonntäglicher Leckerbissen. Er orientierte sich stumm in den Papieren, die Schwester Ursula ihm unter die Nase hielt, und wandte sich dann dem Patienten zu.

Der saß im Unterhemd auf dem OP-Tisch und zog mit einem Finger den Träger nach unten.

»Ausziehen!«, befahl Lorenzen und streifte sich sterile Handschuhe über. Mit seinem dicken Zeigefinger drückte er auf der Hautverfärbung herum, tastete sich bis in die Achselhöhle vor und zog dann abrupt die Handschuhe aus, um sie auf den Boden fallen zu lassen. »Unverdächtig. Wegen einer solchen Lappalie lassen Sie mich herunterkommen, Herr Kollege?«

»Lappalie? Melanomverdacht!«, schnaubte Vincence. »Ich werde ihn einweisen.«

Lorenzen betrachtete ihn angewidert. Klein wie Napoleon und bissig wie eine Ratte.

»Ich lasse mich nicht einweisen, wenn ein deutscher Arzt mich für gesund erklärt«, quiekte Müller und sprang vom Tisch.

Lorenzen unterdrückte ein Lächeln. Er vertrödelte die Zeit, in der Müller sich anzog, mit unwichtigen Notizen, klemmte sie unter den Arm und schob den Mann vor sich her aus der Ambulanz. Vincence sah ihm mit gerunzelten Augenbrauen nach. Lorenzen nickte knapp und zog die Tür zu.

Heinz Müller drehte sich um und schüttelte ihm dankbar die Hand, dann wieselte er an der Aufnahme vorbei und schoss ins Freie.

Lorenzen ging gemächlich zum Aufzug und drückte auf den Knopf. Der Italiener war ein impertinenter Kerl – aber er war nicht so wahnsinnig gewesen, auf der Untersuchung von Müller zu bestehen, nachdem der vom Chefarzt der Inneren entlassen worden war. Pfeifend schob er sich in die Kabine.

»Komischer Typ«, sagte Schwester Ursula laut. »Haben Sie die Rippen des Mannes gesehen? Von wegen Klangkörper und so ... Asketisch bis zum Gehtnichtmehr. Gibt es auch Männer mit Bulimie?« Sie lachte, aber es kam keine Resonanz.

Vincence war wie vom Erdboden verschluckt. Sie schüttelte den Kopf. So schnell beleidigt, diese Italiener, dachte sie. Aber sonst einer der Nettesten des Hauses.

Gut gelaunt machte sie sich an die Arbeit, warf die gebrauchten Instrumente mit lautem Scheppern in die Spüle, schob den Wagen mit Nahtmaterial an die Wand und schloss den Arzneimittelschrank ab.

Plötzlich stand Vincence wieder in der Tür. »Es ist ein Melanom«, sagte er überzeugt. »Madonna, hat es mich angeblickt! Als ob es mich im nächsten Moment anspringen wollte!«

Kapitel 12

Als Thomas Hamm am Montagnachmittag auf der Ausfallstraße nach Keitum fuhr, schnitt ein schwarzer Porsche mit hoher Geschwindigkeit seinen Weg, obwohl er sich auf der vorfahrtsberechtigten Straße befand.

»Warte, du Verrückter«, presste er zwischen den zusammengebissenen Zähnen hervor und gab Gas. Irgendwo hatte seine Leidensfähigkeit ihre Grenzen. Mit seiner Frau hatte es wieder Streit gegeben, diesmal wegen der Kamera. Sie hatte sie mitgenommen und irgendwo liegen lassen. Dass der Film voll war, wollte sie nicht bemerkt haben, weil sie den Apparat überhaupt nicht benutzt hatte …

Jedenfalls kochte er vor Wut. Er fuhr dem Porsche mit mehr als hundert Stundenkilometern nach. Trotzdem wurde der Wagen immer kleiner und entschwand schließlich in der Ferne auf der schnurgeraden Straße. Hamm sah nur noch seinen Qualm. Vergaser schlecht eingestellt oder Elektronik ausgefallen. Mürrisch nahm er den Fuß vom Gas. Sein alter BMW war eben nicht so schnell wie ein neuer Porsche.

Nach einigen Kilometern sichtete er ihn wieder. Der Qualm hatte sich verdichtet und war schwarz geworden. Selbst der Fahrer bemerkte es. Er trat auf die Bremse und hielt am Straßenrand.

Hamms Laune hob sich wieder. Grinsend gab er Gas

und zog vorbei. Dann ging in seinem Kopf eine Alarmglocke. Hatte nicht Margrit in diesem Wagen gesessen? Er hätte schwören können, dass sie es war. Grund genug jedenfalls, anzuhalten und den Rückwärtsgang einzulegen.

Eine Autolänge vor dem Porsche hielt er auf dem Grasstreifen an und schlenderte zu dem smarten Fahrer hinüber, der sich unter der Motorhaube zu schaffen machte.

»Ich brauche keine Hilfe, vielen Dank.« Der Mann hob nicht einmal den Kopf.

»Wer spricht von Hilfe? Ich wollte nur meine Frau auflesen. Damit sie nicht laufen muss. Das tut sie nicht gerne. Oder wussten Sie das schon?« Hamm sprach mit gut verborgener Wut und laut genug.

Margrit reagierte völlig gelassen. Keinerlei Schuldbewusstsein. Wortlos setzte sie ihre Füße auf den Boden und zwängte sich gemächlich aus dem Auto. »Worauf wartest du?«, fragte sie, als sie den BMW erreicht hatte.

Hamm starrte auf den schmalen hinteren Sitz des Porsche. Dort also hatte Margrit die Kamera liegen lassen. Er langte hinein und holte sie heraus. Dann ging er seiner Frau nach und stieg ins Auto. Er drehte den Zündschlüssel. »Willst du die Tür nicht zumachen? Du wirst dir Verletzungen zuziehen, wenn sie an die Pfosten prallt.«

Margrit knallte die Tür zu.

Im Wagen herrschte Eiszeit.

Hamm hielt durch, bis sie in ihrem Zimmer angekommen waren. »Bist du mit dieser bayrischen Hakennase die ganze Zeit zusammen gewesen?«, fragte er mit unterdrückter Wut.

»Ja, bin ich«, bestätigte sie mit hochgerecktem Kinn, offenbar entschlossen, hier als Zeugin der Anklage aufzutreten. »Du bist ja ausgefallen. Ich habe dich oft genug darauf hingewiesen. Soll ich dich vielleicht anbetteln, dass du dich wie ein normaler Ehemann verhältst?«

Hamm zuckte die Schultern.

»Und du glaubst doch wohl nicht etwa, du hättest irgendein Recht, mir was vorzuwerfen? Im Gegenteil! Du solltest dir mal überlegen, was du aus unserem Urlaub gemacht hast!«

Er betrachtete Margrit mit einiger Verblüffung. Er hatte ihr doch erklärt, wie wichtig seine Mission war. Offenbar hatte sie dafür keine Antenne. »Was ist mit dem Platinring? Hat er ihn dir geschenkt?«

Margrit schnaubte durch die Nase und griff nach ihrer Handtasche.

Zigarette, natürlich, dachte Hamm, der sie nicht aus den Augen ließ. Aber zu seiner Überraschung ließ sie die Hände wieder sinken. Sie rauchte nicht, hielt weiterhin durch. Na ja, genau betrachtet, war es nicht Schwäche, die er ihr vorzuwerfen hatte. Sie war der konsequenteste Mensch, den er überhaupt kannte. Ohne Zweifel hatte Margrit sich den Münchner ausgesucht, nicht umgekehrt. Sie war nicht der Mensch, der zum Opfer wurde.

»Dir werde ich nicht die Genugtuung geben, mich rückfällig zu machen«, fauchte Margrit. »Ich werde dir nicht einmal die Genugtuung geben, für diese Urlaubsfarce weiterhin zur Verfügung zu stehen. Ich reise ab!«

Ich hab's geahnt, dachte er. Sein Zorn fiel in sich zusammen. Verdammt, das hatte er nicht gewollt. Er lehnte sich mit dem Rücken gegen die Tür und starrte die idiotische Deckenlampe an.

Verdammte Wissenschaft. Die Wissenschaft konnte einen für eine menschliche Bindung verderben, einen regelrecht auffressen. Er hatte sie seiner Frau zuliebe aufgegeben und jetzt hatte sie ihn eingeholt. »Margrit …«, begann er im verzweifelten Bemühen, sie umzustimmen, und trat auf sie zu.

Sie schüttelte stumm und abweisend den Kopf.

Vor der Abfahrt hörte er von Margrit nur noch den einen Satz: »Bringst du mich nach dem Frühstück zum Zug oder soll ich ein Taxi bestellen?«

»Du hast gewonnen«, sagte er müde. »Nachtreten ist unnötig. Ich fahre dich.«

Er stand unter dem Blechdach des Bahnhofs von Westerland und blickte dem Zug nach, der leise fortrollte und bei einer sanften Kurve schneller wurde. Der letzte Wagen verschwand. Hamm wurde jetzt erst bewusst, dass das Wetter umgeschlagen war. Die sommerliche Wärme war einer Kälte gewichen, die in Frankfurt im März oder April normal gewesen wäre, aber nicht im Mai. Und als er zu der Telefonzelle auf dem Bahnhofsvorplatz ging, merkte er, dass der Wind sehr heftig blies.

Sechs Beaufort bestimmt und auf See konnten es in Böen schon acht sein. Die Zelle war leer. Die meisten Leute benutzten Handys, klar. Er hatte sein eigenes ganz bewusst nicht mitgenommen. »Kann ich bitte Herrn Dr. Gebhardt sprechen?«, fragte er den Telefonisten in der Krankenhauszentrale. »Mein Name ist Hamm, Dr. Hamm.« Er wurde sofort durchgestellt.

Gebhardt war so schnell dran, als hätte er schon auf ihn gewartet. »Noch einer«, flüsterte er sofort. »Ein Tourist aus Aachen. Dieselben Symptome wie bei der Christensen. Vielleicht wäre es günstig, die Angehörigen zu befragen, solange er noch nicht … Sie sind ja wohl auch nicht der Reportertyp, der über Leichen geht. Hätten Sie Zeit?«

»Ja«, sagte Hamm. »Nein.«

»Warum so einsilbig?«, fragte Gebhardt. »Und was heißt ja-nein?«

»Lassen Sie's gut sein«, wehrte Hamm müde ab. »Etwas Persönliches.«

»Nehmen Sie es sich nicht zu sehr zu Herzen«, riet Gebhardt forsch. »Arbeiten Sie sich den Ärger ab. Mache ich auch immer.«

»Sonst noch etwas Neues?«, fragte Hamm.

»Nein, kein einziger weiterer Fall.«

»Bedauern Sie es? Es hört sich fast so an.«

»Mein Gott, nein.« Jetzt klang Gebhardt so verärgert, wie er selbst war. Er legte auf.

Hamm hängte ein, suchte die Telefonnummer des Hotels heraus, das Gebhardt ihm genannt hatte, und rief an.

Während er auf die Verbindung wartete, war er entschlossen, unbedingt eine Verabredung mit den Leuten zu treffen. Später würde er es nicht mehr schaffen, er war wirklich nicht skrupellos wie ein Reporter. Hamm erschrak selbst, als ihm bewusst wurde, wie fest er mit dem Tod des Mannes rechnete.

Eine Männerstimme meldete sich: der Sohn des Kranken. Sie hätten jetzt andere Sorgen, erklärte er, aber abends, wenn auch seine Mutter wieder im Hotel sei, könne er für Herrn Doktor Hamm ein paar Minuten erübrigen.

Hamm ließ lautlos die angehaltene Luft hinaus, bedankte und verabschiedete sich. Irgendetwas war merkwürdig an dem Kerl.

Dann ging er nochmals in die Bahnhofshalle zurück, um sich einen Stapel Zeitungen zu kaufen. Als er wieder im Auto saß, beschloss er, sich einen Strand zu suchen, ein hübsches Fleckchen Erde, auf dem er lesen und nachdenken konnte. Abgesehen von dieser unheimlichen Krankheit auf der Insel, hatte er schließlich noch massive private Probleme, die gelöst werden mussten.

In den Zeitungen fand er einen Wust von Informationen, die ihn überhaupt nicht interessierten. Unwichtige Interna. Sylt war ein Mikrokosmos: Interessengruppen, Parteien, Bauern, Flughafengesellschaft, Hotels, Windradbesitzer und Naturschützer bekämpften einander. Weniger sichtbar waren die Interessen der großen Konzerne, die offenbar daran arbeiteten, Sylt als Wochenendziel der Superreichen und Top-VIPs der Welt zu etablieren.

Aber nirgendwo fand er etwas, das ihm einen Hinweis auf die Erkrankungen gab. Wahrscheinlich gab es keinen roten Faden.

Widerwillig beschloss Hamm, ins Hotel zurückzufahren und sich umzuziehen, bevor er zu den Aachenern fuhr. Die Stimme hatte geklungen, als ob es geraten schien, nicht in Jeans aufzutreten.

Kurz vor dem Ortsschild von Keitum fiel ihm das ungewöhnliche Verhalten mehrerer Rinder auf. Er hielt an, stellte den Motor ab und kurbelte die Fensterscheibe herunter. An der Begrenzung der Weide scheuerte sich ein Bulle an einem niedrigen Ast den Rücken. Er rollte mit den Augen, sodass das Weiße sichtbar war, und brüllte in irrsinnig klingenden hohen Tönen. Daneben stand mit gespreizten Vorderbeinen wie ein Standbild ein zweiter Bulle. Er hatte den Kopf gesenkt und das Flotzmaul geöffnet. Der herausfließende Speichel bildete einen Faden, der bis zum Boden reichte. Ein drittes auffälliges Tier saß wie ein Hund auf den Hinterbacken und glotzte umher.

Klinischer Rinderwahnsinn, dachte Hamm spontan und griff zur Kamera, die noch auf dem Rücksitz lag.

Jetzt können sie es auch auf Sylt nicht mehr leugnen. Und er hatte die Pflicht, es dem Amtstierarzt zu melden.

Er öffnete die Kamera, um den Film zu wechseln. Ungläubig starrte er in das leere Filmfach. Jemand hatte den Film mit den Archsumer Bildern herausgenommen.

Verärgert und beunruhigt fuhr er ins Hotel zurück. Margrit hatte den Film nicht weggeworfen, auch aus Wut würde sie das nicht tun. Der Bayer etwa? Er konnte es sich kaum vorstellen.

Noch ganz in Gedanken, rief er im Veterinäramt an. Nach Dienstschluss war da natürlich niemand mehr zu erreichen. »In dringenden Fällen bitten wir, die Telefonnummer ...« Und so weiter.

Erstaunlicherweise landete er im Veterinäramt von Niebüll, das seines Wissens auf dem Festland lag. Immerhin war dort ein Kollege am Apparat. Hamm stellte sich vor und berichtete von seiner Beobachtung.

»Sie sind aus Frankfurt, nicht wahr?«, erkundigte sich Petersen – Nielsen – Paulsen – oder wie auch immer er hieß.

»Ja«, sagte Hamm verwundert und konzentrierte sich erstmals richtig auf das Gespräch.

»Kleintierpraxis?«

Benachrichtigung – Name des Beobachters – Ortsangabe. Kurz und schnell zu erledigen. Für Tierärzte eine Routineangelegenheit. Stattdessen Rückfragen zu seiner Person. Hamm schüttelte den Kopf. »Ja. Hören Sie, Herr Kollege, ich habe wenig Zeit. Ich wollte Ihnen nur die Daten durchgeben und Sie kümmern sich um die Sache, ja?«

»Genau. Wir kümmern uns. Aber wir haben in Nordfriesland keinen Rinderwahnsinn.« Sein Gesprächspartner machte eine kurze Pause. »Vielleicht sind Sie damit nicht so sehr vertraut …«

»Die Symptome sind ungewöhnlich«, beharrte Hamm. »Entweder ist es BSE oder etwas Neues.«

»Ach, du liebe Zeit! Vielleicht sollten Sie sich doch auf Kleintiere beschränken, Herr Kollege. Oder gönnen Sie Ihrer Phantasie eine Pause und machen mal richtig Ferien.«

Zornschnaubend hieb Hamm den Hörer auf den Apparat. Hielten sie ihn denn alle für einen Idioten? Der eine glaubte, dass er nicht wüsste, wie ein totes Rind aussah, der andere erlaubte sich, ihn zu belehren, dass es die Symptome nicht gab, die er gesehen hatte!

Wenig später fuhr Hamm zu den Aachenern ins Hotel. Ein schmächtiger Mann im gestreiften grauen Anzug öffnete zögernd. Er musste um die dreißig sein, gab sich aber wie ein siebzigjähriger Politiker. Mit dem Finger auf den Lippen und auf Zehenspitzen tappte er vor Hamm her ins Wohnzimmer der Suite.

Plötzlich war dieser dankbar, dass er aus einem Instinkt heraus in letzter Sekunde noch zu Jackett und Schlips gegriffen hatte. Ihn erwartete eine ältere Dame in einem ausladenden Sessel, dessen geblümter Überwurf zum neubarocken Mobiliar passte. »Hamm, Dr. Hamm«, murmelte er.

»Meinhard«, sagte der Aachener und klappte mit dem Oberkörper nach vorne. »Mutter: Herr Dr. Hamm. Herr Dr. Hamm: meine Mutter. Wenn Sie es bitte kurz machen würden, Sie sehen, meine Mutter …«

Frau Meinhard nickte matt und tupfte sich einige Tränen aus den Augenwinkeln. »Bitte«, flüsterte sie.

Hamm setzte sich, erklärte geläufig, dass er wegen einer statistischen Erhebung im Rahmen eines Mikrozensus mit erweitertem Fragenkatalog gekommen sei, und ließ sofort die erste Frage folgen. »Was haben Sie gemacht, bevor Sie nach Sylt kamen? Ich meine: Wo waren Sie?«

»Wir waren in Spanien«, erklärte Frau Meinhard mit überraschend fester Stimme. »Geschäftlich. Vor drei Tagen waren wir noch in Madrid.«

»Ist Ihr Mann häufig unterwegs und haben Sie ihn dabei immer begleitet?«, wollte Hamm wissen.

»Selbstverständlich«, sagte sie schneidend, während ihr Sohn plötzlich wachsam erschien wie ein Frettchen, das seine Beute verteidigt.

»Ich meine«, beeilte Hamm sich zu versichern, »ob Sie völlig sicher sind, dass er sich keine tropische Krankheit geholt haben kann, etwa in Kenia oder Indonesien ...«

Frau Meinhard betrachtete ihn mit eisiger Miene.

Oje, dachte Hamm. Die falschen Länder. Sie denkt an Kindersex. »Geschäftlich«, fügte er lahm hinzu.

»Mein Mann«, sagte sie, »pflegt nichts ohne meinen Rat und Beistand zu unternehmen. Mein Sohn übrigens auch nicht.«

Hamm sah zu ihm hoch. Meinhard war hinter dem Sessel seiner Mutter stehen geblieben. Das Lob seiner Mutter veranlasste ihn, ihr die Kissen im Rücken zu richten. Braver Junge, dachte Hamm und konzentrierte sich wieder auf die Mutter. Der Sohn hatte hier nichts zu sagen.

»Wir sind in allem eines Sinnes«, fuhr Frau Meinhard fort, »wir haben die Kirche in den Mittelpunkt unseres Lebens gestellt und der Herr hat es uns vergolten. Wir haben keine Laster, auch mein Mann nicht. Weder Alkohol noch ...« Sie wandte den Kopf und musterte die Stores.

»... andere Frauen«, ergänzte Meinhard. Er rieb nervös die Handflächen aneinander.

Ja, gibt es das denn noch, dachte Hamm fassungslos und registrierte nebenbei, dass immerhin im Aschenbecher einige Zigarrenstummel lagen. Offenbar galt Rauchen hier nicht als Laster.

Meinhard ging mit ausgestreckter Hand ein paar Schritte zur Tür. »Ich muss Sie nun bitten zu gehen«, verlangte er. »Sie sehen ja, dass wir mit unserem Schmerz allein sein möchten.«

»Ihr Vater ist doch noch gar nicht tot«, bemerkte Hamm grollend und stand auf.

Meinhard sah ihn verständnislos an, bevor er die Tür ins Schloss drückte. Im Hotelflur tat Hamm seine Grobheit Leid. Unwillkürlich schüttelte er den Kopf, als er an den dreißigjährigen Greis und seine Mutter dachte.

Im Fahrstuhl nach unten begann er sich über die Zeitverschwendung zu ärgern. »Verklemmtes Volk«, fluchte er leise.

Der junge Liftboy hatte gute Ohren. Er verbeugte sich höflich. »Wie Sie meinen, der Herr.«

Hamm musste wider Willen lachen und gab ihm eine Mark. Bei solch altmodischer Höflichkeit war es kein Wunder, dass Leute wie die Meinhards dort abstiegen. Als er zum Parkplatz ging, der seitwärts vom Hotel lag und durch einen lärm- und sichtdämmenden Wall aus Steinen und Büschen begrenzt war, hob sich seine Laune bereits wieder. Immerhin war er jetzt davon überzeugt, dass Meinhard sich die Krankheit erst auf Sylt geholt hatte.

Ein Geräusch in nächster Nähe veranlasste ihn, sich umzudrehen. Ein Schatten tauchte zwischen den Autos auf, dann wurde sein Hals schon mit einem brutalen Griff umklammert, der ihm den Atem nahm. Erst als er schon Sterne flimmern sah, lockerte sich die Klammer ein wenig.

Während Hamm keuchend Luft holte, sah er vor sich einen Riesen mit einem pinkfarbenen Haarkamm auf dem Schädel. Die behaarte Brust war bedeckt von einer knappen Jeansweste mit einem gestickten goldenen Adler.

Ein Handrücken landete in Hamms Gesicht. Ihm wurde fast schlecht vor Schmerz.

»Schönen Gruß aus Bayern«, flüsterte der Fremde ihm ins Ohr. »Du sollst aufhören, deine Nase in fremde Angelegenheiten zu stecken!«

Dann folgte ein Schlag in den Solarplexus, der Hamm wie einen Sack zu Boden gehen ließ. Die Fußtritte spürte er nur noch undeutlich.

Irgendwann ging ihm durch den Kopf, dass die Krankenwagen auf Sylt besser ausgelastet waren als in Frankfurt. Und ihre Sirenen waren verdammt laut.

Kapitel 13

Er wachte in einem weiß bezogenen Bett auf. In Händen und Füßen fühlte er eine nicht unangenehme Schwere, während er an die Decke starrte und sich zu besinnen versuchte, wo er sich befand.

»Von wem haben Sie sich denn verhauen lassen?«, fragte jemand.

Er blinzelte. Vor seine Augen schob sich Gebhardt mit besorgter Miene. Er trug seinen weißen Kittel, in dessen Brusttasche das Stethoskop steckte.

»Seit wann rollen Sie Ihr Stethoskop zusammen?«, keuchte Hamm. »Sorgt jetzt jemand in Ihrem Leben für Ordnung?«

»Seitdem Sie penibler Wissenschaftler unser Gast sind«, antwortete Gebhardt. »Ihr Hotelzimmer brauchen Sie die nächsten Tage nicht.«

Hamm fuhr hoch und sank wieder zurück. »Ich erinnere mich. Man hat mich zusammengeschlagen.«

»Wer?«

»Ich weiß nicht«, sagte er. Mit wachsendem Entsetzen bemerkte er, dass er sich an nichts erinnern konnte.

»Keine Panik, Partner«, sagte Gebhardt in beruhigendem Ton. »Die Erinnerung kommt wieder. Sie haben bestimmt keine Amnesie. Wissen Sie denn, ob man Sie beklaut hat?«

Hamm drehte den Kopf vorsichtig zur Seite und sah einen krankenhausüblichen Nachttisch. Er war leer, abgesehen von einer Schnabeltasse. Offenbar war er schon einmal wach gewesen. »Keine Ahnung«, sagte er tonlos.

»Das haben wir gleich«, sagte Gebhardt. »Ich erkundige mich.«

Während er fort war, bewegte Hamm vorsichtig Finger und Zehen. Es funktionierte noch alles, wenn auch ein bisschen steif, und tat auch nicht weh. Wahrscheinlich stand er unter Schmerzmitteln.

Die Tür fiel klickend ins Schloss. Gebhardt trat breit grinsend an sein Bett. »Die Verwaltung sagt, Sie hätten eine Brieftasche bei sich gehabt mit drei Scheckkarten, 400 DM in bar, einen Autoschlüssel und einen pfundschweren Zimmerschlüssel Ihres Hotels.«

»Ja«, flüsterte Hamm, »den vergesse ich immer abzugeben.«

»Es scheint, als ob es auch in Ihrem Leben ein paar dunkle Punkte gibt«, sagte Gebhardt herzlich. »Zimmerschlüssel behalten, pfui! Und sich zusammenschlagen lassen wie im Zuhältermilieu!«

»Das verstehe ich auch nicht«, sagte Hamm verwirrt. »Es sei denn ...«

»Es sei denn?«

»Vielleicht ein Bekannter meiner Frau«, sagte Hamm zögernd, als er plötzlich den Haarkamm vor Augen sah, der im Dunkeln wie die Mähne eines Norwegerpferdes ausgesehen hatte, aber möglicherweise lila oder pink gewesen war. »Der Schläger richtete einen Gruß von einem Bayern aus. Und der einzige Bayer, den ich hier kenne, ist Hakennase.«

»Und wer ist Hakennase?«, fragte Gebhardt geduldig, nachdem er es sich auf dem Bettrand gemütlich gemacht hatte, wo nach Hamms Wissen niemand sitzen durfte.

»Ich kenne ihn nicht, aber er fährt einen schwarzen Porsche mit Münchner Kennzeichen.«

»Dann weiß ich Bescheid«, erklärte Gebhardt mit verwunderter Miene. »Seinen Namen kenne ich zwar auch nicht, aber der lässt sich leicht herausfinden. Er ist öfter hier, hat hier in Westerland ein Penthouse. Und was hat der mit Ihrer Frau zu tun?«

»Wenn ich das wüsste!« Hamm ballte so erbittert die Fäuste, dass Gebhardt sie mahnend täschelte. Mühsam entspannte Hamm sich wieder.

»Das war auch der Ärger, den Sie gestern Mittag hatten, stimmt's?«

»Gestern?«

»Partner, Sie sind seit gestern Abend hier.«

Jenseits allen Elends spürte er jetzt auch noch Entsetzen. In was war er da nur hineingeschlittert? Und was war, wenn Margrit mit drinsteckte? Hamm fühlte Schweißtropfen über seine Schläfen rollen.

»So, Herr Doktor«, sagte eine Schwester streng, die mit Betttüchern über dem Arm in das Zimmer kam. »Nun muss ich Sie für einen Moment aus dem Zimmer bitten.«

Resolut zog sie einen der grauen Besucherstühle heran, legte die Laken auf die Lehne und wartete demonstrativ. Hamm runzelte angestrengt die Stirn. Noch nie hatte er erlebt, dass ein Arzt hinausgehen musste, weil eine Schwester das Bett machen wollte.

Gebhardt grinste ihn an. »Es ist nicht meine Station. Sie sind hier auf der Chirurgie. Hätte ja sein können, dass Sie eine neue Leber brauchen. Oder dass Vincence eine Milz von Ihnen bekommen kann. Einer der Chirurgen hier. Sie kennen ihn bestimmt schon: klein wie Napoleon und genau so effektiv«, ergänzte er erklärend und erhob sich unter den tadelnden Blicken der Schwester endlich vom Bett. »Ich komme Sie morgen wieder besuchen!«, rief er und entfloh, bevor die Schwester ihn hinauswerfen konnte.

Sie musste Hamm aus dem Bett helfen. Als er endlich auf frischen Laken lag, schlief er mit wütenden Gedanken über die Hilflosigkeit gewisser Leute wieder ein.

Erst am nächsten Mittag waren die Schmerz- und Schlafmittel, die man ihm verabreicht hatte, so weit abgeklungen, dass er wieder denken konnte. Hätte doch Maike Dienst gehabt: Sie hätte ihm das Zeug nicht verpasst. Er lächelte unwillkürlich, was in einem Ächzen endete. Im Augenblick tat ihm jede einzelne Faser weh.

Warum war er eigentlich hier? Irgendjemand hatte ihm einen Denkzettel verpassen wollen. Aber wofür? Wegen der Sache auf der Landstraße? Vielleicht war der Münchner ein besonders reizbarer Mensch ...

Danach wurde Hamm durch sein Mittagessen abgelenkt. Er aß das blasse Kalbfleisch mit Reis ohne jeden Appetit. Draußen goss es in Strömen. Hin und wieder drückte eine Bö den Regen prasselnd gegen die Fensterscheibe. Während er noch über die ausgesprochen praktische Denkweise von Architekten nachdachte, die Klinikfronten zur Wetterseite ausrichteten, wurde ein junger Mann in sein Zimmer geschoben.

Ein Blinddarm, plauderte die Schwester, während sie die Rollen des Bettes mit einem Fußtritt fixierte. Der junge Mann stöhnte hin und wieder, war aber nicht bei Bewusstsein. Er hing am Tropf. Die Schwester ging hinaus und kehrte nach einer Weile mit zwei vollen Flaschen zurück.

Hamm betrachtete die Infusionsflasche und die Tropfgeschwindigkeit abschätzend. »Ich hätte auch gerne eine Infusion«, sagte er.

»Nanu?« Sie schloss mit der Rändelschraube den Auslauf an der Flasche, während sie Hamm belustigt ansah.

»Jawohl, aber es muss Kochsalzlösung mit etwas Alkohol sein, braun, ein bisschen Schaum obendrauf.«

»Und Vitamin B plus Hopfen?«

»Ja«, seufzte er sehnsüchtig. »Ich sehe schon, Sie verstehen mich!«

Sie legte den Kopf schief und blickte ihn lächelnd an. »Für Sie scheint mir Glucoselösung in Säuglingskonzentration geeigneter.«

»Oje«, sagte Hamm und drückte sich wieder in die Kissen. »Und ich dachte schon, Sie verstehen mich! Wissen Sie denn wenigstens, wann ich auf eigenen Beinen ...?«

»In Ihrem augenblicklichen Zustand kommen Sie noch nicht mal zum Klo.«

»Doch!«, sagte er überzeugt.

»Probieren Sie's nur«, sagte sie spöttisch. »Aber sagen Sie niemandem, ich hätte es Ihnen erlaubt! Das habe ich nämlich nicht.«

»Ehrlich?« Hamm wurde unsicher. Jetzt nach dem Essen fühlte er sich bärenstark und glaubte ihr nicht.

Aber als die Schwester den Raum verlassen hatte, döste er wieder ein. Trotzdem lichtete sich langsam das Chaos in seinem Kopf. Und dann fiel ihm endlich wieder ein, dass er recherchiert hatte. Plötzlich saß er trotz seines schmerzenden Schädels senkrecht im Bett und wunderte sich, dass er nicht eher darauf gekommen war. Der verschwundene Film!

Jemand wollte, dass er sich nicht mehr mit der Rinderkrankheit beschäftigte.

Gebhardt kam am späten Nachmittag. Er setzte Hamm einen Seehund aus Plüsch auf den Bauch.

»Ich glaube, ich weiß, warum man mich zusammengeschlagen hat«, sagte Hamm und schloss den Seehund in der Hand ein. »Die Recherchen. Die haben mich zu den Bauern gebracht. Logisch. Und die wiederum zu Rindern mit eigenartigen Krankheitssymptomen. Aber alle, die ich darauf aufmerksam mache, weil sie von Berufs wegen darüber Bescheid wissen sollten, blocken ab. Sie haben sogar meinen Film geklaut, auf dem sich Bilder von einem illegal vergrabenen Rinderkadaver befinden.«

Gebhardt sah ihn ungläubig an.

»Wirklich«, sagte Hamm, »mit meiner Frau hat es gar nichts zu tun. Obwohl sie natürlich sehr attraktiv ist«, fügte er der Ehrlichkeit halber hinzu.

»Attraktivität allein kann es nicht sein«, stimmte Gebhardt grinsend zu. »Der Münchner heißt Manfred Kerst und gilt als streng homo. Bi kommt für ihn offenbar nicht infrage.«

»Ach, du liebe Zeit«, sagte Hamm betroffen. »Wenn Margrit das jemals erfährt, wird sie sich aber tief gedemütigt fühlen …«

»Dieser Kerst arbeitet im Auftrag einer großen Investmentgesellschaft, München Investment Trust Gesellschaft mbH.«

»Investmentgesellschaften. Die verkaufen doch Land. Ich störe sie«, sagte Hamm überzeugt. »Das zeigt, dass ich auf dem richtigen Weg bin.«

Gebhardt beugte sich zu ihm herab. »Lieber Kollege. Ihre Zielrichtung war eine ganz andere, erinnern Sie sich jetzt wieder? Es ging um Menschen, nicht um Rinder. Und es schüttet doch niemand Gift ins Trinkwasser, oder so etwas, und fühlt sich von Ihnen erwischt!«

Hamm blinzelte. Manchmal schweiften seine Gedanken einfach ab. »Was haben Sie eben gesagt?«

»Ich glaube, Sie stehen noch unter der Einwirkung der Sedativa.« Gebhardt griff nach Hamms Handgelenk und fühlte ihm den Puls. »Na, Fieber haben Sie jedenfalls nicht.«

»Was haben Sie eben gesagt?«, wiederholte Hamm unbeirrt. »Es war etwas Wichtiges.«

»Ich sage nur Wichtiges.« Gebhardt grinste entwaffnend und zuckte mit den Schultern. »Ich sprach von Gift, so viel ich weiß.«

»Nein, das war es nicht. Was noch?«

»Keine Ahnung. Ist doch auch egal. Wollen Sie eigentlich gar nicht wissen, was sich Neues ergeben hat?«

»Doch, klar«, sagte Hamm und zog seinen Arm wieder zurück. »Erzählen Sie!«

Gebhardt beugte sich zu ihm hinunter und senkte die Stimme. »Die Melanurie, Sie erinnern sich, ohne dass ich Namen nenne? Sie war voll mit Metastasen.«

»Meine Güte«, flüsterte Hamm entsetzt. »Sie hat doch offenbar gar nicht gewusst, wie krank sie war.«

»Ja, das finden auch wir sehr merkwürdig«, räumte Gebhardt ein. »Der Mann aus Aachen ist übrigens auch gestorben. Haben Sie über den noch etwas erfahren können?«

Hamm verzog sein Gesicht. »Es hat sich nicht wirklich gelohnt. Ein beschissener Abend, um ehrlich zu sein.«

»Zugegeben.«

»Woran eigentlich?«

»Schock plus Melanom.«

Hamm schüttelte entgeistert den Kopf. »Das hat System. Die Ursache befindet sich auf Sylt«, flüsterte er. »Aber dass einer Gift ins Trinkwasser mischt, glaube ich auch nicht.« Ruckartig fuhr er in die Höhe. »Das war es! Trinkwasser! Das Trinkwasser scheint nämlich eine Rolle zu spielen.«

»Trinkwasser und Melanom?«, fragte Gebhardt ungläubig. »Nie! Licht. Ozon. Teer, von Öl, das Schiffe illegal ablassen. Saurer Regen. Radioaktive Niederschläge. Was Sie wollen: alles, was an die Haut kann. Aber nichts Ess- und Trinkbares im Zusammenhang ausgerechnet mit Hautkrebs. Hamm, Tumorfachleute würden Ihnen an die tierärztliche Gurgel springen.«

»Vielleicht ist es nur ein Kofaktor«, räumte Hamm ein. »Aber es würde den Zusammenhang zwischen toten Rindern, Investmentgesellschaften und nervösen Leuten erklären, finden Sie nicht?«

»Nein, eigentlich nicht. Aber ich werde darüber nachdenken«, sagte Gebhardt nachgiebig und erhob sich. »Der Besuch war lang genug, ich verabschiede mich. Habe heute Nachtdienst.«

»Sie Ärmster. Wenn Sie keine Arbeit haben, kommen Sie mich besuchen«, verlangte Hamm grinsend. »Bringen Sie mir ein Bier mit. Die Schwester wollte mir keines geben.«

»Sie fand Sie etwas kindisch. Deshalb habe ich Ihnen das Tierchen mitgebracht«, sagte Gebhardt und zwinkerte ihm mit einem Auge zu. »Alkohol führen wir hier nur in achtzigprozentiger Lösung. Wenn Ihr Münchner wirklich die Hände im Spiel hat, würde er uns dafür bezahlen, dass wir Sie mit dem vergiften.«

»So gefährlich ist der Mann?«, fragte Hamm beunruhigt, aber die Tür fiel hinter Gebhardt zu, ohne dass er antwortete.

Kapitel 14

Am Freitag gegen Mittag wurde Hamm endlich entlassen. Als er bei sanftem Nieselregen in die Tür der Klinik trat, fühlte er sich ziemlich verloren. Bestimmt empfanden Menschen, die aus dem Gefängnis kamen, ähnlich. Ihn brachte nicht einmal der Gefängnispfarrer an die Pforte.

Er zitterte. Eine Temperatur wie im Spätherbst. Vor einer Woche war es noch wie im Hochsommer gewesen.

»Thomas!«, rief am anderen Ende des Rondells vor der Klinik eine vertraute Stimme. Gotje rannte auf ihn zu.

»Gotje!«, sagte Hamm überwältigt.

Gotje umarmte ihn spontan. »Ich konnte nicht eher kommen«, sagte sie. »Ich war ein paar Tage in Husum und habe versucht, dich im Hotel zu erreichen. Erst gestern bin ich zurückgekehrt und habe mich dann allmählich bis zum Krankenhaus durchtelefoniert.«

Hamm nickte.

Gotje nahm ihn bei den Schultern und drehte ihn zum Licht. Sie betrachtete ihn genau und er ließ es sich schweigend gefallen.

»Thomas, was ist mit dir?«

»Ich habe die Abnabelung vom Krankenhaus noch nicht verkraftet«, antwortete er düster. »Klinik! Und dabei hätte das mein Urlaub sein sollen!«

»Was ist eigentlich passiert? Warum ist deine Schläfe gelbgrün und dein Ohr so zerknautscht?«

»Man hat mich zusammengeschlagen.«

Gotje nickte, als ob das in ihren Kreisen normal wäre. »Wohnt deine Frau nicht in eurem Hotel? Warum holt sie dich nicht ab?«

Er zögerte. »Meine Frau ...«

»Hast du sie überhaupt benachrichtigt?«, fragte Gotje streng.

»Die Krankenhausverwaltung rief bei ihr an. Ich hatte mir ein Telefon am Bett verbeten. Margrit hat mir telegrafisch geantwortet und gute Besserung gewünscht.«

»Warum ist sie nicht gekommen?«

Statt einer Antwort schnitt er ein Gesicht. Das hätte er auch gerne gewusst. Aber er wollte keinen Verrat begehen.

»Lass uns zur Bushaltestelle gehen«, sagte Gotje.

Als sie unter dem Plexiglasdach angelangt waren, schob sie ihn zur Sitzbank, was er sich stillschweigend gefallen ließ. Er war immer noch etwas schwach auf den Beinen. Gotje setzte sich neben ihn. »Was ist zwischen dir und deiner Frau?«, fragte sie schonungslos.

»Ich weiß nicht. Wir haben anscheinend tiefer gehende Probleme.«

»Wieso weißt du das nicht genau?«

»Schwer zu erklären«, sagte Hamm zögernd. »Möglicherweise war unsere Heirat ein Fehler, aber noch haben wir beide es nicht ausgesprochen. Ich weiß nicht, ob sie auf Dauer zufrieden sein wird mit dem, was ich ihr nicht bieten kann.«

»Und das ist?«, fragte Gotje mit gerunzelter Stirn.

»Ein unbekümmertes Leben und Geld, jedenfalls etwas mehr, als wir haben.«

»Macht sie sich Sorgen, dass du zu wenig verdienst?«

»Nein«, antwortete er nachdenklich. »Sie macht sich überhaupt keine Sorgen. Und ich bin ihr zu ernsthaft. Sie kann es nicht leiden, wenn ich mich zu sehr in die Wissenschaft vertiefe.«

Gotje schwieg und er war dankbar dafür. »Margrit genießt ihr Leben und will, dass ich das mit ihr gemeinsam tue. Sie verlangt mehr von mir, als ich leisten will, und ich verlange von ihr das, was sie nicht leisten kann. Ich glaube, dass es weniger ihre als meine Schuld ist.« Mit einem Schlage wusste Hamm, dass seine Ehe ein Irrtum war. Bisher hatte er vermieden, darüber nachzudenken.

Der Bus kam in Sicht. Als er in einem weiten Bogen um die Heckenrosen herumgefahren war und an der Haltestelle abbremste, wusste Thomas Hamm, was er tun musste. »Ich werde abreisen, Gotje.«

»Jetzt?«, fragte sie entsetzt. »Aber du bist doch zu keinem Ergebnis gekommen.«

»Wir sind in einer Sackgasse angelangt. Für die Todesfälle finden wir keine Klammer; die Kollegen wollen mir nicht abnehmen, dass es etwas mit dem Wasser zu tun hat. Und neue Erkrankungen sind nicht aufgetreten.«

Gotje wich einigen Menschen aus, die mit Blumensträußen aus dem Bus stiegen.

»Was soll ich also noch hier?«, fragte Hamm dicht hinter ihr. »Ich habe zu Hause einen ganzen Sack voller Probleme. Die muss ich lösen. Die Sylter Krankheit ist euer Problem. Außerdem ist mein Urlaub zu Ende.«

Gotje seufzte und stieg in den Bus. Am Bahnhof verabschiedete sie sich ziemlich frostig von ihm. Oder war es nur die niedrige Außentemperatur, die ihn an einen endgültigen Abschied denken ließ? Dass inzwischen die meisten Bäume blühten und einen Anflug von Grün zeigten, bot keinen Trost.

Hamm fand einen Bus, der ihn zum Hotel der Meinhards brachte. Als er zwischen den mit der Nagelschere gestutzten Hecken zum Parkplatz ging, wurde ihm erst bewusst, dass das Haus vier oder fünf Sterne haben musste.

Sein Auto stand in der hintersten Ecke; es kam ihm seltsam niedrig vor. Dann sah er, warum. Alle vier Reifen waren zerschnitten. Sein Wagen ruhte auf den Felgen. Die Wahrscheinlichkeit war hoch, dass auch sie beschädigt waren.

Erbittert ging er den Weg zurück und zur Rezeption, wo er die Faust auf den Tresen schmetterte. »Erstreckt sich der Service des Hotels nicht auf den Parkplatz?«, fragte er. Etwas zu laut, aber es war ihm egal, dass er Aufmerksamkeit erweckte.

Im Nu stand ein Herr im grauen Anzug neben dem Portier, vermutlich der Direktor selbst. »Wir übernehmen keine Haftung, wenn es das ist, was Sie meinen, Herr …?«

»Hamm, Dr. Thomas Hamm.«

»Oh, Herr Dr. Hamm. Es dreht sich um Ihr Auto, nicht wahr?«

Hamm sah ihn stirnrunzelnd an und nickte.

»Nach Ihrem … Unfall haben wir selbstverständlich herausgefunden, dass es sich um Ihr Auto handelt, und darauf verzichtet, es abschleppen zu lassen. Ich hoffe, es ist alles in Ordnung …«

»Nein, eben nicht!«, unterbrach Hamm ihn. »Die Reifen sind zerschnitten.«

Der Direktor, oder was immer er war, wandte sich an den Portier. »Wissen Sie etwas darüber?«

»Nein, Herr Marquardt. Gestern war noch alles in Ordnung. Wir haben Ihre Anweisung befolgt.«

»Sie hören es selbst«, sagte der Direktor bedauernd. »Wir haben Ihr Auto unauffällig bewacht.«

»Dann muss es ja heute Nacht passiert sein«, sagte Hamm grübelnd. »Jemand, der wusste, wann ich aus der Klinik entlassen werde.«

»Das kann ich nicht sagen. Aber wenn Sie möchten, können wir uns mit einer Werkstatt in Verbindung setzen.«

»Ja, bitte. So schnell es geht. Ich muss dringend nach Hause.«

»Selbstverständlich. Und ich würde mich freuen, wenn Sie bei Ihrem nächsten Sylt-Besuch unser Haus in Betracht ziehen würden.« Der Direktor verabschiedete sich mit einer höflichen Verneigung und der Portier begann zu telefonieren.

Kapitel 15

Er erreichte gerade noch den Autozug, in dem er schon vor seinem Urlaub einen Platz hatte reservieren lassen. Als er im Morgengrauen in Isenburg sein Auto von der Rampe lenkte, konnte er es gar nicht mehr erwarten, nach Hause zu kommen und die Missverständnisse aufzuklären. Vielleicht war seine Ehe doch noch zu retten.

Als er den Flur betrat, bemerkte er mit Befremden, dass Margrit die Möbel umgestellt hatte. Er beschloss, es nicht zu erwähnen. Vielleicht musste auch sie sich in gewisser Weise häuten.

Er stellte fest, dass Margrit nicht zu Hause war, und legte sich ins Bett, um erst einmal auszuschlafen. Er fühlte sich wie gerädert.

Als er am Sonntagmorgen aufwachte, entdeckte er erleichtert, dass Margrit neben ihm lag. Da es ihm keine Ruhe ließ, wie es in der Praxis aussah, fuhr er dorthin und kam nachmittags zurück.

Kaum war er zur Tür hereingetreten, explodierte sie. »Willst du dich nicht wenigstens entschuldigen?«, schrie sie ihn an.

Hamm zuckte zusammen. Dies war ein schlechter Anfang für einen Neubeginn. »Wofür?«, fragte er bedächtig. »Dafür, dass ich zusammengeschlagen wurde? Von deinem bayrischen Freund.«

»Ich habe keinen Freund!«

Hamm bemühte sich, sachlich zu bleiben. »Du warst mit diesem Schönling mehrmals aus. Vermutlich ab dem Tag, an dem du zum ersten Mal ins Spielkasino gegangen bist.«

»Der war doch nur ein Zeitvertreib mit einem schnellen Auto. Ich habe nie etwas mit dem gehabt.«

»Das glaube ich nicht«, sagte Hamm. Allzu leicht wollte er es Margrit auch nicht machen, trotz der Information, die er von Gebhardt bekommen hatte. »So wie der aussieht! Griechischer Athlet von Kopf bis Fuß!«

Margrit sah ihn ausdruckslos an, dann drehte sie sich um und verzog sich in ihr gemeinsames Schlafzimmer. Völlig unerwartet kicherte sie. »Du ahnst gar nicht, wie Recht du hast!«

Hamm folgte ihr zögernd. Das Lachen war nicht echt.

»Griechisch durch und durch!«, rief Margrit, warf sich auf ihr Bett und heulte plötzlich los.

»Nun werde bloß nicht hysterisch!«, sagte er, ihrer Taktik allmählich überdrüssig. Wie so oft entzog sie sich einem ernsthaften Gespräch auf die eine oder andere Art.

Margrit schluchzte wie ein Kind. Gegen seine Absicht blieb er voll Mitgefühl stehen, schließlich setzte er sich neben sie und streichelte sanft ihren Nacken. »Ich bin nicht deine Mutter, Margrit. Also werde ich dich nicht trösten, weil dein Seitensprung mit einer Tunte nicht funktioniert hat«, sagte er leise. »Aber ich bin bei dir.«

»Vielleicht wollte er in Wahrheit dich«, murmelte Margrit beleidigt. »Er sprach mehrmals von dir.«

»Von mir?« Hamm war verblüfft.

»Er interessierte sich für dich, wollte wissen, was du beruflich machst, warum du dich mit Rindern beschäftigst und so etwas ...«

Beinahe hätte er gelacht. Aber das konnte er Margrit nicht antun. »Und, was hast du ihm geantwortet?«

»Dass du alles über Rinder und ihre Bakterien weißt. Dass du zielstrebig wie eine Nacktschnecke bist, die Totes wittert. Dass du nicht aufgeben wirst, bis du die Moleküle vor dir aufgereiht hast.«

Hamm zuckte zusammen. »Werde endlich erwachsen, Margrit«, mahnte er sanft und schluckte eine heftige Bemerkung über das zweifelhafte Kompliment hinunter.

Darauf weinte sie noch viel lauter. Er hatte es fast nicht anders erwartet. Er stand auf. Sie musste allein damit fertig werden. Zögernd nahm er die Decke vom Fußende seines eigenen Bettes, um sie über Margrit zu breiten. Sie hatte sich dermaßen in ihren Anfall hineingesteigert, dass ihr der Pullover bis zu den Achseln hochgerutscht war, und lag nun da wie ein hilfsbedürftiges Kind. Konsequenz in jeder Phase des Lebens.

Er schüttelte resignierend den Kopf, faltete die Decke auseinander und breitete sie über ihren entblößten Rücken. Und da sah er das Melanom.

Sylt hatte Margrit eingeholt. Ihn auch.

Mit weichen Knien sank er neben ihr zu Boden und legte behutsam eine Hand auf ihre Schulter. »Margrit, du bist krank«, sagte er beklommen.

Sie fuhr so schnell in die Höhe, dass Hamm zusammenfuhr. »Hältst du mich für nymphoman?«, schrie sie ihn an. »Du kannst die Scheidung haben, wenn du willst, aber nicht mit der Begründung!«

Hamm starrte ihr sprachlos ins Gesicht. Sie war anscheinend viel weiter in ihren Überlegungen gediehen als er. Er brauchte einen Augenblick, um sich davon zu erholen. »Margrit, nein! Du bist in Gefahr! Du hast ein

Melanom in der Taille, einen schwarzen Tumor. Wie die Patienten in der Sylter Klinik!«

Margrit wischte seine Hand beiseite, rollte ihren Pulli hinunter und begann zu lachen. »Du brauchst bei mir keine Taktik mehr, Thomas. Falls du die Scheidung willst, kannst du sie haben, ich sage es ja. Falls nicht, ist es mir auch recht, obwohl du ja keinen Wert mehr auf mich zu legen scheinst. Ich kann mich gut mit deinem Ehering am Finger amüsieren.«

»Und mit meinem Geld«, fügte er bitter hinzu und verdrängte einen Augenblick die Gefahr, in der sie schwebte. Sie hatte ihn als Wissenschaftler nie für voll genommen, aber dass sie ihn selbst jetzt nicht ernst nahm, kränkte ihn tiefer als jemals.

»Ach, was das betrifft, so brauche ich doch wirklich nicht zu viel«, sagte sie.

Es hatte keinen Sinn, darüber zu diskutieren. »Hast du den kleinen Flecken auf deinem Rücken schon mal im Spiegel gesehen?«

»Ich habe keine Flecken auf dem Rücken«, entgegnete sie verärgert.

»Vielleicht gestern nicht. Heute schon.«

»Blödsinn!«, fauchte Margrit. »Bisher hat er dich nicht gestört.«

»Margrit, versteh doch endlich! Wenn ich ihn schon mal gesehen hätte, würde er mich überhaupt nicht stören. Aber er ist neu! Eine Neubildung auf deiner Haut!«

Sie hörte auf, sich mit ihrem Rocksaum zu beschäftigen, und sah ihn an. »Und wenn schon! Was geht es dich überhaupt noch an?«

Er stand auf und begann hin und her zu laufen. Margrits spöttische Blicke folgten ihm. Er konnte sich ungefähr denken, was ihr durch den Kopf ging. Auf jeden Fall nichts Schmeichelhaftes. »Ich will versuchen, es dir zu erklären«, sagte er mit einem Seufzer. »Es geht um dich. Dein Leben könnte in Gefahr sein, wie bei den Patienten in der Sylter Klinik. Verstehst du?«

Margrit nickte widerwillig, beschäftigte sich damit, ihre Strümpfe hochzurollen und die Naht auszurichten, aber an ihrer gespannten Haltung merkte Hamm, dass sie zuhörte.

»Du musst sofort ins Krankenhaus, damit man feststellt, was dieser Fleck auf deiner Haut bedeutet«, fuhr er erleichtert fort. »Und wenn er das ist, was ich befürchte, dann wäre es sehr wohl der Beweis, dass auf Sylt eine unbekannte Krankheit ...«

Sie zitterte vor Wut, warf sich herum und sprang aus dem Bett. Hamm merkte entsetzt, dass er sich in der Wortwahl vergriffen hatte.

»Das ist es also, was du willst! Ich bin für dich nur der lebende Beweis deiner Theorie. Deiner Wissenschaft!«

Hamm sah mit verkniffenem Mund zu, wie sie zum Schrank hechtete, die Tür gegen das Rahmenholz schmetterte und mit bebenden Händen in den Wäscheschubladen wühlte. Schließlich hatte sie die Zigaretten gefunden. Die Zellophanfolie knisterte, als sie die Rothändle öffnete. Der angenehme Duft der Zigarette wehte bei ihrem ersten Zug zu Hamm hinüber.

Inzwischen schien Margrit nicht nur die Zigarette, sondern auch die Situation zu genießen. Sie sah sich als Siegerin ihres Zweikampfs. »Du willst dich auf meine Kosten wissenschaftlich profilieren. Das ist die abscheulichste Kaltschnäuzigkeit, der ich in meinem Leben je begegnet bin! Ich hätte es wissen sollen, bevor ich dich heiratete.«

Da war nichts mehr zu kitten. Hamm drehte sich um

und ging ins Wohnzimmer. Er hatte die Fernbedienung des Fernsehers schon in der Hand, als er spontan beschloss, in die Kneipe um die Ecke zu gehen. Er ging selten ein Bier trinken, aber jetzt konnte er eins vom Fass gut gebrauchen.

»So ein Tag, so wunderschön wie heute«, dröhnte es aus der Musikbox bis auf die Straße.

Weniger, dachte Hamm.

Schweigend trank er sein Bier, zerbrach Streichhölzer und baute Türme mit Bierbricken. Nach einiger Zeit merkte er, dass auch Bier nicht ausreichte, um den Schmerz zu betäuben. Er zahlte und ging wieder nach Hause.

Das Wohnzimmer lag in tiefer Dunkelheit. Es war noch gar nicht so spät, also war Margrit ausgegangen. Mechanisch knipste er Licht und Fernseher an und holte sich aus der Küche ein Bier. Im Vorbeigehen warf er einen Blick durch die offene Schlafzimmertür. Das Licht fiel auf Margrits helle Haut.

Noch bevor er neben ihr niederkniete, wusste er, was passiert war. Sie hatte einen Schock!

Die Johanniter legten sie zügig auf die Trage. Auch die Fahrt beim Lärm der Sirene dauerte nicht lange. Aber Hamm durchlebte alles wie einen Albtraum, und es schien ihm Stunden zu dauern, bis Margrit endlich auf der Intensivstation des Krankenhauses in Bockenheim lag, angeschlossen an mehrere Schläuche, in denen es schnorchelte und zischte.

Gebannt starrte er auf den Monitor, sah den grünlichen Punkt über den Schirm huschen, ohne zu wissen, ob es gut oder schlecht war. Er war dankbar, als ihn ein Pfleger abholte, ihn in einen kleinen, kahlen Raum führte und ihm eine Tasse Kaffee brachte.

Als er ausgetrunken hatte, kam ein Arzt und setzte sich zu ihm; Kanne und Tasse brachte er mit. Mittleres Alter, braunhaarig und rundlich. Hamm verstand seinen Namen nicht und er war ihm auch egal.

»Sie brauchen keine Sorge zu haben«, sagte der Arzt.

Hamm begriff endlich, dass es sich um den behandelnden Stationsarzt handelte, der gekommen war, um mit ihm über seine Frau zu reden. »Es ist eine Epidemie«, murmelte er und ließ sich einschenken. »Mehrere Leute sind an ihr gestorben.«

»Nein, nein, sorgen Sie sich nicht. Sie haben sich nicht angesteckt. Ein Schock kann nicht anstecken. Wissen Sie, es sind die Blutgefäße, die dicht machen ...«

»Es sind Melanome und der Schock ist sekundär«, widersprach Hamm. »Eine Folge, nicht die Ursache.«

Der Arzt lächelte verständnisinnig. »Für Laien ist es etwas schwierig zu begreifen«, sagte er, »aber der Schock ist ein lebensbedrohender Zustand, wenn Sie auch Recht haben mögen, dass er sekundär ist. Wahrscheinlich haben Sie darüber schon gelesen. Die Zeitschriften, na ja. Und ein Melanom ist natürlich ebenfalls nicht ansteckend. Außerdem hat Ihre Frau kein Melanom! Wie kommen Sie nur darauf?« Mit gespitzten Lippen schüttelte er den Kopf.

Und die Warmherzigkeit leuchtete ihm aus den Augen. Als ob er einem Dreijährigen das Bohren in der Steckdose verbieten wollte, dachte Hamm und war sich bewusst, dass er kurz vor der Explosion stand. »Halten Sie mich für beschränkt?«, fragte er. »Ich weiß, was ein Melanom ist.«

»Wir verstehen Sie so gut«, sagte der Stationsarzt. »Wir leiden mit Ihnen.«

Hamm hielt es nicht mehr aus. Er sprang auf.

»Ja, es ist gut, wenn Sie gehen«, fuhr der Arzt fort. »Wir benachrichtigen Sie, wenn sich etwas ändern sollte. Aber eine Verschlechterung ist nicht zu erwarten. Sie ist bei uns in guter Obhut.«

Idiot, dachte Hamm. Laut sagte er: »Ich gehe nicht. Ich will telefonieren. Mit der Inneren der Klinik von Westerland auf Sylt. Und Sie gehen mit. Sie werden ebenfalls telefonieren. Mit der Inneren der Klinik von Westerland auf Sylt.«

Der Arzt war so perplex, dass er Hamm widerspruchslos folgte. Hamm ließ sich verbinden. Nachdenkliche Neugier zeigte sich auf dem Gesicht von Dr. Irgendwer.

»Moin, Gebhardt!«, rief Hamm ins Telefon, als er ihn endlich an der Strippe hatte. »Meine Frau hat ein Melanom mit Schock. Wir sind schon in der Klinik. Sagen Sie Ihrem Kollegen hier, was es bedeutet, bitte! Er glaubt mir kein Wort, hält mich für einen ausgemachten Trottel und hofft, dass ich mich in Luft auflöse.«

Der Stationsarzt zuckte heftig zusammen, nahm widerwillig den Hörer entgegen und presste die Muschel so fest ans Ohr, dass Hamm nicht einmal Gebhardts Stimme hören konnte.

Gebhardt sprach eine Weile.

»Nein, Herr Kollege, bei unserer Patientin ist der Fall völlig anders gelagert«, entgegnete der Stationsarzt verärgert. »Selbstverständlich hat sie kein Melanom. Nur einen Schock! Vielleicht ist sie schwanger oder hat Diabetes. Man wird das alles zu überprüfen haben.«

»Weder noch!«, fuhr Hamm dazwischen. Der Kerl wehrte seinen Einwurf ab, indem er ihn am Handgelenk packte und es festhielt. Hamm schüttelte ihn ab.

»Das müssen Sie schon uns überlassen, Herr Kollege.

Wir sind durchaus in der Lage, allein mit unseren Kranken fertig zu werden! Auf Wiederhören«, sagte der Arzt säuerlich und legte den Hörer mit Nachdruck auf.

Hamm studierte inzwischen verzweifelt eine Raumecke.

»Der Hinterwäldler denkt wohl, ich hätte noch nie einen Schock behandelt. Sylt! Die müssen doch ihre Patienten nach Hamburg fliegen lassen, wenn sie Schlimmeres als einen Beinbruch haben, oder?«

Mein Gott, dachte Hamm. Er überlegte, ob er Margrit in die Universitätsklinik verlegen lassen sollte. Gleichzeitig wusste er nur zu genau, dass es auch nichts ändern würde. Es war humaner, sie hier in Ruhe sterben zu lassen.

»Ich möchte bei meiner Frau bleiben, bis sie gestorben ist«, sagte er bestimmt. »Vielleicht macht es ihr den Übergang leichter, wenn sie merkt, dass ich bei ihr bin.« Genau das wusste er nicht.

Aber er hoffte es bis zum letzten grünen Flackern des Monitorlämpchens. Bis zum Mittag hielt er ihre erkaltenden Hände zwischen seinen. Dann führte ein Pfleger ihn fort.

Teil 2

Die Nucleinsäure schlüpfte nach dem Abstreifen ihrer Hülle in die Zelle und verschwand. Sie war nicht mehr sichtbar und nicht nachweisbar, von einem definierten Zustand in einen undefinierten übergewechselt, sie hatte sich gewissermaßen aufgelöst und war im vorhandenen Zellmaterial aufgegangen. Aufgrund eines kleinen Fehlers der Natur hatte sie dabei eines ihrer Segmente verloren.

Für die Wirtszelle hatte das ungeheure Auswirkungen, denn diese ging nun nicht zugrunde, sondern steigerte ihre DNA-Synthese-Rate um ein Vielfaches.

Kapitel 16

Irgendwie, dachte Hamm, irgendwie wird's schon gehen. Und so brachte er auch die Beerdigung hinter sich. Danach vergrub er sich einen Tag in seiner Wohnung und ging am Freitag in die Praxis.

Dort begann er die telefonische Suche nach einem erfahrenen Praxisvertreter, die sich als äußerst schwierig erwies.

»Nein!«, rief er aufgebracht ins Telefon. »Ich will keinen Praktikanten und ich will auch keinen Anfänger. Ich will einen gestandenen Vertreter. Einen, der die Praxis eine Weile allein führen kann. Haben Sie einen?« Kurze Zeit später rief er noch lauter: »Dann sagen Sie es doch gleich!«, und knallte den Hörer auf die Gabel.

Während die erfahrenere der beiden tierärztlichen Assistentinnen sich um die Patienten kümmerte, saß die andere ebenfalls am Telefon und wählte Arbeitsämter an. Hamm brachte natürlich den Praxisablauf total durcheinander. Aber er musste nach Sylt.

Sie telefonierten fast den ganzen Morgen ohne Erfolg. Mittags, als die Praxis offiziell geschlossen war, setzte er sich in eine Ecke. Zwischen den Telefonaten hatte er Patienten behandelt, aber er hatte keine Ahnung, gegen oder für was und was er den Besitzern gesagt hatte. Wahrscheinlich hatte er heute ein paar Hunde und Katzen umgebracht. Er vergrub das Gesicht in den Händen.

»Chef, müssen Sie wirklich fort?«

»Ja«, sagte er, ohne den Kopf zu heben. »Ich werde die Ursache dieser Krankheit herausfinden. Sonst hätte meine Frau ihr Leben noch viel sinnloser verloren. Das werde ich nicht zulassen.«

»Dann wird sich etwas ergeben, Dr. Hamm. Bestimmt!«, sagte seine Assistentin zuversichtlich. »Was man wirklich will, schafft man.«

Abends, kurz vor Praxisschluss, wurde Hamm ans Telefon gerufen. »Ein Studienkollege von Ihnen.« Sie reichte ihm den Hörer.

Der ehemalige Kommilitone wusste einen erfahrenen Kleintierpraktiker, und noch in der Nacht hatte er dessen mündliche Zusage, als Praxisvertreter sofort nach Frankfurt zu kommen.

Am Morgen war er da, erklärte sich nach der Besichtigung der Praxis und der Einsicht in die Unterlagen bereit, die Arbeit aufzunehmen. Der Vertrag war unbefristet und der Vertreter bekam die eventuelle Übernahme der Praxis in Aussicht gestellt. Er war hoch zufrieden und Hamm erleichtert.

Mit zwei kleinen Koffern erreichte er am Sonntagvormittag die Maschine nach Düsseldorf und von dort den Anschlussflug nach Westerland. Das Kapitel Frankfurt war für eine Weile abgeschlossen.

Am Montag stand Hamm mit grauem Gesicht in der Klinik von Westerland, unbeirrbar entschlossen, die Krankheit als Sylter Syndrom zu entlarven.

Gebhardt, lebhaft wie immer, stürmte aus dem Lift und rannte Hamm beinahe über den Haufen. Erschüttert hörte er sich an, was geschehen war. »Ich habe mich unter der Hand in Deutschland erkundigt«, sagte er, »aber keiner kennt ein Syndrom mit Melanom und Schocktod. Das Syndrom gibt es nicht. Es muss Zufall sein. Sie hatten doch auch aufgehört, danach zu suchen. Warum haben Sie denn jetzt Ihre Meinung geändert?«

»Na, hören Sie mal, Gebhardt«, antwortete Hamm aufgebracht. »Abgesehen davon, dass es sich bei dem letzten Opfer um meine Frau handelt, ist es auch eine Frage der Statistik. Mit jedem Toten steigt die Wahrscheinlichkeit, dass es sich um eine Gesetzmäßigkeit handelt. Das muss Ihnen doch klar sein! Ist Ihnen das klar?«

Gebhardt hob abwehrend die Hände. »Schon gut! Schon gut! Wollen Sie damit wirklich sagen, dass Ihre Frau der letzte Auslöser war, dass Sie sich dafür persönlich zuständig fühlen?«

Hamm spürte sein Gesicht heiß werden. »So ungefähr«, murmelte er. »Irgendetwas muss einen ja zum Handeln bringen. Bei mir war es meine Frau. Und außerdem bin ich ihr das schuldig.«

Die Augen des Arztes zeigten Verständnis. »Aber Sie selbst haben doch auch nichts finden können, das auf eine gemeinsame Ursache hindeutete«, wandte er trotzdem ein. »Verschiedener als diese Leute konnte das Patientengut ja gar nicht sein: aus unterschiedlichen Orten Deutschlands, jung, alt, Mann, Frau, Bauer, Rechtsanwalt. Irgendetwas hätten wir doch entdecken müssen. Meinetwegen dass sie alle miteinander Tennis auf einem Platz spielen, der mit hochgiftigen Chemikalien gespritzt wurde, oder ihre Schuhe der Firma XYZ karzinogene Substanzen ausdünsten ...«

»Ich sagte es Ihnen doch damals schon«, fuhr Hamm ihn unbeherrscht an. »Das Wasser! Es hat mit dem Wasser zu tun.«

»Mein Gott«, sagte Gebhardt, der allmählich ebenfalls ungeduldig wurde. »Wasser! Ausgerechnet das. Sagen Sie mir mal, wer kein Wasser in irgendeiner Form zu sich nimmt! Wenn es das wäre, hätten wir längst mehr Tote.«

»Weiß ich nicht«, sagte Hamm, der vor Nervosität vibrierte. »Kann ich jetzt nicht beantworten. Ist auch egal. Ich weiß nur, dass sie alle dieselbe Krankheit haben, und ich will wissen, warum! Und hätte ich mich damals nicht aus Pietät mit oberflächlichen Antworten begnügt, wüssten wir wahrscheinlich mehr.«

»Nein«, widersprach Gebhardt kurz angebunden. »Es gibt keine definierbare Krankheit und infolgedessen auch keine gemeinsame Ursache. Kommen Sie mal mit.« Er drehte sich um und lief die Treppe hinunter.

Pathologie. Klar, warum nicht? Die Pathologie schien Hamm durchaus angemessen für einen Neubeginn seiner Nachforschungen zu sein. Der Ort, an dem die Toten untersucht wurden, konnte nicht schrecklicher als seine Stimmung sein.

Michelsen ließ fast ein Glas mit fixierten Organteilen fallen, als er Hamm erkannte. »Sie?«, fragte er.

»Herr Michelsen, was haben Sie herausgefunden?«, fragte Hamm entschlossen.

Michelsen wechselte mit Gebhardt einen Blick. »Nichts Besonderes. So Leid es mir tut. Eigentlich gar nichts, nein, nichts.«

»Sie waren doch der Überzeugung, die Patienten hätten Melanome?«, erkundigte sich Hamm überrascht. »Inzwischen müssen Sie ja alles befundet haben.«

»Die Veränderungen sehen auf den ersten Blick so aus, vor allem makroskopisch, das stimmt«, gab Michelsen zögernd zu. »Bezeichnen wir sie also als Pseudomelanome. Bei zwei Patienten.«

»Und was ist mit den anderen?«, hakte Hamm nach.

»Die können wir vernachlässigen.«

»Aha.« Hamm blickte den Pathologen verwundert an. »Und mikroskopisch?«

»Nicht viel erkennbar.«

»Was? Ich bitte Sie!«, sagte Hamm ungläubig. »Das können Sie sonst wem erzählen! Bei mir versuchen Sie solche Scherze lieber nicht!«

Michelsen stieß Luft durch die Nase aus. »Mikroskopisch sind die Pseudomelanome derart entdifferenziert, so unbestimmbar vom Zelltyp her, dass ich nicht weiß, woraus sie sich entwickeln. Melanin enthalten sie ohne Frage.«

»Aber wenn sie so undifferenziert sind, wie Sie behaupten, dann sind sie ja umso gefährlicher«, wandte Hamm ein. »Das können Sie doch nicht auf sich beruhen lassen!«

»Habe ich auch nicht«, knurrte der Pathologe.

Hamm musterte ihn mitleidlos. Michelsen schien einen tiefen Groll mit sich herumzutragen. Er machte den Eindruck, als ob er über die ganze Angelegenheit am liebsten nicht gesprochen hätte. Aber Hamm würde nicht nachlassen und der Pathologe bemerkte es.

»Ich habe im Gegenteil bei meinem alten Lehrer, Professor Kretschmann, an der Universität Kiel angerufen und ihm die Sache geschildert. Wissen Sie, was der mir gesagt hat?«

»Ist das nicht der Pathologe, der regierungstreu viele Jahre behauptet hat, es gäbe keine BSE in Deutschland?«

»Genau der«, bestätigte Michelsen. Seine Hände krampften sich um die Rückenlehne seines altmodischen

Stuhls. »Nehmen Sie sich Zeit für einen Intensivkurs in Pathologie, junger Kollege. Für die modernsten histologischen Techniken, für verbesserte Färbungen, für eine erweiterte Anwendung des Rasterelektronenmikroskops. Die alte Hämatoxylin-Eosin-Färbung ist out. Vielleicht probieren Sie es auch einmal mit Fachzeitschriften, die Sie im Internet abrufen können. Haben Sie in Ihrer Klinik einen Anschluss?«

Du liebe Zeit, dachte Hamm betroffen. Selbst im Aufenthaltsraum neben der Patientenaufnahme konnte man online gehen.

Michelsen war bleich vor Wut. Er ließ den Stuhl los, der auf dem Linoleumfußboden vorwärts rollte und anschließend gegen ein Sideboard prallte. »Er hat mich behandelt wie einen Studenten im ersten klinischen Semester! Mich, den Leiter der Pathologie dieser Klinik! Und wissen Sie, was das Schönste ist?«

Hamm schüttelte den Kopf. Vermutlich gar nichts.

»Kretschmann gehört zu einer schlagenden Verbindung, und ich könnte Ihnen noch mehr Mediziner aufzählen, die aus diesem Nest gekrochen sind. Wenn sie sich nicht kennen, schauen sie unauffällig auf das Knöpfchen am Kragen und schon sind sie gegenseitig im Bilde.«

»Das ist bei Veterinären auch so.«

»Na ja«, fuhr Michelsen mit scheinbarer Ruhe fort. »Vor einigen Tagen fragte Habermehl mich während einer Betriebsfeier laut und deutlich, ob ich noch ein weiteres *galoppierendes Megazytomelanom* entdeckt hätte. Die leitenden Herren des Hauses, einschließlich Herrn Koch, der sowieso keine Ahnung hat, erlaubten sich aufgrund der einladenden Miene von Habermehl, vor Lachen zu brüllen.«

Gebhardt warf einen Blick auf Michelsen und räusperte sich, bevor er in mitfühlendem Ton den Rest erzählte. »Seitdem heißt er der Megazyto-Michelsen, abgekürzt Mega-Michel. Oder auch Der Große Deutsche.«

Hamm nagte auf seiner Unterlippe und sah Michelsen abwartend an. Er spürte, dass dies nicht alles war.

»In der Fachwelt bin ich erledigt. Die Spaßfrage werden sie zukünftig den Studenten in der Prüfung als Stolperstein vorlegen: Was ist ein Megazytomelanom? Ein besonders schnelles Melanom, ein großes Pferderennen mit Rappen oder eine preiswürdige nordfriesische Fehlleistung?«

»Oje.« Hamm zog den misshandelten Stuhl heran und setzte sich. »Was wollen Sie jetzt machen?«

»Machen? Das fragen Sie noch? Ich werde ganz, ganz stillhalten und dankbar sein, wenn andere nichts machen! Ich brauche mir nur vorzustellen, dass über den Mega-Michel eine Glosse im Sylter Anzeiger erscheinen könnte. Dann wäre ich auch auf der Insel erledigt.«

»Aber Ihr Chef ist doch sicher in der Lage, so etwas im Keime zu ersticken! In so einem relativ kleinen Ort ist es doch klar, dass der mit dem Herausgeber im Lions Club oder sonst wo zusammensitzt.«

»Rotarier«, verbesserte der Pathologe lakonisch. »Die Akademiker von Sylt sind Rotarier. Sie haben ganz Recht. Aber eben da liegt auch der Hase im Pfeffer. Sobald Habermehl mich loswerden will: Eine kleine Bemerkung zum Herausgeber genügt … Eine Kündigung wäre völlig überflüssig.«

»Das ist ja noch praktischer als primitives Mobbing«, sagte Hamm.

Gebhardt nickte nur.

»Ich muss mich also fügen«, sagte der Pathologe resigniert.

Hamm verstand. Deshalb hatte Gebhardt ihn in die Pathologie gelotst. »Mit anderen Worten, Sie sehen sich leider außerstande, usw., usw.«

»Sie haben es erfasst, Herr Kollege«, stimmte Michelsen in bitterem Ton zu. »Wir beide dürfen nicht mehr. Es tut mir Leid.«

»Mir auch«, sagte Hamm verärgert und erhob sich. »Und dabei haben ja ursprünglich Sie mich zu Hilfe gerufen. Ich habe mich Ihnen nicht aufgedrängt.«

Michelsen öffnete ihm die Tür.

»Vergessen wir das Ganze«, schlug Gebhardt vermittelnd vor. »Tun wir so, als ob Sie nie hier gewesen wären.«

»Meinetwegen stecken Sie Ihren Kopf in den Sand – ich werde es nicht tun«, sagte Hamm verächtlich. »Mich wird niemand unter Druck setzen. Und ich erwarte, dass Sie wenigstens so kollegial sind, mir Ihre klinischen und anatomisch-pathologischen Diagnosen zu liefern.«

»Datenschutz«, sagte Michelsen lakonisch.

»Sie wollen mich nicht auf dem Laufenden halten?«

Michelsen schüttelte den Kopf.

Das verschlug Hamm für einen Augenblick die Sprache. Opportunist, feiger, dachte er. »Es ist eine Epidemie! Da kommen noch mehr, glauben Sie mir!«

Der Pathologe presste die Lippen zusammen und blieb stumm wie ein Fisch.

»Und was sagen Sie?«, fragte Hamm Gebhardt mit rauer Stimme. »Epidemie oder nicht?«

Gebhardt schoss die Röte ins Gesicht. »Es kann keine Epidemie sein«, murmelte er.

»Warten wir ab, wer Recht behält«, sagte Hamm mit steifer Oberlippe und ging.

Als Hamm aus dem Hauptportal des Krankenhauses trat, erfasste ihn wieder dieses Gefühl, als ob er gerade entlassen worden wäre. Dieses Mal erwartete ihn keine Gotje und das Wetter war noch viel unwirtlicher als damals.

Mit den Händen in den Hosentaschen und gegen den Wind gesenktem Kopf ging er zur Bushaltestelle hinüber. Hatte es überhaupt einen Sinn weiterzumachen? Um sein Gewissen zu betäuben? Um sich als Wissenschaftler zu beweisen? Margrit brachte es nicht ins Leben zurück.

Dem verblassten Papier unter der rissigen Folie entnahm er, dass er zwanzig Minuten zu warten hatte. Er setzte sich auf die Bank des Wartehäuschens.

In seiner Nähe liefen zwei Tauben nebeneinanderher, gurrten, pickten auf dem Boden herum, ein gefiedertes Paar voller Harmonie. Hamm dachte an seine Ehe. So hatte er sie sich vorgestellt: miteinander leben, aber nicht abhängig voneinander sein, zwei reife Menschen, die zusammen durch das Leben gehen.

Plötzlich attackierte die kleinere Taube die größere, die Hamm für den Täuberich hielt, mit kräftigen Schnabelhieben. Sein weißer Halsring färbte sich schnell rot. Er verdrehte die Augen, taumelte einige Schritte weiter und fiel um.

Die Siegerin trippelte zum Kopf des Verlierers und hackte ihm in die Augen. Hamm beugte sich ungläubig vor. Die Taube machte einen mordlüsternen Eindruck. So etwas gab es doch gar nicht!

Als er in den Bus eingestiegen war, sah er, dass die Menschen mit den Blumensträußen angeekelt einen großen Bogen um das Taubenpaar schlugen. Keiner wollte auf den Teppich aus hellgrauen, rot gesprenkelten Flaumfedern treten, die zu Boden schwebten, als der Wind vorübergehend nachließ.

Kapitel 17

»Herr Habermehl, ich muss Sie kurz stören.« Lorenzen wartete, die Hände in den Taschen der weißen Klinikhose.

Habermehl gab vor, keine Zeit zu haben, er wühlte verbissen in den Papieren, mit denen sein großer palisanderfurnierter Schreibtisch bedeckt war.

»Professor Habermehl!«

»Was wollen Sie denn, Herr Kollege, warum sind Sie überhaupt hier? Ich habe mir jede Störung verbeten.« Habermehl schob die Papiere beiseite und begann, Dias in Häufchen zu sortieren.

»Es geht um die Disziplin in dieser Klinik«, sagte Lorenzen leise. »Um Ihre eigenen Anweisungen.«

Habermehl sah auf. »Um welche?«

»Um die Einhaltung fachlicher Grenzen. Dass Gebhardt sich um Nierenerkrankungen besonders kümmert und sich dazu auch der Speziallliteratur aus Ihrem Bestand bedienen darf, ist in Ordnung. Aber nicht, dass er mir Patientengut vorenthält, das ich für meine Habilitationsarbeit dringend benötige.«

»Gebhardt tut was?«

Einen solchen Köder schluckte Habermehl schneller als ein Hecht den Karpfen. Lorenzen ließ ihn einen Augenblick zappeln, bevor er in aufrichtigem Ton antwortete. »Sie haben ihm doch ein älteres Werk über Malaria geliehen, erinnern Sie sich nicht? Sie sind sehr belastet in letzter Zeit, ich weiß ... die Umbaupläne ...«

»Ich leide doch nicht an Alzheimer!«, brüllte Habermehl. »Ich habe kein Buch ausgeliehen.«

»Nein? Na gut. Ich möchte also, dass Sie sich in aller Deutlichkeit hinter mich stellen, vor allem, was die angeblichen Melanome betrifft. Gebhardt ...«

»Zum Teufel mit Gebhardt!«, rief Habermehl ungeduldig. »Sie wissen, dass ich mich für einen Vortrag vorbereite ...«

»Eine halbe Stunde auf einer Konferenz. Wenn es sich auf Sylt herumspricht, dass wir hier eine Serie von Melanomen haben, bliebe Ihnen kaum noch Zeit für Ihren Vortrag ...«

Habermehl betrachtete ihn scharf. »Wer sollte das verbreiten?«

Lorenzen hob die Achseln und ließ sie wieder sinken. »Weiß ich's? Journalisten bekommen von allem Wind. Und ein Dementi verstärkt noch den Effekt.«

Habermehl verfiel in nachdenkliches Schweigen. Obwohl er nur die Diahäufchen zu zählen schien, ging sein Atem immer lauter. Lorenzen faltete die Hände vor dem Bauch. Er brauchte nur zu warten. Sein schwacher Chef pflegte zum Nervenbündel zu werden, sobald man ihn unter Druck setzte.

»Mein alter Kollege Kretschmann hat doch bestätigt, dass es keine Melanome sind ... Na, meinetwegen. Wenn Sie glauben, dass es sein muss ... Besprechung morgen um sechzehn Uhr dreißig. Organisieren Sie das bitte selbst.«

»Selbstverständlich, Herr Professor.«

»Sie sehen ja so zufrieden aus«, sagte die Teschke belustigt, als er an ihr vorbeikam. »Mal wieder scharf geschossen?«

Lorenzen drehte sich zu ihr um. »Nicht nur das, Frau Teschke. Getroffen. Ich hoffe, Sie arbeiten ebenso effektiv. Ach, und bevor ich es vergesse: Benachrichtigen Sie alle Abteilungen, dass morgen für das klinische Personal eine Versammlung stattfindet. Sechzehn Uhr dreißig. Entschuldigungen werden nicht akzeptiert.«

»Meine Herren«, schnarrte Professor Habermehl, kaum dass er die Cafeteria betreten hatte. »Es hat in den letzten Tagen in einigen Abteilungen Kompetenzgerangel gegeben, das der Arbeit abträglich ist.«

Das kam schon mal vor.

Aber wen interessierte es? Gebhardt trommelte mit den Fingern ungeduldig an die Wand. In Gedanken beschäftigte er sich mit den Zusammenhängen von Pseudomelanomen und Schock. Ralf Michelsen hatte die Flinte zu schnell ins Korn geworfen. Da war etwas, wenn auch keine so große Sache, wie der Tierarzt meinte. Aber die Fachwelt würde aufhorchen, wenn er auf dem Internistenkongress einen Vortrag über das Syndrom hielt. Es war unbekannt, es war lebensbedrohlich und es war neu.

Plötzlich nahm er die Stille im Raum wahr und hörte auf zu trommeln. Sein Blick fiel auf Lorenzen. Der saß wie ein dicker verdrossener Säugling in einem Bürosessel und schien als Einziger schon zu wissen, worum es ging.

»Kompetenzgerangel dahin gehend«, fuhr Habermehl fort, »dass einige der Herren sich anscheinend nicht mehr erinnern können, welche Spezialgebiete sie zu betreuen haben. Ich will jetzt nicht im Einzelnen darauf eingehen; ich will nur so viel sagen, dass Herr Dr. Lorenzen zu Recht bemängelt hat, dass ihm dermatologische Fälle nicht ausdrücklich übergeben wurden. Ich bitte Sie also, in Zukunft stets Herrn Lorenzen hinzuzuziehen, wenn die Haut tangiert ist. Nicht wahr, Herr Gebhardt«, seine Stimme ließ plötzlich alle Ärzte aufhorchen, »Sie werden sich wieder den Nierenerkrankungen zuwenden und die Finger von der Haut lassen. Insbesondere von der weiblichen Haut. Verstehen wir uns?«

Gebhardt nickte säuerlich.

Unvermutet wuchtete sich Lorenzen aus seinem Sessel und richtete sich auf. »Wir verlieren unseren Ruf, wenn die Patienten aus Angst vor Fehldiagnosen aufs Festland reisen und in anderen Kliniken erzählen, in der Westerländer Klinik würde ein Massenaufkommen an Melanomen diagnostiziert. Ausgerechnet Melanome! Und genauso blamabel ist es, wenn uns die Patienten aus der Ambulanz wegrennen!«

Wegrennen? Davon hatte Gebhardt bisher noch nichts gehört. Aber Vincence fuhr wutentbrannt in die Höhe, um dem Internisten zu antworten.

Habermehl hob beschwichtigend die Hände. »Aber, meine Herren! Keine persönlichen Angriffe! Noch etwas. Sollte einer von Ihnen Rat brauchen, bitte kommen Sie zu mir. Auch und insbesondere, wenn es um zweifelhafte Befunde geht. Ich möchte nicht, dass noch mehr nach außen dringt, als es jetzt schon der Fall ist. Und ich bitte, dies als dienstliche Anweisung zu betrachten.«

Gebhardt sah sich nach Michelsen um. Der hielt den Kopf gesenkt und wühlte mit den Händen in seinen Haaren.

»Ist noch etwas unklar?«, erkundigte sich Habermehl. »Wenn nicht, würde ich die Versammlung gern schließen, im Augenblick drängt ein Kongresstermin …«

Gebhardt ergriff die Gelegenheit beim Schopf. Eine so freundliche Einladung konnte man nicht ausschlagen.

»Diese gehäuft auftretenden Pseudomelanome«, sagte er tollkühn, »was sollen wir denn nun mit denen machen? Man kann ja nicht bestreiten, dass es sie gibt. Sollen wir sie nach Eppendorf überstellen?«

Lorenzen fuhr mit der Geschwindigkeit einer Kreuzotter zu ihm herum. »Gebhardt, auch Sie neigen dazu, sich lächerlich zu machen! Es sind Läsionen der Haut, und wir werden mit aller Sorgfalt zu untersuchen haben, worum es sich handelt. Melanome sind es nicht und Sie unterlassen bitte die unstatthafte Bezeichnung Pseudomelanome! Es gibt keine Pseudomelanome! So viel sollten Sie schon gelernt haben!«

»Ganz recht, Herr Lorenzen«, sagte Habermehl. »Ich glaubte außerdem, ein für alle Mal deutlich ausgesprochen zu haben, dass diese Veränderungen nicht in Ihr Gebiet fallen, Herr Gebhardt. Die Therapie sprechen Sie bitte mit Herrn Dr. Lorenzen ab, und ich erwarte, dass Sie seine Vorschläge als Anweisungen akzeptieren.«

Aha, dachte Gebhardt verdutzt und sah mit wachsendem Argwohn zu Michelsen hinüber. Der tat immer noch so, als ginge ihn das alles nichts an.

So war das also. Aus. Den Vortrag konnte er sich abschminken. Sein Chef hatte ein Syndrom, dessen Existenz er bestritt, für sich mit Beschlag belegt.

Habermehl verließ mit raschem Schritt den Raum.

Beim Hinausgehen tauchte die junge Anästhesistin an Gebhardts Seite auf. »Sag mal, was geht hier eigentlich vor?«, flüsterte sie. »Ich habe kein Wort von dem verstanden, was der Habi gemeint hat. Weißt du Bescheid?«

»Ich weiß es«, raunte er zurück. »Ich verstehe es trotzdem nicht.«

Die Anästhesistin versenkte die Hände in den Taschen

ihres engen, figurbetonenden Kittels. »Aha«, sagte sie schnippisch. »Präzise wie alle Internisten. Oder zahlst du mir etwa Privates mit dienstlicher Verschwiegenheit heim?«

Gebhardt lachte missvergnügt. Sie hatte sich von ihm getrennt, aus verständlichem Grund, zugegeben ... »Traust du mir das zu? Nicht nötig. Ich blicke wirklich nicht besser durch als du!«

Sie schnaubte durch die Nase. »Ich glaube, ihr spinnt alle«, warf sie über die Schulter zurück, schon auf der Treppe nach oben. »Muss wohl eine Seuche sein.«

Gebhardt blieb stehen und zupfte nachdenklich am Ohrläppchen. Wahrscheinlich hatte sie mehr Recht, als sie ahnte. Und Hamm auch. Eine Art Epidemie. Aber sie steckten den Kopf in den Sand.

Es war schon merkwürdig, aber auf einmal war er nicht mehr bereit, klein beizugeben. Der klägliche Anblick von Michelsen hatte damit zu tun und die Art und Weise, wie sie ihn selbst ausgebootet hatten. Und nicht zu vergessen: Hamms Frau. Dabei fiel ihm ein, dass er an Hamm noch etwas gutzumachen hatte.

Bevor er kehrtmachen konnte, um zur Telefonzelle zu gehen, hieb ihm jemand kräftig auf die Schulter.

»Was stehst du da herum?«, fragte Vincence barsch. »Marsch, auf die Innere! Es macht einen schlechten Eindruck auf die Patienten, wenn die Ärzte müßig sind. Das wusste schon Hippokrates. Nur Habermehl ist da anderer Meinung.«

Gebhardt grinste schadenfroh. »Im Gegensatz zu dir habe ich frei!«

»Was für ein Zufall!«, rief Vincence pathetisch. »Ich auch! Wahrscheinlich, damit wir die Gelegenheit nutzen, über unsere Sünden nachzudenken.«

Gebhardt betrachtete ihn von oben bis unten. »Stimmt. Was hast du eigentlich ausgefressen? Michelsen und ich haben es mit den Mega-Dingsda, aber so groß sind die Dinger doch nun nicht, dass man auch in der Ambulanz über sie stolpert.«

Vincence blinzelte ihm zu und fasste ihn beim Arm. »Die sind viel größer, als du denkst. Jetzt, wo so ein Wirbel um diese Pseudomelanome gemacht wird, vermute ich, dass ich eins in der Ambulanz hatte.«

Gebhardt zog die Augenbrauen nach oben. »Wirklich?«

Vincence nickte und bekreuzigte sich.

»Dann weiß ich, was wir jetzt machen. Wir suchen eine gemütliche Kneipe und zählen eins und eins zusammen. Wenn wir Glück haben, kommt zwei heraus. Oder drei. Ich habe es satt, mich herumschubsen zu lassen.«

Der flotte Fiete war weit genug vom Krankenhaus entfernt, um nicht Scharen von Klinikangehörigen anzulocken. Gebhardt und Vincence setzten sich in der altfriesischen Kneipe, deren Luft von Bratenduft und Zigarettenrauch geschwängert war, weit ab vom Durchgangsverkehr in eine Nische.

»Einen trockenen Wein, bitte«, bestellte Vincence. »Nicht den für Nordfriesen: Bärenauslese und ähnliche Säfte.«

»Ich weiß, was Sie meinen«, erwiderte der Wirt unbeteiligt.

Gebhardt musterte die wenigen übrigen Gäste, Vincence die schweren Deckenbalken. »Gemütlich hier«, stellte er anerkennend fest. »So nordfriesisch, wie ein Italiener sich das vorstellt. Ich bin hier noch nie gewesen.«

Gebhardt sah rasch nach oben und grinste. »Weder friesisch noch echt. Die Balken sind Attrappe. Und Friesenblau gibt es überhaupt nicht. Werbegag von einem Maler des vorigen Jahrhunderts.«

»Fantastico, bist du informiert! Ich nehme an, über anderes auch.«

»In Bruchstücken. Erzähl mir von deinem Melanom!«

»Ja, das war merkwürdig«, sagte Vincence versonnen und berichtete von seinem Zusammenstoß mit Lorenzen. »Ich bin der festen Überzeugung, dass es etwas Bösartiges war«, sagte er abschließend. »Den Mann hätten wir nicht gehen lassen dürfen. Vielleicht hätten wir noch etwas für ihn tun können.«

»Vielleicht auch nicht«, widersprach Gebhardt. »Möglicherweise ist er schon tot. Wir haben da unsere Erfahrungen ...«

»Dann pack mal aus.« Vincence probierte den Wein und stimmte zu, dass ihnen eingeschenkt wurde, während Gebhardt ihm die ganze Geschichte erzählte.

»Ich frage mich«, sagte Gebhardt schließlich, »warum Lorenzen die Pseudomelanome für sich haben will, aber abstreitet, dass sie etwas Besonderes sind. Neulich hat er bei einer Patientin mit einem Melanom eine Biopsie durchgeführt. Er verwendet das Material für seine Habil.«

»Bei einem Melanom? Absolut kontraindiziert!«

»Eben! Hat er aber gemacht. Die Patientin starb kurz darauf. Der Mann geht für seine Karriere über Leichen«, fügte Gebhardt grimmig hinzu.

Vincence hob die schwarzen buschigen Augenbrauen. »Warum auch nicht? Ein Internist kann das. Wenn unsereiner einen Fehler macht, sieht es jeder: ein Blutbad, ein Toter auf dem OP-Tisch oder eine vergessene Nagelfeile im Bauch. Aber nicht erkannte Melanome bzw.

Pseudomelanome, wie du sie nennst ... Wer will ihm da eine Schuld nachweisen?«

»Ich. Immerhin war ich Zeuge der Biopsie. Vermutlich hat Lorenzen es so gedeichselt, dass mir jede Kompetenz in dieser Richtung abgesprochen wurde, damit er weiterhin ungestört machen kann, was er will.«

»Bei mir war es ähnlich«, stimmte Vincence zu.

»Ich würde mich nicht wundern, wenn es Lorenzen war, der dafür gesorgt hat, dass Michelsens Ruf in den Dreck gezogen wurde.«

Vincence lächelte gequält. »Wurde er nicht. Er ist anerkannter Fachmann für Megamelanome. Lorenzen hat den Großen Deutschen lautstark wegen seiner Phantasie gelobt.«

»Eben. Zum Kaputtlachen!«

»Was willst du nun machen?«, erkundigte sich Vincence.

Gebhardt zuckte mit den Schultern. »Die Augen offen halten. Wir haben einen Kumpel von der vierbeinigen Zunft, der mitmacht. Netter Typ. Heißt Thomas Hamm. Doktor. Er ist vielleicht ein bisschen zu sehr auf Tiere fixiert, aber wir erziehen ihn uns. Er recherchiert außerhalb der Klinik.«

»Salute«, sagte Vincence, leerte sein Glas und winkte dem Wirt. »Ich werde aufpassen, dass die nächsten Verdachtspatienten in deine Hände gelangen. Ich informiere dich telefonisch.«

Gebhardt nickte. Während Vincence zahlte, bemerkte er in der übernächsten Nische einen Mann mit einem auffallenden Schnauzbart. Plötzlich hatte er die Vorstellung, dass der Kerl sie belauscht hatte. Schickte etwa Lorenzen Spione hinter ihm her? Er beschloss, in Zukunft vorsichtiger zu sein.

Als er sich auf den Weg zur Wohnung seiner derzeitigen Freundin machte, hatte er trotzdem das befriedigende Gefühl, einen Bundesgenossen gefunden zu haben.

Kapitel 18

Es schien unendlich lange her zu sein, dass Hamm die Fotos von den hundesitzigen Bullen gemacht hatte. Aber manchmal macht Schaden klug. Obwohl der Film noch nicht voll war, spulte er ihn heraus und legte einen neuen ein.

Danach suchte er in der Innenstadt von Westerland nach einem geeigneten Fotogeschäft. Nicht so einen Mammutladen mit Verkäufern, sondern einen kleinen, in dem, wenn er Glück hatte, der Besitzer selbst etwas von Fotografie verstand.

Im Kirchenweg wurde er fündig und der grauhaarige Mann, der durch den Vorhang nach vorne in den Laden kam, entsprach seiner Erwartung.

»Ich habe«, sagte Hamm, »einen 100-ASA-Film, mit dem ich bei beginnender Dunkelheit etwas Besonderes fotografiert habe. Da ich die Aufnahmen später für einen Vortrag verwenden möchte, wäre mir daran gelegen, dass sie von Hand entwickelt werden. Wäre das möglich?«

»Selbstverständlich«, sagte der Fotograf. »Kein Problem. Kommt öfter vor. Prominente im Dämmerlicht – und Gäste, die sie erwischen …«

Hamm lachte. »Ja, dann bin ich beruhigt. Wann kann ich die Bilder abholen?«

»Übermorgen. Ihr Name ist …?«

»Hamm, Thomas Hamm. Im Format 9 x 13, bitte.«

»Gerne«, sagte der Fotograf, und Hamm war entlassen.

Es war ein strahlend schöner Morgen, als er sich wenig später auf den Weg nach Norden machte. Die Liste mit den Namen und Adressen lag auf dem Rücksitz seines Leihwagens. Zum Glück hatte er sie aufgehoben. Diesmal würde er akribisch genau an die Sache herangehen. Sein Fragenkatalog überließ nichts mehr dem Zufall. Gotje hatte er noch nicht angerufen. Es war ihre Insel und er musste sie heraushalten. Aber am liebsten wäre er jetzt sofort in Keitum vorbeigefahren.

Überall waren die Bauern unterwegs. Trotz der frühen Stunde fuhren manche schon Heu ein und er musste mehr als einen Traktor überholen, der mit schwankendem und hoch beladenem Anhänger die Straße entlangtuckerte.

Irgendwo bremste Hamm und lenkte seinen Polo auf den Seitenstreifen. Keine Lust mehr. Er stieg aus dem Auto und schnupperte in die Luft. Der gute Duft von Heu wehte ihm in die Nase. Er drehte sich um.

Auf der anderen Straßenseite werkelte ein Bauer am Motor seines abgestellten Traktors herum, ein anderer sah ihm über die Schulter. Gemächlich schlenderte Hamm hinüber. »Moin«, grüßte er zurückhaltend.

»Moin, moin.«

Nach einer Weile wischte sich der Bauer verdrossen die Finger an einem öligen Lappen ab. »Auch nicht«, sagte er. »Ich kann nichts finden.«

Als er seine Schirmmütze lüftete, um sich mit dem Lappen den Schweiß von der Stirn zu wischen, sah Hamm, dass an seiner linken Hand drei Finger bis zum ersten

Glied abgeschnitten waren. Offensichtlich war der Bauer kein Ass im Umgang mit Maschinen.

»Lass ihn noch mal an. Vielleicht geht's jetzt«, sagte der andere bedächtig.

»Was ist denn mit ihm?«, fragte Hamm.

Der Bauer drehte sich jäh zu ihm um und musterte ihn prüfend. »Die Kontrolllampe der Batterie leuchtet unter der Fahrt«, knurrte er schließlich. »Aber der Keilriemen ist in Ordnung.«

»Vielleicht die Lichtmaschine«, mutmaßte Hamm.

»Vielleicht. Vielleicht auch nicht.«

»Wenn Sie wollen, kann ich die Spannung messen«, bot Hamm an. »Dann wissen Sie's.« Sein Bereitschaftskoffer enthielt mehr als das tierärztliche Notbesteck, seitdem er sein klinisches Praktikum im Vogelsberg absolviert hatte. Auf nächtlichen verschneiten Bergstraßen musste man sich selbst flottmachen können.

Der Mann zuckte mit der Schulter. Es schien sich um eine Art Zustimmung zu handeln. Hamm holte den Spannungsmesser und legte die Klemmen an. »Spannung gleich null«, stellte er fest. »Wenn nicht zufällig nur ein Kabel lose ist, muss er abgeschleppt werden.«

»Bist du Mechaniker?«, fragte der eine Bauer, plötzlich auffallend redselig.

»Nein, ich kenne mich da nur ein bisschen aus«, antwortete Hamm bescheiden.

»Schiet aber auch! Mitten in der Ernte! Kannst du uns zu meinem Hof fahren? Ich muss nach einem anderen Traktor telefonieren.«

Hamm nickte. Es war praktisch egal, wo er anfing. Eine Milieustudie in bäuerlicher Umgebung war nicht verkehrt.

»Du bist der erste Urlauber mit Verstand«, sagte der

Bauer anerkennend, als er sich auf den Beifahrersitz gesetzt hatte. »Ich bin Tade Erichsen.«

»Heiß heute«, begann Hamm ein beiläufiges Gespräch, während sie auf einer buckeligen, ausgefahrenen Spur entlangrumpelten, die zu einigen Bauernhöfen abseits der Bundesstraße führte.

»Mmm. Sehr heiß. Und zu trocken. Das Gras ist noch gar nicht hoch, aber schon reif. Wir müssen mähen. Es ist zu früh«, seufzte der Bauer.

»Ja, ich habe es gesehen«, stimmte Hamm zu. »Aber dann braucht ihr es wenigstens nicht zu silieren. Und der Nährwert des Heus ist größer.«

Der Bauer blickte ihn von der Seite an und Hamm merkte, wie überrascht er war. »Jaa«, murmelte er und wischte sich den Schweiß mit einem großen Tuch von der Stirn.

Hamm war es recht, wenn er schweigen wollte. Die ganze Sache war von vorn bis hinten absonderlich, und wäre der Tod seiner Frau nicht gewesen und er in gedämpfter Stimmung, hätte sie ihm Spaß gemacht. Er blickte nach oben. Dicke, weiße Wolken, die sich wie geballte Wattepakete über den Himmel schoben. Typisch See. »Wird es Regen geben?«

Der Bauer schüttelte den Kopf. »Höchstens kurze Schauer auf dem Festland, glaube ich aber nicht einmal.« Er zeigte auf einen Hof. »Der da ist es.«

Der Hof bestand aus drei gegeneinander versetzten Gebäuden. Hamm steuerte die Tür unter einem Zwerchgiebel an, die offensichtlich den Haupteingang darstellte.

Der graue, struppige Hofhund kam angelaufen, begrüßte seinen Herrn stürmisch und beschnüffelte danach Hamm.

Erichsen ging voraus. »Komm rein. Drinnen ist es angenehmer.«

Die Hausfrau stellte Hamm sofort ein kühles Flensburger hin; er konnte nicht gut ablehnen. Er hörte still dem Gespräch zu, das sich zwischen dem Hausherrn und einem weiteren Gast entspann, wie immer unter Bauern über das Wetter. So erfuhr Hamm, dass Sylt einen ungewöhnlich milden, nassen Winter gehabt hatte, auf den ein trockener und heißer Frühling gefolgt war, dessen letzte Tage er in seinem Urlaub mitbekommen hatte.

Er nutzte eine zufällige Gesprächspause, um eine Zwischenfrage zu stellen. »Ist außer dem Wetter noch etwas ungewöhnlich gewesen?«

»Nöö«, sagte der Bauer und blickte vor sich auf den Tisch mit Resopalplatte, praktisch, aber unschön.

Hamm dachte an die gemütliche alte Küche in Gotjes Elternhaus und atmete tief durch. Plötzlich drehte sich die Bäuerin, die in einem Kochtopf rührte, um.

»Ach, natürlich, Tade! Diese Mücken, die wir seit Mai haben. Das ist doch nicht normal!«

»Mücken?«, fragte Hamm bedächtig.

»Ja, eine richtige Plage ist das«, fuhr sie fort. »Wie Moskitos.«

»Sei still, Frau!«, fuhr ihr Erichsen über den Mund. »Was weißt du von Moskitos?«

Die Tür zum Flur wurde aufgerissen. Ein Junge stürzte herein. »Ist Vater schon da?«, schrie er aufgeregt. »Vater, die Sau schafft es nicht allein. Du musst Nils Ferkel rufen!«

Der Bauer erhob sich. »Was zum Teufel ist heute bloß los? Erst der Traktor, jetzt die Sau. Und Nils ist nicht da. Der ist zu einer Hochzeit aufs Festland gefahren.«

Beide verließen die Küche. Hamm ließ sein Bier stehen

und folgte ihnen durch den Futtergang des leeren Kuhstalls und weiter in das nächste Gebäude. In einer großen Box lag auf sauberem Stroh eine mächtige Sau. Das Gesäuge war rot und gespannt und sie wälzte sich unruhig. Kurz vor dem Ferkeln, schätzte Hamm, aber es ging nicht vorwärts. Der Junge hatte Recht.

Der Bauer streifte seine blaue Jacke ab; ein graues dickes Unterhemd mit kurzen Ärmeln kam zum Vorschein. Er griff nach einer Plastikflasche, die auf dem staubigen Fenstersims stand, und schmierte Hand und Arm mit dem geleeartigen Schleim ein.

Hamm breitete seine Arme auf der Abgrenzungsmauer aus und legte das Kinn obendrauf. Er war selten Zuschauer bei einer Sauengeburt gewesen, eigentlich nicht einmal in seiner Praktikantenzeit, wenn er's bedachte.

Erichsen ging hinter der Sau in die Knie und versuchte, das vorderste Ferkel zu ertasten, aber seine Pranke blieb im Geburtskanal stecken.

»Vater, lass sein!«, rief sein Sohn und ersparte Hamm die Peinlichkeit, den Mann von einer Quälerei abhalten zu müssen.

Hamm gab sich einen Ruck. »Ich bin zufällig Tierarzt. Soll ich vielleicht ...?«

Ein ungläubiger Blick traf ihn. Aber Erichsen verließ die Box und gab Hamm den Weg frei.

Er wusch sich rasch und schmierte die Hand ein, dann ging er konzentriert an die Arbeit. Die Nase des Ferkels hatte sich unter dem Beckenrand verkeilt. Jede Kontraktion des Gebärmuttermuskels drückte es quer in den Kanal. Die Spannung war so groß, dass sie seine Hand lähmte. Als die Welle abgeebbt war, schob er den Rücken des Ferkels nach hinten und angelte mit dem Zeigefinger nach dem kleinen Schnäuzchen. Als er es in die richtige

Position gebracht hatte, war nach menschlichem Ermessen alles in Ordnung. »Gleich geht es los«, sagte er zuversichtlich.

Frau Erichsen, die längst nachgekommen war, betrat die Box, kniete sich neben Hamm ins Stroh und fing das Ferkel auf, das in diesem Augenblick herausrutschte. Noch während sie seine Nase vom Schleim befreite, folgte schon das nächste.

»Na also«, sagte Hamm und ging zum Wasserhahn, um sich zu waschen.

Erichsen löste sich endlich aus seiner Erstarrung. »Erst der Traktor, dann die Sau!«, wiederholte er anerkennend.

»Zufall«, sagte Hamm. »Ich bin wirklich Tierarzt und eins meiner Hobbys sind Traktoren. Mein Onkel hat einen Hof und für ihn habe ich gegen ein Taschengeld jeden Schlepper repariert. Schon einige Zeit her. Mit den neuen Modellen kenne ich mich nicht so gut aus.« Er kehrte zur Box zurück, in der inzwischen sieben Ferkel nach den Zitzen der Sau suchten.

Die Bäuerin war aufgestanden und betrachtete erleichtert den Wurf. Sie lächelte dankbar zu Hamm herüber. »So, Mann«, sagte sie. »Dann weiß ich noch etwas, was unser Gast gleich in einem Aufwasch mit erledigen könnte.«

Mit zwei Schritten war sie im Stallgang, packte den Hosengürtel ihres Mannes und zog dessen Unterhemd heraus. »Sehen Sie sich doch bitte diesen Mückenstich an, Herr Doktor«, bat sie respektvoll. »Ich behaupte, der ist nicht normal! Aber er will nicht zum Arzt!« Sie drückte auf eine Schwellung, die entfernte Ähnlichkeit mit einem Wespenstich besaß.

Hamm hielt für einen Augenblick den Atem an. Zum ersten Mal bekam er den Beginn dessen zu Gesicht, was in der Klinik als Pseudomelanom so schnell zum Tode führte.

»Das sieht in der Tat nicht so gut aus«, sagte Hamm einen Augenblick später, nachdem er den vermeintlichen Mückenstich mit den Händen auf dem Rücken von allen Seiten betrachtet hatte. Er war im Zentrum schwarz und sonderte rötliches, wässeriges Sekret aus.

»Ich hab es dir doch gesagt! Du musst zum Arzt gehen! Das waren die Moskitos!«

»Es juckt scheußlich«, gab der Bauer zu. »Aber mein Hausarzt lacht mich aus.«

»Nein, das wird er nicht«, widersprach Hamm. »Es könnte sein, dass die Sache behandelt werden muss.«

Erichsen stopfte das Hemd zurück in die Hose, zog die Jacke an und setzte die Schirmmütze auf. »Mückenstiche sind doch nicht gefährlich«, sagte er mürrisch.

»Nein, aber es ist kein Mückenstich, glaube ich. Es ist eine Hautkrankheit«, sagte Hamm und verbarg, dass er beunruhigt war. »Geh morgen zum Arzt, Tade Erichsen!«

Seine Frau stemmte die Hände in die Seiten und nickte zufrieden. »Genau. Und Sie können gern wiederkommen, auf ein Flens ...«

Hamm nahm die Einladung entgegen wie ein Kompliment und verabschiedete sich.

Gemächlich fuhr er auf die Hauptstraße zurück. Dass die Bauersleute der Meinung waren, das Melanom käme von Mücken, war irritierend, zumal er selbst das Wasser in Verdacht hatte.

Er hielt an und sah auf der Karte nach, wohin er jetzt fahren musste. Nach Norden. Braderup.

Die Kate der Christensen fand er schnell. Seine Erwartungen, Informationen zu erhalten, fielen in sich zusammen wie ein angestochener Luftballon, als ihre mürrische, uninteressierte Mutter ihn nicht einmal ins Haus ließ. Er blieb unter der Traufe des Daches stehen, das bemoost und voller Löcher war.

Jedes Wort musste er ihr aus den Zähnen ziehen. Nein, die Tochter hatte schon länger nicht mehr bei ihnen gelebt. Nein, ihre Gewohnheiten kannten sie auch nicht.

Als Hamm spürte, dass die Frau ihn gleich hinauswerfen würde, hörte er hinter sich das Geräusch der Gartenpforte. Ein Mann in Wathose stapfte heran, ohne Hamm auch nur eines Blickes zu würdigen. Hamm machte ihm Platz und schielte verstohlen in die Fischkiste. Leer, bis auf zwei schmächtige Plattfische, die gelegentlich mit den Schwänzen schlugen.

»Was wollen Sie?«, fragte der Hausherr gleichgültig, nachdem er die Kiste hatte auf den Boden fallen lassen. Er drehte sich um und begann die Schnallen der Träger zu lösen.

»Er belästigt uns mit Fragen, Ole«, antwortete seine Frau, bevor Hamm Gelegenheit bekam, sich zu erklären. »Er ist nicht von hier.«

»Dann scheren Sie sich fort! Wir haben keine Veranlassung, Fremden Auskunft zu geben.« Der Fischer war inzwischen aus der Gummihose geschlüpft und hatte sie über seinen Arm gehängt. Die Stiefel, mindestens Größe 46, schwangen hin und her wie ein römischer Rammbock beim Angriff.

»Schon gut«, sagte Hamm und trat zurück, bis er von einer stacheligen Rose aufgehalten wurde.

»Vielleicht interessiert sich die Polizei für Ihre Fragen. Waren Sie nicht auch in Archsum?«

Erklärungen würden bei solch einem Misstrauen nichts fruchten. »Schon gut, ich gehe ja«, sagte Hamm.

Der Fischer nickte gleichgültig. Hamm hatte sein Grundstück noch nicht verlassen, als er schon zur Tagesordnung überging. »Ich habe die Mähre verkauft«, sagte er in abfälligem Ton. »Was Merle nur immer hatte! Sie taugte zu nichts als zum Schlachten.«

Warum musste Merle geschlachtet werden?, fragte sich Hamm, aber er war mit den Gedanken nicht bei der Sache. Es ging ihn nichts an. Wahrscheinlich hatten die Eheleute in letzter Zeit genug Unglück erlebt, um derart feindselig zu sein.

Oder konnte es wirklich sein, dass die Ureinwohner der Insel sich wie eine römische Schildkröte zusammenschlossen, um Neugierige aus ihrer Welt herauszuhalten?

Kapitel 19

In den nächsten beiden Tagen wurde es auf Sylt noch heißer und es war vollkommen windstill. Hamm, der mit dem Auto kreuz und quer über die Insel fuhr, wünschte sich aus tiefstem Herzen den einen oder anderen Sturm, wie sie im Herbst und Winter üblich sein sollten.

Auf allen Feldern brachten die Bauern das Heu ein. Um die Wasserlöcher, deren Spiegel bedenklich abgesunken war, drängten sich die Rinder. Hamm bemerkte erstaunt, dass es nicht überall automatische Tränken gab. Einige Bauern fuhren Wasser in großen Tanks auf die Weiden.

Auf zwei Weiden entdeckte Hamm Rinder, die sich an tief hängenden Ästen die Haut scheuerten und wie Katzen am eigenen Fell nagten. Eindeutig Symptome des Rinderwahnsinns. Aber es gab ihn nicht, und er hatte nicht die Absicht, sich noch einmal durch einen Anruf beim Veterinäramt lächerlich zu machen.

Ein schlechtes Gewissen erwies sich ohnehin als unnötig, denn ein praktizierender Kollege war schon gerufen worden. Hamm fuhr langsam an dessen Range Rover vorbei und hielt vor einem Viehtransporter an, auf dem Abdeckerei Nord stand.

Neugierig sah er zu den Männern hinüber, die ein hundesitziges Rind umringten. Hamm schlenderte zur Öffnung im Weidezaun. Einer der Bauern bemerkte ihn und deutete verstohlen mit dem Daumen zu ihm herüber.

»Kommen Sie bitte nicht hier herein!«, rief der Kollege, der an Gummistiefeln und einem grauen Kittel leicht erkennbar war. Er war nur wenig älter als Hamm. »Sobald der Amtstierarzt da ist, wird er die Weide möglicherweise für die Öffentlichkeit sperren lassen. Sind Sie von der Presse?«

Merkwürdig, dachte Hamm flüchtig, dass ein Zuschauer sofort als Journalist verdächtigt wird. »Sperrung nach Paragraph 11 des Tierseuchengesetzes«, sagte er. »Zu Ihrer Frage: Nein, ich bin kein Journalist. Haben Sie auf Sylt öfter mit der Aujeszky'schen Krankheit zu tun?«

»Ich merke schon, Sie sind ein Kollege. Dann kommen Sie ruhig herein.« Er grinste einladend.

Hamm ließ sich nicht lange bitten, schlüpfte zwischen Drähten und Pfosten hindurch und ging zu ihm hinüber.

»Ich habe den Verdacht auf den Ausbruch einer Tierseuche angezeigt«, erklärte der, während er Hamm die Hand schüttelte. »Weiß der Teufel, worum es sich handelt. Ich glaube nicht an Aujeszky. Mal hören, was unser Amtstierarzt meint. Ich praktiziere in Keitum.«

»Ich selber in der Frankfurter Innenstadt. An Rinderwahnsinn und Tollwut denken Sie nicht?«, vergewisserte Hamm sich, obwohl er zumindest das Letztere für unwahrscheinlich hielt.

Im Hintergrund sah er die Bauern zusammenrücken und miteinander tuscheln.

»Nein, es sind mehrere Rinder«, antwortete der Keitumer. »Anscheinend tritt die Krankheit auch anderswo auf Sylt auf. Muss etwas Neues sein.«

»Tatsächlich?« Hamm wunderte sich etwas. Offenbar wusste der Kollege nicht, dass die Krankheit so ganz neu gar nicht war. Er selbst war sich sicher, dass Nanning

Wollesens Rind an ihr gestorben war, und das war schon einige Wochen her.

»Ich denke schon.«

»Hängt vielleicht mit dem nassen Winter zusammen«, mutmaßte Hamm.

»He, Tjard!«

Der Tierarzt drehte sich um. »Was ist, Momme?«

»Der Kerl, mit dem du sprichst, steckt überall seine Nase rein. Erzähl ihm nicht zu viel. Der verkauft seine Informationen bestimmt an die Zeitungen ...«

»Ich glaube, Sie sollten gehen«, sagte der Keitumer achselzuckend. »Sie wissen ja, wie die Bauern sind.«

Hamm nickte knapp. »Danke, dass Sie mich hereinließen. Vielleicht schaue ich gelegentlich in Ihrer Praxis vorbei. Vielleicht wissen Sie dann schon etwas. Würde mich interessieren.«

Er ging zu seinem Auto zurück. Sich zu ärgern war nutzlos. Kollege Tjard, dessen Nachnamen er überhaupt nicht erfahren hatte, wie ihm jetzt einfiel, war von seinen Klienten abhängig. Ein Praktiker würde es immer mit den Landwirten halten; das war bei BSE auch so gewesen. BSE hatte es in Deutschland nie gegeben und eine Vorsorge war unnötig gewesen, so der allgemeine Tenor. Möglich, dass diese Bauern bereits eine neue Gefahr witterten. Sie waren den Tierärzten fast immer voraus. Anderen Ärzten sowieso. Und sie schwiegen wie die Gräber.

Am Nachmittag holte Hamm seinen Film ab. Auf der gläsernen Theke des Fotografen besah er sich die Fotos. »Haben Sie sehr gut gemacht«, sagte er dankbar.

»Man tut, was man kann.« Unerwartet lachte der Fotograf. »Ich sehe, was Sie an diesen Viechern so fasziniert. Sieht aus wie im Zirkus. Ich wusste nur nicht, dass sie sich auch freiwillig auf die Hinterbacken setzen.«

»Sie haben wohl ein Auge dafür«, bemerkte Hamm anerkennend.

»Ja, ich denke doch. Neulich bekam ich Fotos zu Gesicht, die waren auch absonderlich. Nichts als nasse Erde, aber darauf ein schrumpeliger Wurm. Der Abholer wusste nicht, ob es stimmte, aber ich dachte mir, das ist ein Bandwurm. Der Kunde sagte, er hätte die Fotos für einen Bekannten geholt.«

Hamm gab es einen Ruck. »Lag der Wurm auf frisch umgegrabenem Kleiboden und daneben Grassoden?«

»Jaa«, bestätigte der Fotograf, plötzlich auffallend wortkarg.

»Und Manfred Kerst hat den Film gebracht«, sagte Hamm ihm auf den Kopf zu.

Auf einmal ging von dem Mann hinter der Theke eine eisige Kälte aus. »Stimmt. Und teilen Sie Ihrem Bekannten mit, dass ich nicht verkaufe. Dieser Laden ist seit hundert Jahren in Familienbesitz. Wenn er mich noch ein Mal in dieser Weise belästigt, rufe ich die Polizei.«

Es ärgerte Hamm, dass er unversehens zum Bekannten von Kerst avanciert war, aber es hätte keinen Sinn gehabt, dem Fotografen die Tatsachen zu erklären. Immerhin hatte er die Bestätigung erhalten, dass Kerst auch bei der Akquisition von Häusern aggressiv vorging.

An den nächsten Tagen ergab sich nichts Neues. Dann aber wurde er mitten im Frühstück ans Telefon gerufen. »Ich muss Sie sprechen«, flüsterte eine Stimme. »Hier Gebhardt.«

»Sagen Sie, wo und wann«, antwortete Hamm.

»Es tut mir ehrlich Leid«, entschuldigte sich Gebhardt,

als er am Abend in die Pension kam. »Ich konnte nicht anders.«

Hamm zuckte mit den Schultern. Er war anderer Meinung.

»Habermehl hat mir jede Kompetenz für diese Hautveränderungen abgesprochen. Wenn ich dagegen verstoße, kann ich mit disziplinarischen Maßnahmen rechnen.«

»Aha«, brummte Hamm verwundert. »Warum sind Sie dann hier?«

»Menschenskind«, sagte Gebhardt, »es ist wirklich eine Epidemie! Plötzlich haben wir zehn Neuaufnahmen.«

»Was?« Hamm erschrak.

»Ja, sieben Männer und drei Frauen; und mit Ausnahme eines Mannes aus Westerland sind es alles Bauersleute«, fuhr Gebhardt fort. »Alle haben Fieber, vier schon Melanome. Aber gestorben ist noch keiner ...«

»Ist da auch ein Bauer Erichsen aus Munkmarsch dabei?«

»Welcher Erichsen?«

»Tade Erichsen. Ihm fehlen drei Finger.«

»Der ist dabei. Er kam vorgestern. Wurde von seinem Hausarzt eingewiesen, der damit nichts anfangen konnte.« Gebhardt blickte Hamm mit hochgezogenen Augenbrauen an.

Der schilderte, wie er Erichsen begegnet war.

Gebhardt lachte leise. »Ich hätte mir denken sollen, dass Sie die Hände im Spiel haben. Sonst wäre er in diesem sehr frühen Stadium der Krankheit nicht zu seinem Arzt gegangen, der ihn zu uns schickte. Erichsen behauptete steif und fest, es wäre nur ein Mückenstich, aber Vincence sorgte dafür, dass er bei mir ankam. Sein Fieber ist übrigens nicht hoch, so um achtunddreißig, und das Geschwür scheint nicht zu wuchern.«

»Zufall«, sagte Hamm nüchtern. »Im Übrigen habe ich leider noch nichts herausgefunden. Es verdichtet sich jedoch mein Verdacht, dass die Krankheitsfälle mit dem Wasser und mit Mücken zu tun haben. Die Mücken wiederum treten wetterabhängig auf.«

Gebhardt nickte überrascht. »Die ersten Erkrankungen hatten wir bei der Hitzewelle im Frühling«, erinnerte er sich. »Und jetzt haben wir die zweite Hitzewelle.«

»Wenn die Mücken tatsächlich beteiligt sind«, spann Hamm seinen Gedanken fort, »sind die Bauern nur die Ersten. Dann kommen die Touristen dran. Und andere, die viel draußen sind.«

»Bauarbeiter. Bisher hatten wir noch keinen. Vielleicht liegt es daran, dass viele von ihnen Pendler sind. Zwischen dem Festland und Sylt.«

»Haben Sie auf dem Festland nachgefragt?«

Gebhardt sah ihn betroffen an. »Nein, natürlich nicht. Aber Sie haben Recht. Wenn einer von denen erkrankt, liegt er in Niebüll oder Husum.«

»Warum erkundigen Sie sich dann nicht?«

»Ich kann nicht! Begreifen Sie das doch endlich, Hamm. Offiziell darf ich nicht und inoffiziell geht es nicht. Ich kenne keinen einzigen Krankenhauskollegen gut genug.«

Hamm wurde ungeduldig. »Meine Güte, irgendein Weg wird sich doch finden lassen. Haben Sie denn keinen Freund unter den niedergelassenen Ärzten im Einzugsbereich der Krankenhäuser?« Er ging zu einer kleinen Kommode und zog eine Straßenkarte von Nordfriesland unter einem Wust von Papieren hervor. Dann breitete er sie auf dem Tisch aus und begann sie zu studieren.

Gebhardt grinste beim Anblick der Karte und tippte mit dem Finger auf einen Ort in der Nähe der Grenze. »Hier praktiziert der Einzige, den ich genügend kenne, um nicht eine umgehende Rückfrage meines Chefs befürchten zu müssen. In Aventoft.«

»Und?«

»Sie sollten hinfahren und mit ihnen sprechen«, schlug Gebhardt vor. »Ein Ehepaar, beide sehr nett. Er ist Internist, sie praktische Ärztin.«

»Wieso ich?«, fragte Hamm erstaunt.

»Ich habe die ganze Woche bis spät Dienst. Und nachts kommt man nicht mehr zurück auf die Insel, also kann ich nicht nach Feierabend hinüberfahren.«

»Tja«, sagte Hamm zögernd.

Gebhardts Augen funkelten. »Ich werde telefonieren und ihnen sagen, dass es wichtig ist.«

»Lebenswichtig«, murmelte Hamm und gab sich geschlagen. Noch hatte er Gebhardt nicht erzählt, dass sich sein Verdacht über den Zusammenhang mit einer Rinderkrankheit langsam erhärtete. Auch in diesem Zusammenhang würde ein Besuch des Festlandes aufschlussreich sein.

Am nächsten Mittag fuhr er mit dem Bummelzug über den Damm und besorgte sich mit einiger Mühe in Klanxbüll ein Taxi, das ihn über das weite, platte Land nach Aventoft brachte.

Gebhardt hatte nicht übertrieben. Das Taxi hielt kaum neben dem Parkplatz für Patienten, als ein drahtiger, rotblonder Mann aus dem Haus stürmte und Hamm mit ausgestreckter Hand entgegenkam. Richtig, dachte

Hamm, es ist ja Mittwoch, Praxis geschlossen. Ein Glücksfall.

»Willkommen, Herr Hamm. Ich bin Jürgen Schneider. Gebhardt hat Sie bereits angekündigt. Kommen Sie herein.«

»Wissen Sie, worum es geht?«, erkundigte Hamm sich.

»Nur in ganz groben Zügen. Aber genug, um neugierig zu sein.« Schneider zog seine fast farblosen Augenbrauen hoch und wies dann auf seine Frau, die in diesem Augenblick mit einer Rosenschere bewaffnet um die Hausecke bog. »Meine Frau«, sagte er. »Sie kann Ihnen möglicherweise mehr sagen als ich, weil sie die Patienten meistens vor mir zu Gesicht bekommt. Mir überlässt sie hauptsächlich die Infarkte.«

Die lebhafte junge Frau musterte Hamm freundlich. »Sie sind einem neuen Syndrom auf der Spur, stimmt's? Und der Chef von Klaus lehnt etwas so Unfeines ab. Wir sind begierig, mehr davon zu hören. Unbekannte Erkrankungen fand ich schon beim Studium sehr aufregend, Tropenmedizin vor allem ...«

Hamm spürte sofort die Seelenverwandtschaft zwischen ihnen. Das machte es einfacher. »Sie sagen es«, erwiderte er erleichtert. »Meine Leidenschaft sind Bakterien. Die wenigsten Menschen können das verstehen.«

»Oh, ich schon. Mögen Sie einen Kaffee?«

Als sie mit ihren Tassen im Wohnzimmer vor dem Kamin saßen, begann Hamm die Situation ganz offen zu schildern.

»Merkwürdig, wirklich«, gab Schneider zu. Seine Frau sprang unvermittelt auf, öffnete die Tür zur Terrasse und stürzte nach draußen. Kurz darauf war ein ohrenbetäubender Lärm zu hören.

»Besitzen Sie eine Gänseherde?«, fragte Hamm erstaunt.

»Nur zwei Gänse.«

»Ihr direkter Draht zur Polizei im Fall eines Einbruchs?«, erkundigte Hamm sich lachend.

»So gut wie. Erzählen Sie mir mehr von den Pseudomelanomen«, verlangte Schneider und entpuppte sich als sehr genauer und systematisch vorgehender Kollege.

Ihn könnte er gut auf der Insel brauchen, dachte Hamm, während er zu einer ausführlichen Beschreibung ansetzte.

Frau Schneider betrat im Sturmschritt wieder das Haus, schüttelte an der Terrassentür die Gummistiefel ab und warf sich neben Hamm auf einen der modernen skandinavischen Sessel. »Ich musste kurz nach den Gänsen sehen. Aber ich habe das meiste mitbekommen«, sagte sie entschuldigend. »Eine Patientin von mir ist eine Woche bei ihrer Tochter auf Sylt zu Besuch gewesen. Wegen eines Geschwürs unter der Brust habe ich sie in die Niebüller Klinik eingewiesen. In der Nachbarschaft dieses Geschwürs fiel mir ein Pigmentnävus auf. Er sah nicht wie ein akuter Vorgang aus.«

»Meinen Sie …?«, fragte Hamm zögernd.

»Ich weiß es nicht«, gab Frau Schneider zu, »aber ich fand ihn merkwürdig. Diese Frau ist die Einzige, die vielleicht einen Anhaltspunkt böte. Von Schockpatienten ist uns nichts zu Ohren gekommen.«

»Haben Sie die Diagnose schon bekommen?«

Frau Schneider schüttelte den Kopf. »Noch nicht. Aber ich kann mich danach erkundigen.« Sie sprang auf und verschwand in der Praxis.

Kurze Zeit später kam sie zurück. Sie zuckte bedauernd die Schultern. »Die Diagnose steht noch nicht fest. Tut mir Leid.«

»Das sind wir gewohnt. Wir sind noch keinen Schritt vorwärts gekommen«, sagte Hamm. »Ich habe noch eine Bitte. Ich wüsste gerne, ob hier auf dem Festland bei Rindern ungewöhnliche Symptome aufgetreten sind. Ähnlich wie Tollwut oder BSE. Es ist allerdings eine heikle Angelegenheit …«

»Trotzdem einfach festzustellen«, sagte Schneider. »Ihr Kollege beschneidet gerade seine Hecke.«

Schon in der Tür schüttelte er den Kopf. »Nichts Ungewöhnliches. Erik hätte es mir gesagt. Wir können gut miteinander.«

»Tja, danke«, sagte Hamm und wusste nicht, ob er erleichtert sein sollte oder ob seine Hypothese vielleicht grundsätzlich haltlos war.

»Aber wir werden die Ohren offen halten«, versprach Frau Schneider. »In jeder Beziehung.«

»Vor allem vorsichtig! Mit Habermehl ist anscheinend nicht gut Kirschen essen.«

»Man exponiert sich nicht gerne, wenn die Gruppe der Ärzte so klein ist. Man wird leicht zum Außenseiter gestempelt …«

»Das ist es wohl«, sagte Hamm und schüttelte Frau Schneider die Hand. »Wären Sie so gut, ein Taxi zu rufen?«

»Ich kann Sie doch zum Bahnhof fahren«, bot Schneider an.

»Lieber nicht. Es ist vielleicht besser, wenn Sie nicht mit mir gesehen werden«, sagte Hamm mit schiefem Grinsen. »Man wird so leicht zum Außenseiter gestempelt …«

»Oh« war alles, was Frau Schneider dazu bemerkte.

Während Hamm dem Ehepaar und den beiden Gänsen zuwinkte, die gerade grasend auf dem schmalen Erdstreifen neben dem Hauseingang erschienen, kam er sich wie in einem schlechten Krimi vor. Aber wer konnte wissen, was noch alles geschehen würde.

Kapitel 20

Am nächsten Morgen wurde Hamm in aller Frühe von seinem verärgerten Wirt an das Telefon gerufen.

»Zwei Bauern sind tot. Von den neun«, flüsterte Gebhardt, »und drei neue sind eingeliefert worden.«

»Verdammt«, fluchte Hamm leise. »Wie steht es mit Tade Erichsen?«

»Der ist ganz stabil. Aber diese Krankheit überschreitet die Kompetenz unserer Klinik. Ich war bei Habermehl und habe versucht, ihm den Ernst der Lage klar zu machen. Er hörte gar nicht richtig zu, sondern verwies mich an Lorenzen. Der ist inzwischen richtig geil auf die Bauern. Er macht eine Biopsie nach der anderen.«

Hamm hörte ungläubig zu.

»Gehen Sie zum Bürgermeister. Der muss das Gesundheitsamt einschalten, aber ohne den Amtsarzt!« Noch bevor Hamm sich nach den Gründen erkundigen konnte, legte Gebhardt auf. Offenbar war jemand ins Zimmer gekommen.

Begleitet von den missmutigen Blicken seines Wirtes, verließ Hamm dessen peinlich aufgeräumtes Wohnzimmer. Auf den Beistelltischchen lagen beigefarbige Häkeldeckchen. Er würde sie ertragen müssen, wenn er öfter telefonieren wollte.

»Haben Sie die Kurabgabe bezahlt?«, fragte der Wirt, als wäre ihm endlich etwas zum Nörgeln eingefallen.

»Mach ich noch«, knurrte Hamm und stieg nachdenklich die Treppe hoch.

Gebhardt hatte offenbar Grund zur Annahme, dass der Amtsarzt sich sofort mit Habermehl kurzschließen würde. Also zum Bürgermeister. In der Humanmedizin funktionierte das Anzeigen einer Seuche gewiss so ähnlich wie bei einer Tierseuche. Die Behörden mussten darauf reagieren.

Als er sich sein Blouson überzog, fiel ihm ein, dass seine eigene Anzeige beim Veterinäruntersuchungsamt überhaupt keinen Erfolg gehabt hatte.

Es war kurz nach neun, als Hamm sich auf den Weg machte. Das Rathaus in der Innenstadt war nicht zu übersehen. Eine breite Treppe führte zum Vorzimmer des Bürgermeisters im Obergeschoss.

»Guten Morgen«, sagte er zu einer älteren Dame, die Schriftstücke sortierte, »mein Name ist Thomas Hamm, Dr. Thomas Hamm, und ich würde gerne mit dem Bürgermeister sprechen. Es geht um eine dringende Angelegenheit der Gesundheitspolitik.«

»Herr Nicholaysen ist auswärts«, antwortete sie. »Ich schlage Ihnen vor, sich an unseren Amtsarzt, Herrn Dr. Grabowsky, zu wenden. Vielleicht kann der Ihnen helfen.«

»Es dreht sich nicht darum, dass mir jemand helfen soll«, widersprach Hamm einigermaßen geduldig, »sondern dass ich Sylt helfen will. Und deswegen brauche ich den Bürgermeister.«

»Für die Gesundheitsbelange von Sylt ist Dr. Grabowsky ...«

Hamm schüttelte grimmig den Kopf. »Der Bürgermeister.«

»Dann«, sagte die Sekretärin bedauernd, »müssen Sie

bis nach der Wahl warten. Dann hat Herr Nicholaysen wieder mehr Zeit. Ende November oder Dezember, passt Ihnen das?« Sie fing an, in einem Terminkalender zu blättern, während Hamm mit verkniffenen Lippen vor ihr stand.

»Es wird«, sagte Hamm leise, »Herrn Nicholaysen nicht erfreuen, wenn er beim nächsten routinemäßigen Treffen der Oberbürgermeister von Herrn Manfred Winterstein erfahren wird, dass er sich ein kapitales politisches Versäumnis geleistet hat.«

»Oh«, sagte die Sekretärin und sah auf. »Manfred Winterstein, der Oberbürgermeister von Frankfurt?«

»Genau der.«

»Ich bin übrigens Frau Wiegand. Sie könnten morgen kommen«, schlug sie vor. »Punkt elf Uhr. Viertel nach elf hat Herr Nicholaysen die nächste Besprechung.«

»Um elf bin ich da, Frau Wiegand«, bestätigte Hamm und verließ mit einem knappen »Danke« das Zimmer. Er ärgerte sich darüber, dass er sich zu der albernen Drohung gezwungen gesehen hatte.

In der Verbotszone vor dem Rathaus parkte ein schwarzer Porsche. Der hatte ihm gerade noch gefehlt! Er brauchte sich die Nummer nicht erst anzusehen, um zu wissen, wer der Besitzer war.

Zu Hause benötigte er einen großen Drink. Mit dem Glas in der Hand begann er zu überlegen, was er Nicholaysen vortragen sollte.

Am nächsten Morgen preschte Hamm in seinem Leihwagen zum Rathaus. Herrgott, er war nervös.

Frau Wiegand ließ die Tastatur ruhen und betrachtete ihn mit einem Hauch von Missstimmung. »Bitte sehr, der Herr Bürgermeister erwartet Sie.«

»Vielen Dank, dass Sie mir diesen Termin verschaffen konnten«, sagte Hamm höflich und schritt lautlos auf dem plüschigen taubenblauen Teppichboden zu der palisanderfurnierten Tür.

Bürgermeister Nicholaysen kam ihm mit ausgestreckter Hand entgegen. Er war groß und ging etwas gebeugt. Zwischen fünfundfünfzig und sechzig Jahren, dachte Hamm und versuchte ihn einzuschätzen. Von diesem Herrn mit dem nordischen Gesichtsschnitt würde eine Menge abhängen.

»Kommen Sie bitte, Herr Dr. Hamm«, sagte Nicholaysen. »Ich bin in Zeitnot, aber Sie ließen sehr dringend um einen Termin nachsuchen, wie ich erfuhr. Bitte.« Er wartete, bis Hamm in einem weichen Ledersessel Platz genommen hatte, und setzte sich dann selbst.

Unter dem forschenden Blick seiner hellblauen Augen wurde Hamm ein wenig beklommen zumute. Er wünschte, er hätte mehr als Vermutungen vorzubringen; dies konnte nur damit entschuldigt werden, dass es zu spät zum Handeln sein würde, wenn die Beweise erst vorlagen. »Es gibt auf Sylt so etwas wie den Beginn einer Epidemie«, sagte er. »Wenn man jetzt sinnvolle Maßnahmen ergriffe, könnte ihre weitere Ausbreitung vielleicht verhindert werden.«

Nicholaysens Skepsis war unübersehbar.

»Wie kommen Sie darauf?«

Plötzlich hatte Hamm einen Knoten in der Zunge. Seine Argumentationskraft war ihm abhanden gekommen.

»Sind Sie Spezialist für Seuchen? Dr. Thomas Hamm hat man mir hier aufgeschrieben.« Nicholaysen vergewisserte sich auf einem Notizzettel, der vor ihm lag.

»Nein, ich bin Tierarzt«, bekannte Hamm.

»Frisch hergezogen?«

»Nein, ich wohne in Frankfurt.«

Die Gesichtszüge des Bürgermeisters entspannten sich und er lächelte leise. »Ja, im Haus des Oberbürgermeisters, ich weiß.«

Hamm begann sich zu ärgern, am meisten über sich selbst. »Zum Teufel!«, brach es aus ihm heraus. »Ich bin nicht hier, um mich zu rechtfertigen. Und wenn man bei Ihnen zu solchen Tricks greifen muss, um vorgelassen zu werden, dann geben Sie bitte nicht mir die Schuld. Mich führt eine wissenschaftliche Erkenntnis, gepaart mit großer Sorge, zu Ihnen. Ich bin kein Scharlatan und kein Spinner, wenn Sie das auch anzunehmen scheinen.«

»Niemand beschuldigt Sie, Herr Dr. Hamm, oder bezeichnet Sie gar als Spinner. Und jetzt erzählen Sie mir erst einmal, was Sie glauben beobachtet zu haben.« Nicholaysen schlug einen versöhnlichen Ton an.

Frau Wiegand erschien im Türrahmen, ohne dass Hamm die Tür überhaupt hatte aufgehen hören.

»Darf ich Ihnen einen Kaffee anbieten? Das gibt uns beiden Zeit, unsere aufgeregten Gedanken zu sammeln«, schlug der Bürgermeister vor und sah dabei aus wie ein verständnisvoller älterer Lehrer, dem man seine Sorgen anvertrauen möchte.

Hamm nickte wachsam, während die Mitarbeiterin des Bürgermeisters mit dem schon vorbereiteten Tablett hereinkam. Dieser Mann war nicht zu unterschätzen. Ohne viel Mühe hatte er ihm den Wind aus den Segeln genommen und ihn in eine Verteidigungsposition manövriert.

Er nahm einen Schluck Kaffee und erzählte dann ohne Umschweife die ganze Angelegenheit.

»Warum lassen Sie die Sache nicht auf sich beruhen?«,

erkundigte sich der Bürgermeister. »Die eigentlichen Fachleute sind doch offenbar gegenteiliger Ansicht. Ist es Publicity, die Sie anstreben?«

»Nein«, verdrossen schüttelte Hamm den Kopf. »Außerdem gibt es hier keine Fachleute.«

»Dann gehören Sie zu den Fanatikern, denen es nur darum geht, Recht zu haben.«

»Das ist doch Quatsch! Ich habe überhaupt kein persönliches Motiv. Ich sehe nur, dass ein bornierter alter Mediziner sich weigert zu erkennen, was jeder Student sehen könnte.«

Das Gesicht des Bürgermeisters versteinerte. Wie ein Fossil, ein Quastenflosser, dachte Hamm, längst überfällig, überholt von lebensfähigeren Spezies.

Zugunsten solcher Fossile sprach allerdings, dass sie im Gegensatz zu anderen Spezies Millionen Jahre überlebt hatten. Er beschloss, noch einen Versuch zu unternehmen. »Falls ich mich irre, na gut, das ist mein persönliches Problem. Falls aber nicht, dann sind auf Sylt Menschen in Gefahr.«

»Sie räumen also ein, dass Sie sich irren könnten?«

»Ja, gewiss tue ich das!«, rief Hamm aus. »Es geht hier doch nicht um meinen persönlichen Stolz. Ich nehme sogar in Kauf, dass ich mich blamiere.«

»Wie sind die Symptome, Herr Dr. Hamm?«

»Ein schwarzer Hautkrebs, der mit hohem Fieber einhergeht. Sechs Patienten sind schon gestorben.«

»Wer sind die Kranken?«

»Fast alles Landwirte«, antwortete Hamm und vermied bewusst den Hinweis auf seine Frau. »Es kann nichts Eingeschlepptes sein. Die Krankheit ist bodenständig.«

Nicholaysen schlug die Beine übereinander. »Selbst

wenn ich Ihnen glaubte«, sagte er bedächtig, »was ich selbstverständlich nicht tue ... Ich betone vielmehr ausdrücklich, dass ich der Überzeugung bin, dass Sie aus Ihnen unbekannten Symptomen in absurder Weise eine nicht vorhandene Seuche konstruiert haben. Schließlich sind Sie Tierarzt und nicht Arzt. Habe ich mich klar genug ausgedrückt?«

»Durchaus«, stimmte Hamm mit unverhohlener Wut zu. »Sie haben unmissverständlich erklärt, dass ich spinne oder lüge. Falls aber nicht, was wollten Sie für diesen Fall erwidern?«

»In diesem Fall«, fuhr der Bürgermeister fort, »muss ich Ihnen folgende Frage stellen: Haben Sie eine Ahnung, worauf die Wirtschaftskraft der Insel Sylt beruht?«

»Nein«, sagte Hamm störrisch. »In dieser Situation ist mir das auch völlig wurscht.«

»Das dachte ich mir. Mir ist es nicht gleichgültig. Wir leben vom Fremdenverkehr. Von den Bauern jedenfalls nicht. Die brauchen wir nur als Rahmen; sie sind nützlich, um die Idylle zu demonstrieren, die ein Gast aus Berlin oder München vorfinden möchte, wenn er von den Bars genug hat.«

Hamm starrte den Bürgermeister an. Dieser Mann war ein kalter Zyniker, verkleidet auf altväterliche Art, weil die Gäste auch das erwarteten.

Nicholaysen lächelte mild. »Ich bin kein Zyniker«, sagte er. »Ich möchte für Sie die Tatsachen lediglich glasklar formulieren. Es ist wichtig, dass Sie meinen Standpunkt verstehen. Und zwar, weil immerhin die Möglichkeit bestehen könnte, dass ich Ihnen glaube. Ansonsten würde ich Sie einfach bitten zu gehen.«

Nein, Hamm hatte nicht die geringste Lust, den Mann zu verstehen. Aber er blieb sitzen. Von Nicholaysen ging eine Suggestivkraft aus, die erklärte, warum er das Oberhaupt der Stadt war.

»Die Bauern sind also Kulisse«, fuhr er fort. »Auf der anderen Seite haben wir jedes Jahr zigtausend Touristen. Deren Geld ist es, das unsere Insel am Leben hält. Es bewahrt uns vor dem Untergang, im wahrsten Sinne des Wortes! Wissen Sie überhaupt, dass Sylt zu verschwinden droht, wie einst das sagenhafte Rungholt? Nur langsam, viel langsamer. Wir haben Angst um Sylt. Und deshalb, Herr Dr. Hamm, brauchen wir den Fremdenverkehr!«

Nicholaysen atmete schwer. Es hörte sich nicht besonders gesund an. Wenigstens das war nicht gespielt. Bei allem Übrigen war sich Hamm nicht so sicher. Gerade über dieses Thema dürfte ein Westerländer Bürgermeister ziemlich häufig zu referieren haben.

Etwas ruhiger fuhr Nicholaysen fort. »Zwar finanziert das Land Schleswig-Holstein die immens hohen Kosten der Sandvorspülungen. Aber wir, die Sylter Bevölkerung und die Wahlsylter, also diejenigen, die hier Zweitwohnungen besitzen und diejenigen, die nur für ein paar Wochen im Jahr kommen, ins Hotel, auf die Campingplätze oder als Tagesgäste, schaffen das Steueraufkommen, das notwendig ist, um zu dokumentieren, dass die Insel wirtschaftlich potent genug ist, um Sandvorspülungen zu rechtfertigen. Nur um Dünen zu retten, die ihren landschaftlichen Reiz haben mögen, gibt eine Landesregierung so viel Geld nicht aus. Jeder einzelne Gast ist notwendig, um unsere geliebte Insel lebensfähig zu erhalten, Herr Dr. Hamm. So ist es nun mal!«

»Und?«, fragte Hamm provokativ.

»Ich will damit sagen, dass ich nicht beabsichtige, den

Fremdenverkehr wegen einiger Bauern aufs Spiel zu setzen.«

Seine brutale Offenheit machte Hamm für einen Augenblick sprachlos. »Haben Sie schon mal etwas von der Pest gehört?«, erkundigte er sich sarkastisch, als er sich etwas erholt hatte.

»Selbstverständlich«, antwortete Nicholaysen, ohne im Geringsten verärgert zu sein.

Selbstverständlich, dachte Hamm, man ist ja gebildet, gerüstet für die große Karriere. Laut sagte er: »Die war am Anfang auch nur eine Armeleutekrankheit. Später griff sie auf die Adeligen und die Geistlichkeit über. Beide Stände konnten sich die besten Ärzte und die weiteste Flucht leisten. Es hat ihnen nichts genützt. Ein Drittel der Einwohner Europas starb beim ersten Ansturm der Pest.«

Nur die Fingerspitzen des Bürgermeisters verrieten seine Unruhe; er rieb sie rastlos gegeneinander und schwieg.

»Aber«, beendete Hamm das Gespräch und stand auf, »es interessiert Sie nicht, denn es gibt nach Ihrer Auffassung keinen Besorgnis erregenden Beginn einer Epidemie.«

»Nein, in der Tat, den gibt es nicht«, stimmte der Bürgermeister zu und erhob sich ebenfalls. »Ich verlasse mich da ganz auf unsere hiesigen Mediziner.« Ein wenig gebeugt begleitete er Hamm zur Tür. Sie schloss sich mit leisem Knacken hinter ihm.

»Ich hoffe, die unaufschiebbare Angelegenheit ist jetzt erledigt.« Frau Wiegand unterbrach das Tippen und verfolgte ihn mit ihren Blicken durch das Vorzimmer.

Ihr Lächeln war etwas zu dürr, um echt gemeint zu sein. »O ja. Für Herrn Nicholaysen schon«, erwiderte

Hamm in ironischem Ton. »Und der Oberbürgermeister von Frankfurt lässt auch Sie grüßen.«

»Herr Nicholaysen legt auf die Meinung seiner Mitarbeiter großen Wert«, sagte Frau Wiegand würdevoll.

Am Abend rief Hamm Gotje an und erzählte ihr, dass und warum er auf Sylt war. Sie bestand darauf, ihn zu besuchen. Er konnte es nicht ablehnen, denn er brauchte ihre Hilfe. Aber er fürchtete, sich in Gefühle zu verstricken, die er jetzt am allerwenigsten brauchen konnte.

»Es geht dir gut«, stellte er fest, ohne sich seine Beklemmung anmerken zu lassen, als sie in seinem Pensionszimmer stand und sich umsah.

»Klar, Ferienzeit. Einrichtung anno Methusalem.«

»Immerhin erschwinglich«, sagte Hamm. »Weißt du eigentlich, wie teuer Sylt ist? Auch abseits der Hotels. Setz dich doch, dann siehst du das Cocktailsesselchen wenigstens nicht.« Er erzählte ihr alles, was sie noch nicht wusste, und endete mit einer Bitte. »Ich brauche einen Laptop.«

Gotje nickte und zog ein Handy aus der Tasche. Während sie ihre Überredungskünste spielen ließ, wurde sich Hamm allmählich darüber klar, dass er für seine Unternehmung ausgesprochen mangelhaft mit technischem Equipment ausgestattet war. Na ja, er versuchte es ja gerade zu ändern.

»Mein Bruder macht sich auf den Weg«, berichtete Gotje zufrieden und legte das Handy vor sich auf den Tisch. »Er murrte zwar, dass ihm das abendliche Surfen im Internet fehlen wird, aber auf das Schnattern muss er eben mal verzichten. Bringt sowieso nichts.«

»Was meinst du?«, fragte Hamm, der ihr nur mit halbem Ohr zugehört hatte.

»Auf den Chat muss er …«

»Ach so.« Hamm verfiel in Schweigen, während er zu überlegen begann, wie er den Wust von Daten sortieren sollte. Hoffentlich waren die vorhandenen Programme kompatibel zu seinen Anforderungen.

Seine Sorgen erwiesen sich als unbegründet. Als Gotjes Bruder eine Stunde später den Laptop aus der Transporttasche schälte, bemerkte Hamm, dass er es mit einem Fachmann zu tun hatte. Da er selbst auch schon einige Erfahrung besaß, dauerte die Einweisung nicht lange. »Sie ahnen gar nicht, wie dankbar ich Ihnen bin«, sagte er. »Tut mir Leid, dass Sie aufs Internet verzichten müssen.«

Der junge Mann grinste schief. »Oh, ich werde es einfach mal mit meinen Freunden versuchen. Die meckern sowieso schon, dass ich so wenig Zeit für sie habe.« Er winkte Gotje zu und verschwand.

»Sehr angenehm, mal etwas Positives für die Verwandtschaft zu tun«, äußerte Gotje.

»Mm«, murmelte Hamm.

»Thomas?«

»Mm.«

»Du meinst doch nicht etwa, dass du mich jetzt loswerden willst?«, fragte Gotje ahnungsvoll.

»Ja, doch, genau«, sagte Hamm und warf einen Zettelhaufen auf den Tisch. »Ich habe einen Wust von Informationen. Der muss jetzt in den Laptop hinein. Mal sehen, was dann herauskommt. Ich werde wahrscheinlich die ganze Nacht daran arbeiten.«

»Ich sehe schon, du bist ein fanatischer Arbeiter«, stellte Gotje fest.

Hamm schrak auf und sah sie an. Ein trauriger Zug lag auf Gotjes Gesicht. Sie hatte ja so Recht. Aber er konnte es nicht ändern. Und wenn er ehrlich mit sich war, so wollte er es auch nicht. »Würdest du mir dein Handy leihen?«, fragte er.

Gotje zeigte wortlos auf den Tisch und ging. Als die Tür hinter ihr leise ins Schloss gefallen war, machte Hamm sich konzentriert an die Arbeit.

Kapitel 21

Zu der Nacht kamen noch zwei Tage, die Hamm brauchte, um Ordnung in die Daten zu bringen. Mit zunehmender Bestürzung merkte er, dass er kein System erkennen konnte.

Am dritten Abend rief er Gebhardt an, um die allerletzten Informationen einzugeben. Ein Japaner aus einer Reisegruppe, die über Sylt gescheucht worden war, bevor sie nach Heidelberg weiterreiste, war am Schock gestorben.

Der Mann war der Schlüssel. Hamm ahnte es, noch bevor er den Fall ganz durchdacht hatte. Unangenehm für Japaner, aber für ihn ein Glücksfall war die Tatsache, dass Japaner häufiger als andere Völker Magenkrebs bekamen. Das hing mit ihrer Gewohnheit zusammen, ihre Nahrungsmittel zu grillen. Magenkrebs ..., Nitrosamine, die durch Grillen entstehen. Das war es. Nitrosamine und Schinken ...

Er gab das Suchwort Schinken ein und hatte schnell die Patienten beisammen, die diese Nahrung liebten. Weiss war der Erste gewesen mit auffälligem Schinkenverzehr. Hamms eigene Frau hatte ebenfalls Schinken gemocht, mageren, der Linie wegen.

Einige dieser Patienten waren außerdem Raucher gewesen. Tabakrückstände enthielten ebenfalls Krebs erregende Substanzen. Er ging die Raucher durch. Bei manchen war nicht bekannt, dass sie einen besonderen Hang zu Schinken gehabt hatten.

Und Gotjes Schwester Maike, die auch zu den Rauchern gehörte, war Vegetarierin gewesen. Es gab noch drei Erkrankte, die in keine der Gruppen Raucher und Schinkenesser fielen.

Plötzlich durchfuhr ihn ein Gedanke. Maike mit dem verrückt guten Geschmackssinn, die nur Brunnenwasser getrunken hatte, weil sie die Desinfektionsmittel in den Flaschen merken konnte. Und wenn das Brunnenwasser Gülle enthielt? Ammoniak, Nitrate, Nitrite. Der Kreis schloss sich. Die Pökelsalze im Schinken enthielten Nitrite.

Ein zweites Mal klingelte er bei Gebhardt durch. Komm doch endlich, dachte er ungeduldig nach dem dritten Klingeln. Das gab's doch gar nicht, dass ein Klinikarzt einen Anruf verweigerte, auch wenn es schon spät war!

Endlich nahm Gebhardt völlig verschlafen ab. Aber das würde sich gleich geben. Hamm verzichtete auf eine Entschuldigung und legte los. »Ich hab's«, sagte er triumphierend. »Allen Patienten ist gemeinsam, dass sie aus Nitriten Krebs erregende Nitrosamine bilden; sie nehmen es auf durch Trinkwasser, Tabak oder exzessiven Schinkenverzehr.«

Am anderen Ende blieb es eine Weile still. Endlich räusperte Gebhardt sich. »Aber Nitrosamine verursachen doch keinen Hautkrebs«, sagte er, und Hamm hörte ihm seine Verblüffung an.

»Schleimhautkrebs schon«, widersprach er. »Irgendwie sind sie für das Entstehen der Krankheit unabdingbar. Etwas anderes muss noch hinzukommen …«

»Nein«, sagte Gebhardt, jetzt endlich hellwach. »Etwas stimmt da nicht. Rauchrückstände enthalten weder Nitrat noch Nitrosamine.«

»Nein?«, fragte Hamm.

Er sah förmlich vor sich, wie Gebhardt den Kopf schüttelte. »Teer, Benzpyrene und andere Kanzerogene, aber keine Nitrosamine. Trotzdem gebe ich zu, dass Ihre Feststellungen etwas haben ... Hätten Sie etwas dagegen, wenn ich zu Ihnen komme?«

»Überhaupt nicht«, sagte Hamm. »Im Gegenteil!«

»Bin gleich da!«, rief Gebhardt und schmetterte den Hörer auf die Gabel.

Hamm nutzte die Pause, um sich mit seinem kleinen Tauchsieder einen Kaffee zu kochen. Dann warf er sich auf das Sofa, versuchte sich zu entspannen und wartete.

Als Gebhardt kam, vertieften sie sich sofort in die Daten am Bildschirm.

»Sehen Sie mal, Hamm. Die Raucher kommen bei den Wasserleuten und den Schinkenleuten vor. Sie bilden keine eigene Ursachengruppe.«

»Mensch!«, rief Hamm und tippte sich an die Stirn. »Die Raucher sind diejenigen, die mit Schock eingeliefert wurden. Nitrit aus Wasser oder Schinken plus Zigaretten führt zum Schock. Meine Frau starb nach ihrer letzten Zigarette. Und die Christensen auch.«

»Stimmt. Und Nitrit aus Wasser oder Schinken ohne Zigarettenkonsum führt zu hohem Fieber und später einem Pseudomelanom. Sie haben Recht!«

Hamm klopfte Gebhardt begeistert auf die Schulter.

»Übrigens ist es nicht abschließend geklärt, ob die Patientin von meinen Freunden in Aventoft ein Melanom hat oder ein Pseudomelanom unseres Typs. Zurzeit entwickelt es sich nicht weiter.«

»Dann ist es wohl Zufall«, mutmaßte Hamm.

»Nicht unbedingt. Sie haben eine Probe zur Untersuchung nach Kiel geschickt, weil sie sich unsicher waren. Immerhin war die Frau auf Sylt.«

»Sylt ist überhaupt das Schlüsselwort«, fiel Hamm ein. »Genauer, das Sylter Wasser. Vielleicht ist die Intensität und Schnelligkeit der Erkrankung abhängig davon, wie viel Leitungswasser der Einzelne zu sich nimmt.«

»Mag sein. Aber da muss trotzdem noch ein weiterer Faktor sein, den wir nicht kennen. Millionen Leute essen Schinken, trinken Leitungswasser und rauchen, ohne jemals Tumoren zu entwickeln.«

»Ja«, sagte Hamm und rieb sich müde die Augen. »Lassen Sie uns alles nochmals durchgehen.«

Sie fingen von vorne an.

»Es hat keinen Zweck«, erklärte Hamm am frühen Morgen erschöpft. »Dieser Faktor – wir wollen ihn mal X nennen – muss existieren. Aber entweder ich stelle dem Computer die falschen Fragen oder …«

»… oder?«, wiederholte Gebhardt und griff schläfrig nach seiner Zigarettenpackung.

»Lassen Sie's um Gottes willen!«

Gebhardt sah Hamm verstört an. »Wir sind alle in Gefahr«, sagte er leise, als ob er es jetzt erst begriffen hätte. »Solange wir Faktor X noch nicht kennen, müssen wir absichern, dass die Leute kein Leitungswasser trinken, nicht rauchen und alles, was gepökelt ist, meiden. Du meine Güte!« Er ließ sich aufs Polster zurücksinken und starrte an die Decke.

»Dann müssen Sie jetzt Farbe bekennen.« Hamm sah ihn nicht ohne Befriedigung an. »Sie sind derjenige, der seinen Chef überzeugen muss. Eine so große Sache kann man nur auf amtlichem Weg machen.«

»Der Amtsarzt muss das Trinkwasser kontrollieren lassen und der Landrat muss ab sofort das Ausbringen von Gülle verbieten, da haben Sie Recht«, sagte Gebhardt erbittert, »aber warum, zum Teufel, muss ich es ausgerechnet sein, der das durchsetzen muss?«

»Gedüngt wird derzeit nicht«, widersprach Hamm. »Im Übrigen sind Sie der Einzige, der Habermehl überzeugen kann. Ich begleite Sie gerne zu ihm. Aber Sie geben doch wohl selber zu, dass er sich von einem Tierarzt nichts über Pseudomelanome und Schock bei seinen eigenen Patienten erzählen lassen würde.«

Gebhardt nickte. »Ich werde mit ihm reden. Sie brauchen nicht mitzugehen. Sie sollten stattdessen versuchen festzustellen, wie hoch der Nitratgehalt im Sylter Wasser derzeit ist.«

»Klar, das mache ich«, stimmte Hamm zu und streckte sich.

Gebhardt erhob sich und ließ im Vorübergehen seine Zigarettenpackung mit ausgestrecktem Arm in den Papierkorb fallen. Hamm begleitete ihn nach draußen. Es war früher Morgen, die ersten Vögel zwitscherten schon im Garten der Pension. Als Hamm sich mit einem freundlichen Klaps auf das Autodach verabschiedete, kurbelte Gebhardt die Fensterscheibe herunter.

»Bekommen eigentlich auch Tiere diese Krankheit? Kühe, Hunde, Schweine, Schwalben, Frösche, meine ich.« Er lachte ein wenig gequält und gab Gas, ohne eine Antwort abzuwarten.

Hamm blickte ihm nachdenklich hinterher. In der Tat, es war eine interessante Frage, wie die Rinder in die Geschichte passten. Sie tranken das gleiche Wasser wie die Menschen.

Zwei Stunden später fuhr Hamm nach Keitum. Er war noch hundemüde. Wach wurde er erst, als er mitten im Ort an einem dicken Baum ein Plakat entdeckte. *Vortrag von Tjard Johannsen: Eine neue Tierseuche? Beobachtungen auf Sylter Weiden. Zeit und Ort: Gemeindesaal Keitum, Mittwoch 19 Uhr.*

Das war ja interessant. Hamm beschloss spontan hinzugehen. Vielleicht hatte Gotje Lust mitzukommen.

Aber Gotje war nicht zu Hause. Unverrichteter Dinge fuhr er wieder in seine Pension zurück.

Am Mittag desselben Tages wurde im Sekretariat von Professor Habermehl ein Anruf von Bürgermeister Nicholaysen durchgestellt.

»Moin, Torge«, sagte Habermehl, angenehm berührt. Es kam nicht oft vor, dass der Bürgermeister ihn während der Dienstzeit anrief. »Neulich gut nach Hause gekommen?«

»Aber sicher.« Nicholaysen klang, als ob er nicht ganz bei der Sache wäre.

Habermehl wartete mit steigendem Interesse.

»Sag mal, bist du schon mal einem rotblonden Wikinger begegnet, der Einzelheiten eurer Krankengeschichten ausposaunt? Er gibt sich als Tierarzt aus.«

»Was?« Habermehl war zu erstaunt, um sofort eine Antwort zu finden. »Augenblick mal«, murmelte er schließlich, legte den Hörer auf den Schreibtisch und ging zur Tür. »Keine Störung!«, befahl er, bevor er die Tür schloss und zum Schreibtisch zurückkehrte.

»Ich bin wieder da. Er kennt vertrauliche Patientendaten?«, erkundigte er sich zur Sicherheit.

»So nennt man das wohl, denke ich. Er hat mir berichtet, dass ihr eine Epidemie von schwarzem Hautkrebs habt, und wollte erzwingen, dass ich dagegen etwas unternehme.« Nicholaysen lachte mit einem Hauch von Verachtung, bevor er fortfuhr. »Er wirkte ganz normal, aber jetzt im Nachhinein … Ich bin da nicht so sicher.«

Habermehl strich seine Haarlocke zurück, ohne auf ihren eleganten Sitz zu achten. »Wie kann der bloß an solche Informationen kommen?«, grübelte er laut. Er vermied es, sich einzugestehen, dass er beunruhigt war.

»Stimmt es denn?«

»Nein, natürlich nicht. Aber die Fehlinformation hat der Mann ja nicht erfunden, die stammt aus meinem Haus, und ich kann mir auch denken, von wem.«

»Ich höre«, sagte Nicholaysen mitfühlend.

»Gebhardt. Ein ehrgeiziger Arzt, der unbedingt Internist werden will«, sagte Habermehl. Er schaffte es tadellos, sein Hassgefühl hinter duldsamer Überlegenheit zu verstecken. »Typ Querulant, wenn du weißt, was ich meine.«

»Mein täglicher Umgang«, bestätigte der Bürgermeister trocken. »Die meisten Bürger, die kommen, sind Querulanten. Die Zufriedenen kommen nicht.«

»Glaube ich dir gerne«, versetzte Habermehl und fand zu seinem gewohnten Gleichmut zurück. »Bei uns sind die Querulanten meistens Ärzte im Praktikum, die glauben, ein neues Syndrom entdeckt zu haben, und darüber veröffentlichen wollen. Ihre Beharrlichkeit findet erst dann ein Ende, wenn sie kapieren, wie schwach ihre Position ist. Unbezahlte Überstunden und Bereitschaftsdienst ohne Ende, du weißt schon. Gebhardt ist allerdings schon Assistenzarzt und sollte die Spielregeln der Klinik kennen.«

Nicholaysen schnalzte mit der Zunge, was Habermehl zu weiteren Erklärungen ermunterte.

»Diesen Tierarzt kannst du ignorieren, der steckt mit

Gebhardt unter einer Decke. Aber Gebhardt knöpfe ich mir sofort vor. Er kann dankbar sein, wenn ich die Ärztekammer nicht einschalte.«

»Okay. Man stelle sich einmal die Auswirkung solcher Gerüchte auf den Fremdenverkehr vor!«

»Eben. Du kannst dich auf mich verlassen«, versprach Habermehl bedächtig. Ärztekammer klang für Laien immer gut, aber deren Oberaufsicht verbat er sich wirklich. Stattdessen würde Gebhardt den Ärger an ganz anderer Stelle zu spüren bekommen, zum Beispiel im Abschlusszeugnis nach seiner Facharztausbildung ...

»Gut«, sagte Nicholaysen erleichtert. »Dann kann ich den Fall ja zu den Akten legen. Sehen wir uns beim Golf morgen, Tilmann?«

»Natürlich, Torge. Schönen Gruß an deine Frau.« Habermehl brachte es nur mit Mühe über sich, Gleichmut zu heucheln. Als Nicholaysen aufgelegt hatte, drückte er sofort die Sprechtaste. »Ist Gebhardt im Haus?«

»Moment, Herr Professor, ich sehe nach. Ja.«

»Wenn er nicht in zwei Minuten hier ist, kann er sich nach einer neuen Stelle umsehen«, schnaubte Habermehl, ließ die Taste los und sank zurück, seine Drohung noch im Ohr.

Eigentlich war das nur eine übliche Floskel gewesen, aber je länger er darüber nachdachte, desto besser gefiel sie ihm.

Zehn Minuten später brauste Gebhardt mit solcher Fahrt ins Sekretariat, dass er beinahe über den Fotokopierer gefallen wäre. »Na, Teschke-Mädchen, hatten Sie Sehnsucht nach mir? Schon bin ich da. Süß sehen Sie heute wieder aus.« Er hauchte einen imaginären Kuss über den Schreibtisch.

Die junge Sekretärin schüttelte mit gerunzelter Stirn den Kopf. »Sie Cowboy im weißen Kittel! Immer in vollem Galopp. Können Sie sich nicht ein einziges Mal wie ein Arzt benehmen, Herr Gebhardt? Ich hatte keine Sehnsucht nach Ihnen, sondern der Chef.« Sie warf einen flüchtigen Blick auf die Tastatur ihres Sprechgerätes, um ihm dann zuzuflüstern: »Seien Sie vorsichtig. Irgendetwas müssen Sie ausgefressen haben. Der Bürgermeister hat gerade angerufen und seitdem sucht Professor Habermehl Sie …«

»Oh«, sagte Gebhardt und zog eine Grimasse. Na ja, schlechte Nachrichten sprachen sich schnell herum. Vielleicht war es ganz gut, dass er auf diese Weise gezwungen wurde, Habermehl reinen Wein einzuschenken, ohne sich lange vorher eine Taktik zu überlegen. »Danke für die Warnung«, sagte er und blinzelte ihr zu, bevor er an Habermehls Tür klopfte.

Die Teschke hielt die eingeschlagenen Daumen in die Höhe, während Gebhardt eintrat. Habermehl sah ihm entgegen, eiskalte Wut spiegelte sich in seinen Augen und er wirkte steif wie ein Bestatter.

»Guten Morgen«, wünschte Gebhardt verdutzt und hielt den Atem an.

»Ich würde Ihnen gerne einen guten Morgen wünschen, Herr Gebhardt, aber ich lasse es. Ihr Morgen wird nämlich nicht schön werden. Wissen Sie, warum? Sie haben gleich drei Verpflichtungen verletzt. Zum einen haben Sie sich gegen das Datenschutzgesetz vergangen, zum anderen vertrauliche Kenntnisse Ihres Arbeitgebers nach außen gegeben und zum Dritten die ärztliche Schweigepflicht gebrochen. Stimmen Sie mir nun zu, dass Ihr Morgen nicht schön werden wird?« Habermehl wurde zunehmend lauter und schlug schließlich mit der Faust auf den Tisch. »Haben Sie die Informationen auch an die Presse verkauft?«

Gebhardt verschlug es angesichts der Fülle der Anschuldigungen die Sprache. »Ich weiß nicht, wovon Sie sprechen«, brachte er nach einer Weile heraus. Er musste Zeit gewinnen.

»Ich bin soeben vom Bürgermeister darauf hingewiesen worden, dass ihm in seinem Amtszimmer Daten und Diagnosen unserer Patienten in aller Offenheit dargelegt wurden. Wie erklären Sie sich das?«

»Ich weiß es nicht«, sagte Gebhardt in höchster Not. Hamm konnte doch nicht im Ernst Daten preisgegeben haben! »Ich habe die Pseudomelanome mit einem Kollegen diskutiert, das gebe ich zu. Der Kollege gehört nicht zum Haus.«

»Ist er mit Ihrem Wissen und Ihrer Billigung bei den städtischen Behörden gewesen? Oder gar in Ihrem Auftrag?«

»Ja«, gab Gebhardt mit wachsender Furcht zu. »Ich meine, mit meinem Wissen. Aber nicht mit Patientendaten! Wir sind zu dem Schluss gekommen, dass wir am Beginn einer Epidemie stehen, und nachdem Sie nicht akzeptieren wollten ... Es gab einfach keinen anderen Weg, die Behörden zum Handeln zu veranlassen! Nur damit sie den Anfangsverdacht abklären ...«

»Das genügt«, unterbrach ihn Habermehl. »Ich glaube, Sie erkennen selbst, dass Sie zu weit gegangen sind. Es liegt nicht in der Kompetenz eines Assistenzarztes, die Behörden zu alarmieren. Ich werde Ihren Fall mit dem Krankenhausträger diskutieren, aber die Tatsachen sprechen für sich selbst ...«

Gebhardt fühlte, wie ihm der Schweiß ausbrach. Habermehl hatte es geschafft, ihn in eine fast aussichtslose Verteidigungsposition zu manövrieren. Habermehl hatte

Recht und er nicht. Inkompetenz eines Chefs war keine ausreichende Begründung.

»Der Krankenhausträger wird die Angelegenheit als einen irreparablen Vertrauensbruch ansehen. Wenn ich Ihnen raten darf, so wäre es taktisch klug, ihm zuvorzukommen. Selbst die Dinge in die Hand zu nehmen ist immer besser.«

»Welche, um Himmels willen?«, rief Gebhardt, jetzt allmählich in Panik.

»Ihre Kündigung selbstverständlich«, antwortete Habermehl erstaunt. »Wobei ich aus langjähriger Erfahrung weiß, dass eine Kündigung aus persönlichen Gründen auf Personalchefs keinen negativen Eindruck macht. Vielleicht bekam Ihnen ja das Seeklima auf Dauer nicht oder Sie wollten, dass Ihre Kinder lieber ein Frankfurter Gymnasium besuchen ...«

Gebhardt hatte das Gefühl, in der Hitze des Zimmers zu ersticken. Mit drei Schritten war er am Fenster und stieß es auf. Windstöße fegten von der Seite an seine Wange. Er atmete durch und versuchte, sich zu beruhigen. »Und wenn ich nicht kündige?«

»Dann werden Sie entlassen. Ob fristlos oder fristgerecht wäre noch zu klären, aber das ist letzten Endes gleichgültig, denn die Gründe für die Kündigung würden wir natürlich im Zeugnis benennen müssen.« Habermehl lächelte zurückhaltend und drehte einen silbernen Brieföffner zwischen den Fingern.

»Wo ist dann der Unterschied zwischen selbst kündigen und gekündigt werden?«, rief Gebhardt. Endlich gelang es ihm, die Augen von dem kitschigen und hochgradig nutzlosen Ding abzuwenden. Am liebsten hätte er es aus dem Fenster geworfen, damit Habermehl sich auf ihn konzentrierte.

Habermehl balancierte den Brieföffner auf seinem Zeigefinger. »Wenn wir uns einigen können, dass Sie selber kündigen«, sagte er sanft, »werde ich mich dafür verwenden, dass die wahren Gründe Ihres Weggangs ungenannt bleiben. Und ich bin sogar sicher, dass ich Ihnen in Absprache mit Herrn Lorenzen dann gute fachliche Fähigkeiten, Teamfähigkeit und so weiter bestätigen kann.«

Gute Teamfähigkeit. Die wollte ausgerechnet ein Mann beurteilen, der sich meistens allein auf einem Golfplatz amüsierte. Außerdem hatte er sich an seiner, Gebhardts, Angst geweidet, das wurde ihm schlagartig klar. Er schluckte seine Erbitterung und alles, was er noch hätte anführen können, hinunter. Bloß jetzt nichts Unüberlegtes sagen.

»Ich werde darüber nachdenken«, murmelte er und rannte aus dem Chefzimmer, ohne die Tür hinter sich zu schließen.

Am nächsten Morgen versuchte Thomas Hamm mehrmals, Gebhardt zu erreichen, und bat dringend um einen Rückruf. Beim vierten Anruf fragte er die Schwester, ob Gebhardt mit Arbeit zugeschüttet sei.

»Nein«, sagte sie reserviert. »Das nicht.«

»Was zum Teufel ist dann mit Gebhardt los?«

»Das müssen Sie ihn schon selber fragen. Er weigert sich, mit Ihnen zu sprechen. Aber ich werde versuchen, ihn herzulotsen, damit Sie nicht immerfort unsere Leitung blockieren, Herr Dr. Hamm.«

Hamm wartete ratlos mit dem Hörer in der Hand.

»Können Sie mich nicht endlich in Ruhe lassen?«, blaffte Gebhardt plötzlich durchs Telefon. Hamm hielt den Hörer mit gestrecktem Arm von sich ab und horchte. Gebhardt legte nicht auf. Einen Augenblick später lieferte er die Erklärung für seine Wut. »Ich bin entlassen. Wegen Ihnen. Sie haben alles verbockt und nichts erreicht!«

»Na, hören Sie mal«, sagte Hamm verärgert. »Wieso können Sie wegen mir entlassen werden?«

»Datenschutz!«

»Ich musste ja wohl Fakten nennen! Ich bin Wissenschaftler, kein Politiker!«

Gebhardt knurrte. Wie ein Gepard, dachte Hamm plötzlich erheitert. Und immerhin blieb der Mann in der Leitung. Trost. Das war es. Er wartete auf Trost und Zuspruch. »Ist da nichts mehr zu machen?«, fragte er behutsam.

»Nein.«

»Kommen Sie heute Abend in die *Platte Scholle!*«, befahl Hamm. »Neunzehn Uhr. Vielleicht finden wir doch noch einen Ausweg.«

Punkt sieben Uhr stand Hamm im Garten des kleinen Restaurants, in dem nur Fischgerichte serviert wurden. Gebhardt hatte nicht zugestimmt, aber auch nicht abgelehnt, deswegen war zu vermuten, dass er kommen würde. Hamm sah sich um. Bisher waren kaum Gäste da, gut so. Mit voller Absicht hatte er diese frühe Uhrzeit gewählt.

Durch die offene Küchentür schwebten die Düfte von gebratenem Fisch, Speck und Olivenöl. Hamm fühlte sich an Griechenland erinnert. Und an seine Frau. Er seufzte leise.

Aber jeder Gedanke an sein Unbehagen und seine Erinnerungen verflog, als sein Blick auf Gebhardt fiel, der in diesem Augenblick vom Gehsteig in den Garten einbog. Er sah jämmerlich aus. »Haben Sie die vorige Nacht durchgesoffen?«, fragte er betroffen.

»Wäre das ein Wunder?«, knurrte Gebhardt.

»Nur die Ruhe«, sagte Hamm beschwichtigend und zog Gebhardt am Ärmel mit sich zum Eingang des Restaurants. »Haben Sie das Kündigungsschreiben schon erhalten?«

»Nein, ich werde selber kündigen«, klärte Gebhardt ihn mürrisch auf.

Hamm wandte sich abrupt zu ihm um. »Mitten in Ihrer Assistenzzeit?«, fragte er scharf. »Warum?«

»Sie bringen drei Gründe gegen mich vor, von denen jeder einzelne ausreicht, um mich fristlos zu entlassen. Wenn ich freiwillig kündige, werden sie die Gründe im Zeugnis nicht nennen.«

»Das haben Sie sich doch nicht selber ausgedacht, oder?« Hamm sah sich nach einem Tisch um.

Ein junger Mann in langer weißer Schürze trat auf ihn zu und deutete eine Verbeugung an.

»Nur für uns beide«, sagte Hamm. »Wir möchten essen.« Der Tisch in der Ecke zwischen zwei Fenstern passte ihm gut.

»Nein, Habermehl«, antwortete Gebhardt, als sie saßen.

»Und ich könnte wetten, er hat Ihnen das auch noch als Vergünstigung verkauft«, sagte Hamm und bedankte sich mit einem Nicken für die Speisekarten, die der Ober ihnen vorlegte. »Zwei Pils, bitte.«

»Er hat mir die Vorteile geschildert«, sagte Gebhardt und schien endlich aufzuwachen. »Ja, und?«

»Der Herr Professor ist sicher ein gut funktionierendes Mitglied der Krankenhausleitung, aber menschlich gesehen offenbar ein Ekelpaket! Ich sage ausdrücklich nicht

Schwein; so einen Vergleich werden Sie von einem Veterinär nicht hören.«

Gebhardts Gesicht hatte inzwischen wieder etwas Farbe bekommen. Er dachte kurz nach, dann zuckte er die Schultern. »Er ist wie ein Familienvater auf Dienstreise. Nie gegenwärtig. Mit den Privatpatienten und den administrativen Pflichten völlig ausgelastet. Meistens stört er nicht weiter.«

Hamm schnaubte. »Ihre einzige Chance, aus dieser Situation herauszukommen, ist, dass Sie nicht kündigen. Wenn Sie es tun, sind Sie Ihre Reputation los, für immer, glauben Sie mir.«

Gebhardt schien unsicher zu werden. »Das müssen Sie mir genauer erklären. Offenbar haben Sie mit Kündigungen und Zeugnissen mehr Erfahrung als ich. Ich war noch nie in dieser Situation.«

Hamm auch nicht, aber schließlich war er selbst Chef. »Erstens ist eine Kündigung ein Eingeständnis. Ihnen wird nie jemand glauben, dass Sie kündigen, obwohl Sie im Recht sind. Noch dazu mitten in Ihrer Facharztausbildung! Abgesehen davon, dass jeder Ihrer potenziellen Chefs natürlich zum Telefon greifen wird, um sich bei Habermehl nach Ihnen zu erkundigen. Und der wird vom Leder ziehen. Stimmt es?«

Gebhardt nagte an seiner Unterlippe, ohne zu antworten.

»Wenn Sie aber nicht kündigen«, fuhr Hamm fort, »gewinnen wir Zeit; möglicherweise genügend, um aller Welt nachzuweisen, dass wir es hier mit einer Epidemie zu tun haben. Unter dieser Voraussetzung wären Sie wahrscheinlich von selbst rehabilitiert. Dann wird kein Mensch mehr Ihre Kündigung betreiben. Habermehl jedenfalls nicht. Der wird dann nämlich mit seiner Verteidigung beschäftigt sein. Denn in diesem Fall hat er ein Versäumnis zu erklären.«

»Und zweitens?«, fragte Gebhardt skeptisch.

»Zweitens müssen Sie auf der Station bleiben, um Informationen zu sammeln. Glauben Sie etwa, Michelsen würde Sie informieren, wenn Sie nicht mehr da sind? Garantiert würden die alles vertuschen!«

»Wer denn? Wer sind *die*?«

»Keine Ahnung«, gab Hamm zu. »Aber wer auch immer sie sind, sie sind sich einig. Ich kann Ihnen nämlich auch etwas erzählen.«

Endlich begann Gebhardt wieder munterer zu werden, woran auch das Bier beteiligt sein konnte. Er war schon beim zweiten Glas. »Tun Sie das.«

»Ja. Ich war inzwischen beim Wasserbeschaffungsverband von Sylt. Mein Gesprächspartner war zuerst ganz freundlich. Mitten in unserem Gespräch kam ein Telefonanruf und plötzlich sollte ich mich ausweisen. Als ich mich weigerte, ihm meinen Personalausweis zu überlassen, durfte er auf einmal an Privatpersonen keine Auskunft geben. Er wollte wissen, ob ich Umweltschützer wäre. Mit denen habt ihr es hier wohl nicht so sehr?«

»In Nordfriesland kriegen sie kein Bein auf die Erde, das stimmt«, antwortete Gebhardt abwesend. »Haben Sie direkt nach dem Nitratgehalt gefragt?«

»Habe ich. Aber keine Antwort bekommen. Ich hatte übrigens den Eindruck, dass der Mann übers Telefon eine Beschreibung von mir bekam. Allmählich habe ich das Gefühl, dass mich jemand überwacht ...«

»Sehr merkwürdig, das alles«, sagte Gebhardt. »Am Anfang war ich noch der Meinung, jeder müsste froh sein, dass eine gefährliche Erkrankung entdeckt worden ist, bevor sie viel Schaden angerichtet hat. Aber offenbar treffen wir ständig auf Leute, für die der Schaden woanders liegt.«

»Vielleicht sind wir der Schaden.«

»Vielleicht.«

»Übrigens, hätten Sie Lust, zu einem Vortrag über eine neue Krankheit bei Rindern mitzukommen?«

»Nein, ganz bestimmt nicht«, antwortete Gebhardt gereizt. »Sie und Ihre Rinder! Ich habe andere Sorgen.«

»Ja, gut«, sagte Hamm mit einem Seufzer. Es war nur ein Versuch gewesen, aber er hatte sich schon gedacht, dass es nicht funktionieren würde. »Zimperlich gehen die nicht vor. Filmklau, Prügel, Rufmord, Entlassung hatten wir nun schon. Was wohl als Nächstes kommt?«

Gebhardt schüttelte sich. »Sie reden, als wäre das etwas Alltägliches für Sie. Sind Sie in den Slums von Frankfurt aufgewachsen?«

»Glauben Sie, ich wäre dann so zerschlagen im Krankenhausbett aufgewacht?« Hamm grinste und hob Gebhardt sein frisch gefülltes Glas entgegen. »Übrigens, ich heiße Thomas. Nein, ich will die Sache aufklären. Der Preis, den sie mir im Voraus abverlangt haben, war so hoch, dass ich einfach ein Recht darauf habe.«

»Zugegeben. Bevor ich es vergesse, Thomas: Tade Erichsen bittet um deinen Besuch.«

Kapitel 22

Am Vormittag des nächsten Tages fuhr Hamm in die Klinik, um den Bauern zu besuchen. Er lag in einem Zweibettzimmer zusammen mit einem anderen, der am Tropf hing.

»Moin, wie geht's?«, fragte er und gab Erichsen die Hand. Sie fühlte sich nicht übermäßig heiß an.

»Nicht schlecht«, sagte Erichsen. »Ungewohnt, im Sommer ohne Arbeit zu sein. Aber das Essen ist reichhaltig. Ich will nicht klagen.«

»Hat man schon festgestellt, was es ist?«

»Noch nicht.« Tade grinste breit. »Aber der junge Arzt, der Gebhardt, hat gesagt, er schreibt Melanom hin. Dann dürfen sie nicht schneiden.«

Hamm nickte verblüfft.

Mit dem Kopf wies Erichsen zum Nachbarbett. »Er hat weniger Glück gehabt. Ihn behandelt der Chef selber. Besser ist es nach dem Schneiden nicht geworden und jetzt tut es weh. Bei mir juckt es nur.«

»Tut mir Leid für ihn«, murmelte Hamm. »Hat er denn dasselbe wie du?«

»Anscheinend. Jedenfalls begann es bei ihm auch so.« Erichsen drehte sich mit dem Rücken zum Nachbarbett und zeigte auf den Stuhl, der vor dem Fenster stand. »Setz dich. Bist du oft mit dem Auto unterwegs?«

»Ja«, sagte Hamm überrascht.

Tade Erichsen beugte sich vor und dämpfte die Stimme. »Wechsele den Leihwagen. Die kennen deine Nummer.«

»Wer, die?«

»Egal«, flüsterte Erichsen. »Tu es und frag nicht lange. Es stört sie, dass du herumschnüffelst.«

Hamm begriff. »Kollegen von dir? Landwirte?«

»Ja. Aber nicht nur. Sei vorsichtig.« Er nickte bekräftigend, rückte sich wieder auf seinem Kissen zurecht und sprach in normaler Lautstärke weiter. »Der Sau geht's gut, sagt meine Frau.«

»Und dem Traktor?«, fragte Hamm scherzend, obwohl ihm nicht danach zumute war.

»Dem auch. Er hat seine Altersschwäche überwunden. Und nachdem sie nun alle gesund sind, will ich auch gerne wieder raus.«

»Wahrscheinlich dauert es noch ein bisschen«, sagte Hamm lächelnd.

»Ich glaube auch. Ich werde mir noch ein paar Pfund anfuttern in der Zwischenzeit. Ich höre sie schon klappern.«

Der Essenswagen. Hamm hörte ihn auch. Er stand auf und klopfte Erichsen auf die Schulter. »Ich gehe besser. Ich drücke dir die Daumen, Tade.«

Kaum war er wieder in seinem Zimmer in der Pension, als es klopfte und Gotje eintrat. »Hi, Doc«, sagte sie fröhlich.

»Weißt du einen Weg, wie man Nordfriesen von etwas überzeugt, das sie nicht wissen wollen?«

»So ernst?«

Hamm nickte. »Der Bürgermeister glaubt uns die Gefahr nicht und Habermehl will Gebhardt entlassen. Außerdem war ich im Krankenhaus und habe einen Todeskandidaten besucht. Nach allem, was wir bisher wissen, jedenfalls.«

»Oh«, sagte Gotje und ließ sich auf das abgeschabte Sofa plumpsen. »Der arme Gebhardt.«

Hamm legte die Beine auf ein barockes Beistelltischchen, dem es nicht schadete, unter umfangreichen grauen Socken zu verschwinden. »Er ist ein bisschen weich.«

»Es ist bestimmt scheußlich, mit einer Kündigung im Nacken zu arbeiten!«

»Na, nun dramatisiere es nicht. Er sollte anfangen zu kämpfen, finde ich. Das tun wir auch.«

»Nur weißt du im Augenblick nicht, wo«, stellte Gotje richtig. »Sei also nicht so überheblich.« Bevor er aufbrausen konnte, machte sie einen Vorschlag. »Es bleibt praktisch nur noch die Presse.«

»Das ist mal konstruktiv«, sagte Hamm erleichtert. »Kennst du da jemanden?«

Gotje schüttelte den Kopf.

»Macht nichts. Gehen wir.« Er sprang auf und schob Gotje vor sich her.

Am Fuß der Treppe begegnete ihnen der Hauswirt. Er grüßte nur knapp und sah Hamm ausgesprochen abweisend an.

»Was hat der denn?«, fragte Gotje im Vorgarten.

Hamm zuckte mit den Schultern. Vielleicht gehörte sein Wirt auch zu den Leuten, in deren Augen er zu viel herumschnüffelte. Aber er konnte damit leben. Zumindest hoffte er das, verbesserte er sich selber. Den Polo würde er abgeben.

Die einzige Tageszeitung der Insel war der Sylter Anzeiger. Große runde Buchstaben in gotischer Schrift, die das

Flachdach zierten, signalisierten von weitem, dass hier Nachrichten verbreitet wurden.

Mit gemischten Gefühlen stieg Hamm die Marmorstufen hinauf. Nur mit Mühe hatte er Gotje bewegen können, im Wagen zu warten. Ohne Not sollte sie sich lieber nicht in die Sache hängen.

Im Eingangsbereich kümmerte ein Farn. Der Pförtner musterte ihn mit Interesse, bevor er Hamm den Weg zum Chefredakteur beschrieb. Als Hamm die gewundene Treppe hinaufging, sah er, dass der Pförtner telefonierte.

Chefredakteur Martens saß hinter einer Glasscheibe an einem überfüllten Schreibtisch und sah ihm neugierig entgegen. Klar, der Telefonanruf des Pförtners. Hamm hielt sich nicht lange mit unnötigen Erklärungen auf.

»Ich habe eine wichtige Nachricht«, sagte er, nachdem er sich vorgestellt hatte. »Für Sylt und für die ganze Welt. Sie können sie als Erste haben.«

»Warum?«, fragte der Redakteur und zog gemächlich eine Packung Zigaretten aus der Tasche. Er rollte die Zigarette zärtlich zwischen den Fingern, bevor er sie anzündete und einen tiefen Zug nahm. Er betrachtete Hamm aus aufmerksamen blauen Augen. »Warum?«, wiederholte er.

»Sie sind doch dafür da«, antwortete Hamm verunsichert.

»Wir haben einen Auftrag unseren Lesern gegenüber. Wir können nicht einfach alles drucken, was nach Sensation riecht. Selbstverständlich müssen wir die Informationen hinsichtlich ihres Wahrheitsgehaltes prüfen.«

»Ja, gut. Dann prüfen Sie meine Nachricht, bevor Sie sie drucken«, bot Hamm an.

Martens lächelte breit. Die Lücken zwischen seinen

Vorderzähnen gaben ihm ein verwegenes Aussehen. Hamm fand ihn sympathisch und grinste zurück.

»Das habe ich schon getan«, erklärte Martens.

Hamm erstarrte. »Wieso? Sie kennen sie doch noch gar nicht!«

»Ich wäre ein schlechter Journalist, wenn ich Nachrichten nicht kennen würde, bevor ich sie schreibe. Am besten sogar, bevor sie erfunden worden sind!«

»Meinen Sie damit etwa mich?«, fragte Hamm hitzig.

»Nicht speziell.«

Erst Nicholaysen, jetzt Martens. Hamm ballte die Fäuste und versteckte sie zwischen den Knien. »Ich dachte, wir haben eine freie Presse!«

»Natürlich, da haben Sie ganz Recht. Wir sind völlig frei zu schreiben, was wir wollen. Vorausgesetzt, wir beachten die politischen Vorstellungen unseres Verlegers, die deutschen Gesetze und unsere Berufsethik. Keiner übt auf uns Druck aus.« Martens blieb distanziert und geduldig.

Hamm nickte mit ironisch verzogenem Gesicht. »Gut. Das war die offizielle Formulierung für den Verleger, nehme ich an. Haben Sie auch eine eigene Meinung?«

»Klar habe ich«, erwiderte der vierschrötige Redakteur bereitwillig. »Aber wenn ich Ihnen die sagte, würden Sie auch die letzten Illusionen über das Zeitungswesen verlieren. Stattdessen gebe ich Ihnen einen guten Rat: Versuchen Sie es woanders.«

»Woran liegt es?«, fragte Hamm unbeeindruckt. Trotz allem mochte er den Redakteur. »Ich kenne die Zeitung nicht.«

»Was lesen Sie denn zu Hause?«

»Frankfurter Rundschau.«

»So, die Rundschau.« Martens begann schallend zu lachen. Er schrieb eine Notiz auf einen gelben Haftzettel, aber Hamm gelang es nicht, sie zu entziffern. Mit abwesender Miene schob Martens den Zettel an die Schreibtischkante und klopfte mehrmals mit seinem breiten, rot behaarten Zeigefinger darauf. »Der Sylter Anzeiger vertritt im Allgemeinen die diametral entgegengesetzte Meinung zur Rundschau.«

»Ach so«, murmelte Hamm, ohne ganz zu begreifen, was das jetzt genau zu bedeuten hatte.

Martens stützte sich auf den Schreibtisch und schob sich in die Höhe. Er ging zur Tür. »Ich habe jetzt leider keine Zeit mehr für Sie«, sagte er bedauernd. »Ich hoffe, Sie haben Ihren vergeblichen Gang hier vor die Stadtgrenze nicht bereut.«

»Das hoffe ich auch«, sagte Hamm und ließ hinter seinem Rücken den Notizzettel mitgehen. Dabei war er sich nicht sicher, ob er den Wink überhaupt richtig verstanden hatte.

Erst am Auto wagte er, sich den Zettel anzusehen. Martens' Handschrift war ja ein Graus. Aber eindeutig stand da: Küstenrevue, Hamburg, Herr Granitzky. Mit Telefon und Fax. Hamm lachte erleichtert, als er sich auf den Beifahrersitz fallen ließ.

»Was hast du?«, fragte Gotje, während sie den Zündschlüssel drehte.

»Der Chefredakteur kannte meine Nachricht schon, bevor ich sie ausgesprochen hatte, und denkt gar nicht daran, sie zu veröffentlichen. Aber er hat mir die Adresse von jemandem gegeben, der das vermutlich tun wird.«

Gotje gab einen Laut des Erstaunens von sich. »Sind die nicht froh über jede wichtige Nachricht?«

»Das habe ich bis vor einer halben Stunde auch geglaubt«, gab Hamm zu. »Aber es ist nicht so. Man braucht offenbar eine Zeitung, in deren politische Auffassung die Nachricht passt.«

»Medizin ist doch nicht politisch!«, sagte Gotje und scherte aus der Parklücke aus.

»Alles ist politisch. Es läuft darauf hinaus, dass alles, was auf dieser Welt geschieht, von gewissen Leuten an seinem Profit gemessen wird. Und da diese Leute an der Macht sind, wirst du immer irgendwo auf sie treffen. Und ich bin eben jemandem begegnet, der vor solchen Leuten Respekt hat.«

»Wohin jetzt?«, fragte Gotje.

»Zur Post«, sagte Hamm. »Wir brauchen ein Telefon, an dem du mithören kannst. Sicher ist sicher.« Er kümmerte sich nicht um Gotjes belustigte Miene.

Zu zweit zwängten sie sich in die Kabine. Hamm ließ sich mit Herrn Granitzky verbinden.

»Woher haben Sie meinen Namen?«, dröhnte dessen Stimme durch die Leitung.

»Ich wurde hier in Westerland mit der Nase auf Sie gestoßen«, antwortete Hamm vorsichtig.

»Durch einen sanften Riesen mit mehr Haaren auf den Händen als auf den Zähnen?«

»Ich glaube schon«, sagte Hamm zögernd. »Auf jeden Fall ein qualmender Menschenfreund. Etwas bissig war er trotzdem.«

»Macht die Berufserfahrung«, sagte Granitzky beiläufig. »Dann schießen Sie los. Bei mir sind Sie richtig.«

Hamm berichtete ausführlich.

»Ganz herzlichen Dank«, sagte Granitzky zum Schluss. »Die Nachricht kommt morgen raus.«

»Versprochen?«

Aber der Journalist hatte schon aufgelegt.

Am Abend holte Thomas Hamm Gotje ab. Gemeinsam fuhren sie zum Gemeindesaal. Sie waren früh dran, der Parkplatz war noch ziemlich leer.

Aber als sie die Treppe hochstiegen, hörten sie von oben Stimmengemurmel. »Prima«, sagte Hamm, »vielleicht kann ich mich mit dem Kollegen vorher unterhalten und hinterher lade ich dich zum Essen ein. Okay?«

»Okay, Doc«, sagte Gotje und hängte ihre Jacke an die Hakenleiste vor dem Saal.

Hamm wartete auf sie und betrat dann hinter ihr den Raum, in dem einige Männer standen, Bauern dem Anschein nach.

»Du kannst wieder nach Hause gehen, Gotje«, sagte einer von ihnen. »Der Vortrag ist abgesagt.«

»Ist Dr. Johannsen krank geworden?«

»Der ist putzmunter«, sagte eine energische Stimme, die zu einer stämmigen jungen Frau gehörte. »Aber es gibt Streit zwischen dem Bürgermeister und dem Kulturausschuss. Der Bürgermeister will nicht, dass ein Vortrag über Rinderkrankheiten gehalten wird.«

»Der Gemeinderat hat in seiner Mehrheit entschieden, dass diese Veranstaltung nicht stattfindet«, berichtigte ein Bauer, der offenbar der Bürgermeister war.

»Hallo, Beate«, sagte Gotje. »Wegen der Gäste?«

Der dickbäuchige Landwirt in kariertem Hemd und olivfarbener Jägerweste sah sie wütend an. »Nein! Weil es keine unbekannten Rinderkrankheiten gibt! Geh nach Hause. Und nimm deinen Bekannten mit. Wir mögen keine Leute, die überall umherschnüffeln!«

Oje, dachte Hamm.

»Ihr tätet mir einen Gefallen, wenn ihr bleibt«, warf Beate ein. »Die Verbraucher haben ein Recht darauf zu erfahren, was hier gelaufen ist. Mehrere Nachbarinnen haben versprochen, heute Abend zu kommen, und ich würde gerne allen Interessierten erklären, dass der Kulturausschuss der Gemeinde in seiner Arbeit behindert wurde und durch wen.«

»Beate ist die Vorsitzende des Kulturausschusses«, sagte Gotje leise zu Hamm. »Okay, Beate, wir bleiben natürlich.«

Sie nahmen an einem Tisch in der zweiten Reihe Platz. Die fünf Bauern standen in der Nähe der Tür zusammen und begannen leise miteinander zu beratschlagen.

Beate setzte sich neben Gotje. »Dies wird ein Nachspiel haben«, sagte sie leise. »Aber wir brauchen Publikum, je mehr, desto besser. Ich wundere mich auch, dass der Journalist vom Anzeiger noch nicht da ist. Herr Böttcher sollte kommen. Wäre gut, wenn er über den Boykott des Gemeinderates berichten würde.«

Nach ein paar Minuten schlenderte ein junger Mann zur Tür herein, der sofort auf sie zukam und die beiden Frauen mit Namen begrüßte.

»Hallo, Volker«, sagte Beate, allmählich etwas nervös. »Unser Ortsvorsitzender, der Umweltschützer«, stellte sie ihn trotzdem Hamm vor. »Sind draußen noch Leute? Hast du Böttcher gesehen?«

Volker schüttelte den Kopf. »Ich glaube auch nicht, dass noch jemand kommt. Sei nicht zu sehr enttäuscht.«

»Ich könnte dir aufzählen, wer noch kommen will«, sagte Beate hitzig.

»Ich habe läuten hören, dass die Männer ihren Frauen verboten haben, zum Vortrag zu gehen.«

Hamm sah von einem zum anderen. Keiner schien sonderlich überrascht. »Gibt es das denn hier noch?«, fragte er ungläubig.

»Klar«, sagte Beate. »Deswegen habe ich mir die Mühe

gemacht, mit den Frauen zu reden, von denen ich weiß, dass sie eine andere Meinung als ihre Männer haben. Jedenfalls wenn die nicht dabei sind. Hat wohl nichts genützt.« Sie sah auf ihre Uhr.

»Zehn nach sieben«, stellte Gotje fest.

»Genau. Da kommt niemand mehr. Lasst uns in eine Kneipe gehen und uns gegenseitig unser Leid klagen.« Volker schlenderte mit den Händen in den Hosentaschen zur Tür hinaus.

Beate packte mit verbissener Miene den Schreibblock und einige Notizen in ihren Rucksack, warf ihn über die Schulter und rauschte mit hoch erhobenem Kinn aus dem Vortragssaal. Hamm folgte als Letzter. In der Tür drehte er sich um. Die Bauern, die ihren Abgang mit ironischen Verbeugungen begleitet hatten, grinsten ihnen voll Häme hinterher.

Früh am nächsten Morgen fuhr Hamm zum Bahnhof, um sich die Küstenrevue zu besorgen. Noch auf der Straße schlug er die Zeitung auf und blätterte, bis er die einspaltige Nachricht gefunden hatte. Zu seiner Beruhigung hatte Granitzky daraus keine Sensation gemacht, im Gegenteil, er hatte fast enttäuschend sachlich geschrieben.

Auf Sylt wird seit einigen Wochen eine unbekannte Krankheit beobachtet, die möglicherweise mit der Hitzewelle in Zusammenhang steht. Mehrere Landwirte und Feriengäste wurden mit hohem Fieber in die Westerländer Klinik gebracht. Bei den Patienten sollen auch Hauttumoren aufgetreten sein. Die dortigen Ärzte sehen jedoch keinen ursächlichen Zusammenhang zwischen dem Fieber und den Tumoren.

Hamm kamen Zweifel, ob ein solch harmlos klingender Bericht die Behörden zum Handeln veranlassen würde. Er fuhr in seine Pension zurück. Als er sich am Frühstückstisch niedergelassen hatte, hielt er seinem Wirt, der mit dem Kaffee kam, die Zeitung unter die Nase. »Lesen Sie mal«, sagte er. »Haben Sie davon schon gehört?«

Der Wirt stellte die Kanne ab und nahm die Zeitung. »Nö, weiß ich nichts von«, sagte er in seiner langsamen Art und schüttelte bedächtig den Kopf. Er faltete die Zeitung zusammen, gab sie Hamm zurück und goss ihm den Kaffee ein. »Wir lesen nur den Anzeiger. Was für Sylt wichtig ist, steht da drin. Wenn es da nicht drinsteht, ist es nicht wichtig. Außerdem – Sauregurkenzeit. Da wird viel erfunden. Vor allem über Sylt. Wir sind interessant für Deutschland.«

»Das ist wahr«, sagte Hamm belustigt und begann im Anzeiger zu blättern, der jeden Morgen im Frühstücksraum für die Gäste der fünf Zimmer bereitlag. Die Berichte waren immer die gleichen: über Kinderfeste, Feste der Feuerwehr, die Gemeindeschwester, die in Urlaub gegangen war.

Ein kleiner Bericht fand sein besonderes Interesse.

Aus Mangel an Interessenten wurde gestern Abend ein Vortrag über Rinderkrankheiten abgesagt, der von den Umweltschützern in Zusammenarbeit mit den Verbraucherschützern organisiert worden war. Insbesondere Letztere haben sich im Zeichen des Rinderwahnsinns in eine hysterische Erwartungshaltung hineingesteigert. Gestern erwies es sich wieder einmal, dass der gesunde Menschenverstand siegt.

Hamm schüttelte verärgert den Kopf. Von wegen Nachrichten überprüfen, bevor sie erfunden worden sind. Sein Blick fiel auf die Todesanzeigen. Der Tierarzt Tjard Johannsen war gestorben, Beerdigung und Kaffeetafel in List. Missmutig warf er das Blatt auf die Bank neben sich und begann zu frühstücken. Auch Tierärzte starben.

Beim ersten Schluck Kaffee fiel ihm ein, wo ihm der Name begegnet war. Auf dem Plakat. Gestern Abend war der Tierarzt noch für gesund gehalten worden.

Der Wirt winkte ihm zu kommen. Telefon. Oje, dachte Hamm. Wieder neue Kranke. Er nahm den Hörer auf und meldete sich.

An sein Ohr drang ein Knall mit solcher Wucht, dass er um sein Trommelfell fürchtete. Er ließ den Hörer fallen und presste seine Hand aufs Ohr. Auch sein unbeschädigtes Ohr vernahm nichts weiter.

Als die Wellen von Übelkeit in seinem Kopf allmählich nachließen, schleppte er sich die Treppe hoch. Es war ein Schuss gewesen. In seinem Ohr hatte es wie ein Granatwerfer geklungen. Wahrscheinlich war es nur eine Pistole gewesen.

Aber eine deutliche Warnung.

Kapitel 23

In der Nähe von Klappholttal, versteckt in einem kleinen Kiefernhain, lag eine verschwiegene Kneipe, die für gewöhnlich nur bei Nacht geöffnet war. Jetzt war heller, wenn auch ein trüber Tag. Das Wetter entsprach Manfred Kersts Stimmung, als er mit seinem Porsche über die geschotterte Straße jagte, die sich, gesäumt von niedrigen Laternen, zwischen den Dünen hindurch zum *Wattwurm* schlängelte.

Wenigstens waren seine Geschäftspartner schon eingetroffen. Kerst ließ sich ohne Begrüßung an ihrem Tisch nieder. »Die Gesellschaft wird möglicherweise ihre Pläne ändern«, berichtete er verärgert. »Es gehen zu viele Gerüchte über unbekannte Krankheiten auf Sylt um. Das kann so nicht weitergehen!«

»Sie hatten doch selbst jemanden beauftragt, der sich um den Tierarzt kümmern sollte«, erwiderte Humperding, wie üblich im grauen Zweireiher korrekt genug für eine Vorstandssitzung gekleidet. »Ich meine auch, dass die Bezahlung überaus großzügig gewesen ist.«

Kerst musterte ihn unbeeindruckt. Er konnte den fetten kleinen Kerl nicht leiden. »Der Tierarzt lag einige Tage im Krankenhaus. Das war schon in Ordnung«, sagte er gleichgültig. »Nur ist der Mann entweder tollkühn oder zu dumm, um eine Warnung zu verstehen.«

»Vielleicht lässt er mit sich reden«, schlug Humperding

vor. »Ein Tierarzt lebt schließlich nicht in dem Milieu, in dem solche Warnungen an der Tagesordnung sind.« Er zog ein Taschentuch aus der Brusttasche und wischte sich die Stirn. An den Schläfen liefen immer noch Schweißtropfen entlang.

Manfred Kerst verzog das Gesicht und zog es vor, in das gedämpfte Licht der Lampe über dem Tisch zu starren. »Was schlagen Sie also vor, Humperding?«

»Falls er weitere Schritte unternimmt, sollten wir erst auf Unterlassung, dann auf Schadenersatz klagen. Immense Verluste, weil die Touristen Buchungen stornieren, wegen der Unverkäuflichkeit von Appartementwohnungen usw. ...«

»Das geht an der Sache vorbei! Der Mann ist Wissenschaftler. Er hat sich an der Krankheit festgebissen wie ein Kampfhund an seinem Opfer. Er wird nicht aufgeben. Er ist kein Tjard Johannsen, dem schon ein paar energische Bauern Angst machen konnten.« Kerst übersah bewusst Böttchers überhebliches Grinsen. Mit den Bauern zu reden war dessen Aufgabe, weil er Sylter war. Aber er überschätzte notorisch seinen Teil der Arbeit.

»So genau kennen Sie ihn doch gar nicht!«

»Ich kenne ihn ausreichend gut. Er hatte eine schwatzhafte Frau.«

»Lassen Sie mich nur machen«, sagte Humperding mit selbstgefälliger Miene. »Rechtsverfahren sind sehr brauchbare Werkzeuge, wenn man sie intelligent anwendet.«

»Das Recht ist eine Schnecke und Ihre intelligente Methode zu langsam«, sagte Kerst verächtlich. »Lassen Sie sich etwas Besseres einfallen als Prozesse. Oder Sie, Böttcher! Übrigens habe ich Ihnen die Fotos mitgebracht. Vielleicht können Sie mehr damit anfangen.«

Böttcher, der schweigend aus seinem großen bayrischen Bierkrug getrunken hatte, strich sich den Schaum aus seinem auffälligen Schnauzbart und öffnete den Kleberschluss der Fototüte. »Entweder mundtot oder tot. In gewissen Fällen ist mundtot viel wirksamer, weil andere daraus lernen können.«

Kerst nickte gelangweilt.

»Die Fotos sind in Ordnung«, stellte Böttcher grimmig fest. »Ein gutes Beweismittel. Man kann genau erkennen, worum es sich handelt.«

»Wenn ich noch eine Bemerkung machen darf: Das Kind ist bereits in den Brunnen gefallen, wenn Sie sich erinnern möchten. Es ist zu auffällig, grobe Mittel in Erwägung zu ziehen. Ich mache da nicht mit.«

Böttcher warf dem Rechtsanwalt einen angewiderten Blick zu.

»Genau, Böttcher«, sagte Kerst, »wie kommt es eigentlich, dass das Kind in den Brunnen gefallen ist, wie Humperding sich ausdrückt? Habe ich Sie nicht ausdrücklich darauf hingewiesen, dass Hamm wahrscheinlich zur Zeitung gehen wird?«

Böttcher suchte seine Taschen nach Zigaretten ab. »Ich hatte mit dem Pförtner ein Abkommen«, sagte er. »Und das hat auch funktioniert. Der Mann rief mich an, kaum dass Hamm an ihm vorbei war. Aber zufällig war Martens im Haus. Ich konnte den Kerl nicht abfangen. Aber Martens hat ihm den Tipp nicht gegeben, ich habe ihn beobachtet; nach einiger Zeit hat er ihn aus dem Büro rausgeworfen. Hamm muss selber so schlau gewesen sein.«

»Und gerät dabei ganz zufällig an dieses Blatt? Wollen Sie mir das im Ernst weismachen? Sie haben auf ganzer Linie versagt, Böttcher!«

Böttcher nahm es mit Gleichmut. »Ein linkes Blatt zu finden ist doch wohl nicht schwierig.«

Humperding lehnte sich zurück. »Ich persönlich gehe davon aus, dass man in München nichts auf das Geschwätz eines kleinen Tierarztes auf Sylt gibt.«

»Ich habe Ihnen doch gerade erzählt, dass sie beunruhigt sind ...«

Böttcher rauchte mit abwesender Miene die Zigarette zu Ende und zündete sofort eine neue an. »Ich bleibe am Ball. Ich habe meine eigenen Möglichkeiten, Kerst.«

»Das lassen Sie lieber bleiben! Ich werde Ihnen sagen, was zu tun ist. Sie werden einen Artikel in Ihrer Zeitung bringen, bei dem jede Zeile mit mir abgesprochen ist. Parallel dazu gehe ich zum Bürgermeister und erzähle ihm ein paar Interna über Hamm. Das und ein Hinweis über die Macht einer Investmentgesellschaft sollten reichen.«

Böttcher zwirbelte mit spöttischem Gesicht seinen Schnurrbart. »Wenn Sie meinen.«

Thomas Hamm war auf der Bundesstraße nach List unterwegs, als ihm der schwarze Porsche auf einem Parkplatz vor den Dünen auffiel. Ohne sich lange zu besinnen, bog er ab und hielt darauf zu. Mit Kerst war er noch nicht fertig.

Er parkte neben einem weißen Mitsubishi Pajero, registrierte im Vorbeigehen, dass der dritte Wagen ein Leihwagen mit NF-Nummer war, und ging dann den laternengesäumten Weg zur Kneipe entlang. Beleuchtet war er zwar nicht, aber andererseits konnte er sich nicht vorstellen, dass Kerst an diesem Tag einen Strandspaziergang machte. Er war einfach nicht der Typ dafür. Und außerdem waren ja noch andere Gäste da.

Die grüne Eingangstür war verschlossen. Hamm rüttelte an der Klinke und spähte durch das Bullauge. Dahinter war es dunkel.

Etwas verdutzt machte er sich daran, die Kneipe zu umrunden. Zwei große Müllcontainer standen zwischen Heckenrosen, und auf der Rückseite des Hauses fand er verschlossene Fensterläden und eine ebenfalls abgesperrte Hintertür. Schon eigenartig. Und außer dem Wind, der den Hain rauschen ließ, war nichts zu hören.

Es war einsam hier, sehr einsam.

Mit langen Schritten schritt er die andere Seite der Gastwirtschaft entlang.

An der Ecke vertrat Kerst ihm den Weg.

Noch bevor Hamm ihn zur Rede stellen konnte, hörte er hinter sich ein Geräusch und drehte sich um. Den korpulenten Herrn im Zweireiher und den verlotterten Kerl mit dem Kaiser-Wilhelm-Schnauzbart hatte er noch nie gesehen. Wie Schläger wirkten sie nicht. Trotzdem wäre ihm wohler gewesen, wenn er nicht gerade zwischen diesen dreien, einer Hauswand und einer stattlichen Düne eingeschlossen gewesen wäre.

»Was wollen Sie?«, fragte Kerst. »Der *Wattwurm* öffnet erst um neunzehn Uhr.«

»Mit Ihnen reden, Kerst. Sie haben mich zusammenschlagen lassen und sind mir eine Erklärung schuldig.«

Kerst verzog die Lippen zu einem höhnischen Grinsen. »Wenn Sie das wirklich glauben, wäre es etwas unvorsichtig von Ihnen, mich ausgerechnet hier zur Rede zu stellen, oder?«

Da konnte er durchaus Recht haben, aber es war zu spät. »Ich schätze, dass Sie sich die Hände nicht selber schmutzig zu machen pflegen …«

»Und ich glaube, dass ein Viehdoktor seine Kenntnisse über Dinge, mit denen er sich nicht auskennt, aus dem Fernsehen bezieht. Reimen Sie sich nicht einfach irgendetwas zusammen? Sie interessieren mich überhaupt nicht, Hamm. Ich bin Geschäftsmann. Hinter Ihnen steht zufällig mein Rechtsanwalt. Ich habe hier eine geschäftliche Besprechung.« Kerst lachte träge.

»In Gestalt eines konspirativen Treffens in einer einsamen Kneipe?«, fragte Hamm spöttisch. »Das passt besser zur Mafia als zu einem seriösen Geschäftsmann.«

»Glauben Sie. Mir gehört der *Wattwurm*«, sagte Kerst und trat beiseite. »Gehen Sie jetzt, bevor ich mich entschließe, Sie wegen Hausfriedensbruchs anzuzeigen.«

Hamm biss die Zähne zusammen und marschierte los. Verdammt noch mal, hatte er sich lächerlich gemacht.

Kapitel 24

Inzwischen hatte sich das Gerücht verbreitet, dass Gebhardt die Klinik verlassen würde. Mit einiger Mühe gelang es ihm, seinen lockeren Ton den Schwestern gegenüber beizubehalten. Aber bei der Anspannung konnte er nicht auch noch auf Zigaretten verzichten. Sein Verbrauch war höher denn je. Wenn er Zeit hatte, an ihre Erkenntnisse zu denken, meldete sich sogar sein schlechtes Gewissen. Aber meistens war keine Zeit dazu.

Kurz nach Mitternacht schaute er auf der Intensivstation vorbei. Dort lag bereits seit Wochen ein Herzinfarkt. Der Mann stammte noch aus der glücklichen Zeit, als sie ohne weiter gehende Befürchtungen Patienten mit sofort erkennbaren Symptomen aufnahmen. Ein schlichter, einfacher Herzinfarkt, ohne jede Komplikation.

Mit Beklemmung dachte Gebhardt an seine Station, während er die Lichtpunkte beobachtete, die über die Monitoren huschten. Gegenwärtig hatten sie mehrere Patienten mit hohem Fieber, zum Glück ohne Anzeichen von Pseudomelanomen.

Die Schwestern bekamen bereits Angst, wenn ein Neuzugang gemeldet wurde. Das Labor hatte immer noch keine konkrete Ursache bestimmen können: ubiquitäre Adenoviren, Staphylokokken und Pseudomonaden stand auf fast jeder Patientenkarte. Nichts Alarmierendes. Jeder Mensch trug Bakterien und Viren in sich und meistens waren sie harmlos. Die Behandlung mit Antibiotika, wie Lorenzen sie veranlasst hatte, war völlig nutzlos. Sie beruhigte höchstens die Angehörigen und die Arzneimittelindustrie.

Zum Glück gehörte der Herzinfarkt nicht zu dieser Art von Kranken. Allmählich, in kleinen, berechenbaren Fortschritten, ging es mit ihm aufwärts und sie würden ihn bald auf die innere Station verlegen können. Gebhardt winkte der Schwester zu, die nebenan im abgedunkelten Raum saß, und verließ die Station wieder.

Am Morgen brachte der Besitzer der Pension mit dem Kaffee zusammen zwei Zeitungen an Hamms Tisch. »Wegen dieser Krankheit ...«

Hamm sah interessiert auf, als der Wirt ihm den Boten für Deutschland unter die Nase hielt, ein Blatt, das er selbst höchstens mit der Feuerzange anfassen würde. »Hier steht es etwas anders ...«

Hamms Augen weiteten sich entsetzt. In großen, fetten Buchstaben sprang es ihm schon auf der Titelseite entgegen:

Seuche im Urlauberparadies Sylt. Viele Kranke. Ursache Trinkwasser. Behörden leugnen.« Und in kleinerer Schrift folgte Näheres. *Landwirt K. aus Braderup: Es kam wie ein Blitz aus heiterem Himmel. Plötzlich wurde mir schwarz vor Augen. Im Krankenhaus wachte ich wieder auf. Die Ärzte wissen nicht, was es ist. Du stirbst, sagen sie. Bote für Deutschland prophezeit: die Ärzte auch, wenn ihnen nicht bald eine Therapie einfällt.*

»Du liebe Zeit«, sagte Hamm. »Das ist ja die reine Panikmache. Glauben Sie das etwa? Wenn es so schlimm wäre, müsste das doch schon Gesprächsthema auf den Straßen sein.«

»Gehört habe ich nichts. Aber ohne Rauch kein Feuer. Sind Sie vielleicht der zündelnde Feuerwehrmann?« Der Wirt riss die Zeitung vom Tisch und machte sich grummelnd davon.

Nanu, dachte Hamm und wunderte sich über sein rüdes Verhalten. Merkwürdige Frage auch, auf die er sich keinen Reim machen konnte.

Kurze Zeit später erhielt er einen Anruf von Gotje. »Hi, Doc. Dein Artikel hat ganz schön Aufregung verursacht«, sagte sie bekümmert. »Ich glaube, du bist zu weit gegangen.«

»Du hast doch mitbekommen, was ich Granitzky gesagt habe«, erwiderte Hamm überrascht.

»Und auch, dass du mit dem Artikel unzufrieden warst.«

»Du glaubst im Ernst, ich hätte mit solchen Schreiberlingen wie denen vom Boten Kontakt aufgenommen? Du müsstest mich besser kennen, Gotje!«

»Wirklich nicht?«, fragte Gotje hörbar erleichtert.

Hamm war dankbar, dass sie ihm glaubte.

»Woher haben die es denn?«

»Wahrscheinlich von einer Agentur gekauft«, antwortete er nachdenklich. »Vielleicht haben sie auch aufgrund des Artikels in der Küstenrevue recherchiert und einen Bauern gefunden, der bereit war, ihnen gegen Cash zu erzählen, was sie hören wollten. Oder es gibt noch jemanden, der mitspielt, ohne dass wir ihn kennen.«

»Woher weißt du, dass es nicht doch so schlimm ist?«, wollte Gotje wissen.

Ja. Woher wusste er es eigentlich? Er hatte schon mehrere Tage keine Gelegenheit mehr gehabt, mit Gebhardt zu reden. Er musste es dringend nachholen.

»Was machen wir denn jetzt?«

»Jetzt sehen wir zu, wie die Behörden arbeiten. Nach dem Artikel können sie wenigstens nicht mehr ignorieren, dass eine gefährliche Krankheit umgeht!« Hamm fand es sehr zufrieden stellend zu wissen, dass er letzten Endes doch etwas erreicht hatte. Gotje unterbrach seine Gedanken.

»Wir sollten weiter nach den Ursachen der Krankheit forschen, findest du nicht?«

»Ja, klar«, sagte Hamm und fühlte sich beschämt, weil Gotje ihn daran erinnern musste. »Könntest du dich um den Nitratgehalt des Wassers kümmern? Ich beiße auf Granit, wenn ich frage. Selbst die Verbraucherorganisation hat dazu keine Meinung.«

»Ich werde mich mal erkundigen«, versprach Gotje. »Der Volker, mit dem wir in der Keitumer Kneipe zusammensaßen, hat sich damit mal beschäftigt. Ich rufe zurück.«

»Halt, Gotje!«, rief Hamm, dem noch etwas einfiel. »Weißt du, woran Tjard Johannsen so plötzlich gestorben ist? Es muss an dem Tag passiert sein, an dem er den Vortrag halten wollte.«

»Oh« war das Einzige, das Gotje herausbrachte.

Sie ging sofort an die Arbeit. »Hallo, Volker. Kannst du mir Angaben über den Nitratgehalt des Grundwassers von Sylt beschaffen? Es ist dringend!«

»Das Einfachste ist ein Anruf beim örtlichen Wasserwerk.«

»Darauf sind wir natürlich auch schon gekommen«, sagte Gotje grimmig. »Die mauern.«

»Na ja. Wie üblich. Obwohl du ja nicht einmal als Umweltschützerin verschrien bist.«

»Nein, und wir waren ganz höflich«, beteuerte Gotje. »Und sind jetzt am Ende unserer Möglichkeiten.«

»Na gut«, sagte Volker. »Ich werde mal meine weltweiten Verbindungen spielen lassen. Bleib in der Nähe des Telefons, ja?«

Gotje nickte erleichtert und verbrachte die nächsten zwei Stunden beim Telefon. Endlich klingelte es.

»Da hast du ja deine Wasserproben direkt in einem Wespennest nehmen wollen«, sagte Volker und schien überaus zufrieden mit sich. »Schon früher waren die Werte immer an der oberen Grenze, aber gegen die jetzigen war das damals reinste Säuglingsnahrung.«

»Wirklich?«, fragte Gotje.

»Ja. Sie bibbern wahrscheinlich schon eine ganze Weile, dass wir daraus keinen Skandal machen.«

»Und warum tut ihr es nicht?«

»Du müsstest selber wissen, dass wir uns derzeit mit der Vorspülung beschäftigen, Gotje. Wir haben einfach nicht genug Manpower, um uns ehrenamtlich mit allem zu befassen, was stinkt. Im Augenblick haben wir auch Gegenwind aus Kiel. Grüne Minister haben kein gesteigertes Interesse daran, Umweltskandale aufzudecken, wie wir an der Basis erstaunt feststellen müssen.«

»Ja, gut«, sagte Gotje zerstreut. »Also, Volker, damit ich das wirklich richtig verstehe: Das Wasser enthält mehr Nitrat, als der Gesetzgeber erlaubt?«

»Ja, klar. Das Wasser von Sylt ist gesundheitsschädlich. Selbst für Kühe. Oder gerade für Kühe, wer weiß das?«

»Damit hast du uns sehr geholfen«, sagte Gotje und bedankte sich.

Hamm schnaufte, als er den Hörer abhob und sich meldete.

»Was machst du denn, Doc?«, fragte Gotje erstaunt. »Gewichtheben?«

»Komme gerade zur Tür herein. Ich höre mich bei den Leuten um. Sie haben Angst. Niemand glaubt daran, dass der Artikel völlig aus der Luft gegriffen ist.«

»Das ist er auch nicht! Der Nitratgehalt des Trinkwassers von Sylt liegt im toxischen Bereich. Volker hat die Daten herausbekommen.«

»Und das halten sie geheim? Doch nur wegen des Fremdenverkehrs!«

»Dann geben wir die Nitratdaten eben auch per Zeitung an die Öffentlichkeit weiter. Gleiche Zeitung, gleicher Journalist«, schlug Gotje vor.

»Nein, wir wollen unser Pulver lieber nicht auf diese Weise verschießen«, meinte Hamm nachdenklich. »Stattdessen werde ich den Behörden den toxischen Wert als Überraschungscoup präsentieren. Gebhardt muss stillhalten. Sein Chef erpresst ihn erfolgreich. Und mir hat man recht deutlich mit einem Schuss via Telefonleitung gedroht.«

»Bist du in Gefahr?«, fragte Gotje erschrocken.

»Nein, nein«, sagte Hamm ohne große Überzeugung. »Ich halte es nur für gescheiter, direkt an den Bürgermeister heranzutreten. Jetzt muss er den Zug in Gang setzen, nachdem ich den Kessel angeheizt habe. Die anderen werden schon aufspringen, wenn er fährt.«

»Du hörst dich an, als ob du deinen Kindertraum verwirklichen wolltest: Lokomotivführer einer Dampflok. Tschüs, Doc auf der Lok«, sagte Gotje spöttisch und legte auf.

Als Thomas Hamm am nächsten Morgen das Rathaus betrat, kam ihm Kerst entgegen, einen Trenchcoat lässig über die Schulter geworfen, den Daumen im Aufhänger. Er spazierte die Treppe herunter, während Hamm für einen Augenblick unentschlossen im Foyer stehen blieb. Als Kerst ihn bemerkte, grinste er so breit, dass sein blendaxweißes Gebiss sichtbar wurde.

»Wissen Sie eigentlich, dass Margrit gestorben ist, kurz nachdem sie nach Frankfurt zurückgekehrt war?«, fragte Hamm. Er verbarg seine Trauer hinter einer frostigen Fassade. Er wusste selbst nicht genau, warum er das Bedürfnis verspürte, es Kerst mitzuteilen. Vielleicht besaß der ja doch menschliche Gefühle.

»Jetzt, wo Sie es erwähnen, fällt mir ein, dass ich davon gehört habe«, erwiderte Kerst, ohne sein Grinsen einzustellen. »Margrit würde vermuten, dass Sie froh darüber sind.«

Ohne ihn noch eines Blickes zu würdigen, stieg Hamm nach oben. An der Tür zum Vorzimmer bemerkte er, dass Kerst ihn von unten beobachtete.

Hamm klopfte an und trat ein. Das Routinelächeln, mit dem Frau Wiegand Besucher empfing, gefror auf ihrem Gesicht, als sie ihn erkannte.

»Guten Morgen, Frau Wiegand«, sagte er höflich.

»Bitte?«, fragte sie knapp.

Hamm erklärte sein Anliegen.

»Bedauere, der Herr Bürgermeister empfängt Sie nicht.«

»Wie bitte?«, fragte Hamm überrascht. »Sie haben ihm doch gar nicht mitgeteilt, dass ich hier bin.«

»Das ist nicht nötig«, sagte sie gewandt. »Herr Nicholaysen hat die Anweisung erteilt, Sie nicht vorzulassen. Er lässt Ihnen mitteilen, dass er Sie für glaubhaft hielt, bis der Artikel im Boten für Deutschland erschien. Mit diesem Artikel haben Sie ihn hintergangen. Sie haben sein Vertrauen missbraucht. Er wird Sie weder heute noch zu einer anderen Zeit jemals wieder empfangen. Guten Tag.«

»Ich habe mit dem Artikel nichts zu tun!«, sagte Hamm verblüfft.

»Ich bin nicht befugt, Herr Nicholaysens Anweisungen zu diskutieren«, sagte sie steif.

»Moment mal.« Hamms optisches Gedächtnis, das schon durch berufliches Training besser war als sein akustisches, machte ihm plötzlich bewusst, dass sich neben den Räumlichkeiten des Bürgermeisters nur der Ratssaal, eine Garderobe und Toiletten befanden. »Ist ein Manfred Kerst gerade bei Herrn Nicholaysen gewesen?«

»Herr Kerst war gerade da«, bestätigte Frau Wiegand kühl.

Erst der Artikel, dann Kerst. Hamm nickte, als ihm die Zusammenhänge klar wurden. »Es wird der Tag kommen, an dem mich Herr Nicholaysen wird sprechen wollen«, sagte er, schon im Gehen. »Leider könnte es dann zu spät sein. Und möglicherweise wird Ihr Chef in Erklärungsnot geraten.«

»Herr Nicholaysen gerät nie in Erklärungsnot, Herr Hamm.«

»Könnte sein. Politiker sind anders als normale Menschen.« Hamm nickte ihr knapp zu und verließ das Vorzimmer.

Als er auf dem Parkplatz ankam, schien Gotje zu erraten, wie es gelaufen war. Sie öffnete ihm die Autotür, ohne ihn mit Fragen zu überfallen. »Wir fahren jetzt ein großes Eis essen. Ich kenne einen guten Italiener.«

»Ich habe schon wieder vergessen, ihn zu fragen, was er mit dem Film wollte«, murmelte Hamm.

Kapitel 25

Professor Habermehl konnte durch die offene Tür zu seinem Vorzimmer hören, dass der Verwaltungsdirektor am Telefon schäumte. Er schüttelte den Kopf. Wie konnte man an einem so schönen, ruhigen Tag nur solchen Lärm machen.

Er zählte bis vier, bevor er die Taste der Sprechanlage drückte.

Koch brüllte sofort los. »Was haben Sie sich denn dabei gedacht? Die Patienten verlassen das Haus! So etwas hat es bei uns noch nie gegeben!«

»Wie können sie denn gehen?«, fragte Habermehl bestürzt.

»Sie wissen genau«, schrie Koch, »dass sie gehen können, wenn sie es auf eigene Verantwortung tun! Zehn Unterschriften habe ich hier vor mir liegen, in Worten: zehn! Allein an diesem Morgen. Und wer weiß, wie das heute noch weitergeht.«

Habermehl sprang erregt in die Höhe. »Da muss ich doch gleich mal ...«

»Nichts müssen Sie gleich!«, unterbrach ihn Koch barsch. »Und setzen Sie sich wieder! Einzelheiten kann ich Ihnen auch so sagen.«

Habermehl war so durcheinander, dass er dankbar akzeptierte, wie Koch die Initiative übernahm. Wozu gab es schließlich die Verwaltung? Er kehrte zum Schreibtisch zurück und setzte sich. Woher wusste der Kerl überhaupt, dass er aufgesprungen war? »Schießen Sie los«, sagte er gekränkt.

»Zwei sind es in der Inneren, drei aus der HNO und allein fünf junge Mütter. Dabei hatten wir wahrhaftig nie vor, Geburten ambulant zu machen. Aber die packen ihre Säuglinge einfach ein, erkundigen sich, ob es recht sei, und gehen. Auch wenn es nicht recht ist. Man stelle sich das vor!«, sagte Koch.

»Das kommt nur durch diesen Artikel im Boten für Deutschland«, schimpfte Habermehl. »Wir müssen die verklagen, ja, tun Sie das! Verklagen Sie den Journalisten.«

Koch schnaufte laut ins Telefon.

»Aufregung verstärkt das Asthma«, sagte Habermehl, ohne einen Anflug von Befriedigung unterdrücken zu können. »Sie haben doch noch Ihre Tabletten?«

Leises Rasseln war zu hören, aber dann beruhigten sich Kochs Atemzüge allmählich, während Habermehl ihm beruhigend zuredete.

»Sie mögen von der Inneren viel Ahnung haben, Herr Habermehl«, stieß Koch schließlich aus, »die Presse aber überlassen Sie mir. Es hat noch keinen gegeben, den der Bote nicht fertig machen kann, wenn er will. Verklagen geht nicht. Denen muss man anders beikommen.«

»Dann bestechen Sie sie doch, von mir aus«, rief Habermehl erzürnt, »oder werfen Sie ihnen den Informanten zum Fraß vor, aber tun Sie etwas!«

»Genau deswegen rufe ich Sie ja an«, knurrte Koch. »Sie müssen ein Dementi schreiben. Liefern Sie mir die Fakten, den Artikel daraus mache ich. Der Bote braucht ihn vor vier Uhr. Und für den Sylter Anzeiger werde ich einen etwas ausführlicheren Bericht verfassen.«

»Warten Sie«, sagte Habermehl hilfsbereit, »ich werde feststellen lassen, ob Lorenzen im Hause ist. Er ist zuständig für diese Melanome …«

»Ich denke, wir haben keine Melanome!«

»Nein«, sagte Habermehl hastig, »oder ja, das heißt …«

»Das ändert alles!«, brüllte Koch. »Verdammt noch mal!«

Habermehl drückte die Lehne seines Schwingsessels weit nach hinten, während ihm durch den Kopf schoss, dass Kochs Blutdruck vermutlich sehr hoch sein musste.

»Ich bestehe auf einem schriftlichen Statement, ob wir sie haben, und wenn nicht, was wir tatsächlich haben.« Koch schmetterte seinen Telefonhörer mit solcher Wucht auf die Gabel, dass Habermehl sich wegen seiner Diagnose ziemlich sicher war.

»Lassen Sie uns eine Pressekonferenz geben!«, rief er, obwohl Koch dies nicht mehr hören konnte. »Frau Teschke! Kommen Sie mal!«

Seine Papiere befanden sich in einer erbärmlichen Unordnung. Es war ja überhaupt nichts mehr zu finden! Das kommt, wenn man so viel am Hals hat, dachte Habermehl, während er einen Stapel nach dem anderen durchwühlte.

Plötzlich nahm er Frau Teschke wahr, die mit großen Augen vor seinem Schreibtisch stand.

»Holen Sie Dr. Lorenzen her, sagen Sie ihm, dass er hier dringend benötigt wird, und dann schaffen Sie Gebhardt herbei. Auf der Stelle!«

Er hörte Frau Teschke, die sich wie alle guten Sekretärinnen auf der Stelle unsichtbar machen konnte, die Ärzte ausrufen, während er wie ein Irrwisch nach dem Brief des Kollegen Schmidt aus Tübingen suchte.

Wie er erwartet hatte, war der Assistenzarzt als Erster im Sekretariat. Habermehl lauschte. Den permanenten Flirt mit Frau Teschke schien Gebhardt eingestellt zu haben. Kein privates Wort drang von nebenan herüber. Überhaupt legte er in letzter Zeit sehr viel weniger Eigenmächtigkeiten an den Tag.

Demonstrativ suchte Habermehl noch ein Weilchen herum, während Gebhardt auf leisen Sohlen eintrat und vor dem Schreibtisch stehen blieb. Er ließ eine ganze Minute vergehen, bevor er sich entschloss, Gebhardt aus seiner Klemme zu erlösen. Schließlich blickte er auf. »Sie sind es«, stellte er säuerlich fest. »Warum haben Sie noch nicht gekündigt? Sie wollten doch kündigen.«

»Ich wollte es mir überlegen«, antwortete Gebhardt, »und das habe ich getan.«

»Und?«, fragte Habermehl und musterte ihn mit erwachendem Misstrauen.

»Ich werde nicht kündigen«, antwortete Gebhardt fest.

Habermehls Gesicht versteinerte. Er sprang auf und marschierte an Gebhardt vorbei, um die Tür zum Vorzimmer mit Nachdruck zu schließen. »Ich habe eben einen Anruf vom Verwaltungsdirektor erhalten«, sagte er mit unterdrückter Wut. »Herr Koch besteht darauf, Sie fristlos zu entlassen. Der Schaden am Ansehen der Klinik, der auf Ihr Konto geht, ist nicht wieder gutzumachen.«

Gebhardt lächelte unerschrocken. »Der Schaden«, wiederholte er, »ist durch Sie, Herr Habermehl, entstanden. Die Art und Weise, wie die Kenntnis von einer unbekannten Krankheit in die Öffentlichkeit gelangt ist, haben Sie zu verantworten, nicht ich. Sie waren es, der selbst eine kollegiale Diskussion über die mögliche Ursache eines möglicherweise neuen Syndroms abgewürgt hat. Nein, ich kündige nicht! Das käme einem Eingeständnis von Schuld gleich und das werde ich Ihnen nicht liefern!«

Professor Habermehl sank auf seinen Stuhl. »Zu Ihrem lächerlichen Vorwurf werde ich mich nicht äußern. Herr Koch will Sie vom Dienst suspendieren. Mit sofortiger Wirkung«, fügte er schwach hinzu.

»Ich gehe nicht freiwillig«, sagte Gebhardt störrisch. »Ich mache mich nicht zum Komplizen eines Mannes, der Zeugnisse manipulieren will.«

Habermehl fiel der Unterkiefer herunter.

»Wer sollte sich im Übrigen um die Flut der Kranken kümmern? Sie etwa?«

Endlich begann Habermehl sich zu fassen, aber jetzt schien er in anderer Weise beunruhigt. »Was ist denn los? Wieso Flut von Kranken? Ich denke, unsere Patienten verlassen das Haus.«

Dem Mann begannen die Ereignisse über den Kopf zu wachsen. Krisensituationen zu bewältigen war nicht sein Fall, das hatte Gebhardt schon früher gelegentlich festgestellt. Habermehls Schwäche kam ihm jetzt entgegen. »Wir bekommen seit gestern ständig Neuzugänge mit immer den gleichen Symptomen«, verkündete er mit Genugtuung. »Eine Art Epidemie.«

»Schon gut«, murmelte Habermehl. »Also bleiben Sie. Ich werde es Koch erklären, warum wir Sie nicht entbehren können. Ich nehme es auf meine Kappe.«

»Tatsächlich?«, fragte Gebhardt ironisch und verließ das Zimmer wie ein Sieger. In Gedanken klopfte er Hamm kräftig auf die Schulter.

»Nanu?«, fragte Frau Teschke erstaunt. »Gehaltsaufbesserung statt Kündigung? Sie schnurren ja wie Nachbars Katze.«

Gebhardt blies ihr einen imaginären Kuss über seine Handfläche zu. »Noch besser«, sagte er. »Wie Nachbars Kater, der um eine schöne Katze wirbt.«

Frau Teschke schmunzelte. »Und wer ist heute die Katze?«

»Das müssen Sie selber herausfinden«, sagte Gebhardt und öffnete lachend die Tür. Er gab Lorenzen die Klinke in die Hand.

Sein Chef hatte wie üblich eine mürrische Miene aufgesetzt, aber es war nicht zu verkennen, dass er besorgt wirkte. »Will Professor Habermehl etwas Bestimmtes?«, fragte er gedämpft.

Gebhardt zog die Schultern hoch. »Unbestimmtes wird er kaum wollen«, antwortete er heiter. »Aber von Ihnen sicher nicht dasselbe wie von mir.«

Zufrieden beobachtete er, dass Lorenzen mit erheblicher Geschwindigkeit durch das Sekretariat schoss, ohne die Teschke zu beachten, und jetzt selbst von hinten maximal beunruhigt wirkte. Gebhardt winkte der Teschke zu; sie sah mal wieder zum Anknuspern aus.

Ich krieg's schon noch raus, warum Gebhardt jetzt wieder im Aufwind ist, dachte Lorenzen verärgert, während er anklopfte und bescheiden eintrat.

Habermehl wühlte in dem üblichen Wust von Papieren auf seinem Schreibtisch. »Ich hätte gerne eine zusammenfassende Darstellung über die neue Krankheit«, verlangte er. »Alles über die Symptome, Klinik und Labor, Therapie, Morbidität, Mortalität, Histologie und eine Bewertung des Ganzen. Fügen Sie gern noch Ihre Vermutungen über ihre Genese hinzu. Sie wird besonders für die Kollegen auf dem Festland interessant sein.«

Lorenzen griff nach der Stuhllehne und schaffte es gerade noch, den Stuhl heranzuziehen, bevor ihm die Beine nachgaben. »Wir haben keine neue Krankheit!«

Habermehl zog die Augenbrauen in die Höhe und überprüfte flüchtig den Sitz seiner Tolle. »Das müssten Sie doch mittlerweile gemerkt haben«, sagte er süffisant.

»Wir waren uns doch einig, dass es keine ist«, widersprach Lorenzen in einem schwachen Versuch, sich zu verteidigen.

»Aber, lieber Kollege«, sagte Habermehl geschmeidig. »Wenn ich am Anfang irrtümlich dieser Meinung war, enthob Sie dies doch keinesfalls der Sorgfaltspflicht festzustellen, worum es sich handelt. Ich bin nicht derartig dicht am Patientengut wie Sie. Außerdem übergab ich Ihnen diesen Krankheitskomplex ja ausdrücklich. Und gewiss nicht mit der Zielsetzung, ihn zu ignorieren. Oder gar: wegzudenken.« Er lachte sein meckerndes Altherrenlachen und fixierte Lorenzen über den Rand eines Bücherstapels hinweg.

Lorenzen fühlte sich wie eine zappelnde Garnele im Netz. »Der Kollege Gebhardt hat die Kollapse betreut«, suchte er sich zu rechtfertigen, »ich werde ihn bitten, schriftlich darzustellen, was ihm aufgefallen ist. Und Michelsen ist selbstverständlich am meisten kompetent, was die Melanome angeht. Ja«, erklärte er mit einem Seufzer der Erleichterung, »die Melanome. Das ist Pathologie.«

»Und dennoch ...«, Habermehls Ton wurde schärfer, »obliegt es Ihnen, daraus eine verständliche Beschreibung eines Syndroms zu machen. Was die einzelnen Herren dazu beitragen, interessiert mich nicht. Mir ist es im Gegenteil sehr unverständlich, dass die genannten Herren überhaupt etwas dazu beitragen können, nachdem Sie ausdrücklich Ihre Kompetenz und Ihr Interesse an der Sache angemeldet haben.«

»Ich habe bis zu dieser Stunde das nicht gesehen, was die Herren als Pseudomelanom bezeichnen«, murmelte Lorenzen betreten. Er konnte es leicht behaupten, denn schließlich gab es keine Hautveränderung, die so bezeichnet wurde. Das Labor, dem er privat die Biopsien zusandte, hatte noch keine Diagnose erstellt.

Endlich schien Habermehl ein Einsehen zu haben. Er wischte die Angelegenheit mit einer Handbewegung symbolisch vom Tisch. »Na, egal. Details interessieren jetzt nicht. Heute Abend jedenfalls habe ich die Sache hier! Ich denke, wir sollten die Krankheit Yassafieber nennen, damit wir uns einig sind, worüber wir sprechen. Ja, Yassafieber ist ein interessant klingender Name ...«

»Sehr interessant«, bestätigte Lorenzen und war entlassen. Er schnaufte erleichtert, als er sich zum Vorzimmer hinausschob.

Auf der Treppe beschloss er, zu gegebener Zeit darüber nachzudenken, wie er es Gebhardt heimzahlen würde. Jetzt war etwas anderes wichtiger. Er steuerte auf die luxuriöse kleine Telefonkabine zu, die Habermehl neben dem Durchgang zur Klinik hatte einbauen lassen, und wählte eine Münchner Nummer. Die hatte er Tag und Nacht im Kopf.

»Hören Sie«, raunte er in den Hörer, »die Krankheit heißt Yassafieber. Niemand weiß, was sich dahinter verbirgt. Aber ich bin sicher, dass Sie sich auf einen erhöhten Bedarf an Bestrahlungsinstrumenten einstellen können.«

Kapitel 26

Im Souterrain stand Michelsen vor einem großen, altmodischen Blechschrank. Er zögerte einen Augenblick, bevor er einen Schlüsselbund aus der Kitteltasche zog und aufschloss.

Er entnahm dem Schrank eine dunkelbraune Flasche, trug sie in sein Büro und goss sich ein Glas bis zum Rand voll. Den dritten Schluck konnte er schon genießen, die beiden ersten waren Suchtbefriedigung. Michelsen war sich darüber vollkommen im Klaren. Ein Leben zwischen Leichen und Gewebepräparaten prädestinierte jeden Pathologen für eine Ersatzbefriedigung. Oben in der Inneren hatten sie es leichter.

Er spülte sein Glas aus und brachte die Flasche, die mit dem Etikett Alkohol, 38%ig, versehen war, pfeifend zum Schrank zurück. Die Aufschrift stimmte, nur dass der Alkohol aus Wacholder gebrannt war.

Er befand sich noch im Flur, als laut nach ihm gerufen wurde und die Tür zum Histologielabor aufging. »Sie sollen sofort zu Dr. Lorenzen heraufkommen, Herr Michelsen!«, rief seine MTA.

»Idiot«, murmelte Michelsen. Statt den Fahrstuhl zu benutzen, stieg er die zwei Stockwerke zu Fuß nach oben.

»Gott, bringen Sie einen Schwall von Alkohol und Formalin mit sich«, knurrte der Internist, als Michelsen sein Zimmer betrat.

Michelsen zog den Kittel über seiner Brust zusammen, um einen Fettfleck auf dem Oberhemd zu verdecken, und suchte sich einen Stuhl. Er ignorierte Lorenzens missbilligende Blicke. »Was ist los?«

»Ich brauche von Ihnen auf Anweisung des Chefs alle Diagnosen im Zusammenhang mit dieser unbekannten Erkrankung!«, sagte Lorenzen im Befehlston. »Alle und umgehend.«

»Und das sagen Sie mir, nachdem ich hochgekommen bin, Herr Lorenzen?«, fragte Michelsen aggressiv. »Halten Sie mich für Ihren Hampelmann?«

Lorenzen zuckte zusammen. »Beruhigen Sie sich, Herr Kollege. Es reicht, wenn Sie das nachher zusammenstellen. Jetzt habe ich Sie eigentlich hergebeten, um Ihre Meinung zu dem ganzen Komplex zu hören.«

Michelsen grinste verstohlen.

»Wir haben ihn Yassafieber genannt. Nur damit Sie wissen, wovon ich rede.«

Michelsens Anflug von guter Laune verflog.

»Glauben Sie, dass Zusammenhänge zwischen den Melanomen und den Schocks bestehen?«

Michelsen betrachtete die kleinen Metallkugeln, die an einem Ständer hingen. Er stieß mit dem Zeigefinger an die äußerste Kugel, die zu schwingen begann und an die benachbarte anstieß. »Werbegeschenke«, sagte er nachdenklich. »Kliniker müsste man sein. Pathologen werden wie der letzte Dreck behandelt.«

Lorenzen schob mürrisch die Unterlippe vor und malte krampfhaft kleine Männchen auf Klinikbriefpapier. Leise klirrend bewegten sich die Kugeln.

»Klinische Zusammenhänge vermutlich«, antwortete Michelsen unvermittelt. »Das müssten Sie aber besser wissen als ich. Pathologisch-anatomische nicht.«

Lorenzen seufzte. »Und was war mit den Melanomen?«

»Pseudomelanome«, verbesserte Michelsen.

»Meinetwegen. Also Pseudomelanome«, wiederholte Lorenzen gehorsam und forderte Michelsen mit nervösen Bewegungen auf, endlich zu sprechen.

»Melanome, Pseudomelanome«, sagte Michelsen vage. »Sie wissen ja selbst, was das beinhaltet. Melaninhaltige Zellen mit starker Neigung zur Metastasierung ...«

»Weiß ich, weiß ich«, schnaubte Lorenzen ungeduldig. »Waren es denn nun welche?«

»Warum fragen Sie mich?« Michelsen gab sich erstaunt. »Sie waren doch so sicher, dass die Veränderungen völlig harmlos sind. Daran müssen Sie sich doch erinnern können.«

»Ja, gut. Okay«, sagte Lorenzen und hob die Hände in die Höhe, als ob er sich einer Übermacht ergebe. »Ich gebe zu, dass ich meine Kompetenzen überschritten habe. Es waren also Tumoren. Was für welche, histologisch betrachtet?«

»Schreiben Sie doch Megazytomelanom«, schlug Michelsen lächelnd vor und stand auf. Mit den Händen in den Hosentaschen verließ er Lorenzens Zimmer.

»Ich brauche Ihren schriftlichen Bericht spätestens in zwei Stunden!«, schrie Lorenzen ihm wütend nach.

Michelsen genoss das Beben in der Stimme des Internisten.

Lorenzen schlug heftig mit der Handkante nach den verdammten Kugeln. Natürlich würde er die pathologisch-anatomischen Diagnosen erhalten; auch ein Herr Michelsen würde eine dienstliche Anweisung nicht missachten können. Aber für den Augenblick fehlte ihm jedes Druckmittel und das ärgerte ihn maßlos.

Er sah auf die Uhr, kurz nach zwölf. In der Ambulanz würde es jetzt ruhiger werden. Guter Zeitpunkt hinzugehen.

Schwestern eilten mit Instrumenten und Röntgenbildern über den Flur. Einer von ihnen versperrte er mit seiner massigen Gestalt den Weg. »Vincence da?«, fragte er.

»Ja, im Behandlungsraum 2«, sagte sie und zeigte auf das letzte Zimmer der Abteilung.

Vincence war allein. Lorenzen wiederholte seine Bitte um Zusammenstellung aller einschlägigen Daten. »Haben Sie hier Patienten mit Yassafieber gehabt? Und wenn ja, wie viele?«, erkundigte er sich.

Der Chirurg grinste von einem Ohr zum anderen. »Sie meinen Melanompatienten ohne Melanom? Nein, seitdem Sie hier waren, hatten wir keine mehr«, antwortete er doppeldeutig. »Oder meinen Sie die Schocks? Die gehen gleich nach oben zur Intensivstation. Fragen Sie Ihren Assistenzarzt.«

Lorenzen nickte verdrossen. Er hatte sich bereits gedacht, dass Vincence mauern würde. Dreckskerle, alle! Er machte sich auf den Weg in die Verwaltung, die sich im Schwesternwohnheim, einem altmodischen Backsteingebäude, hinter der Wäscherei befand.

Dort ließ er sich die Daten des Patienten geben, bei dem er das Melanom verkannt hatte. Mittlerweile hatte selbst er keinen Zweifel mehr. Müller hieß der Mann, daran erinnerte er sich noch.

»Müller! Was glauben Sie, wie viele Müller sich in unseren Karteien befinden! Ich habe auch noch anderes zu tun, als einen Müller ohne Vornamen, ohne Behandlungsdatum und ohne Diagnose zu suchen, Herr Dr. Lorenzen«, sagte die Sachbearbeiterin patzig.

»Ich auch«, schnaubte er. »Wozu dieser ganze technische Firlefanz, wenn Sie damit nicht umgehen können!«

»Ach, meinen Sie?«, fragte die junge Frau mit dem spitzen Kinn und blickte ihn herausfordernd an.

Dumme Ziege, dachte Lorenzen, stützte den Ellenbogen auf den Tresen und wartete demonstrativ gelangweilt.

Die Ziege brauchte doch tatsächlich fast eine Stunde, um Müllers Daten zu finden und ihm die der anderen Schock- und Melanompatienten auszuhändigen. Als er endlich alles beisammen hatte, genehmigte er sich noch einen Kaffee in der Cafeteria und ging dann auf die Station zurück.

»Hat Michelsen die Befunde geliefert?«, fragte er ins Stationszimmer hinein.

Es war niemand im Raum. Aber an beiden Enden des Ganges registrierte er plötzlich eine ungeheure Hektik. »Was ist hier los?«, brüllte er. »Kann mir wohl jemand Auskunft erteilen, was auf meiner eigenen Station los ist?«

Die weiß gekleideten Pfleger rollten Betten und Nachttische zum Aufzug, keiner von ihnen sah es als seine Aufgabe an, dem erregten Stationschef Rede und Antwort zu stehen. Sie schienen sich gleichsam in Luft aufzulösen, während Lorenzen sich um seine eigene Achse drehte und versuchte, im Gedränge der Patienten, die auf eigenen Beinen zum Aufzug strebten, jemanden zu finden, den er festnageln konnte.

»Was geht hier vor?«, rief Lorenzen scharf, als ihm endlich eine Schwester vor die Füße gespült wurde. Es war ihm egal, dass sie überhaupt nicht zu seiner Abteilung gehörte.

»Anordnung von Professor Habermehl, Herr Dr. Lorenzen. Wir verlegen alle Patienten, die kein Yassafieber haben, auf die HNO und die Chirurgie.«

»Weshalb hat mich niemand informiert?«, rief Lorenzen aufgebracht und stürzte wieder zurück zum Stationszimmer, wo er mit fliegenden Händen Habermehls Nummer wählte.

»Der Herr Professor ist zum Bürgermeister gerufen worden«, antwortete Frau Teschke, ohne sich aus der Ruhe bringen zu lassen. »Aber für Sie hat er hinterlassen, dass man alle Patienten mit Melanom, Fieber und Schock zusammenlegen soll.«

»Die gehören doch nicht auf eine Isolierstation!« Lorenzen war in höchstem Grade irritiert.

»Das kann ich nicht beurteilen, Herr Dr. Lorenzen. Das müssen Sie mit dem Chef ausdiskutieren.«

»Das werde ich auch, verlassen Sie sich darauf!«, schnauzte Lorenzen, warf den Hörer auf die Gabel und rannte wieder nach draußen, wo er auf Gebhardt traf.

Beinahe hätte Lorenzen ihn auch noch angeherrscht, aber in der Erkenntnis, dass er Gebhardt brauchte, ließ er es bleiben. Stattdessen setzte er ihm auseinander, warum er sich übergangen fühlte.

»Tja«, sagte Gebhardt bedauernd, »vermutlich fand Herr Habermehl, dass man nicht auf Sie warten sollte. Und was die Isolierstation angeht, so ist es natürlich nicht so gedacht ... Wir sammeln die Patienten nur wegen der Rationalisierung der Arbeit – hat Herr Habermehl gesagt. Und bei mir dürfen Sie sich nicht beschweren, wenn er Sie übergeht.«

»Wieso sagen Sie das mit so merkwürdigem Unterton?«, fragte Lorenzen, hellhörig geworden.

»Wissen Sie es denn wirklich nicht?« Gebhardt musterte ihn prüfend.

Lorenzen war mittlerweile so außer sich, dass er nur ein Knurren zustande brachte.

Gebhardt beugte sich zu ihm hinunter. Er sprach leise. »Die Patienten haben gemeutert. Haben eine Abordnung zu Habermehl geschickt. Sie meinen, dass auch der Chefarzt der Inneren sie nicht zwingen kann, mit Fieberkranken in den gleichen Räumen zu liegen. Die haben alle die Zeitung gelesen. Koch kocht, und Habermehl ...«

»Wieso haben sie sich nicht direkt bei mir beschwert?«, fauchte Lorenzen. »Außerdem haben wir hier doch wohl kein Parlament, in dem abgestimmt wird. Koch wird immer närrischer. Wieso lässt Habermehl sich das gefallen?«

Er eilte davon. Immerhin richtete sich Habermehls Maßnahme nicht gegen ihn persönlich. Im ersten Augenblick hatte er es als Misstrauenserklärung aufgefasst.

Unterwegs fiel Lorenzen der Berg von Schreibtischarbeit ein, der auf ihn wartete. Er wurde langsamer und kehrte schließlich um. Gebhardt stand noch am gleichen Platz und half mit, ein Bett aus einem Zimmer zu bugsieren.

»Gebhardt«, begann Lorenzen und räusperte sich, um sein Unbehagen zu überwinden, »wäre es Ihnen vielleicht möglich, mir Ihre Beobachtungen über diese Patienten, diese Pseudomelanome, mitzuteilen? Am liebsten schriftlich.«

Gebhardt fuhr erstaunt zu Lorenzen herum. »Auf die 3, Zimmer 21«, wies er flüchtig den Pfleger an. »Schieben Sie die Betten eben zusammen.«

»Was haben die anderen?«, quengelte der alte Mann und hob seinen gebräunten Kopf auf faltigem Hals prüfend aus den Betttüchern.

»Sind Sie eigentlich Landwirt?«, fragte Gebhardt ihn interessiert.

»Was die haben, will ich wissen. Wenn sie Fieber ...«

»Nein, Herr Boysen«, sagte der Pfleger beschwichtigend dicht an seinem Ohr, »das sind Prostatapatienten.«

»Was ist das?«

»Sie können nicht pinkeln.«

Lorenzen sah mit einem Anflug von Eifersucht, dass Gebhardt mit dem Pfleger ein Lächeln wechselte, bevor dieser das Bett davonrollte.

»So geht das nun schon seit Stunden«, sagte Gebhardt mit einem Stoßseufzer. »Wir müssen praktisch jeden überzeugen, dass er nicht in der Nähe eines Pseudomelanoms liegt. Und was wollten Sie noch von mir? Tut mir Leid, hab's nicht mitgekriegt.«

Lorenzen straffte sich. »Ich hätte gerne alle Unterlagen über Pseudomelanompatienten, die Sie haben.«

»Ich soll Ihnen die geben?«, fragte Gebhardt ungläubig. »Ich denke, Sie sind der Fachmann. Sie verbaten sich doch jede Einmischung.«

»Vier Augen sehen mehr als zwei«, antwortete Lorenzen würdevoll.

»Sind Sie doch endlich überzeugt?« Gebhardt lächelte halb ungläubig, halb versöhnt. »Also gut«, sagte er nachgiebig. »Ich komme nachher gleich zu Ihnen herüber. Am meisten aber werden Sie natürlich bei Michelsen finden. Der hat von Anfang an schon die richtigen Untersuchungen durchgeführt, es wird ihm also keine große Mühe machen, Ihnen ein komplettes Dossier zu geben.«

Lorenzen glaubte seinen Ohren nicht zu trauen. Er

hielt Gebhardt am Ärmel fest, der bereits nach der Türklinke des nächsten Krankenzimmers griff. »Michelsen hat eine Übersicht über das gesamte Syndrom?«

»Aber ja doch«, bestätigte Gebhardt und stieß die Tür auf. »Oh, schon geräumt hier. Bis aufs i-Tüpfelchen, Herr Lorenzen. Stammt noch aus der Zeit, bevor man versuchte, ihn als Megamichel, auch der Große Deutsche genannt, fertig zu machen. Erinnern Sie sich zufällig?«

»Ja«, sagte Lorenzen und fühlte sich peinlich berührt. »Ich habe mich, meines Wissens, daran nicht beteiligt. Trotzdem wollte er mir nichts geben. Sie stehen doch gut mit Michelsen. Versuchen Sie, ihm den Kram aus den Zähnen zu ziehen.«

Viel später erst fiel Gebhardt auf, dass Lorenzens Aufforderung eine Zumutung war, eigentlich eine Unverschämtheit. Das war ihm zunächst über der Umorganisation der Abteilung, die offenbar allein an ihm hing, entgangen.

Als er dann am Spätnachmittag endlich Zeit hatte, rief er den Pathologen an. Michelsen ging nicht ans Telefon, war offenbar schon außer Haus.

Gebhardt hatte kaum den Hörer aufgelegt, als es klingelte. Vincence. Er legte die Beine auf den Tisch und freute sich auf ein nettes Viertelstündchen. Der Chirurg erzählte ihm haarklein, was Lorenzen gesagt und getan hatte.

»Michelsen hat ihm auch nichts gesagt«, berichtete Gebhardt, ohne mit seiner Schadenfreude hinter dem Berg zu halten.

Vincence gluckste. »Jetzt bekommt er die Retourkutsche für seine Unkollegialität. Fragt sich nur, ob er es überhaupt merkt. Vermutlich eher nicht.«

»Sobald Michelsen wieder im Haus ist, werde ich ihm

erzählen, dass er Recht behalten hat«, sagte Gebhardt versonnen. »Von wegen Megazytomelanom …«

»Mach's gleich. Er ist im Haus. Ich habe gerade gesehen, dass er in der Cafeteria Zigaretten holte.«

»Ach, ja?«, fragte Gebhardt erstaunt. Nach einer Weile beendeten sie ihren Schwatz mit einer Verabredung zum Squash.

Danach wählte Gebhardt die Pathologie an. Dieses Mal war Michelsen sofort am Apparat. »Du, ich muss dir was erzählen«, sagte er aufgeräumt. »By the way, sind die Aufzeichnungen noch da? Unsere Notizen über die Pseudomelanome, meine ich.«

»Nein«, antwortete Michelsen unwirsch. »Alles weg. Im Reißwolf.«

»Was?« Gebhardt war so entsetzt, dass er einen Moment nicht weitersprechen konnte. Ihre gemeinsame Denkarbeit! Michelsen hätte die Unterlagen zu ihm hochsenden können, wenn er sie loswerden wollte.

Mühsam unterdrückte er seine Verärgerung. »Kannst du mir denn deine Diagnosen zur Verfügung stellen? Dann rekonstruiere ich alles anhand unserer eigenen Karteikarten.«

»Ist das eine offizielle Anfrage der Inneren an die Pathologie?«, fragte Michelsen kühl.

»Brauchst du plötzlich eine Bestätigung des ärztlichen Direktors, dass ich wissenschaftlich arbeiten darf?«, fragte Gebhardt verletzt.

»Jawohl, brauche ich. Ist das alles? Ich habe zu tun.«

»Das ist alles«, murmelte Gebhardt und ließ den Hörer sinken. Was, zum Teufel, war mit Michelsen los? Er bekam jetzt doch die Genugtuung, die er wollte. Oder wartete er darauf, dass Habermehl sich bei ihm entschuldigte? Aber der war außer Haus und konnte dem Pathologen keine Anweisung geben, die Diagnosen herauszurücken.

Als er kurz darauf Lorenzen über seine fehlgeschlagenen Bemühungen informierte, meinte er, am anderen Ende des Hörers einen merkwürdigen Laut zu hören. Einen Laut des Entsetzens. Oder der Wut.

Kapitel 27

»Herr Nicholaysen lässt bitten, Herr Professor«, sagte Frau Wiegand zuvorkommend.

Habermehl nickte ihr gleichgültig zu. Nach seinem Dafürhalten ruhte die Verantwortung für die Gesundheitspolitik von Sylt auf seinen Schultern, was ihn vollständig in Anspruch nahm. »Moin, Torge«, sagte er betont herzlich und streckte dem Bürgermeister schon an der Tür die Hand entgegen. »Manchmal geht es schneller, als man denkt, mit dem Wiedersehen. Aber man trifft sich ja nicht nur bei Loch neun.« Er versuchte ein Lachen.

Aber Nicholaysens Leichenbittermiene erhellte sich nicht. Er machte sich Sorgen, verständlicherweise. Habermehl beschloss, sofort zur Sache zu kommen. »Neue Nachrichten, die uns angehen? Unser Krankenhaus ist mittlerweile in ganz Deutschland bekannt, möchte ich sagen. Fast so bekannt wie Sylt selbst.«

»Ja, ja«, sagte Nicholaysen und bat ihn mit einer knappen Handbewegung, Platz zu nehmen. »Wie stehst du zu der Sache«, fragte er direkt. »Trifft es zu, was in der Küstenrevue steht? Auf den Mist im Boten für Deutschland würde ich wenig geben, wenn es nicht die seriöse Variante gäbe.«

»Schwierige Angelegenheit, sehr, sehr schwierig«, antwortete Habermehl und musterte ausgiebig seine Fingernägel. »Zeitungen preschen leider immer vor, selbst wenn sie einen seriösen Eindruck vermitteln. Schließlich leben sie von Sensationen.« Er sah auf. Nicholaysens zurückhaltende Neutralität irritierte ihn ein wenig. Er hatte Kaffee erwartet und einen Cognac.

»Also?« Nicholaysens Ungeduld grenzte an Unhöflichkeit.

Tilmann Habermehl warf ihm einen abschätzenden Blick zu und zündete sich eine Zigarette an, bevor er antwortete. »Wir haben Patienten mit hohem Fieber. Ich habe veranlasst, eine gesonderte Abteilung für die Fieberkranken einzurichten«, fügte er mit einem Seufzer hinzu.

»Eine Art Isolierabteilung?«, fragte Nicholaysen alarmiert.

»Nein, natürlich nicht«, antwortete Habermehl mit einem Lächeln, das beruhigend wirken sollte. »Es handelt sich nicht um eine ansteckende Krankheit. Die Patienten sind so nur viel leichter zu versorgen. Einer von ihnen lag sogar auf der Chirurgie. Zeitverschwendung, gerade jetzt. Meine Mitarbeiter haben alle Hände voll zu tun.«

»Wisst ihr denn mittlerweile, worum es sich handelt? Versteh mich recht, ich frage nicht aus Neugier, sondern wegen der Öffentlichkeit. Die Presse hat viel Unruhe in die Bevölkerung getragen. Nicht dass ich dir einen Vorwurf mache.«

»Stimmt«, knurrte Habermehl. »Und es gibt kein Pressegesetz, das uns vor Verleumdungen schützt. Na ja, das ist Sache des Gesetzgebers. Was die Erkrankung angeht, so halte ich sie für eine Virusinfektion unbekannter Herkunft. Jedenfalls spricht dafür das hohe Fieber. So etwas ist zwar nichts Ungewöhnliches, aber doch etwas Besonderes für Sylt. Ich habe dem Syndrom den Namen Yassafieber gegeben und stehe in ständiger Verbindung mit Professor Alois Kretschmann von der Kieler Universität. Das Yassafieber stößt auf Interesse bei Fachleuten in ganz Europa. Unsere Telefone laufen heiß.«

»Schön«, sagte Nicholaysen zerstreut. »Und ihr beherrscht die Erkrankung mittlerweile?«

»Nun«, sagte Habermehl, ohne sich sein erneut steigendes Unbehagen anmerken zu lassen, »in gewisser Weise schon. Das Fieber können wir senken.«

»Gut.« Der Bürgermeister atmete auf. »Dann ist ja so weit alles in Ordnung. Ich dachte schon, der Journalist hätte Recht. Der Artikel schien so solide, als hätte ein Mediziner ihn diktiert ...«

Habermehl räusperte sich. »Das Fieber können wir zwar senken«, bekannte er dann. »Aber einige der Patienten sind im Schock gestorben. Der ist in diesen Fällen kaum beherrschbar.«

Nicholaysen spreizte vor Überraschung die Finger und beugte sich vor. »Du willst damit sagen, ihr senkt in zufrieden stellender Weise das Fieber und dann sterben die Patienten trotzdem, in weniger zufrieden stellender Weise?«

»Bisher nur einige«, korrigierte Habermehl diese Darstellung schnell. »Die meisten sind noch nicht verstorben; wir hoffen zuversichtlich, die Ursache bald herauszufinden. Das würde uns in die Lage versetzen, eine gezielte Therapie anzuwenden.«

Nicholaysen kaute an einer Erwiderung.

Habermehl erkannte erleichtert, dass sein Freund allmählich begann, die Schwierigkeit ihrer Situation zu begreifen. »Für mich sind diese Stunden sehr schwer«, sagte er leise.

Der Bürgermeister nickte irritiert. »Na gut. Was ist mit

den Krankenhäusern auf dem Festland? Tritt die Krankheit dort auch auf?«

»Darum kümmert Lorenzen sich. Er ist der Verantwortliche«, sagte Habermehl wieder sicherer. »Jeder ist bis zum Äußersten von seinen Pflichten ausgefüllt.«

Nicholaysen überflog zum dritten Mal den Zeitungsartikel, den er vor sich liegen hatte. Habermehl nutzte die Gelegenheit, sich unauffällig einen Schweißtropfen von der Schläfe zu wischen.

»Wo passen da die Tumore hinein?«, fragte Nicholaysen. »Ich bekam die Krankheit zuerst ganz anders geschildert, viel dramatischer. Was du mir erzählst, hört sich an wie eine Art Sommergrippe und kann so schlimm ja nicht sein.«

»Ist es auch nicht, davon bin ich überzeugt! Und die Tumoren«, versetzte Habermehl in tiefer Verachtung, »hat mein Stationsarzt noch kein einziges Mal zu Gesicht bekommen. Der junge Gebhardt ist so verdammt ehrgeizig und will sich um jeden Preis profilieren, ich sagte es dir ja neulich schon. Wahrscheinlich ist da gar nichts dran.«

»Wahrscheinlich?«, wiederholte Nicholaysen aufgebracht. »Du musst doch wissen, ob Tumoren vorkommen! Hast du sie dir denn nicht selbst angesehen? Ich entnahm der Schilderung von Dr. Hamm, dass sie das Hauptsymptom sein müssen, nicht das Fieber!«

»Wer ist Dr. Hamm?«

»Dieser Tierarzt.« Eine tiefe senkrechte Falte in Nicholaysens Stirn signalisierte, dass er mit seiner Geduld am Ende war.

Habermehl lehnte sich zurück und brach in ein befreiendes Gelächter aus. »Mein Gott, Torge, du wirst es doch wohl nicht für bare Münze nehmen, wenn ein Viehdoktor behauptet, dass es bei unseren Patienten Tumoren gäbe, die weder der Chef der Inneren noch ich kennen! Vermutlich leidet er an einem Minderwertigkeitskomplex. Hat vielleicht nicht verwunden, dass seine Abiturnoten zu schlecht für ein Studium der Humanmedizin waren! Soll bei Tierärzten oft vorkommen!«

Nicholaysen stimmte nicht mit ein, was Habermehl ärgerte, aber er beherrschte sich. »Wir werden es bald im Griff haben«, sagte er zuversichtlich. »Komm, lass uns einen darauf trinken. Vom alten Cognac, dem für Freunde ...«

»Ich habe leider keine Zeit mehr«, sagte der Bürgermeister und erhob sich.

Habermehl war so gekränkt, dass er ihn eine Weile nur anstarrte. Als er sich endlich besonnen hatte, schoss er mit hochrotem Kopf zur Tür hinaus.

Als die Schritte des Klinikchefs verklungen waren, bat Nicholaysen seine Sekretärin, ihn mit Dr. Hamm zu verbinden. »Höchste Priorität«, fügte er hinzu. »Stöbern Sie ihn auf, ob beim Austernessen oder in der Sauna. Anschließend will ich mit einem Dr. Gebhardt vom Krankenhaus sprechen.«

Nach einer Weile kam Frau Wiegand mit einem Ausdruck des Bedauerns in sein Zimmer. »Dr. Hamm ist nicht auffindbar, Herr Nicholaysen. Es fragt sich auch, ob er überhaupt kommen würde. Ich habe ihn auf Ihr Geheiß hin neulich ziemlich brüsk abgewiesen ... Und Dr. Gebhardt ist von der steigenden Zahl der Kranken so in Anspruch genommen, dass er sich entschuldigen lässt. Er wird sich melden, sobald er kann.« Sie zog die Schultern hoch und ließ sie wieder fallen.

»Was?« Der Bürgermeister schaute Sieglinde Wiegand erschrocken an.

»Ja, es gäbe viele Menschen, die nach einer solchen Abfuhr beleidigt reagieren würden. Ich hab's nicht gern getan.«

Nicholaysen wischte ihre Bemerkung mit einer Handbewegung fort. »Nein, nein, Sie sagten eben, dass die Zahl der Kranken steigt …?«

»Ja, genauso hat man es mir gesagt. Ich geriet auf der Station zufällig an einen Pfleger. Er verständigte sich mit Dr. Gebhardt per Zuruf, wie ich selbst mithören konnte. Bei denen geht alles drunter und drüber, wie es scheint.«

»Ja«, nickte der Bürgermeister, noch beunruhigter als bisher schon, »ich muss Herrn Dr. Gebhardt unbedingt sprechen.«

»Er versprach, allerspätestens zu kommen, wenn sein Dienst beendet ist.«

»Danke, Frau Wiegand.« Nicholaysen begann eine unruhige Wanderung zwischen Fenster und Schrankwand. Kersts Bericht über den Psychopathen Hamm hatte ihn aufgrund der vielen Interna, die der Mann wusste, anfänglich überzeugt. Aber die ausgesprochen dürftigen Kenntnisse von Tilmann Habermehl über das, was in seiner eigenen Klinik vor sich ging, hatten ihn alarmiert. Zumal es die Abteilung für die Yassafieberpatienten ja tatsächlich gab. Yassafieber! Er schüttelte den Kopf. Hörte sich so afrikanisch an. Und die Medien hatten sich des Themas jetzt mit Nachdruck angenommen. Es war höchste Zeit zu handeln, allerdings ohne einen so konfusen Klinikchef wie Habermehl.

Je länger Gebhardt über sein Gespräch mit Michelsen nachdachte, desto unwahrscheinlicher erschien es ihm, dass der die Unterlagen in den Reißwolf gegeben und die Daten gelöscht haben sollte. Es konnte auch ganz anders sein: Vielleicht hatte Michelsen etwas herausgefunden und wollte ihn heraushalten. Dieser Verdacht wurmte ihn. Schließlich hatte er als Erster entdeckt, dass die Symptome eine Gesetzmäßigkeit aufwiesen. Und auch er besaß das Recht, Entdeckungen zu publizieren. Natürlich gemeinsam mit Michelsen, etwas anderes kam für ihn gar nicht infrage. Von ihm aus sogar unter Michelsen, Gebhardt und nicht umgekehrt.

Am späten Nachmittag war endlich ein Ende der Hetze abzusehen. Die Verlegung der Patienten war beendet. Die neu eingerichtete Abteilung war mit achtzehn Fieberkranken fast voll belegt … Die restlichen Plätze blieben als Reserve frei. Gebhardt war dankbar, dass nicht er in dieser Nacht den Bereitschaftsdienst hatte.

Er machte sich auf den Weg zur Station I ein Stockwerk unter der Inneren, wo jetzt ein Teil seiner Patienten lag. In den meisten Krankenzimmern brannten die Lampen nur noch gedämpft. Erfreut stellte er fest, dass trotz der Turbulenzen des Tages alles in Ordnung war. Dann rannte er die drei Stockwerke nach oben, um nach seinem Herzinfarktpatienten auf der Intensiv zu schauen. Der Mann schlief wie ein Murmeltier und sah sehr gut aus.

Leise pfeifend stieg er die Treppe nach unten und wanderte mit den Händen in den Kitteltaschen zurück in sein Zimmer. Es sah alles nach einem friedlichen Feierabend aus.

Er stellte einige Bücher ins Regal, damit es nicht gar so unordentlich aussah, und nahm seine Jacke vom Haken.

Das Telefon klingelte.

»Tut mir Leid, Herr Kollege«, sagte Lorenzen, »ich muss Ihnen den Bereitschaftsdienst aufhalsen. Habermehl ist einverstanden. Er will die Zusammenstellung der Daten so schnell wie möglich haben.«

»Sie haben sie doch noch gar nicht«, antwortete Gebhardt erbittert.

»Was ich habe, reicht für einige Stunden. Gute Nachtruhe!« Lorenzen legte auf.

Verdammt, dachte Gebhardt. Bereitschaftsdienst! Gestern, heute, morgen! Nachtruhe!

Er ging ins Stationszimmer hinüber, wo nicht viel los war. Keine Schwester da, aber die Kaffeemaschine ließ gerade die letzten Tropfen gurgelnd in die Kanne laufen. Gebhardt goss sich eine Tasse ein und setzte sich. Nach einigen Schlucken begann seine Verärgerung langsam abzukühlen. So war die Klinik eben.

Er lehnte seinen Kopf an die Wand und wäre beinahe eingeschlafen, als ihm der Bürgermeister einfiel.

Seine Sekretärin war noch da, während Nicholaysen bereits nach Hause gefahren war und ihn dort erwartete. Gebhardt erklärte ihr, warum es ihm jetzt unmöglich war zu kommen, und versprach, am nächsten Tag vorbeizuschauen. Als er wieder saß, dachte er spöttisch darüber nach, dass es überall Underdogs gab. Da machte es keinen Unterschied, ob man Sekretärin oder Arzt war.

Aber Underdog oder nicht: So ganz hilflos fühlte er sich eigentlich nicht. Während er dösend darauf wartete, dass er gerufen würde, nahm eine Idee in ihm Gestalt an, die immer mehr an Reiz gewann.

Schließlich sprang er auf, informierte die Dienst habende Schwester, dass er eine Runde durch die Stationen I und III machen und dann noch beim Herzinfarkt auf der IV vorbeischauen würde.

Damit war auch eine längere Abwesenheit hinreichend erklärt. Und er hatte Zeit, sich in der Pathologie umzuschauen.

Im Raum zwischen dem histologischen Labor und dem Arbeitszimmer von Michelsen stand der große Blechkasten mit den Karteikarten der in den letzten Kalenderjahren verstorbenen Patienten. Das Haus befand sich noch mitten in der Umstellung von der Steinzeit auf EDV, noch immer wurden hier in der Pathologie die Daten ausgedruckt und wie früher auf Karteikarten aufgehoben. Ein Glück, dachte Gebhardt erleichtert.

Die Christensen war die Erste auf seiner eigenen Liste. Er zog ihre Karte heraus, setzte sich an einen alten Küchentisch, der neben dem Kasten abgestellt worden war, und schrieb ab, was ihn interessierte: Melanom am Fußballen und Organmetastasen. Die Diagnose Melanom war mit einem Fragezeichen versehen. Stimmt, Michelsen hatte seine Zweifel ja nicht verschwiegen. Dahinter stand in etwas krakeliger Schrift: Pseudomelanom.

Dann kam nach dem Alphabet der Japaner an die Reihe, ebenfalls mit einer pseudomelanomartigen Veränderung. Danach wurde es immer interessanter. Gebhardt ertappte sich plötzlich dabei, dass er vergessen hatte, sich Notizen zu machen. Neben ihm stapelten sich die Blätter und er konnte nicht mehr aufhören zu lesen. Immer wieder stieß er auf die Bemerkung: undifferenzierte Zellnester. Ausgangspunkt umschriebene entzündliche Veränderungen an der Haut; Verbreitung der Zellnester entlang der Lymphbahnen. Endpunkt wiederum Haut, Schleimhaut oder seröse Häute auf inneren Organen.

Das war ja ungeheuer aufregend. Zum einen stand fest, dass Michelsen konsequent weitergearbeitet hatte, zum anderen, dass er daraus Schlüsse gezogen hatte. Leider befanden sie sich nicht auf den Karteikarten.

Gebhardt hängte die Patientenmappen zurück.

Er kam sich wie ein Einbrecher vor, als er Michelsens

Arbeitszimmer mit dem Hauptschlüssel aufschloss und dann den Schreibtisch durchsuchte.

In der untersten Schublade wurde er fündig. Fünf DIN-A4-Seiten hatte Michelsen mit handschriftlichen Anmerkungen gefüllt. Gebhardt setzte sich und las.

Bis ihm endlich der Kopierer auf dem Flur einfiel. Er stürzte hinaus und schaltete ihn an. Erstaunlicherweise funktionierte das Ding tadellos.

Überhaupt war das Glück mit ihm. Niemand erwischte ihn, er gelangte ungesehen wieder nach oben und auf allen Stationen war es ruhig.

Im Morgengrauen war Gebhardt mit der Durchsicht der Unterlagen fertig. Aufgewühlt stellte er sich ans Fenster, um in den dunstigen Morgen hinauszublicken. Die ersten Vögel zwitscherten, Amseln landeten plump im Gras vor der Klinik und zerrten Regenwürmer aus der Erde. Weder den Amseln noch den Würmern würde es etwas ausmachen, dass über der Bevölkerung von Sylt eine drohende Gefahr lag. Sofern Michelsens pessimistische Vermutungen zutrafen.

Die Pressekonferenz begann pünktlich um zehn Uhr. Die Kameras von ARD, ZDF, NDR 3 und einigen privaten Sendern waren auf Professor Tilmann Habermehl und den Verwaltungsdirektor der Klinik gerichtet, die an einem Tisch an der Stirnwand der Cafeteria saßen. Hinter den Journalisten standen einige Ärzte und Schwestern.

»Guten Morgen, meine Damen, meine Herren von der Presse«, begann Habermehl förmlich, aber mit jeder Faser gewiefter Moderator und Chairman auf Kongressen, der auch eine Pressekonferenz elegant über die Bühne bringen würde. »Wir freuen uns über Ihr außerordentliches Interesse an unserem Hause. Ich werde Ihnen zunächst zu Ihrem Verständnis einen Abriss über das medizinische Geschehen geben. Danach sind Sie eingeladen, Fragen zu stellen, so viele und so lange Sie mögen ...«

Bla, bla. Gebhardts Gedanken begannen abzuschweifen. Erstens war er hundemüde, zweitens unterschied sich dieses Gelaber in nichts von dem, womit der Klinikchef von Zeit zu Zeit alle Mitarbeiter zuschüttete. Er selbst hatte sich eher zufällig hier eingefunden ... Michelsens Befunde gingen ihm nicht aus dem Kopf.

Während er weiter darüber nachdachte, fiel ihm ein ziemlich großer grauhaariger Mann auf, der an der geschlossenen Tür stehen geblieben war. So ohne Aufnahmegerät oder Notizblock war er ganz bestimmt kein Journalist. Zur Klinik gehörte er auch nicht. Trotzdem hatte er Zugang erhalten. Wie war das möglich?

Gerade dämmerte es Gebhardt, dass der Gast möglicherweise Bürgermeister Nicholaysen sein konnte, als Habermehls Stimme ihn zusammenzucken ließ.

»Ja, wir denken an eine Virusinfektion«, bestätigte dieser auf eine Frage, die Gebhardt entgangen war. »Es gibt in den letzten Jahren so viele neue Infektionen, zu denken ist an Lassafieber, Ebola, das Marburg-Virus, das Hanta-Virus, alles hochfieberhafte Erkrankungen. Aber auch neue Bakterienerkrankungen wie die Legionärskrankheit darf man nicht außer Acht lassen. Gedulden Sie sich, meine Damen und Herren. Wir arbeiten mit Hochdruck daran.«

»Werden Sie es denn herausbekommen?«

Habermehl blinzelte Koch kurz beruhigend zu und wandte sich dann mit einem väterlichen Lächeln an die junge Journalistin, die die Frage gestellt hatte. »Selbstverständlich. Sie können ganz beruhigt sein. Schreiben Sie einfach einen schönen Artikel über unsere aufopfernde, dankbare Arbeit und machen Sie Ihren Lesern Mut.«

»Wir haben alles im Griff«, ergänzte Koch sachlich.

Nichts habt ihr, dachte Gebhardt, nichts. Der Besucher an der Tür schien mit ihm übereinzustimmen. Noch bevor die Pressekonferenz beendet war, stahl er sich aus dem zum Pressezentrum umfunktionierten Café.

Kapitel 28

Hamm bemerkte schon auf den Stufen zum Rathaus, dass Gebhardt niedergedrückt war. Aber der wollte ihm auf die Schnelle nicht sagen, warum.

»Meine Herren«, erklärte der Bürgermeister, ohne sich mit einer langen Begrüßung aufzuhalten, »ich habe jetzt erst begriffen, dass diese Krankheit für Sylt gefährlich sein könnte. Ich muss mich bei Ihnen entschuldigen, dass ich Sie so brüsk abgewiesen habe. Professor Habermehls Vermutungen klangen sehr, sehr vage. Von Ihnen brauche ich Beweise. Und danach möchte ich mich mit Ihnen beraten, was zu tun ist.«

Hamm beobachtete ihn unbeteiligt. Nicholaysen war weder durch seine Schuld niedergedrückt noch bat er, sondern er verlangte ihre Mitarbeit. Alles andere war routinierter Umgang mit Mitarbeitern, wie er in Seminaren gelehrt wurde.

»Um Herrn Kerst werde ich mich gesondert kümmern«, versprach Nicholaysen, an Hamm gewandt. »Ich weiß nicht, wessen Spiel er spielt.«

»Ich auch nicht«, bestätigte Hamm grimmig. »Deswegen wundere ich mich, dass Sie ihm offenbar geglaubt haben.«

»Bitte erzählen Sie mir«, fuhr Nicholaysen fort, »was die Krankheit so gefährlich macht.«

Hamm stieß Gebhardt mit dem Ellenbogen an, der einen ausgesprochen lethargischen Eindruck machte. Na ja. Er hatte Bereitschaftsdienst gehabt. »Los, Klaus, das kannst du am besten erklären.«

Gebhardt sah verwirrt hoch. »Mein Chef war doch gestern den ganzen Nachmittag bei Ihnen, soviel ich weiß, er muss Ihnen ja stundenlang von der Krankheit berichtet haben«, sagte er ausweichend. »Außerdem waren Sie doch bei der Pressekonferenz.«

»Die hätte ich mir sparen sollen. Ihr Chef weiß nichts über die Krankheit, außer dass er ihr den Namen Yassafieber gegeben hat.«

»Er hat was?« Hamm sah von Nicholaysen zu Gebhardt.

Der lächelte etwas zweifelnd. »Ja, einen Namen hat das Fieber sofort bekommen. Professor Habermehl nimmt jede Gelegenheit wahr, seine Klinik bekannt zu machen.«

»Klingt nach Urwald«, meinte Nicholaysen.

Gebhardt nickte. »Aber dass die Krankheit nicht aus dem Urwald kommt, ist wohl so gut wie sicher. Wir wissen bislang Folgendes: Nährboden für die Krankheit ist ein überhöhter Nitratgehalt im Grund- und Trinkwasser von Sylt. Sie kann aber auch aus erhöhter Nitritkonzentration durch andere Ursachen resultieren, zum Beispiel durch gepökelte Fleischwaren. Darauf pfropft sich ein Krankheitsfaktor auf, den wir noch nicht kennen und darum Faktor X getauft haben. Faktor X ist in der Lage, das Nitrat/Nitrit innerhalb von Stunden in Nitrosamin umzuwandeln. Das ist schon lange als Krebs erregend bekannt und führt bei unseren Patienten zu Hautkrebs. Diese Tumoren – wir haben sie Pseudomelanome genannt, um sie von den bekannten Melanomen begrifflich zu unterscheiden – zerfallen so schnell, wie sie wachsen, beschleunigt durch Tabakrauch. Und das führt bei manchen Menschen zum tödlichen Schock.«

»Wenn Sie wollen, können Sie in unsere Statistik Einblick nehmen«, flocht Hamm ein. »Sie ist hieb- und stichfest.«

Der Bürgermeister ließ ihn mit abwesendem Blick ausreden. Die Pfeife, die er sich gerade anzünden wollte, sank auf die Tischplatte. »Wie passen die Fieberkranken ins Bild?«

»Bei den Kranken, die nicht rauchen, geht die Melanombildung langsamer vorwärts; dann zerfallen weniger Zellen und der Körper reagiert mit dem Abwehrmechanismus Fieber statt der absoluten Blutgefäßlähmung, die wir Schock nennen. Fieber und Schock sind die Folgen, nicht die Krankheit.«

»Es ist also nur eine Frage der Zeit, wann die Fieberpatienten sterben werden?«, fragte Nicholaysen erschüttert.

»Offensichtlich ja«, antwortete Gebhardt. »Wir haben allerdings einen Langzeitpatienten, der möglicherweise Anlass zur Hoffnung gibt. Sein Melanom war eine Zufallsentdeckung von Hamm und er kam deshalb besonders früh in die Klinik.«

Der Bürgermeister schauderte beim Anblick seiner offenen Tabakdose. Er schloss sie und steckte die Pfeife in die Jackentasche. »Und was stellen Sie sich unter Faktor X vor? Müsste man bei dem nicht ansetzen?«

»Tja«, sagte Gebhardt mit einem tiefen Seufzer. »Wir kennen ihn nicht, wir wissen bisher nur, dass er mit Mücken zu tun hat. Vielleicht mit dem Mückenspeichel ...«

»Was? Woher weißt du das denn?« Hamm wurde blitzschnell einiges klar, Weiss, zum Beispiel ...

Gebhardt zog eine Grimasse. »Ich habe heute Nacht Einblick in die Aufzeichnungen meines Kollegen Michelsen genommen. Bei allen Patienten stellt er fest, dass die unreifen Zellen – also die eigentlichen Krebszellen –«, fügte er für den Bürgermeister hinzu, »an Mückenstichen ihren Anfang nehmen und dann an den Lymphbahnen entlang zu verfolgen sind bis zur Anhäufung der Zellen, die wir Pseudomelanom nennen. Er hat eine großartige Leistung mit der Entdeckung dieser Kausalkette erbracht.«

»Aber dass er sie verschwiegen hat, war weniger großartig«, warf Hamm ein.

»Na ja. Du weißt ja, was beim ersten Mal los war«, sagte Gebhardt entschuldigend. »Megamichel und so ...«

»Wir sind also alle gefährdet?«, vergewisserte sich der Bürgermeister. »Was ist zu tun?«

Hamm dachte zurück an seine erste Unterredung mit Nicholaysen. Inzwischen hatte er offenbar verstanden, dass nicht nur Bauern sterben würden.

Gebhardt wurde eine Spur blasser. »Wie ich schon sagte, beim Faktor X können wir nicht ansetzen, weil wir ihn noch nicht kennen. Es bleibt uns derzeit nur die Einschränkung der Nitratlieferanten.«

»Und die wären?«

Lebensmittel waren eher tierärztliches Fachgebiet, soweit nicht Chemiker angesprochen waren. Hamm übernahm. Er zählte Punkt für Punkt an den Fingern auf. »Wir müssen verhindern, dass das Sylter Wasser getrunken oder für die Herstellung von Getränken oder Lebensmitteln benutzt wird. Es darf weder Jauche ausgebracht werden noch dürfen Tiere Jauche produzieren. Sämtliche Milchprodukte müssen vernichtet oder abtransportiert werden. Der Verkauf von Tabakprodukten muss vorübergehend verboten werden.«

»Auch müssen Sie unbedingt verbieten, dass die Menschen im Inkubationsstadium die Insel verlassen, damit wir sie unter Beobachtung halten können«, ergänzte Gebhardt.

»Ist das Ihr Ernst?« Nicholaysen atmete schwer. Sein Gesicht wurde fahl, die Lippen bläulich. Gebhardt wollte ihm schon zu Hilfe eilen, aber der Bürgermeister schüttelte den Kopf und schob sich eine Tablette zwischen die Lippen.

»Ja, aber im Großen und Ganzen ist es das auch schon«, bestätigte Hamm in beruhigendem Ton. »Vielleicht noch ein paar Kleinigkeiten. Der Amtstierarzt wird Ihnen alles im Detail mitteilen.«

»Was meinen Sie eigentlich damit, dass die Jaucheproduktion untersagt werden soll?«, fragte Nicholaysen, als er sich etwas erholt hatte. »Man kann den Tieren doch nicht verbieten zu pinkeln?«

»Es kommt auf jedes Milligramm Nitrat an. Rinder und Schweine müssen deshalb geschlachtet werden.« Hamm wollte, er hätte es nicht so deutlich sagen müssen. »Möglicherweise könnte man sie auch aufs Festland verbringen. Das muss der Amtstierarzt entscheiden. Aber wegen des Faktor X wäre es gescheiter, sie hier zu belassen.«

»Mit wem verderbe ich es eigentlich nicht«, fragte Nicholaysen sarkastisch, »wenn ich alle diese Maßnahmen durchführen lasse?«

»Ich wüsste niemanden«, meinte Gebhardt ernsthaft, »der nicht betroffen wäre. Irgendwo hat jeder darunter zu leiden.«

»Ich fürchte auch«, seufzte Nicholaysen, »aber von den Gesunden wohl am meisten ich.«

Gebhardt nickte.

Hamm schüttelte den Kopf. »Die Bauern. Außerdem gehört es zu Ihrem Amt, notfalls unpopuläre Maßnahmen zu verantworten.«

»Ich verstehe, was Sie meinen.« Der Bürgermeister lächelte verhalten. »Ihr Mitleid mit meiner Person ist nicht allzu groß.«

»Nein. Politiker werden dafür bezahlt, die Verantwortung zu tragen. Ihre eigenen Leistungen sind meistens nicht nennenswert.«

Nicholaysen zuckte mit den Schultern. »Wenn Sie so wollen ...«, sagte er nachgiebig. »Und deshalb muss ich Sie jetzt bitten zu gehen. Es kommt eine Menge Arbeit auf uns zu. Das meiste werde ich auf meine Kappe nehmen müssen, weil wir uns rechtlich gar nicht nach allen Seiten absichern können, bevor wir unsere Maßnahmen verkünden.«

»Das haben Sie vor?«, staunte Gebhardt.

»Ich habe Sie so verstanden, dass jede Stunde Verzug Menschenleben kosten könnte. Ich werde versuchen, so viele wie möglich zu retten.«

Nicholaysen begleitete sie bis auf den Flur hinaus und verabschiedete sich mit festem Händedruck von ihnen. »Nochmals«, betonte er, »es tut mir Leid, dass ich Ihnen anfänglich nicht glaubte. Mir blieb keine Wahl. Ohne eigene Fachkenntnisse ist man genötigt, den zuständigen Fachleuten Glauben zu schenken. Dr. Grabowsky hielt das, was ich ihm erzählen konnte, in Bausch und Bogen für Unsinn. Ich nehme an, dass er sich mit Professor Habermehl in Verbindung gesetzt hat. In Grabowskys Beurteilung Ihrer Person passte auch hinein, was mir Kerst erzählte ...«

Hamm enthielt sich eines Kommentars, aber er begann zu verstehen, dass Nicholaysen kaum anders hatte handeln können. Er nickte ihm zu und begann die Treppe hinabzugehen.

Als sie vor dem Rathaus standen, sagte Gebhardt: »Ganz schön mutig, der Mann.«

»Ja«, stimmte Hamm zu, »ich muss zugeben, dass ich ihn unterschätzt habe. Anfangs hielt ich ihn für einen Karrieremenschen, der politisch flexibel im Hauptstrom der Meinungen schwimmt. Wer hätte ahnen können, dass er bereit ist, sich eine eigene zu bilden. Ich habe das Gefühl, es hängt sehr wesentlich mit deinem Chef zusammen.«

Gebhardt nickte düster.

»Sprich's ruhig aus. Dein Chef ist eine totale Null und der Bürgermeister hat's jetzt auch bemerkt.«

»Ich fürchte, es gibt da noch mehr Nullen. Ich muss schnell in die Klinik«, sagte Gebhardt und war schon weg, bevor Hamm ihn aufhalten konnte.

Hamm machte sich auf den Weg nach Keitum. Vor dem Haus blieb er im Auto sitzen, ohne den Motor abzuschalten.

Gotje kam heran und öffnete die Autotür. »Hi, Doc.«

»Hai«, sagte Hamm zerstreut. »Wieso Hai? Ich sorge mich um Rinder.«

Gotje lachte und kraulte ihn am Kinn. »He, Wikinger! Ich spreche nicht von nassen, kalten Fischen. Ich spreche von dir!«

Ihm wurde ganz heiß. Einen Augenblick hielt er den Atem an. Bis das Gefühl vorüber war. Dann stieg er aus und zog Gotje mit sich zum Steinwall neben der Pforte, wo er sich setzte. Plötzlich waren ihm die Knie weich geworden. »Der Bürgermeister hat uns geglaubt! Ich bin die Verantwortung los.«

»Du hörst dich nicht erleichtert an«, sagte Gotje mit gekrauster Stirn.

Er zuckte die Schultern. »Die Rinder werden geschlachtet. Aber ich befürchte, dass wir dann vielleicht niemals feststellen können, ob sie an der Pseudomelanose beteiligt sind. Verstehst du, ich habe Angst, dass Beweismittel vernichtet werden und ich hab's in Gang gesetzt. Aber die Hauptsache ist, dass jetzt erst einmal die Menschen geschützt werden.«

»Ja«, sagte Gotje.

»Und wir haben mit der ganzen Sache nichts mehr zu tun.«

»Bist du dir da ganz sicher?«, fragte Gotje zweifelnd.

»Ich weiß nicht«, sagte Hamm ein wenig zögernd. »Ich weiß es wirklich nicht. Vor allem, falls Faktor X etwas mit den Rindern zu tun hätte. Aber jetzt handeln Nicholaysen und sein Stab. Und nach meiner Erfahrung verbitten sich verbeamtete Fachleute jede Einmischung.«

Kapitel 29

Der Sylter Anzeiger veröffentlichte eine vorläufige Übersicht über die Maßnahmen, die der Bürgermeister von Sylt im Hinblick auf die neue Seuche durchgesetzt hatte. Sowohl die Sender des Norddeutschen Rundfunks als auch mehrere private Sender gaben in ihren Nachrichtensendungen Hinweise auf die Notstandssituation, versäumten aber nicht, darauf zu verweisen, dass alle Maßnahmen vorbehaltlich der endgültigen Klärung der Ursachen der neuen Erkrankung eingeleitet würden.

Hamm hörte auf, am Radio herumzuschalten, und setzte sich mit einer Auswahl von Zeitungen an den Frühstückstisch. Als Erstes fiel ihm eine Schlagzeile ins Auge, die besagte, dass kein Grund zur Panik bestehe. Es handele sich um Vorsorgemaßnahmen, wie sie bei Epidemien üblich seien. Man berief sich auf die Pressekonferenz des ärztlichen Direktors der Westerländer Klinik. Die Ärzte hätten die Erkrankungen, bei denen es im Übrigen nur wenige schwer wiegende Fälle gebe, im Griff.

Plötzlich stürzte der Wirt zur Tür herein und knallte ihm eine Zeitung auf den Teller. »Hier! Seite 2! Haben Sie schon gesehen?«

»Ich habe bisher nur den Artikel hier durchgelesen.«

Der Hauswirt kniff die Augen zusammen und schob die Unterlippe vor. Schweigend setzte er seinen Zeigefinger auf die oberste Zeile.

Hamm las laut.

Scharlatanerie oder Komplott? Auf übelste Weise wurde der allseits geachtete und beliebte Bürgermeister Nicholaysen von Westerland/Sylt durch einen Betrüger hereingelegt. Mit pseudowissenschaftlichen Argumenten und Beweisen brachte es Tierarzt T. H. aus Frankfurt fertig, dem Bürgermeister zu suggerieren, auf Sylt gehe eine gefährliche Krankheit um, die es notwendig mache, die Insel von der Welt abzuschneiden. Der ärztliche Direktor der Westerländer Klinik, von unserem Korrespondenten zu den Vorfällen befragt, dementierte entschieden die Existenz einer solchen Krankheit. Dennoch gelang dem Tierarzt, im Komplott mit dem ehrgeizigen jungen Assistenzarzt K. G., der beispiellose Coup. Es wurden Notstandsgesetze erlassen (siehe Titelseite), die nicht nur völlig unnötig sind, sondern einen Teil unserer Wirtschaftskraft zerstören, ja, einige Wirtschaftszweige dem schnellen und unaufhaltsamen Ruin zutreiben. Der Sylter Anzeiger fragt mit den Bürgern der Insel: Ist der Mann nur ein Scharlatan oder handelt es sich um den Beginn eines ungeheuerlichen Wahlschwindels mit dem Bürgermeister im Zentrum? Wer ist hier die treibende Kraft? Wer ist außerdem an der Sache beteiligt? Wem nutzt die Situation? Verlierer sind in jedem Fall die Bürger von Sylt!

»Großer Gott«, sagte Hamm entsetzt. »Wie können sie nur so etwas schreiben?« Er dachte kurz an den Artikel im *Boten für Deutschland*. »Glauben Sie diesen Unsinn etwa?«

Der Mann faltete seine Zeitung zusammen, ohne Hamm anzusehen. »Ich sagte es Ihnen schon einmal: Wo Rauch ist, ist auch Feuer. Außerdem handelt es sich um den Anzeiger, vergessen Sie das nicht! Der ist seriös! Was ich Sie noch fragen wollte: Wie lange wollen Sie eigentlich noch bleiben?«

»Warum erkundigen Sie sich gerade jetzt danach?«, fragte Hamm.

»Ich habe schon seit einiger Zeit den Verdacht, dass Sie mit diesen Gerüchten zu tun haben, die Sylt schaden«, fauchte der Wirt. »Sie sind doch der Tierarzt T. H., und der Arzt K. G. ist doch Dr. Gebhardt? Der hat Sie zweimal besucht. Ich würde mich nicht wundern, wenn Sie das Komplott hier in meinem Haus geschmiedet hätten! Am besten, Sie verschwinden auf der Stelle!« Er ging steif hinaus, ohne eine Antwort abzuwarten.

Der Rauswurf war das Tüpfelchen auf dem i. Hamm beendete sein Frühstück, ohne einen einzigen Bissen gegessen zu haben, warf sich in sein Auto und brauste zur Redaktion. Vor dem Verlagshaus wäre er beinahe mit einem Mitsubishi Pajero zusammengestoßen. Ohne beim Pförtner anzuhalten, rannte er nach oben, riss die Tür zu Martens Redaktionsbüro auf und knallte ihm die aufgeschlagene Zeitung auf den Schreibtisch. »Was hat das zu bedeuten?«, schrie er. »Ich hatte Sie für einen redlichen Menschen gehalten, und jetzt dieser Artikel! Ich werde den Anzeiger wegen Verleumdung verklagen!«

Martens verzog keine Miene. »Poltern Sie ruhig noch eine Weile, wenn es Ihnen gut tut, aber dann setzen Sie sich und halten den Mund«, sagte er.

»Was?« Hamm schwieg verdutzt und zog sich zögernd einen Stuhl heran.

Martens betrachtete den Artikel mit einer tiefen Falte auf der Stirn, aber es machte nicht den Eindruck, als ob er es nötig hätte, ihn zu lesen. Seine blauen Augen leuchteten böse und die borstigen roten Haare standen struppig in die Höhe. Hamm erkannte überrascht, dass der Chefredakteur vor Zorn kochte.

»Ich war genauso überrascht wie Sie«, sagte Martens nach einer Weile.

Hamm atmete tief durch. »Ist der Artikel nicht von Ihnen?«

»Natürlich nicht!«, antwortete der Redakteur und begann sich mit fliegenden Fingern eine Zigarette zu drehen.

Hamm schüttelte warnend den Kopf.

Martens sah auf. Dann öffnete er eine Schublade und fegte Tabakschachtel und Papier hinein.

»Sie glauben mir?«

»Ich werde Ihnen erzählen, was ich glaube«, sagte Martens leise. »Ein gewisser Böttcher, Redakteur bei uns, hat den Artikel verfasst und meine Abwesenheit dazu benutzt, ihn drucken zu lassen. Meine Billigung hätte er nie erhalten. Vermutlich hat er schon längere Zeit auf diese Lücke im hausinternen Kontrollsystem gewartet. Der Mann hat was gegen Sie.«

»Ich kenne ihn doch gar nicht! Wieso sollte er … ?«

»Hamm, seien Sie nicht so naiv! Natürlich kennen Sie ihn nicht und er Sie nicht. Er will Ihre Aktionen torpedieren. Ich habe keine Ahnung, welches besondere Interesse er daran hat. Aber ich werde es herausbekommen, da können Sie sicher sein.«

Hamm nickte. Es fiel ihm leichter zu glauben, dass Martens selbst hereingelegt worden war, als dass er ihn hintergangen hatte.

»Böttcher hat vorhin das Haus mit einem Auftrag verlassen; auch bei uns geht es jetzt drunter und drüber, wie Sie sich denken können.«

»Moment mal«, sagte Hamm. »Wie sieht Ihr Böttcher aus? Hat er einen Kaiser-Wilhelm-Bart, so einen, der nach oben gebürstet ist, und fährt einen weißen Jeep von Mitsubishi?«

Martens nickte.

»Es könnte sein«, Hamm dachte laut nach, »dass er diese Sache mit Manfred Kerst, einem ...«

»Ich weiß, wer der ist«, unterbrach ihn der Journalist.

»... ausgeheckt hat. Die hatten ein konspiratives Treffen im Klappholttal. Da ist eine Kneipe. Ein Mann im Zweireiher war dabei, Kerst gab ihn als Rechtsanwalt aus.«

»Er ist Rechtsanwalt. Dr. Humperding aus München.«

»Dann war es doch Kerst, der mich hat zusammenschlagen lassen. Und weil er mich mit Brutalität nicht von der Recherche abbringen konnte, hat er Böttcher vorgeschickt. So ungefähr muss es sein.«

»Ich rufe Sie morgen an«, versprach Martens.

»Vermutlich ist Böttcher gut dafür bezahlt worden.«

Martens lächelte nachsichtig. »Auch das. Aber ich fürchte, das ist nicht der einzige Grund. Da steckt noch mehr dahinter. Sie müssen jetzt gehen.« Er ging zur Glastür, die seinen Raum vom angrenzenden Großbüro trennte. Nur einige der Schreibtische waren besetzt, trotzdem ging es hektisch zu.

»Ich werde mich darum kümmern«, versprach Martens mit lauter Stimme. »Herr Böttcher pflegt sorgfältig zu recherchieren. Es ist unmöglich, dass er diese Sache aus der Luft gegriffen hat. Gegebenenfalls erhalten Sie die Gelegenheit zu einer Gegendarstellung. Übrigens empfehle ich Ihnen in diesem Zusammenhang in der gleichen Ausgabe den Leserbrief des Pressesprechers des Landwirtschaftsministeriums in Kiel. Könnte sein, dass Sie den noch gar nicht gelesen haben.«

»Aha«, sagte Hamm und nickte Martens zu. Mechanisch bewegte er sich Richtung Ausgang. Je mehr er über die Angelegenheit nachdachte, desto nebulöser wurde sie. Fest stand nur, dass er nicht einem kleinen Geschäftsmann aus Bayern in die Quere gekommen war. Da steckte mehr dahinter.

Hamm fuhr zu Gotje. Ungeduldig suchte er nach dem Leserbrief im Anzeiger, den Gotje auf dem Küchentisch ausgebreitet hatte.

Tierarzt H. aus Frankfurt sorgt auf Sylt für ein nie da gewesenes Chaos. Glücklicherweise darf man davon ausgehen, dass die Bevölkerung sich nicht für dumm verkaufen lässt. Sylt ist sicher: Unbekannte gefährliche Krankheiten gibt es dort nicht. Wenn wir alle Ruhe bewahren, wird H. demnächst sein Unwesen woanders treiben. Es steht zu vermuten, dass tiefe persönliche Beschädigungen ihn zu solchen Schritten treiben. Ein bedauernswerter Mensch.

Boy Bojens, Sprecher des Landwirtschaftsministeriums, Kiel

Gleich daneben befand sich ein Gastkommentar.

Von unserem Experten Professor Alois Kretschmann, Kiel

Rufer im Walde gibt es viele, auch in der Wissenschaft. Bisher hat kein Experte die auf Sylt auftretenden, angeblichen neuen Symptome zu Gesicht bekommen. Ursache: Es gibt sie nicht. Sollte jedoch jemals der Beweis für eine gefährliche Erkrankung erbracht werden, werden die Fachleute umgehend reagieren; die Regierung wird auf der Basis der Expertenvorschläge mit allen gebotenen Mitteln eine Ausbreitung verhindern. Es besteht nicht der geringste Anlass zur Sorge.

Hamm atmete tief durch. »Konzertierte Aktion«, sagte er schließlich, als er zusätzlich auf ein Interview mit dem Präsidenten des Schleswig-Holsteinischen Bauernverbandes stieß, in dem dieser energisch bestritt, dass es eine unbekannte Rinderkrankheit auf Sylt gäbe. »Dass diese Politangestellten sich nicht schämen! Diffamierung, statt der Sache auf den Grund zu gehen! Sie sind das Geld nicht wert, das der Steuerzahler ihnen zugesteht. Professor Kretschmann ist derjenige, der Michelsen fertig machte.«

»Sie nennen ihn einen Experten.«

»Wie soll er ein Experte für eine ihm unbekannte Erkrankung sein? Der einzige Experte ist Gebhardt.«

»Warum fragen sie dann Kretschmann?«

Hamm schnaubte durch die Nase. »Tja, ich kann mir denken, dass die Regierung ihn hinzuzieht, weil er gut funktioniert. Bei Rinderwahnsinn war es auch so. Er hat auf allen Kanälen zu den wichtigsten Sendezeiten versichert, dass BSE mit an Sicherheit grenzender Wahrscheinlichkeit ungefährlich sei. Es hat immer Fachleute gegeben, die das Gegenteil sagten, aber die kamen nur auf den privaten Sendern zu Wort. Kretschmann gehört wie die meisten Politiker zum Netzwerk staatlich finanzierter Schmarotzer. Es ist nicht zum Aushalten! Ich muss raus und mich durchpusten lassen, Gotje.«

Als er viel später abgekühlt und mit einem Spätsommerblumenstrauß ins Haus zurückkam, fand er Gotje mit betroffenem Gesicht vor dem Radio.

»Was ist?«, fragte er überrascht.

»Der Hindenburgdamm ist jetzt dichtgemacht, und der Fährverkehr nach Röm wurde eingestellt. Niemand darf Sylt verlassen.«

»Ich wundere mich, dass Nicholaysen es geschafft hat, dies alles durchzusetzen. Wahrscheinlich musste der Amtsarzt zustimmen, nachdem Habermehl in der Pressekonferenz die tropischen Krankheiten aufgezählt hatte. Das hatte er bestimmt nicht beabsichtigt.«

»Wenn man es am eigenen Leibe erlebt, ist es keine Verwaltungsmaßnahme mehr. Dann wird auch eine große Insel plötzlich zum Gefängnis«, murmelte Gotje. Sie sah auf. »Und wie verhindern sie, dass wir verhungern?«

»Oh, das passiert nicht! Waren und risikofreudige Menschen dürfen herein. Du kannst davon ausgehen, dass sich bald hier Wissenschaftler tummeln werden, die uns bis ins Kleinste erforschen wollen.«

Gotje beruhigte sich und lächelte ihn an. »Das hört sich ja an, als ob wir eine fremde Spezies hinter Gittern wären.«

»So ungefähr«, sagte Hamm ernst. »Ein Spaß wird es jedenfalls nicht werden. Vermutlich bricht unter den Leuten eine Art Krieg aus. Jeder gegen jeden. Dabei fällt mir ein: Würdest du wohl einen Obdachlosen bei dir aufnehmen? Ich wurde vor die Tür gesetzt.«

Martens stand am Fenster der Redaktion und sah hinunter auf die Straße. Sylter Bürger standen dort unten und diskutierten erregt, wahrscheinlich nicht anders als an den übrigen neuralgischen Punkten von Westerland. Seit dem Morgen patrouillierten regelmäßig Streifenwagen vor dem Verlagshaus. Er wusste nicht einmal, ob es sich um eine planmäßige Sicherheitsmaßnahme handelte oder einfach nur Zufall war.

Er seufzte. Der Verlagsleiter hatte noch nichts von sich hören lassen und war auch nicht zu erreichen gewesen. Er hätte sehr gerne dessen Meinung zu Böttchers Artikel erfahren. Plötzlich starrte er wie elektrisiert nach unten. Wenn man an den Teufel dachte, kam er.

Böttcher drängte sich zu Fuß durch die Menge hindurch, was einige Zeit dauerte, und erreichte endlich die Stufen des Verlagshauses.

Martens drehte sich um und erwartete ihn, lässig gegen die Fensterbank gelehnt.

Böttcher bemerkte ihn und winkte ihm von weitem zu. »Hallo, Marty!«, rief er, als er in Martens Büro hereinbrauste. Er grinste über das ganze Gesicht. »Spannend da draußen! Endlich einmal. Musste mein Auto stehen lassen.«

»Man könnte fast meinen, du hättest deinen Spaß an dem Notstand«, mutmaßte Martens.

Böttcher warf sich auf einen Stuhl und begann einen Film aus seiner Kamera zu spulen. »Klar, wieso auch nicht? Wie zu Pestzeiten! Schon immer hab ich Daniel Defoe beneidet, der als Journalist den Anfang einer Pestepidemie miterlebte.«

»Du hast eine Spielernatur, Mario«, diagnostizierte Martens. »Hoffentlich bleibt sie dir noch recht lange erhalten.«

Böttcher steckte den Film in die Tasche seiner Lederjacke und machte ein fragendes Gesicht.

»Übrigens, Defoe war erst fünf Jahre alt, als die Pest London erreichte. So ganz aus erster Hand war seine Reportage nicht.«

Böttcher betrachtete Martens nachdenklich. »Ist was?«, fragte er.

»Na, klar ist was«, erwiderte Martens verärgert.

»Wolltest du uns eine Verleumdungsklage auf den Hals holen? Dieser Tierarzt schoss hier herein wie ein Kampfstier in die Arena. Auf den Anruf des Bürgermeisters warte ich noch. Und auf den des Verlagsleiters. Du bist mit deinem Artikel allen möglichen Leuten mächtig in den Rücken gefallen.«

»Du liebe Güte, der Bürgermeister hat zurzeit anderes zu tun und um den Verlagsleiter würde ich mich an deiner Stelle nicht sorgen.« Böttcher tat beide mit einer abfälligen Handbewegung ab. »Mir ging es um diesen Tierarzt. Kommt aus Frankfurt daher und versucht hier, Seuchenpolitik zu machen. Ein kaltschnäuziger Typ, dem es um Aufmerksamkeit geht. Wahrscheinlich hat er daheim keinen Erfolg und nun hier die Gelegenheit beim Schopf ergriffen.«

Martens betrachtete ihn mit zusammengekniffenen Augen. »Sag mal, glaubst du selbst, was du sagst? Kennst du den Tierarzt?«

»Ich hatte mal indirekt mit ihm zu tun«, versicherte Böttcher, »allerdings nicht bei einem Interview. Übrigens gibt mein Artikel nicht nur meine Meinung wieder, sondern dies war auch der Eindruck des Bürgermeisters, als ich ihn in der vorigen Woche interviewte. Auf der Landespressekonferenz in Kiel vertraten sie die gleiche Einschätzung.«

»Dies ist Sylt und nicht Kiel. Bist du denn von allen guten Geistern verlassen?«, herrschte Martens ihn an. »Was kümmert einen Herrn Nicholaysen, was er vorige Woche geäußert hat? Stand der Dinge ist heute ein ganz anderer, wie du an den Notstandsmaßnahmen unschwer erkennen konntest.«

»Das macht mich ja so stutzig«, sagte Böttcher in höchst aufrichtigem Ton, während er unruhig an seinem

Schnurrbart zupfte. »Auf ein einziges Wort von einem Viehdoktor treibt unser Bürgermeister die Insel in den wirtschaftlichen Ruin! Der Fremdenverkehr geht total baden. Mitten in der Hochsaison. Das gibt einen Einbruch, wie wir ihn noch nie erlebt haben. Das Wasserwerk macht dicht. Hotels werden zumachen. Die Molkerei bleibt auf den Milchprodukten sitzen. Buchhandlungen, Juweliere, Zeitungskioske, Strandkorbvermieter, Lebensmittelgeschäfte, Restaurants, Taxiunternehmen, Surfschulen, Reitställe ...! Pleiten, wo du hinschaust! Und das bringt ein einzelner Mann fertig, der sich für einen Wissenschaftler hält, aber von Sylt nicht die Spur einer Ahnung hat. Wie er das Ding mit Nicholaysen gedreht hat, weiß ich noch nicht. Aber ich werde es herausbekommen!«

»Du hast die Klofrauen vergessen«, rügte Martens sarkastisch, was Böttcher als das Ende der Standpauke ansah. Ohne die Tür zum Büro zu schließen, schlenderte er an seinen Schreibtisch zurück.

Martens sah ihm nach. Jeder andere hätte an Böttchers Aufrichtigkeit nicht gezweifelt. Aber er kannte ihn. Hamms Beobachtung konnte richtig sein. Martens hatte schon seit einiger Zeit den Verdacht, dass Böttcher in Kersts Sold stand. Die Frage war eher, wie dies mit der München Investment Trust zusammenhing. Es wurde Zeit, in dieser Richtung zu recherchieren. Sein Verleger hatte immer noch nicht angerufen.

Kapitel 30

»Hast du das Kommuniqué aus Kiel gelesen?«, fragte Gebhardt.

Hamm saß im winzigen Raum des Assistenzarztes. Er schüttelte den Kopf. »Diese Flut von Information lässt sich nicht lesen. Man wird ja überschüttet damit.«

»Der Minister für Gesundheit und Familie hat zu allgemeiner Besonnenheit aufgerufen«, sagte Gebhardt grinsend. »Und die Regierung in Kiel ist fest entschlossen, die Krankheit zu beobachten und statistisch zu erfassen. Begleitet von den Empfehlungen des Experten Professor Kretschmann, tut sie das Menschenmögliche.«

»Habe ich gesehen«, bemerkte Hamm. »Ich war im Rathaus, um die endgültig geltenden Verfügungen durchzulesen. Im Foyer hatten sie drei Tische aufgestellt. Davor Schlangen von Ratsuchenden bis auf den Platz vor dem Rathaus. Und es regnete in Strömen.«

»Was wollten die Leute denn?«, erkundigte sich Gebhardt.

»Eine Frau wollte zur Hochzeit ihres Neffen nach Kassel reisen«, erzählte Hamm. »Sie trug so viele Klunker an den Fingern, dass es ihr wahrscheinlich leicht gefallen wäre, den Beamten zu bestechen.«

»Ja, aber das funktioniert nicht«, sagte Gebhardt zufrieden. »Schließlich ist das hier keine Bananenrepublik.«

»Und doch wüsste ich gerne, wen die Hubschrauber transportieren, die so oft landen und abfliegen.« Hamm zog eine Grimasse.

»Tatsächlich?«, fragte Gebhardt.

Hamm nickte.

Gebhardt zuckte mit den Schultern. »Na ja. Übrigens wurden wir informiert, zur Beruhigung gewissermaßen, dass inzwischen eine Menge Fachleute der Ursache auf der Spur ist: Epidemiologen, Onkologen, Bakteriologen, Zoologen, die sich auf stechende und saugende Insekten spezialisiert haben.«

»Du meine Güte!«, sagte Hamm. »Sehr eindrucksvoll, wenn man bedenkt, dass wir bisher ganz allein waren. Wo sind sie denn alle? Hier in der Klinik?«

»Wo denkst du hin«, antwortete Gebhardt mit leisem Vorwurf in der Stimme. »Sie sind überwiegend der Ansicht, dass sie der Erforschung der Krankheit am besten dienen können, wenn sie selber gesund bleiben. Bedauerlicherweise können sie daher nicht nach Sylt reisen. Aber sie forschen auf das Intensivste in allen möglichen Universitäten Deutschlands.«

Hamm, der zunehmend ungläubig zugehört hatte, brach in schallendes Gelächter aus. Als er sich wieder beruhigt hatte, sagte er: »Überwiegend? Gibt es denn auch andere?«

In dem Augenblick, als Gebhardt antworten wollte, öffnete sich die Tür. Auf der Schwelle stand ein Mann, den Hamm hier noch nie gesehen hatte, mittelgroß, ungefähr vierzig Jahre alt und sehr konservativ gekleidet, wenn man es höflich ausdrücken wollte. Mit seinen braunen Augen spähte er ein wenig kurzsichtig im Zimmerchen umher. Unter dem Arm trug er eine abgewetzte Aktentasche mit brüchigen Schnallen.

»Doch, es gibt andere«, bestätigte Gebhardt und bemühte sich heftig, das Gelächter in seiner Stimme zu unterdrücken. »Unseren Herrn Dr. Meyer. Von der Universität Hamburg. Sie haben ihn uns unverzüglich und gerne zur Verfügung gestellt, habe ich gehört.«

Herr Dr. Meyer machte eine knappe, zackige Verbeugung. »Spezialisiert auf die Auswirkungen von Klimaveränderungen auf die menschliche Gesundheit.«

Hamm zuckte zurück. Der Herr Doktor hatte offenbar eine feuchte Aussprache. Kein Wunder, seine Oberlippe war zu kurz, dafür die Nase lang. Dann riss Hamm sich zusammen, sprang auf und stellte sich selbst vor. »Hamm, Dr. Thomas Hamm, spezialisiert auf Meerschweinchen und Bandwürmer.«

»Irgendwie habe ich mich verlaufen«, sagte Meyer. »Könnten Sie mir wohl beschreiben, wie ich zu Herrn Professor Habermehl komme?«

»Guten Morgen, einen wunderschönen guten Morgen«, wünschte Herr Meyer überschwänglich.

Frau Teschke unterdrückte einen Seufzer und sah auf. »Moin, Herr Dr. Meyer. Der Herr Professor ist noch nicht da.« Leider war ihre Hoffnung, dass sich der Mann in Luft auflösen würde, vergebens. Drei Tage war er jetzt im Haus, und sie wusste längst, wie lästig er werden konnte.

Meyer ließ sich auf dem Besucherstuhl nieder und stellte die Aktentasche neben seinen Füßen ab. »Viel Arbeit«, erkannte er und reichte ihr den Kugelschreiber, den sie suchte.

»Ja«, sagte sie und ergab sich in ihr Schicksal. Sie brauchte den Wissenschaftler gar nicht genauer anzusehen, um zu erkennen, dass er dieselbe Krawatte und dasselbe Hemd wie vorgestern anhatte, was sie ohnehin deutlich riechen konnte.

»Wann kommt denn der Professor?«

»Wahrscheinlich gegen elf Uhr«, antwortete Frau Teschke knapp, rollte mit ihrem Bürostuhl neunzig Grad herum und schaltete den PC ein.

»So spät?«

Sie drehte sich wieder um und sah Meyer streng an. »Die Einteilung seiner Arbeit müssen Sie wohl Herrn Professor Habermehl selbst überlassen. Schließlich hat er im Moment besonders viel zu tun.«

»Eben, das meine ich ja«, sagte Meyer eifrig. »Warum ist er dann noch nicht da?«

»Der Herr Professor hat eine Besprechung mit dem Bürgermeister«, erklärte Frau Teschke mit übertriebener Geduld.

»Ach so«, sagte Meyer. »Wissen Sie, ich bin sehr hartnäckig.«

»Das befürchtete ich schon.« Frau Teschke stöpselte sich die Hörer des Tonbandes in die Ohren und begann nach Diktat zu schreiben.

Meyer griff nach der Zeitschrift Pädriatische Orthopädie, die ihn kaum interessieren konnte, und begann darin zu blättern.

Unvermittelt sprang er auf und begann wild um sich zu blicken. Frau Teschke konnte gar nicht anders, als das Tonband auszuschalten und ihn fragend anzusehen. »Sie brauchen mehr Licht beim Schreiben«, erklärte er und knipste die weiße Schreibtischleuchte mit dem dünnen Arm auf halbkugeligem Fuß an.

Frau Teschke warf ihm einen gequälten Blick zu. »Herr Dr. Meyer, warum unterhalten Sie sich nicht einstweilen mit Dr. Lorenzen? Haben Sie ihn schon kennen gelernt?

Er ist unser Fachmann für Hautkrankheiten. Ich bin sicher, er würde sich freuen, von Ihren Fortschritten zu hören, wenn Sie schon welche haben …«

»Oh, gewiss habe ich«, beteuerte Meyer begeistert. »Wo finde ich ihn denn?«

»Ich bringe Sie hin«, sagte Frau Teschke und beglückwünschte sich selbst zu ihrem guten Einfall.

Lorenzen war gerade damit befasst, die jüngsten Ereignisse im Zusammenhang mit dem Yassafieber schriftlich festzuhalten. Er ergänzte das Protokoll täglich.

»Ihre Arbeit ist bewundernswert, Herr Kollege«, lobte Meyer, während er in Lorenzens Zimmer schlurfte. »Habe schon davon gehört. Meyer mein Name.«

»Einmalige Gelegenheit«, bestätigte Lorenzen, sprang auf und kam seinem Besucher mit ausgestreckter Hand entgegen. »Eine Krankheit in statu nascendi sieht man nicht alle Tage. Lorenzen.«

»Wie sind die aktuellen Zahlen?«, erkundigte Meyer sich, während er sich auf der Tischkante niederließ.

»Fünfzehn Fieberkranke, kein Schock, kein Pseudomelanom, keine frisch Verstorbenen«, zählte Lorenzen stolz auf und nahm wieder hinter seinem Schreibtisch Platz. »Haben Sie denn schon eine Erklärung gefunden?«

»Möglicherweise«, sagte Meyer zurückhaltend. »Jedenfalls erscheint es mir unsinnig, dass Yassafieber mit Wasser oder mit Mückenstichen in Zusammenhang stehen soll.«

Lorenzen zuckte mit den Schultern. Er hatte sich nicht danach gedrängt, Meyer kennen zu lernen, weil ihm die Einmischung von außen grundsätzlich nicht passte. Diesen Mann hatte er gern Habermehl überlassen. Auf einmal erschien ihm sein Schweigen zu unhöflich. »Ganz meine Meinung«, murmelte er.

»Die wahrscheinlichste Ursache ist doch das Ozon!«, platzte Meyer heraus.

Lorenzen horchte plötzlich interessiert auf.

Meyer merkte es. Er plusterte sich auf wie ein frierender Spatz und legte los. »Passen Sie auf; es ist ganz einfach. Die Ozonschicht schützt uns vor der ultravioletten Strahlung der Sonne, nicht wahr? Nun ist die UV-Einstrahlung hier an der See naturgemäß am stärksten. Wenn also die Ozonschicht dünner wird, wie es seit einigen Jahren zunehmend geschieht, muss sich der Mangel am frühesten an oder auf der See auswirken, vorzugsweise also auf Inseln. Können Sie mir folgen?«

»Und wie! Sprechen Sie weiter, Herr Meyer.« Lorenzen hielt für einen Augenblick den Atem an. Vielleicht war dies seine große Chance.

»Nun erwarten wir Spezialisten bei einer nur einprozentigen Minderung der Strahlenschutzwirkung bereits eine Zunahme der Hautkrebsrate um zwei bis fünf Prozent, gleichzeitig eine eklatante Schädigung des Immunsystems sowie Augenschäden.«

Lorenzen nickte mechanisch.

Meyer beugte sich vor, um Lorenzen aus nächster Nähe zu fixieren. »Und wo lässt sich nun so etwas während seiner Entstehung beobachten?« Er wies mit großer Geste in die Runde. »Natürlich hier, auf Sylt!«

»Vielleicht sollten wir darüber gemeinsam veröffentlichen«, schlug Lorenzen kollegial vor und wischte sich diskret die Spucketröpfchen aus dem Gesicht. »Wissen Sie, ich arbeite im Rahmen meiner Habilitation über genau solche Probleme. Bin nur deshalb nach Sylt gekommen. Die Insellage besitzt sehr viel mehr Einfluss auf den

Menschen, als wir wahrhaben möchten. Auf jeden Fall eine bestechende Theorie!«

»Keine Theorie. Ich bin kurz vor dem endgültigen Beweis. Ich berufe mich da auf die wissenschaftlichen Untersuchungen von Meyer 98 – meine eigenen –, Clark 99 und auf die persönliche Mitteilung von Cruickshank im vergangenen Jahr auf dem Kongress für Umweltschäden in Sydney. Sind Ihnen die Veröffentlichungen bekannt?«

Lorenzen spitzte den Mund und nickte vage.

Aber Meyer interessierte sich sowieso nicht mehr für seine Umgebung. »Wie steht es denn mit der Schwächung der Abwehrkräfte?«, fuhr er feurig fort. »Weshalb wachsen denn die Tumoren so wahnsinnig schnell? Doch nur, weil die Haut der Patienten keine lokale Widerstandskraft mehr hat. Übrigens: Haben Sie jemals Schäden an den Augen festgestellt?«

»Da war doch«, rief Lorenzen und sprang auf, »dieser Privatpatient, Herr Weiss, mit dem beginnenden Melanom im Augenhintergrund!«

»Sehen Sie? Sehen Sie!« Meyer triumphierte.

»Haben Sie Ihre Folgerungen Professor Habermehl schon mitgeteilt?«, erkundigte sich Lorenzen.

»Wie denn, wie denn!« Meyers Stimme überschlug sich förmlich vor Aufregung. »Er ist ja nie im Haus, wenn ich ihn sprechen möchte!«

Lorenzen wischte seinen Einwand mit einer Handbewegung fort. »Kommen Sie mit, Herr Kollege, erzählen Sie es wenigstens meinem Assistenzarzt Gebhardt. Der hat da nämlich ganz andere Vorstellungen. Er ist ein besonders ungläubiger Thomas! Heißt aber Klaus.«

Lachend stieß er die Tür auf und pflügte sich mit schaukelnden Ellenbogen und wehendem Kittel seinen

Weg durch den Flur, Meyer im Schlepptau. Er bog um die Ecke und steckte seinen Kopf in das Schwesternzimmer. »Gebhardt irgendwo?«

Eine junge Lernschwester deutete verschüchtert auf das gegenüberliegende Krankenzimmer. Lorenzen riss die Tür auf und rief in den kleinen Korridor hinein: »Herr Gebhardt, kommen Sie mal! Ich habe etwas Interessantes für Sie.«

»Hat es nicht einen Moment Zeit?«, erklang Gebhardts ungehaltene Stimme. »Ich kann jetzt nicht.«

»Doch, natürlich. Wenn Sie auf Ihrer Therapie beharren wollen, lassen Sie's ruhig. Aber was ist, wenn Sie Ihre Therapie auf der Stelle ändern müssten?«, fragte Lorenzen listig und blinzelte Meyer zu, der hinter ihm wartete. »Vielleicht wäre eine einfache Schutzmaßnahme für die Haut völlig ausreichend! Salbe statt Spritzen!«

»Ich komme gleich wieder«, sagte Gebhardt bedauernd zu seinem Patienten. »Etwas Dringendes.«

Deine Wichtigtuerei wird dir schon noch vergehen, sagte Lorenzen sich und sah seinem Assistenten erwartungsvoll entgegen.

»Was ist?«, fragte Gebhardt unhöflich und zog die innere Tür mit Nachdruck hinter sich zu. Er ließ keinen Zweifel daran, dass er in Eile war.

»Ihre Behandlung mit Antiallergika ist Unsinn, junger Kollege«, verkündete Lorenzen mit äußerstem Behagen. »Mit den Mückenstichen hat die Sache nichts zu tun.«

»Natürlich hat sie das«, widersprach Gebhardt gereizt. »Alle Patienten mit Pseudomelanose haben Mückenstiche. Wenigstens das sollte doch inzwischen Konsens sein. Vielleicht hat es mit dem Histamin in der

Quaddel oder der Änderung des pH-Wertes etwas zu tun …«

Lorenzen wippte siegesgewiss auf den Zehenspitzen hin und her und brachte damit Gebhardt dazu, seine Ausführungen abzubrechen. »Wollen Sie nicht fortfahren, damit unser Gast Ihre fabelhafte Therapie besser versteht?«, erkundigte er sich genüsslich und verzog spöttisch die Lippen.

»Keineswegs«, antwortete Gebhardt verärgert. »Was wollen Sie?«

»Erklären Sie es ihm, Herr Meyer. Dazu gehen wir besser hinaus auf den Flur.«

Meyer konnte es kaum erwarten. »Ozonabnahme, Strahlenschutzverlust, Zunahme der UV-Strahlen, Erhöhung der Krebsrate«, stieß er hervor und blickte Gebhardt erwartungsvoll an.

Gebhardt sah so verständnislos drein wie ein neugeborenes Kälbchen. »Das müssen Sie mir mal genauer erklären«, sagte er mürrisch.

Meyer trug seine Theorie ausführlich vor.

Lorenzen verschränkte die Arme und wartete mit Behagen auf den Widerspruch seines Assistenten, aber der kam nicht. Nun, auch Gebhardt hatte die Weisheit nicht mit Löffeln gefressen. »Was sagen Sie dazu?«, fragte er schließlich herausfordernd.

Gebhardt schüttelte sich wie ein junger Hund. »Eines passt nicht zu Ihrer Theorie, Herr Meyer. Die entdifferenzierten Zellen, die vor allem an den Mückenstichen Zellnester bilden.«

»Aber Gebhardt!«, mischte Lorenzen sich ein. »Denken Sie doch mal nach! An den Mückenstichen entstehen die Melanome zuerst, weil die lokale Abwehrkraft durch die entzündlichen Veränderungen herabgesetzt ist.«

»Ausgezeichnet, Herr Kollege!«, rief Meyer erfreut. »Völlig überzeugend!«

»Vielleicht stechen die Mücken sogar nur deshalb, weil an diesen Stellen die Haut bereits geschädigt ist und erhöhte Wärme aufweist. Sie haben das Pferd von hinten aufgezäumt, Herr Gebhardt«, sagte Lorenzen aufgeräumt.

Gebhardt schüttelte störrisch den Kopf. »Ich glaube es nicht, Herr Lorenzen. Ich vermute, unser Pathologe auch nicht.« Ohne sich von Meyer zu verabschieden, kehrte er ins Krankenzimmer zurück.

Lorenzen sah ihm überlegen grinsend nach. »Ungläubiger Thomas, ich sagte es ja. Aber schließlich ist die Medizin keine Glaubensfrage. Das wird er schon noch merken.« Er ergriff Meyers Hand und schüttelte sie ausgiebig, bevor er sich abrupt umdrehte und seinem Zimmer zustrebte.

Mit fliegenden Fingern wählte Lorenzen die Münchener Nummer.

»München Trust Investment-Gesellschaft. Grüß Gott. Was kann ich für Sie tun?«

»Bin ich mit Herrn Eckhardts Vorzimmer verbunden?«, erkundigte Lorenzen sich irritiert.

»Nein, leider nicht, die Leitungen sind gegenwärtig aus internen Gründen alle zur Zentrale gelegt worden. Aber wenn Sie in einer halben Stunde nochmals anrufen würden ... Herr Eckhardt ist im Haus.«

»Besteht die Möglichkeit, ihm auszurichten, dass Dr. Lorenzen aus Westerland ihn sehr dringend sprechen möchte? Er weiß dann schon Bescheid ...«

»Selbstverständlich, Herr Dr. Lorenzen.«

Er lehnte sich in seinem Sessel zurück und begann von

einer fünfstelligen Provision zu träumen. Die Bestrahlungsapparaturen waren nicht schlecht gewesen. Aber diese Information war für eine Kosmetikfirma wie die der München Trust Gold wert, und er gedachte, sich davon ein tüchtiges Scheibchen abzuschneiden.

Kapitel 31

»Nein!«, brüllte der Bauer, dem die Rinder auf einer der Weiden nahe Keitum gehörten. »Nicht! Sie sind alles, was ich habe!«

»Es tut mir Leid, Nielsen, aber es geht nicht anders.« Der Veterinärrat klopfte dem Mann bedauernd auf den Rücken, während seine Helfer sich auf der Wiese verteilten, um die Tiere zusammenzutreiben.

Hamm, der zufällig vorbeigekommen war, hatte in einiger Entfernung gehalten, war ausgestiegen und hatte die Motorhaube hochgeklappt. Dahinter verborgen, beobachtete er die Szene. Diese Weiden bei Keitum interessierten ihn brennend. Der Bauer, der jetzt um sein Vieh kämpfte, hatte damals dafür gesorgt, dass Tjard Johannsen ihn verabschiedete.

Auf der benachbarten Weide hatten die Rinder die auffälligen Symptome gehabt, über die der Kollege einen Vortrag hatte halten wollen. Demnach hatte er sich intensiv mit den Rindern befasst. Und war überraschend gestorben ...

Der Landwirt riss sich die blaue Mütze vom Kopf, knüllte sie zusammen und warf sie voller Wut auf den Boden. »Ihr habt geschrieben, dass gesunde Rinder nicht gekeult werden. Und meine sind gesund ...«

Der Einwand des Bauern war berechtigt. Zu gerne hätte Hamm sich in das Gespräch eingemischt. Aber der

Mann würde ihn wahrscheinlich wiedererkennen. Und im Augenblick schien ihm die Überschrift im Anzeiger: *Lynchmord an einem Frankfurter Tierarzt* ... gar nicht so weit hergeholt zu sein.

Inzwischen war der Viehtransporter angekommen. Der Fahrer bugsierte seinen Anhänger die kleine Rampe hinunter, die auf die Weide führte. Als die Hinterräder auf dem Gras standen, schaltete er den Motor aus und sprang aus dem Wagen. »Weiter geht es nicht!«, rief er dem Amtstierarzt zu.

Der nickte ihm nur zu. »Nielsen«, sagte er begütigend, »ich weiß zwar, dass Ihnen das auch nicht hilft, aber alle landwirtschaftlichen Nutztiere auf Sylt werden getötet. Nicht nur Ihre. Es handelt sich um eine Vorsorge zum Schutz des Menschen und ist keine amtstierärztliche Maßnahme im Sinne des Tierschutzgesetzes.«

»Das stimmt nicht!«, schrie die Bäuerin, eine stämmige Person in Rock und Gummistiefeln. »Bei den Nachbarn sind sie zum Schlachten abgefahren worden.«

Der Bauer ballte die Faust und der Amtstierarzt rückte einen Schritt von ihm ab. »Für Schlachtvieh wird nach Marktpreis bezahlt, während ich nur eine Entschädigung bekomme, wenn meine Rinder gekeult werden.«

Der Amtstierarzt seufzte und setzte erneut an. »Bei uns liegt eine Anzeige vor, dass unter Ihren Rindern eine Viehseuche ausgebrochen ist, Nielsen. Unter anderen Umständen hätten wir die Tiere isoliert und beobachtet. Jetzt können wir das nicht. Als Vorsichtsmaßnahme müssen wir sie keulen. Der Staat hat großen Respekt vor dem Verbraucher.«

»Nur vor uns Landwirten nicht. Wer hat mich angezeigt?« Der Mann war inzwischen außer sich vor Wut.

Der Amtstierarzt zuckte mit den Schultern. »Kann ich

Ihnen so nicht sagen. An Ihrer Stelle würde ich auch keinen Terror machen. Sie wissen ja, dass Sie selbst zur Anzeige verpflichtet gewesen wären. Seien Sie dankbar, wenn Sie die Entschädigung bekommen.« Er drehte sich um und beobachtete schweigend, wie das letzte Rind in einen Behelfsverschlag aus zusammengesteckten Rohren hineingetrieben wurde.

»Das war bestimmt dieser Schnüffler!«

Hamm duckte sich tiefer hinter die Motorhaube. Vermutlich hatte Tjard Johannsen die Anzeige erstattet.

Der erste Schuss fiel, ein dumpfes Plopp mit so kurzem Schall, dass er kaum ein Echo erzeugte. Der amtliche Schlachter senkte die Betäubungspistole, wartete, bis das Rind auf dem Boden lag, und setzte sein Instrument dann dem nächsten auf die Stirn. Währenddessen machte sich ein junger tierärztlicher Kollege daran, die Rinder mit der Spritze zu töten. Mit Hilfe eines Flaschenzuges zogen Arbeiter die Kadaver in den Wagen und verstauten sie.

Die Bäuerin wandte sich um und ging auf die Höfe jenseits der Weide zu.

»Das war's, Chef«, sagte der Fahrer des Transporters, als die Auffahrrampe hochgeklappt worden war, tippte an die Mütze und stieg wieder hinter das Lenkrad.

Abdeckerei Nord, las Hamm an der Rückwand.

»Nielsen«, sagte der Amtstierarzt in das Rumpeln des Transporters hinein, der Richtung Bundesstraße schaukelte, »es ist einfach nicht zu ändern. Tut mir Leid ...«

Beklommen schlug Hamm die Haube zu, kroch auf der Beifahrerseite ins Auto und zog die Tür mit einem leisen Klicken zu. Seine Freude darüber, dass er Gotje gleich sehen würde, war im Augenblick sehr gedämpft. Es wäre seine Pflicht gewesen, dem Amtstierarzt jetzt das illegal vergrabene Rind von Nanning Wollesen anzuzeigen.

Aber irgendetwas ließ ihn zögern. Im Rückspiegel sah er den Wagen des Amtstierarztes davonfahren.

»Sind Sie derjenige, der für den Artikel über die Seuche verantwortlich zeichnet?«, fragte die Stimme am anderen Ende der Leitung, die sich als Professor Habermehl vorgestellt hatte.

»Ja«, bestätigte Böttcher vorsichtig. Im Gegensatz zu dem, was er Martens erzählt hatte, hatte er Habermehl nicht interviewt.

»Gut! Ihr Artikel war ausgezeichnet, scharf und pointiert und in der Sache richtig, wenn Sie da auch etwas verwechselt haben müssen. Ich vermute, Sie haben mit Lorenzen oder Koch gesprochen. Ich hätte Hamm nie in der Öffentlichkeit als Scharlatan zu bezeichnen gewagt, wegen Verleumdungsklagen und so ... Aber die Presse weiß natürlich besser mit solchen Leuten umzugehen als ein unbedarfter Arzt.« Habermehl lachte über seinen Witz.

Böttcher schaltete sofort und stimmte herzhaft ein. Er hatte erwartet, dass Habermehl auf einer Gegendarstellung bestehen würde. Stattdessen erwies er sich als Verbündeter! Und vielleicht ließen sich ihm noch mehr verwendbare Informationen über die Klinik entlocken, wenn er ihm eine nette Gesprächsatmosphäre bot. »Ich bin ganz Ohr, Herr Professor«, sagte er.

»Ich wollte Sie darüber informieren, dass die Ursache der Erkrankung endgültig geklärt wurde. Es handelt sich um das Ozonloch. Erhöhte UV-Strahlung und so weiter. Haben Sie das?«

»Klar«, sagte Böttcher, der sein Tonband mitlaufen

ließ. Etwas gelangweilt folgte er in den nächsten Minuten den Ausführungen des Professors über die Krankheit und ihre Ursachen.

»Diese neuesten Erkenntnisse haben wir zusammen mit einem Wissenschaftler des Instituts für Wetterkundliches Geschehen der Universität Hamburg erarbeitet, Herrn Dr. Meyer. Sehr fähiger Mann, muss ich sagen.«

»Ich werde auch seinen Namen erwähnen«, versprach Böttcher bereitwillig.

»Die Notstandsmaßnahmen waren Unsinn, völlig überzogen vom Bürgermeister. Vielleicht eine persönliche Panikreaktion.«

»Man wird es bei der nächsten Wahl zu berücksichtigen haben ...«, sagte Böttcher lauernd. Ihm fiel es nie schwer herauszuhören, was Leute wollten. Danach bedankte er sich herzlich für die vorzügliche Zusammenarbeit mit der Klinik.

Er schaltete das Tonband aus, legte die Füße auf den Schreibtisch und dachte nach. Er würde die Veröffentlichung von Habermehls Informationen so lange wie möglich hinausschieben. Schließlich waren seit seinem Artikel im Boten für Deutschland einige interessante Aktien erfreulich in ihrem Wert gesunken und vielleicht würden ja noch welche dazukommen. Außerdem gab es zum ersten Mal erschwingliche Immobilien auf Sylt ...

Trotzdem musste er gewisse Leute informieren, von denen er abhängig war. Mit einem Ruck zog er die Füße herunter, tippte eine Notiz in den PC und druckte sie aus. Er wandte sich an einen der Fahrradkuriere, die vor dem Haus auf Aufträge lauerten, und schickte ihn ins Rathaus, zu Händen des Bürgermeisters persönlich. Danach stellte er sich in eine windgeschützte Ecke und rief über sein Handy Kerst an.

Nach der Sperrung der Insel wurde der Bürgermeister mit einer Flut von mündlichen und schriftlichen Beschwerden überschüttet; dazu kamen die Vertreter von Sylter Unternehmen, die persönlich vorsprachen und sich nicht abwimmeln ließen.

Nicholaysen fühlte sich nicht gut. Die Aspirintablette die er auf Anraten seines Hausarztes täglich prophylaktisch gegen Herzinfarkt einnahm, zeigten so gut wie keine Wirkung. Besser als Tabletten half seine Sekretärin ihm; sie hatte sich wieder einmal als Schatz erwiesen, war eine wahre Expertin im Abwimmeln von unnötigen Besuchern und Anrufen.

Als das Telefon doch wieder einmal klingelte, erhob Nicholaysen sich schwerfällig vom Sofa, auf dem er einige Minuten ausgeruht hatte. Er registrierte mit Verärgerung, dass er auf dem Weg zum Schreibtisch leicht taumelte.

»Ja?«

»Herr Eckhardt von der München Trust Investment-Gesellschaft«, kündigte Frau Wiegand gedämpft an.

Nicholaysen zog seinen Sessel mit einem Bein heran und meldete sich.

»Hier Eckhardt. Wir müssen mit Erstaunen zur Kenntnis nehmen, dass Sie mit geradezu Don Quichotte'scher Tollkühnheit unverantwortliche Maßnahmen auf Sylt eingeleitet haben«, sagte er.

Eckhardt, Syndikus der München Trust, war hörbar verstimmt. Normalerweise war seine Höflichkeit ebenso perfekt wie der Service der zum Trust gehörenden Firmen.

Nicholaysen blieb stumm. Er hatte scharfe Reaktionen vonseiten der Industrie längst erwartet. Die München Trust war auf Sylt an Reisebüros, Hotels und Appartementhäusern beteiligt. In diesem Fall sah man sich offenbar genötigt, Geschütze von anderem Kaliber als Manfred Kerst aufzufahren. Obwohl auch der um einen Termin gebeten hatte.

»Zu Ihren Gunsten wollen wir annehmen, dass Sie in der Eile die Rechtslage nicht genau prüfen konnten. Andernfalls müssten wir darüber nachdenken, ob wir Ihre Partei in Zukunft noch unterstützen können. Ihr Schatzmeister würde es Ihnen vermutlich übel nehmen, wenn ihm plötzlich sechsstellige Summen fehlten«, sagte Eckhardt leise und zog hörbar an einer Zigarre.

»Herr Eckhardt«, erwiderte der Bürgermeister, keineswegs eingeschüchtert, »die Maßnahmen sind keine persönliche Schikane von mir. Es handelt sich hier vielmehr um höhere Macht, ähnlich wie ein Krieg. Wir bekämpfen eine Krankheit, die tödlich ist!«

»Oh, wir wären genauso wenig bereit, einen Krieg zu dulden, jedenfalls im Moment nicht. An Waffenproduktion ist unser Unternehmen nicht beteiligt.«

Nicholaysen war einen Moment aus dem Konzept gebracht. »Wollen Sie damit sagen, dass Sie die Seuchenmaßnahmen nur unter dem Aspekt Ihres wirtschaftlichen Nutzens betrachten?«

»Aber, Herr Nicholaysen, Sie sind doch kein heuriger Hase! Unter welchem Aspekt sollten wir sie sonst betrachten? Wenn wir Arzneimittel herstellten, würde ich Ihre Sylter Krankheit als werbewirksames Event außerordentlich begrüßen.«

»Wissen Sie eigentlich, dass hier schon Menschen gestorben sind?«, erkundigte Nicholaysen sich barsch. »Nicht nur Bauern, sondern Leute, die Ihre Kunden sind.«

»Menschen sterben überall. Das ist das Leben«, sagte

Eckhardt leichthin. »Ich darf also davon ausgehen, dass Sie bei genauerer Prüfung der Rechtslage zu einer besseren Einsicht kommen.« Er legte auf, ohne sich zu verabschieden.

Nicholaysen gab ein unartikuliertes Knurren von sich, warf den Hörer auf die Gabel zurück und begann in der Schublade nach der Schachtel mit Tabletten zu kramen.

Zuoberst auf dem dicken Aktenpaket, das seine Sekretärin ihm auf seinen Schreibtisch gelegt hatte, lag eine Notiz mit dem Vermerk *persönlich*. Nicholaysen griff gerade danach, als der Summer des Telefons wieder ertönte. Mit einem Seufzer nahm er ab und meldete sich.

»Ich verbinde mit Herrn Wachenbüchl.«

Der Generalsekretär seiner Partei, Präsident des Schiverbandes, Bayer. Besonders häufig hatte Nicholaysen noch nicht mit ihm Kontakt gehabt. Und unter den gegenwärtigen Umständen erwartete er nichts Erfreuliches.

»Ich wünsche einen wunderschönen guten Morgen, Herr Nicholaysen«, sagte Wachenbüchl.

Nicholaysen nickte verdrossen. Auf den bayrischen Dialekt, den er sonst ganz gerne hörte, hätte er derzeit gut verzichten können. »Guten Morgen«, sagte er reserviert.

»Wie Sie wissen«, hob Wachenbüchl bedächtig an, »sind wir angewiesen auf das Wohlwollen unserer Wähler. Zu unserem großen Glück sind mit unserer Partei etliche finanziell potente Einzelpersonen und mittelständische Firmen dieses unseres Landes verbunden. Ich habe also gar keine Zweifel, dass wir uns auf die Dauer durchsetzen werden, zumal auch der Wähler unsere Bemühungen in allen lebenswichtigen Bereichen unseres Lebens voll anerkennt und zu honorieren bereit ist. Dennoch habe ich einige Sorgen, was einzelne Teile unseres Landes angeht. Es ist nicht gut, wenn irgendwo regierende Instanzen sich über die Interessen unserer Partei hinwegsetzen und ihre Verpflichtungen dem Wähler gegenüber hintanstellen.«

»Was wollen Sie mir eigentlich sagen?«, unterbrach Nicholaysen ihn. Er hatte heute einfach keine Ruhe, sich das gewundene Gerede des Generalsekretärs anzuhören.

»Wir erhalten seit einigen Tagen besorgte Anrufe aus allen Teilen der Bevölkerung, vor allem von Anlegern in Investmentgesellschaften – Immobilien und so –, jedoch auch, das sei hier nicht verschwiegen, von Unternehmen, die Interessen anderer Art auf Sylt haben und diese nun in Gefahr sehen.«

»Und?«, fragte Nicholaysen und presste die Lippen zusammen.

»Ich wollte Sie bitten, einen Weg aus der Krise zu finden, der angemessener erscheint als die wirtschaftsschädigenden Maßnahmen, die Sie getroffen haben. Unsere Bedenken wollte ich Ihnen nur mit auf den Weg geben. Im Übrigen will ich Sie keineswegs zu beeinflussen versuchen. Herr Nicholaysen? Sind Sie noch da?«

»Ich bin noch da«, antwortete der Bürgermeister dumpf.

»Gut. Wenn es Ihnen gelingt«, fuhr Wachenbüchl fort, »die Angelegenheit zur Zufriedenheit aller zu erledigen, werde ich mich persönlich dafür einsetzen, dass Sie auf der Landesliste einen sicheren Platz weit vorne erhalten. Sie wissen, Abstimmungen lassen sich zu einem gewissen Grad lenken ...« Er lachte verhalten. »Ich bin immer dafür eingetreten, dass gute Leute aus der Kommunalpolitik ihre Karriere in der Landespolitik fortsetzen. Einen guten Morgen wünsche ich Ihnen weiterhin, Herr Nicholaysen.«

Nicholaysen schnappte nach Luft. Beinahe wäre ihm der Hörer aus der Hand gefallen.

Kaum signalisierte das erloschene Licht, dass er sein Gespräch beendet hatte, zog Frau Wiegand leise die Tür auf. Ihr mitleidiger Blick traf ihn.

»Herr Kerst ist jetzt da«, sagte sie.

»Ich lasse bitten.«

Manfred Kerst ging mit lässigen, selbstsicheren Schritten an ihr vorbei, während sein Rechtsanwalt im Sekretariat noch die Unterlagen zusammenraffte. Heute kam Kerst in Stoffhose, mit hellblauem Hemd und schwarzer Jacke, von Kopf bis Fuß seriöser Geschäftsmann.

Nicholaysen sah ihm unbewegt entgegen.

Hinter Kerst hetzte Humperding herein, wie stets schwitzend und im Nadelstreifenanzug.

Kerst reichte dem Bürgermeister seine Hand. »Guten Morgen, Herr Nicholaysen«, sagte er. »Sie sehen etwas erschöpft aus.«

»Nun, es geht«, erwiderte er. »Ich habe viel Arbeit, wie Sie sich denken können.«

Kerst lächelte mitfühlend.

Nicholaysen nahm dankbar zur Kenntnis, dass Kerst weniger aggressiv wirkte, als er ihn bei anderen Gelegenheiten erlebt hatte. Er ließ sich in den Sessel sinken und bemerkte erst verspätet, dass seine Gäste noch standen. Auch seine gewohnte Höflichkeit war ihm abhanden gekommen. Wortlos wies er auf das Sofa. Dann beschloss er, den Stier bei den Hörnern zu packen. »Kommen Sie in eigener Sache oder für die München Trust? Mit Ihrem Chef habe ich eben telefoniert. Worüber also möchten Sie sich beschweren?«

»Über gar nichts«, erwiderte Kerst erstaunt. »Ich persönlich bewundere, wie Sie die schwierige Situation gemeistert haben. Alle Achtung.«

Nicholaysen hob verwundert die Augenbrauen, sagte aber nichts.

»Ich bin in eigener Sache hier«, fuhr Kerst fort. »Ich habe nämlich um Sie persönlich Sorge, oder genauer gesagt, um das Fortbestehen der absoluten Mehrheit der PFD. Deswegen habe ich Herrn Humperding gebeten, mich zu begleiten, als flankierende Maßnahme gewissermaßen. Sie kennen ihn ja bereits. Er soll für uns die Rechtslage abklopfen, soweit sie unklar sein könnte.«

»Wie meinen Sie das?«, fragte Nicholaysen. Er fühlte sich total überrumpelt.

»Die Partei für Deutschland ist auch meine Partei. Sie wissen das. Ich will nicht behaupten, dass ich sie in den vergangenen Jahren ganz uneigennützig unterstützt habe, denn wie wir alle wissen, ist die Wirtschaftspolitik der so genannten sozialen Parteien völlig indiskutabel. So viel nur, um klarzustellen, dass ich Sie weiterhin auf dem Bürgermeistersessel sehen möchte.«

Immer noch war es Nicholaysen völlig schleierhaft, worauf Kerst hinauswollte.

Der Bayer zog einen Zettel aus der Sakkotasche. »Ich habe eine Nachricht zugespielt bekommen, die mich geradezu zwingt, Sie aufzusuchen. Sie lautet folgendermaßen: *Die Ursache für das Yassafieber ist ermittelt. Es handelt sich um eine Zunahme des UV-Lichts, das die Tumorrate um ein Mehrfaches erhöht. Diese Erscheinung ist an der gesamten deutschen Küste sowie in allen Höhenlagen von Gebirgen in Zukunft verstärkt zu erwarten.*«

Nicholaysen hörte verblüfft zu. »Warten Sie. Irgendwie kommt mir das bekannt vor. Ich glaube, eine ähnliche

Nachricht erhielt ich auch.« Er beugte sich vor, um den Zettel mit dem Logo des Anzeigers genauer zu lesen.

»Dann ist meine Sorge überflüssig gewesen«, sagte Kerst, »dann wissen Sie ja selbst Bescheid und haben vermutlich längst gehandelt. Wir werden Ihnen nicht länger die Zeit stehlen.«

Er und sein Rechtsberater standen auf, aber Nicholaysen hielt sie mit einem Handzeichen zurück. »Gehen Sie nicht«, bat er, »sondern erklären Sie mir, was Sie meinen. Könnte sein, dass ich es nicht weiß.«

»Selbstverständlich«, sagte Kerst und setzte sich wieder. »Ich habe mich sofort mit einem befreundeten Arzt beraten, und ich nehme an, Sie haben dasselbe getan.«

Nicholaysen schüttelte den Kopf. »Ich weiß immer noch nicht, worauf Sie hinauswollen.«

»Nein?«, fragte Kerst ungläubig. »Dann bin ich doch froh, dass wir gekommen sind. Die Erklärung des Krebses durch UV-Strahlen kehrt nämlich die medizinische Situation total um.«

Plötzlich klopfte Nicholaysens Herz sehr hart und unregelmäßig.

»Auch die Rechtslage hat sich ins Gegenteil verkehrt«, führte Humperding aus. »Statt die Menschen zu ihrem Schutz auf der Insel zurückzuhalten, haben wir es mit einer unzulässigen Internierung zu tun. Man könnte daraus sogar den Tatsachenbestand der gefährlichen Körperverletzung ableiten, wenn Menschen allein aus dem Grund erkranken, weil Sie sie zwingen, auf der Insel zu bleiben.«

»Was?«, sagte Nicholaysen und starrte auf den Zettel, ohne viel zu sehen.

»Selbstverständlich dürfen Sie die Menschen nicht mehr hier einsperren«, betonte Kerst, »aber auch nicht mehr mit dem Hinweis auf eine Seuche von einem Besuch der Insel abschrecken. Es muss jedem selbst überlassen bleiben, was er tut. Manche Leute kommen vielleicht aus Neugier ... Man sieht ja auch, dass nur Einheimische erkranken; wahrscheinlich überhaupt nur Leute, die länger auf der Insel leben. Nicht wahr, Humperding, die Tatsache, dass das Yassafieber sich als Umweltkrankheit herausgestellt hat, macht staatliche Eingriffe überflüssig?«

»Sie verbietet sie.«

»Eine Umweltkrankheit! Ich wusste es nicht«, beteuerte Nicholaysen und versuchte, sein Entsetzen zu verbergen. Er war politisch erledigt. Nach außen hin wahrte er Gleichmut, wozu langes Training ihn befähigte. »Ich habe nicht die Zeit gefunden, die Mitteilung richtig zu lesen, geschweige denn, unserem Rechtsanwalt oder Amtsarzt vorzulegen. Ich wundere mich sowieso, dass das Krankenhaus mich oder den Kollegen Dr. Grabowsky nicht umgehend informiert hat. Wahrscheinlich sind die Informationen im Trubel untergegangen. Ich bin Ihnen wirklich dankbar, dass Sie mich darauf aufmerksam gemacht haben.« Er war alles andere als das, und am meisten war er auf Habermehl zornig, der ihm wenigstens diese Szene hier hätte ersparen können.

»Nicht der Rede wert, Herr Bürgermeister«, sagte Kerst großzügig. »Wie gesagt, es ist mein eigenes Interesse, dass die PFD am Ruder bleibt. Die Wähler würden Ihnen jeden Fehler heimzahlen. Ich vermute, die Partei könnte es gar nicht mehr wagen, Sie erneut als Kandidaten für das Bürgermeisteramt aufzustellen.«

Nicholaysen nickte. Die Partei würde ihn sowieso nicht mehr aufstellen.

»Was werden Sie jetzt tun?«, fragte Kerst, mehr teilnahmsvoll als neugierig.

Nicholaysen lächelte steif. »Als Allererstes werde ich im Krankenhaus anrufen und mich vergewissern, dass wir keiner Ente aufgesessen sind. Mit Dr. Meyer und meinem Freund Habermehl reden ... Dann müssen umgehend alle Maßnahmen rückgängig gemacht werden. Deswegen, seien Sie mir nicht böse ...«

»Gewiss nicht!« Kerst sprang unvermittelt auf, reichte Nicholaysen die Hand und verließ so schnell das Zimmer, wie er gekommen war.

Humperding dackelte wieder hinterher, ohne nach rechts und links zu sehen.

Als Sieglinde Wiegand in der Türöffnung erschien, um die Tür hinter den Besuchern zu schließen, flüsterte sie: »Ich mag diesen Kerst nicht. Er grinste ausgesprochen schmierig, als er herauskam. Und sein Anwalt nicht weniger. Die beiden sind ein richtiges Gaunergespann. Sprachen von einer konzertierten Aktion ...«

Aber Nicholaysen hatte derzeit keinen Sinn für die Gefühle einer Sekretärin. Wie betäubt blieb er sitzen. Es war ganz klar, was er jetzt zu tun hatte.

Kapitel 32

Fassungslos starrte Gebhardt in die Morgenzeitung, die jemand auf dem Tisch im Stationszimmer hatte liegen lassen. Am auffälligsten waren die ganzseitigen Anzeigen einer Kosmetikfirma, die mit einer Hautcreme mit dem Lichtschutzfaktor 70-O warb. Das O war durch ein Sternchen gekennzeichnet und in einer Fußnote mit OZON erklärt. Neben der Anzeige waren die neuen Verordnungen des Bürgermeisters abgedruckt, die im Wesentlichen in der Rücknahme der vorigen bestanden.

Gebhardt setzte sich und las. Schon auf der Fahrt in die Klinik hatte er sich über die Spruchbänder gewundert, die im Bahnweg von Haus zu Haus flatterten. *Sonnen Sie sich – wir schützen Sie*, hatte er ohne jedes Verständnis gelesen. Jetzt begriff er den Sinn dieser Werbung.

Allerdings nicht, wie es hatte dazu kommen können. Er warf die Zeitung zurück auf den Tisch und stürmte in den Anbau.

Frau Teschke beäugte ihn betroffen und zog sich den Bügel mit den Ohrhörern vom Kopf. »Wer ist denn jetzt gestorben? Doch nicht Herr Habermehl?«

»Im Gegenteil, vermute ich!« Gebhardt sank auf den Besuchersessel und holte Luft. »Wer außer ihm könnte denn diesen Unsinn in den Straßen veranlasst haben? Sie versprechen heile Haut und heile Welt! Wie Weihnachten! Nur viel wärmer.«

»Der Professor hat den Sylter Anzeiger höchstpersönlich benachrichtigt, das stimmt. Dr. Lorenzen und Dr. Meyer waren hier bei ihm, als er den Bürgermeister informierte. Sie überlassen jetzt nichts mehr dem Zufall.«

»Das sieht man! Sogar die Hautschutzcreme schreiben sie vor«, sagte Gebhardt erbittert.

Frau Teschke nickte und zeigte auf eine Packung, die auf der Tischkante lag. »Ich habe schon eine.«

Gebhardt beugte sich vor und betrachtete widerwillig die Aufschrift. Schon die Signalfarbe der Packung erinnerte ihn an die der Spruchbänder. Firma Sonndorf. »Die Apotheken hatten doch noch gar nicht auf, als Sie kamen, oder? Aus der Hausapotheke?«

»Ich habe die Salbe von Dr. Lorenzen privat bekommen. War ganz erstaunt, dass er auch mal nett sein kann.« Frau Teschke lachte Gebhardt aufmunternd zu und setzte die Hörer wieder auf.

Gebhardt starrte stumpf auf den Teppichboden, während ihm einiges klar wurde. Dann schnipste er die Salbenpackung mit zwei Fingern vom Schreibtisch und erhob sich. »Teschke-Mädchen, warum gibt es so viele Idioten auf der Welt?«

Ohne auf Antwort zu warten, ging er zurück auf die Innere und versuchte, Michelsen zu erreichen.

Aber Michelsen saß am Rasterelektronenmikroskop, wo er sich grundsätzlich jede Störung verbat. Gebhardt blieb hartnäckig. Er bat eine der Assistentinnen des Labors, in Michelsens Raum zu gehen und ihm den Hörer ans Ohr zu halten.

Augenblicke später hörte er Rascheln und Knistern im Hörer. »Es ist wirklich dringend, Ralf«, sagte Gebhardt.

»Ach, halt die Klappe!«, fuhr Michelsen ihn an.

Gebhardt ließ den Hörer auf die Gabel fallen. Was war das denn für eine Antwort?

Kurze Zeit später klingelte es. Dr. Michelsen hätte gegen Mittag Zeit für ihn, teilte ihm die um Ausgleich bemühte MTA mit.

Michelsen machte einen erbärmlichen Eindruck und hatte eine miese Laune, als Gebhardt in sein Zimmer schoss.

»Ralf«, sagte Gebhardt, »hast du mitbekommen, wie die neueste Entwicklung bezüglich der Inselsperre ist?«

Michelsen schüttelte gleichgültig den Kopf. »Was geht's mich an?«

»Alles. Der Bürgermeister hat das Ausreiseverbot aufgehoben, weil der Idiot aus Hamburg meint, die UV-Strahlung sei die Ursache. Habermehl steht voll hinter der Ozontheorie. Lorenzen ist Feuer und Flamme und anscheinend hiesiger Vertreter der Kosmetikfirma Sonndorf. Du musst ihnen sagen, was das für ein Blödsinn ist!«

»Sag du's doch.« Michelsen zündete sich eine Zigarette an. Seine Hände zitterten.

»Was ist eigentlich mit dir los?«, fragte Gebhardt und betrachtete den Pathologen mit gerunzelter Stirn. Bläuliche Tränensäcke hingen ihm wie Ödeme unter den Augen und die Wangen waren dicht unter der Haut von zahlreichen roten Äderchen durchzogen. »Willst du dich umbringen?«

Statt einer Antwort inhalierte Michelsen den Rauch bis in die letzte Bronchiole. Er zuckte die Schultern.

Gebhardt beugte sich vor und hieb Michelsen die Faust auf ein Knie. »Du bist der Pathologe! Du musst ihnen klar machen, dass die Mückenstiche die Auslöser für die

Melanome sind, nicht irgendwelche Sonnenbrände! Mir glauben sie es nicht!«

»Woher weißt du's denn?«, fragte Michelsen. Plötzlich war er hellwach. Und misstrauisch.

Von ihrem früheren freundschaftlichen Verhältnis war nichts mehr zu spüren. Gebhardt hatte keine Ahnung, wie es gekommen war. Aber es war nicht zu leugnen und es machte ihn hilflos und reserviert. »Ich habe deine Diagnosen gelesen, als du nicht da warst. Es ließ mir keine Ruhe, dass du angeblich die Unterlagen unserer gemeinsamen Arbeit vernichtet haben wolltest.«

»Ah, so«, sagte Michelsen und versank wieder in Lethargie. »Wenn du sie gelesen hast, dann wirf sie auch selbst den Hunden vor. Mir ist es egal. Rührt ihr doch eure eigene Scheiße.«

»Also, hör einmal«, sagte Gebhardt ärgerlich. »Du bist der Einzige, der wissenschaftlich fundiert diese Symptome erklären kann. Die anderen raten doch bloß. Du kannst dich nicht einfach aus der Verantwortung für deine Erkenntnisse stehlen!«

Michelsen registrierte Gebhardts Erregung mit spöttischer Verachtung. »Wer sollte mich daran hindern?«, fragte er. »Der Ozon-Habi hat an meinen Diagnosen gezweifelt und mich dafür schikaniert. Du hast mich hintergangen. Nun seht doch zu, dass ihr die Situation allein in den Griff bekommt.«

»Ich verstehe«, sagte Gebhardt. »Verletzte Eitelkeit. Aber hier geht es um Menschenleben, kapiert?« Er ging verärgert hinaus.

Hinter sich hörte er, wie Michelsen die Blechschubladen seines altmodischen Schreibtisches zuwarf und sie verschloss. Als er an der Treppe war, kam Michelsen in Straßenkleidung aus seinem Arbeitszimmer. Er nahm den anderen Treppenaufgang. Gebhardt hatte keinen Zweifel daran, dass er das Haus verließ.

»Jetzt langt es aber«, murmelte er erbost und bog in den Gang ein, der zur Ambulanz führte.

Vincence war allein im Raum. Er stand vor dem Lichtkasten und betrachtete Röntgenbilder.

»Hast du Zeit?«

Der Italiener nickte und schob ein Bild in die Hülle zurück.

»Du musst einen Mann aus der Hölle seines Suffs retten«, sagte Gebhardt. »Michelsen. Wenn er weiter schweigt, werden auf Sylt noch mehr Menschen sterben. Ständig alkoholisiert, wie er ist, ist es ihm völlig gleichgültig, was er damit anrichtet.«

»Warum versuchst du es nicht selber?«

Gebhardt stieß einen tiefen Seufzer aus und erzählte ihm die ganze Story. »Du bist wahrscheinlich der Einzige, der Michelsen jetzt noch retten kann«, fügte er hinzu. »Wenn er sich weiter sperrt, stehle ich ihm die histologischen Präparate, um sie einem anderen Pathologen vorzulegen. Wahrscheinlich gäbe es dann einen Skandal und Michelsen wäre beruflich erledigt. Das will ich nicht.«

»Wer will das schon?«, sagte Vincence zustimmend. »Michelsen ist ein netter Kerl.« In sein letztes Wort fiel das schrille Klingeln des Telefons. Er nahm ab und reichte dann Gebhardt den Hörer.

Gebhardt nahm ihn und lauschte dem Wortschwall der Dienst habenden Schwester auf der Intensivstation. Ihm brach der Schweiß aus. »Ich komme«, sagte er.

»Was ist los?« Vincence sah ihn teilnahmsvoll an.

Gebhardt stand schon in der Tür. »Unser Herzinfarktpatient!«, rief er über die Schulter zurück. »Er hat einen Schock!«

Diesmal nahm er den Aufzug, der gerade unten war. Der Kasten schaukelte aufreizend langsam nach oben. Als Gebhardt in das Krankenzimmer stürzte, hatten die Schwestern die Schockbehandlung bereits eingeleitet, schließlich hatten inzwischen alle viel Erfahrung damit.

Der Mann rang mit dem Tod; er hatte ihm noch weniger Widerstandskraft entgegenzusetzen als gesunde Menschen.

Als alles vorüber war, rief Gebhardt in Hamms Pension an, um ihm mitzuteilen, dass erstmals ein Patient an Pseudomelanose gestorben war, der sie nach ihrer Hypothese gar nicht haben konnte. Und erfuhr, dass er Hamm dort nicht mehr erreichen konnte.

Kapitel 33

Thomas Hamm und Gotje kümmerten sich nicht mehr um den Fortgang der Ereignisse. Sie hatten zur Aufklärung genug beigetragen. Der Rest war Sache der Ärzte und der Behörden.

Hamm hatte seinen zweiten Leihwagen wieder zurückgegeben. Die Recherchen waren abgeschlossen. Er war erleichtert, dass er nicht mehr gefährdet war. Zwar wusste er immer noch nicht, wen Tade Erichsen gemeint hatte, aber inzwischen war es gegenstandslos geworden und interessierte nicht mehr.

Sie hatten beschlossen, Urlaub zu machen. Auf Sylt. Schließlich konnte man die Insel nicht verlassen. Aber Gotje kannte wunderschöne Stellen auf Sylt, die den meisten Gästen unbekannt waren. »Schade, dass wir nicht mit der Schnellfähre nach Amrum oder Hooge fahren können«, meinte sie. »Und zur Hallig Langeness. Sie ist die schönste Hallig. Wir hätten meine Eltern besuchen können.«

»Vielleicht wären sie ohne die Sperrung längst zurück.«

»Nein, sie sind jedes Jahr einige Wochen dort. Hältst du da vorne mal an?«

»Klar«, sagte Hamm. Er legte den Kopf an die Nackenstütze und ließ sich von der Sonne bescheinen, während Gotje an einem Kiosk eine Zeitung holte. Seinetwegen hätten sie darauf verzichten können. Er fühlte sich so unbeschwert wie schon lange nicht mehr. Und so sollte es auch bleiben.

Unerwartet ernst kehrte Gotje zurück.

Hamm nahm ihr die Zeitung aus der Hand und warf sie auf den Rücksitz. »Jetzt nicht, Gotje«, bat er.

Gotje schüttelte den Kopf und griff nach dem Blatt, um die zweite Seite aufzuschlagen. »Hier ist etwas, das dich angeht, hier steht, dass sie sämtliche Rinder von Sylt keulen müssen.«

»Nicht keulen«, verbesserte Hamm unwillkürlich, »schlachten. Die Rinder sind ja gesund und volltauglich zum Verzehr. Gekeult werden sie, wenn sie vernichtet werden müssen. Mach dir nichts draus. Es ist für Laien schwierig, die beiden Begriffe auseinander zu halten.«

»Nein, sie haben eine richtige Seuche, steht hier!«

»Ist doch egal«, murmelte Hamm und sah sie zärtlich an.

Gotje streichelte versonnen seine Wange. »Noch vor wenigen Tagen hättest du das nicht gesagt.«

»Länger ist es nicht her? Nicht Lichtjahre oder so?«

»Nein«, sagte Gotje, »keine Lichtjahre. Und ich kann mich noch gut erinnern, wie du dich ausschließlich für deine Arbeit interessiert hast.«

»Ich bin manchen Menschen damit auf die Nerven gegangen. Ich habe meine Beziehung zerstört.«

»Ich wollte dich nicht quälen«, sagte Gotje reuevoll.

»Das tust du nicht. Von Zeit zu Zeit quäle ich mich selber. Ich hab's verdient.«

»Sieh mal«, sagte Gotje mit Verwunderung in der Stimme. Sie hatte die Zeitung wieder zusammengefaltet und jetzt erst fiel ihr die Titelzeile in die Augen. »Die Sperrung ist ja aufgehoben.«

»Lass sehen!« Hamm fuhr in die Höhe. Gemeinsam lasen sie die neuen Bestimmungen.

»Weißt du was!«, sagte Gotje begeistert. »Wir fahren aufs Festland und besuchen das Nolde-Museum.«

Hamm war mit seinen Gedanken noch bei der überraschenden Kehrtwendung der Behörden. Auf der anderen Seite wollte er nicht wieder in die alten Fehler verfallen. Er hatte seine Lektion gelernt. »Klar, das machen wir!«, sagte er und startete.

Sie stellten den Wagen auf dem Großparkplatz am Bahnhof ab und hatten das Glück, beinahe sofort einen Zug zu erwischen. Er war überfüllt; lauter Touristen, die froh waren, der Internierung entronnen zu sein. Dabei waren es doch höchstens drei Tage gewesen. Oder? Hamm musste nachrechnen; das unverdiente Glück, das Gotje hieß, hatte ihm seine Zeitrechnung durcheinander gebracht. Ja, drei Tage.

Sie lächelten sich zu. Mitten im aufgeregten Geschwatze der Leute, die allesamt vom Inselkoller befallen schienen, fühlten sie sich geborgen wie auf einer Insel.

Nach wenigen Minuten hielt der Zug in Klanxbüll. Außer ihnen stieg niemand aus.

»Schon wieder kein Taxi«, stellte Hamm fest. »Na ja, für wen auch? Ich geh mal telefonieren.«

»Mein Handy?«

Aber er schüttelte den Kopf und zeigte auf die Zelle. Während er wählte, ließ er die Blicke über den fast leeren Parkplatz schweifen. Damals war er voll gewesen. Wahrscheinlich hatte die Nachricht von der aufgehobenen Sperre die Menschen, die auf Sylt arbeiteten, zu spät erreicht.

Ein leichter Westwind hob den Straßenstaub eine

Handbreit in die Höhe und trieb ihn über den Asphalt. Gemütlich war es an diesem Tag nicht gerade. Im Auto auf Sylt hatte Hamm es gar nicht bemerkt. Sylt hatte sowieso mehr Sonnenschein und war milder, hatte man ihm erzählt. Vielleicht deshalb die massive Werbung gegen Sonnenbrand ...

Endlich wurde abgenommen. »Schneider.«

Hamm erklärte sein Anliegen.

»Alles in Ordnung«, sagte er fröhlich, als er wieder aus der Zelle kam. »Wir kriegen ein Auto. Mit Chauffeur sogar! Was für ein Glück, dass Samstag ist. Die Praxis ist geschlossen.«

»Deine Aventofter«, sagte Gotje.

Eng aneinander geschmiegt warteten sie. Dann brauste ein blauer Golf um die Ecke. Schneider saß am Steuer und seine Frau war mitgekommen. Hamm sah es erleichtert, weil sie sich offenbar wirklich freuten, ihn zu sehen.

Hamm versuchte vorne noch seine langen Beine unterzubringen, als Schneider bereits auf das Thema zu sprechen kam, das sie alle bewegte.

»Ich habe lange darüber nachgedacht, Herr Kollege. Ihr Faktor X beschäftigt mich nach wie vor.«

»Wissen Sie von dem auch schon?«, fragte Hamm überrascht.

»Ja, ich habe Gebhardt angerufen«, erwiderte der Internist nachdenklich und fuhr im Schritttempo hinter einer Schafherde her, die die Weide wechselte.

Hinter ihnen schloss ein Lastwagen auf. Thomas Hamm drehte sich ärgerlich um, als der Fahrer den Motor zum Zeichen seiner Ungeduld aufheulen ließ. »So ein Idiot«, sagte er.

Die halbjährigen Lämmer, die im Gegensatz zu ihren Müttern nicht geschoren waren, blökten verängstigt und drängelten sich zwischen die Alttiere. Der Hirte gab sich wirklich Mühe, mit einem krummen Stock und der Unterstützung seiner beiden Hunde eine Fahrspur frei zu machen, aber als der Lastwagenfahrer auch noch hupte, verknäulten sich die panischen Jungtiere und die Straße war erneut dicht.

Schneider gelang es nach einer Weile, an den Tieren vorbeizufahren. Er gab Gas und sie ließen die Herde hinter sich.

Hamm sah sich um. Der Laster überholte auch. Dahinter kamen noch mehr, alle vom gleichen Typ. Der erste bog in eine schmale Asphaltstraße ein, die sie gerade passiert hatten. Das Firmenschild hatte er nicht gelesen. »Könnten Sie eben mal halten, Herr Schneider?«, bat er.

»Was Sie möchten«, sagte Schneider. »Ihr Ausflug.«

»Die sind alle von der Abdeckerei Nord.« Hamm betrachtete die Wagen argwöhnisch. Vier Stück hintereinander.

Schneider beugte sich vor und folgte seinen Blicken. »Die Tierkörperverwertungsanstalt Nord arbeitet seit gestern Abend im Akkord. Wussten Sie das nicht?«

»Ich habe es dir doch erzählt«, meinte Gotje und holte einen Zeitungsausschnitt aus der Tasche. »Sie keulen jetzt alle Rinder auf Sylt.«

Hamm griff hastig nach dem ausgerissenen Artikel und las:

Entsprechend einem Beschluss der Veterinärbehörden und des Innenministeriums der Landesregierung von SH werden die nicht im Rahmen der inzwischen aufgehobenen Notstandsmaßnahmen auf Sylt geschlachteten Rinderherden der unschädlichen Vernichtung zugeführt. Die Tiere gelten als seuchenverdächtig. Die Besitzer wer-

den entschädigt. Für Menschen ist die Tierseuche ungefährlich.

»Großer Gott!«, sagte er. »Offenbar galoppiert die Rinderseuche jetzt. Und sie vernichten die Beweise!«

»Was meinen Sie damit, Herr Hamm?«, erkundigte sich Schneider, als er wieder angefahren war.

»Es mag sich für Sie merkwürdig anhören«, sagte Hamm widerwillig, »aber ich hatte immer das Gefühl, dass diese neue Rinderseuche und die Krankheitswelle bei Menschen etwas miteinander zu tun haben.«

»Warum sollte das merkwürdig sein«, hielt Schneider dagegen. »Allein Ihre eigene Entdeckung, dass das Wasser eine Rolle spielt, wäre ein ausreichend verbindendes Element. Und doch glaube ich nicht, dass das Wasser so entscheidend ist. Möglicherweise haben Sie Ihre Zeit verschwendet mit diesen Maßnahmen gegen die Anhäufung des Nitrats. Der Faktor X ist es! Den müssen Sie so schnell wie möglich finden.«

Gotjes Kopf tauchte zwischen den Vordersitzen auf. »Aber solange wir ihn nicht kennen, konnte mit der Reduzierung der Kofaktoren wenigstens etwas getan werden«, wandte sie ein. »Immerhin haben zum Beispiel Mütter ihre Säuglinge vor nitratbelastetem Wasser geschützt. Sonst wären sie vielleicht die ersten Opfer gewesen.«

»Ja, eben«, sagte Frau Schneider. »Warum waren nicht Säuglinge die ersten Opfer? Kein einziges gestilltes Kind und nicht einmal die abgestillten, die im Tee oder Brei Sylter Wasser zu sich nehmen.«

Hamm schlug sich mit der Hand gegen die Stirn. »Die sind immun! Es ist eine Infektion! Tumorviren! Die kämen infrage als Faktor X. Warum habe ich daran nicht eher gedacht?« Er nagte an seinen Lippen. Er war nachlässig gewesen, unwissenschaftlich. Irgendwann hatte er aufgehört nachzudenken.

»Woher wissen Sie das denn alles?«, fragte Gotje.

»Gebhardt. Seitdem ich das erfuhr, vermute ich, dass die Säuglinge immun sind.«

»Kälber wahrscheinlich auch. Ich habe ausschließlich erkrankte Milchkühe und Bullen gesehen! Die Parallelen zwischen beiden Krankheiten machen es immer wahrscheinlicher, dass sie etwas miteinander zu tun haben!«

Schneider nickte.

»Es gibt sogar eine ganze Menge nachgewiesener Tumorviren bei Tieren, die die Haut befallen«, ergänzte Hamm. »Ich Idiot! Ausgerechnet ich habe diese Möglichkeit außer Acht gelassen. Und wenn das stimmt, ist die Aufhebung der Sperrung das Verkehrteste, was man machen konnte.«

»Genau.«

»Vertragen Sie die Autofahrt nicht?«, war hinten im Wagen Frau Schneiders teilnahmsvolle Stimme zu vernehmen. »Mein Mann fährt mitunter ziemlich rasant.«

Hamm drehte sich um und sah, dass Gotje ganz blass geworden war. Aber sie schüttelte den Kopf. »Bitte, Herr Schneider, halten Sie an. Wir müssen aussteigen.«

Schneider lächelte ihr im Rückspiegel zu. »Machen Sie sich keine Sorgen um uns. Wir haben das Risiko durchgesprochen, schon bevor Herr Hamm anrief.«

»Sehn Sie mal, Gotje«, sagte Frau Schneider beschwichtigend. »Sollte es wirklich eine ansteckende Erkrankung sein, dürften sich die Erreger schon hier auf dem Festland befinden. Für uns als Ärzte gibt es keine Möglichkeit auszuweichen, solange eine unbekannte Infektion umgeht. Ärzte waren immer unter den Ersten, die starben; das war bei der Pest so, bei Syphilis, bei der akuten Lepra, die die Kreuzfahrer mitbrachten ... Entweder ein Arzt nimmt seine Berufung ernst, dann bleibt er bei seinen Patienten, oder nicht, aber dann ist er auch kein Arzt im Sinne von Hippokrates.«

Gotje richtete einen fragenden Blick auf Hamm. Er lächelte ihr beruhigend zu. Frau Schneider hatte völlig Recht, besser hätte er selbst es gar nicht erklären können. Hinzu kam, dass gerade hinter ihnen Lastwagenladungen möglicherweise infizierter Rinder über Land gekarrt wurden.

Frau Schneider war noch nicht zu Ende. »Immer gab es Priester und Ärzte, die vor ihrer Verantwortung wegliefen, aber ihnen hat die Welt das auch sehr übel genommen. Priester, die in Panik vor der Pest flohen, waren eine der Ursachen der Geißlerbewegung, die praktisch direkt in der Reformation mündete. Haben Sie davon schon gehört?«

Gotje schüttelte den Kopf, Hamm nickte.

»Macht nichts«, sagte Frau Schneider und tätschelte Gotje das Knie. »Auf jeden Fall können ebensolche Priester und Ärzte sich das Verdienst zuschreiben, dass Sie heute Noldes Werke zu sehen bekommen.«

»Meine Frau spricht immer für uns beide«, ergänzte Herr Schneider in heiterem Ton auf Hamms fragenden Seitenblick hin.

»Nehmen Sie unser Angebot ruhig an. Möglicherweise ist der Tag mit Noldes Bildern der letzte unbeschwerte Tag, den Sie erleben.«

»Oder wir alle«, ergänzte Schneider in ruhigem Ton.

Hamm atmete tief durch. Offensichtlich hatten die Schneiders die Konsequenzen einer Virusepidemie schon nach allen Richtungen durchdacht und hielten die Gefahr für groß. Und natürlich vergrößerte sie sich beträchtlich durch diese sorglosen Transporte von Rinderkadavern. Aber wegen Gotje war er bemüht, sich nichts anmerken zu lassen.

Es blieb eine Weile still im Auto, während Schneider auf einen schmalen Feldweg einbog und schließlich auf einem überraschend großen Parkplatz anhielt, auf dem schon einige wenige Autos standen.

»Dort ist das Atelier von Emil Nolde«, sagte er und zeigte auf eine Warft.

Sie folgten einem Fußweg zwischen feuchten Wiesen und gelangten über eine Brücke in einen Hain von Bäumen, die vom Wind geschoren waren. Dahinter tat sich überraschend ein gepflegter Garten mit unzähligen Blumenarten auf. Und inmitten der Blumen erhob sich das Atelierhaus, das sich im Wasser eines Teiches spiegelte.

Es war ein abgeschiedener, verwunschener Ort. Schon die Eingangshalle in kräftigen Blautönen ließ Thomas Hamm alle Sorgen vergessen. »Manche Ölgemälde und Tuschezeichnungen sind ja ein Abbild der nordfriesischen Landschaft«, stellte er staunend fest.

»Ja, sicher«, sagte Frau Schneider lächelnd. »Nolde malte ja nicht nur in der Südsee, er war eng verbunden mit seiner Heimat. Ein früher Umweltschützer, könnte man sagen.«

»Aber wo sind die Spukgestalten, die Nolde so gern malte?«, fragte Hamm, als sie viel später im Garten spazieren gingen.

»Hier nicht«, erwiderte Frau Schneider ernst. »Draußen am Deich sind sie, manchmal auch im Schilf des Gotteskoogsees. Vor allem in der Abenddämmerung huschen sie vorbei. Wer die Landschaft liebt, hört und sieht sie dort ohne Mühe.«

Mit dem letzten, völlig leeren Zug fuhren Hamm und Gotje zurück nach Sylt.

»Wir hatten einen ganzen Tag Urlaub von der Seuche«, sagte Gotje nachdenklich, während sie in die Dunkelheit starrte. »Aber jetzt sehe ich die Spukgestalten ganz deutlich über das Morsum-Kliff tanzen.«

Hamm hörte den Zug über den Damm rattern. Er sah nicht einmal, ob sie Ebbe oder Flut hatten. Aber er wusste, was Gotje meinte. Wollte man Spukgestalten erkennen, kam es auf den richtigen Blickwinkel an und darauf, dass man die Scheuklappen ablegte.

Die Sylter Bevölkerung befand sich in tödlicher Gefahr. Gegen eine galoppierende Virusinfektion gab es keine Heilmittel ...

Kapitel 34

Gebhardt funktionierte wie ein Automat. Sein Chef Lorenzen konferierte andauernd mit Habermehl und war so gut wie unsichtbar auf der Inneren. Gebhardt konnte Lorenzen nicht einmal wegen seiner idiotischen Sonnenbrandtheorie ansprechen.

Nur am Rande bekam er mit, dass es einen Skandal in der Pathologie gegeben hatte. Michelsen hatte seinen Sektionsgehilfen mit dem Skalpell verletzt. Es war durch die ganze Hand gegangen. Ein Wunder, dass weder Sehnen noch Gelenkkapseln beschädigt worden waren.

»War er wieder betrunken?«, fragte Gebhardt gedankenlos und drückte seine Zigarette aus. Die halbminütige Erholungspause war zu Ende.

Die Schwester, die am Schreibtisch saß und Eintragungen in Patientenkarten machte, sah erschrocken zu ihm hoch. »Ja. Aber woher wissen Sie das?«

Gebhardt kniff die Lippen zusammen. Er hätte besser den Mund gehalten. Offenbar hatte er sich vor lauter Überarbeitung nicht besser im Griff als ein Alkoholiker.

Als er wenig später Michelsen auf der Treppe begegnete, schlug sein schlechtes Gewissen. Mit jeder Bemerkung der Art, wie er sie von sich gegeben hatte, spielte er Habermehl in die Hände und das wollte er nun wirklich nicht. Er nickte Michelsen zu und wollte an ihm vorbei.

»Klaus«, sagte Michelsen. »Gut, dass ich dich treffe. Es geht um deinen Herzinfarkt. Tut mir Leid.«

»Drei Mückenstiche«, sagte Gebhardt erbittert. »Wie eine Flohleiter den Arm entlang, entweder über einer Lymphbahn oder über einem tiefer liegenden Blutgefäß. Ich wüsste nicht, was noch beweiskräftiger sein könnte, dass die Mückenstiche ursächlich beteiligt sind. Sonnenbrand! Der Mann hat seit Wochen keine Sonne zu sehen bekommen.«

Michelsen nickte. »Wir haben jetzt einen begründeten Verdacht für eine ganz andere Ätiologie.«

Gebhardt stöhnte gequält. »Nicht noch etwas! Ich nehme keine Arbeit mehr an.«

»Du hättest selbst schon längst darauf kommen können«, sagte Michelsen und packte Gebhardt am Arm, um ihn zum Flurende zu ziehen, wo ein Tisch mit zwei Stühlen stand. »Ich war schließlich nicht in Form.«

»Was warst du nicht?« Gebhardt betrachtete Michelsen mit mehr Aufmerksamkeit als vorher. Er wirkte frischer, seine blauen Augen waren nicht unterlaufen wie in den letzten Wochen und der Bart war gestutzt und gekämmt. »Hast du mit Leonardo gesprochen?«

»Er mit mir«, berichtigte Michelsen und verdrehte die Augen. »Und was heißt gesprochen? Er hat die ganze letzte Nacht auf mich eingeredet! Ich brachte kaum einen Ton zu meiner Verteidigung heraus. Seiner italienischen Sprachgewalt ist ein Norddeutscher einfach nicht gewachsen! Ich habe schon befürchtet, ich müsste gewalttätig werden, um ihn zu stoppen, vor allem, als ich den Versuch machte zu bestreiten, Gin im Dienst getrunken zu haben.«

Gebhardt grinste. Ralf Michelsen war wieder der Alte. Aber er wollte sich anscheinend noch einiges von der Seele reden.

»Dass ich einen Mitarbeiter beinahe arbeitsunfähig gemacht habe, hat mir einen Schock versetzt«, sagte Michelsen leise.

»Schock. Genau, du wolltest mir etwas über meinen Herzinfarktpatienten sagen«, erinnerte ihn Gebhardt barmherzig und reichte ihm die Hand.

Michelsen schlug ein. »Zum Herzinfarkt also«, sagte er feierlich. »Der Mann war auf der Intensiv, bekam künstliche Ernährung – frei von Sylter Trinkwasser, versteht sich –; als er wieder zu Kräften kam, bekam er Diät, hergestellt mit Sprudel aus dem Westerwald oder wo auch immer wir den herbeziehen, mit anderen Worten: Er blieb im Wesentlichen frei von all dem Zeug, das die übrigen Erkrankten vor der Einführung der Notstandsmaßnahmen bekamen. Dagegen wurde er von einem Blut saugenden Insekt gestochen. Also ist ganz klar: Es muss sich um eine echte Infektionskrankheit handeln. Diese verdammte Mücke hat sich bei unseren Kranken ein Virus geholt, ist in das nächste Stockwerk geflogen und hat deinen Herzinfarkt infiziert.«

»Mensch«, sagte Gebhardt und fühlte sich selbst dem Herzinfarkt nahe.

»Dass die Kofaktoren eine Rolle spielen, stimmt nach wie vor«, fuhr Michelsen fort. »Dein Herzinfarkt aber war noch Rekonvaleszent. Der war gegen das Virus wehrlos, der brauchte keinen Kofaktor.«

»Und wir haben die ganze Zeit auf alles Mögliche gestarrt, nur an Tumorviren haben wir nicht gedacht«, grübelte Gebhardt. »Wieso nicht?«

»Wir hatten keinen Grund, an Viren zu denken«, bemerkte Michelsen in nüchternem Ton. »Die Labors haben auf sämtliche gängigen Infektionserreger getestet. Es gab keinen. Das Virus muss also neu sein beziehungsweise bisher an den Menschen noch nicht adaptiert. Vielleicht ist es eines, das in jüngster Zeit erst den Graben Affe–Mensch übersprungen hat, so wie HIV. Auf jeden Fall sind jetzt die Virologen gefragt.«

»Oje«, seufzte Gebhardt. »Habermehl springt aus dem Fenster, wenn wir mit dieser Hypothese bei ihm vorstellig werden.«

Michelsen grinste. »Wäre vielleicht nicht das Schlechteste. Womöglich rettet es einige Menschenleben. Komm, lass uns gucken gehen, ob er unsere Hoffnung erfüllt ...«

Der ärztliche Direktor saß mit Lorenzen zusammen; bei Kaffee und Keksen diskutierten sie über eine wissenschaftliche Veröffentlichung. Wie Gebhardt vermutet hatte, wehrte Habermehl sich mit Händen und Füßen dagegen, umdenken zu müssen.

Aber Michelsen ließ sich nicht beirren, jetzt nicht mehr. »Was halten Sie denn davon, Herr Habermehl, wenn ich den Kollegen im Heidelberger Krebsforschungsinstitut die Beweisführung mitsamt den Bildern der undifferenzierten Zellnester vorlege? Ich bin gerne bereit, denen mitzuteilen, dass Sie mit mir nicht übereinstimmen.«

Habermehls überhebliche Miene schmolz dahin; er spitzte die Lippen und gab sich nachdenklich.

»Also, ich glaube inzwischen auch, dass es die Mücken sind«, warf Lorenzen dazwischen, der nie zu spät kommen wollte, wenn der Wind sich drehte.

»Also gut«, stieß Habermehl hervor. »Sie sind der Fachmann. Auf Ihre Verantwortung.«

Das war Lorenzen wiederum unangenehm, aber er konnte es nicht mehr zurücknehmen und Habermehl griff bereits nach dem Hörer, um sich mit Nicholaysen verbinden zu lassen.

Gebhardt und Michelsen blieben hartnäckig stehen, um sich zu vergewissern, dass Habermehls Mitteilung an den Bürgermeister korrekt und verständlich war. Sie war es. Als Habermehl aber anfing, sich über das Loch Nummer elf zu verbreiten, als ob alles in Ordnung sei, gab Gebhardt dem Pathologen einen Stoß in die Seite und machte eine Kopfbewegung zur Tür.

»Ich brauche frische Luft! Der ist ja unerträglich!«, stieß er aus, als er an Frau Teschkes Schreibtisch vorbei auf den Flur hinausbrauste und dann die Treppe nach unten nahm.

»Muss es denn ausgerechnet bei Regen sein?«, erkundigte Michelsen sich, während er hinter Gebhardt herlief.

»Wieso Regen?«, fragte Gebhardt und drehte sich zu ihm um. »Ich will zu Leonardo. Mich bedanken.«

Michelsen blieb leise brummelnd zurück. Dabei sah er zufriedener aus als seit langem.

Bürgermeister Nicholaysen beendete das Telefonat mit Habermehl bei Loch elf. Er hatte im Augenblick wahrhaftig Wichtigeres zu tun, als über Golf zu plaudern. Er glaubte dem Klinikchef ohnehin nichts mehr.

Er ließ sich mit dem Robert-Koch-Institut in Berlin verbinden und schilderte die Tatsachen. Seine Gesprächspartner stimmten der Beweisführung von Michelsen prinzipiell zu und erbat schnellstens Untersuchungsmaterial.

Bestürzt legte Nicholaysen auf und ließ das Tonband mit den Mitschnitten der beiden Virologen mehrmals abspielen, um ganz sicher zu sein, was sie gesagt hatten.

Sie kannten zwar kein Pseudomelanomvirus, aber die Entwicklung neuer pathogener Viren finde täglich, stündlich statt. Grund zur Beunruhigung gebe es durchaus, aber eine Isolierung von Sylt habe keinen Sinn mehr. Man müsse abwarten.

»Schöner Trost«, murmelte Nicholaysen vor sich hin. Das Telefon summte.

»Ein Anruf aus Duisburg«, sagte Frau Wiegand zaghaft.

Nicholaysens Nackenhaare stellten sich auf.

Eine verängstigte Frauenstimme überfiel ihn ohne Namensnennung mit einer Frage. »Ist bei Ihnen auf Sylt ein Bürger mit dem Namen Heinz Müller eingetragen?«

»Das kann ich doch nicht wissen, gute Frau«, antwortete Nicholaysen und fragte sich, warum um Himmels willen Frau Wiegand diesen Anruf nicht an das Einwohnermeldeamt weitergeleitet hatte.

»Aber ich muss es wissen! Dieser Heinz Müller kam vor ein paar Wochen direkt von Sylt, hat er mir erzählt. Ich habe es nicht geglaubt, weil auf Sylt nur Millionäre Urlaub machen. Aber der ist kein Millionär! Er liegt auf meinem Gästebett wie eine ausgelutschte braun gefleckte Raupe. Und nachdem man so viel von der Seuche auf Sylt hört, dachte ich ...«

»Benachrichtigen Sie sofort das nächste Krankenhaus!«, befahl Nicholaysen barsch. »Die müssen Herrn Heinz Müller abholen. Bitten Sie das Krankenhaus, sich mit dem Rathaus von Westerland in Verbindung zu setzen. Und geben Sie mir Ihre Nummer.«

»Oje! Pensionsgäste!«, schluchzte die Frau. »Kakerlaken, Läuse und braune Flecken! Nur Ärger!«

Innerhalb weniger Sekunden summte das Büro des Bürgermeisters vor Arbeit. Frau Wiegand telefonierte mit dem Einwohnermeldeamt, während Nicholaysen selbst mit der Krankenhausverwaltung und anschließend mit Vincence sprach.

Es dauerte nicht lange, bis er Gewissheit hatte. Heinz Müller war trotz der Verdachtsdiagnose auf ein Melanom durch den Chirurgen von Lorenzen nach Hause geschickt worden.

»Danke«, sagte er zerstreut. Er brauchte gar nicht mehr in Berlin anrufen, um sich weiteren Rat zu holen. »Wissen Sie ganz zufällig, wo ich Herrn Gebhardt erreiche?«

»O ja«, sagte Vincence sarkastisch. »Der ist hier bei mir. Wir feiern unseren wissenschaftlichen Durchbruch. Unser Großer Deutscher ist auch hier, falls Sie ihn sprechen möchten.«

Im Hintergrund waren Stimmen zu hören.

»Wenn er eine politische Leiche sezieren möchte«, sagte Nicholaysen grimmig, »gerne, sonst nur Herrn Gebhardt.«

»Gebhardt«, meldete sich der Assistenzarzt knapp.

»Ich wollte mich bei Ihnen entschuldigen«, sagte Nicholaysen. »Ich hatte diese Sache nicht im Griff.«

»Wir auch nicht«, gab Gebhardt nach kurzem Zögern zu. »Falls es Sie interessiert: Die Krankheit breitet sich schon in Deutschland aus. Ein Wahlsylter liegt in einem Duisburger Krankenhaus und aus München erhielten wir eine Meldung über einen ersten Kranken.«

»Ja, wir wurden auch benachrichtigt. Es ist also zu spät, irgendetwas zu tun?«, fragte Nicholaysen tonlos.

»Ja, jetzt ist es zu spät«, antwortete Gebhardt nüchtern.

Kapitel 35

»Wo steckst du bloß, Thomas!«, rief Gebhardt, als es ihm endlich gelungen war, Hamm aufzutreiben. »Ich suche dich überall! Martens vom Sylter Anzeiger will dich dringend sprechen, der sucht dich auch. Er hat irgendetwas herausgefunden, was du wissen wolltest. Sagte er.«

»Ich bin aus meiner Pension rausgeworfen worden und habe Urlaub gemacht«, erklärte Hamm patzig. »Bin erst mit dem letzten Zug wieder nach Sylt zurückgekommen. Der Mohr hat seine Schuldigkeit getan, jetzt kann er endlich alles nachholen. Oder so ähnlich heißt es doch.«

»Ach, Quatsch! Deutschland steht Kopf und du willst Urlaub machen? Außerdem glaube ich, dass du ein schlechtes Gewissen hast«, diagnostizierte Gebhardt zufrieden. »Komm endlich her! Wir brauchen dich. Es gibt noch eine Menge Fragen zu klären.«

»Aber es gibt doch Leute genug, die sich darum kümmern«, wandte Hamm erstaunt ein.

»Wenn du diese Zweitbesetzung aus Hamburg dazuzählen willst, dann hast du Recht, und davon haben wir auch noch mehr«, sagte Gebhardt abfällig. »Wenn wir aber Ergebnisse wollen, dann sind wir ganz unter uns. Wie früher auch. Und du bist für den Außendienst zuständig, erinnerst du dich?«

»Du bist heute aber konkret!«, wunderte Hamm sich.

»Gut, ich komme. Eine junge Kollegin bringe ich mit. Und ich muss dir auch etwas erzählen.«

»Hauptsache, du kommst«, knurrte Gebhardt und legte auf.

Hamm rief bei Martens in der Redaktion an. Sehr nachdenklich beendete er das Gespräch.

»Was ist?«, fragte Gotje erschrocken.

»Ich weiß endlich, wer mich zusammengeschlagen hat«, antwortete Hamm leise. »Böttcher, der Journalist mit dem albernen Schnauzbart, hat in der Redaktion ausgepackt, während sie auf den Krankenwagen warteten. Der Auftraggeber war Manfred Kerst. Gegenwärtig ist er allerdings in München. Hat da sehr dringende Geschäfte zu erledigen. Vielleicht muss er mit dem Zeitungsverleger reden. Der Konzern, für den Kerst arbeitet, hält auch Anteile am Sylter Anzeiger.«

»Und Böttcher?«

»Starb gestern Abend. An Pseudomelanose. Er hat mir ein kleines Päckchen hinterlassen, sagte Martens.«

Als Hamm und Gotje am nächsten Tag ins Krankenhaus fuhren, trieb der erste richtige Sturm des Herbstes Schmutz und Abfall vor sich her. Hamm deutete im Vorbeifahren auf die Bushaltestelle, in deren durchsichtigem Kasten zerknüllte Fahrscheine durcheinander wirbelten.

»Hier, wo der Mord geschah, habe ich mich damals entschlossen, allein weiterzumachen.«

»Was?«, fragte Gotje entsetzt.

Hamm hielt den Wagen an und kurbelte die Fensterscheibe herunter. Nachdenklich betrachtete er den Tatort. »Eine Taube war der Mörder. Weißt du, kein Tier mordet. Sie streiten sich um Futter, und wenn sie eingesperrt sind, töten sie auch – aus Notwehr. Aber diese

Taube war nicht eingesperrt. Sie beging kaltblütig einen Mord. Und da sagte ich mir, wenn es so außergewöhnliche Umstände gibt, dass sogar Vögel morden, dann wird es Zeit, dass wir uns wehren. Dann kann man nicht mehr zusehen, denn die Welt ist dabei, aus dem Leim zu gehen. Umweltgifte und so …« Er lachte ironisch.

Gotje legte ihre Hand sanft auf Thomas' Arm. »Es liegt hinter dir.«

»Nein, im Gegenteil«, widersprach Hamm gequält. »Wir sind noch ganz am Anfang. Sieh dir doch die Spruchbänder an. Jemand muss der Meinung sein, dass die Erkrankungen mit dem Ozonloch zu tun haben. Und jetzt kommen wir und behaupten, es wären vielleicht Viren. Dabei ist es so schwer, Menschen zu überzeugen. Nicholaysen wird sich irgendwann weigern, uns zu glauben. Zu Recht. Aber ich bin es ihr schuldig …«

Gotje streichelte ihm zart fühlend die Wange. Sie wusste auch ohne viele Worte, dass er versuchte, etwas gutzumachen. Er schluckte die ungeweinten Tränen hinunter.

»Was wird Gebhardt wohl von mir wollen?«

»Fahr zum Parkplatz, dann erfahren wir es gleich.«

Hamm lachte leise und hielt Gotjes Hand, während er den Wendebogen des Busses entlangfuhr. Sie war so wohltuend vernünftig.

Die Station, auf der er so oft gewesen war, war jetzt mit Hilfe eines auffälligen Schildes für Besucher gesperrt. Aber Gebhardt kam sofort, nachdem sie sich gemeldet hatten. »Wir gehen in die Pathologie«, sagte er und lief die Treppe voraus.

»Wieso?«, fragte Hamm. »Was haben wir da zu suchen?«

»Michelsen ist reumütig in die Reihen der Forscher zurückgekehrt«, erklärte Gebhardt mit einem schwachen Grinsen.

In der pathologischen Abteilung herrschte die gleiche Stille wie früher, aber im Vergleich mit der Nervosität, die oben zu spüren gewesen war, wirkte sie jetzt beruhigend. Hamm blähte die Nasenflügel etwas. In der Luft lag Formalin. Michelsen kam ihnen in grauer Hose und einem frischen weißen Kittel entgegen, an dem noch die Bügelfalten zu sehen waren. Er begrüßte sie mit Handschlag und Hamm stellte Gotje vor.

»Hast du die Entwicklung der Dinge wenigstens in der Zeitung mitverfolgt?«, fragte Gebhardt. »Oder warst du ausschließlich mit Sylt-Urlaub beschäftigt?«

»Na ja«, murmelte Hamm betreten.

»Kopf hoch«, sagte Michelsen, »wenn Sie diese Woche überleben, dürfen Sie Ihren Urlaub fortsetzen.«

»Die Spruchbänder und die Aufhebung der Sperre sprechen doch eine ganz andere Sprache«, sagte Hamm verwundert.

»Leider. Und verzapft haben das unsere Chefs. Wir, das arbeitende Volk, haben inzwischen so gut wie den Beweis dafür erhalten, dass es eine Virusinfektion sein muss.«

»Zu demselben Schluss waren wir auch gekommen; die Schneiders in Aventoft ebenfalls.«

Gebhardt nickte. »Ich weiß. Er rief mich an.«

»Setzt euch«, sagte Michelsen. »Mehrere Labors suchen gegenwärtig nach dem Erreger. Ich stehe mit dem Robert-Koch-Institut in ständiger Verbindung. Habermehl zieht es vor, diese Diskussion mir zu überlassen. Und Kretschmann lässt sich am Telefon verleugnen. Ha!«

»Im Augenblick ist es völlig wurscht, was die Herren

da oben betreiben«, sagte Gebhardt. »Wonach wir suchen müssen, ist das, woraus sich die neuen Erkrankungen speisen. Und das können nur wir auf Sylt.« Er zog ein Blatt Schreibmaschinenpapier aus Michelsens Vorrat zu sich heran und begann den Umriss von Sylt zu zeichnen.

Die anderen sahen schweigend zu.

»Folgendes: Unsere ersten Patienten mit Pseudomelanom kamen aus diesen Orten.« Er deutete mit dem Bleistift auf einige Punkte seiner Skizze. »Die Frage ist: Wurden sie alle von einer einzigen Mücke angesteckt, die das Virus transportierte? Oder waren bereits zu diesem Zeitpunkt alle Mücken Träger der Pseudomelanomviren?«

»Ich soll also versuchen herauszufinden, ob die erste Gruppe der Kranken sich womöglich an einem einzigen Ort infiziert hat, an dem sich vielleicht der eigentliche Ursprung der Krankheit finden lässt«, fasste Hamm zusammen.

»Genau das. Ich sehe, dein Kopf hat noch nicht wesentlich unter der neuen Beziehung gelitten«, sagte Gebhardt und blinzelte zu Gotje hinüber.

»Im Gegenteil. Wir sind jetzt zwei Köpfe«, berichtigte Hamm ernsthaft.

Gebhardt grinste. »Geradezu unerträglich. Hoffentlich kommt ihr nicht mit der Entdeckung zurück, dass es sich in Wahrheit um gentechnische Manipulationen von amerikanischen oder russischen Labors handelt.«

»Ich denke nicht. Ich werde nämlich auf einer Weide beginnen, wo weit und breit kein Labor steht«, sagte Hamm, stand auf und zog Gotje mit sich.

Gebhardt schüttelte nachsichtig den Kopf. »Viehdoktor bleibt Viehdoktor. Er gibt nicht auf.«

Gotje und Hamm waren die nächsten drei Tage ununterbrochen auf Sylt unterwegs. Abends ordneten sie ihre Informationen. Gebhardt wusste, wo er sie erreichen konnte, aber offenbar gab es nichts Neues, das er mitzuteilen gehabt hätte.

Als sie am vierten Tag das Foyer der Klinik betraten, stießen sie auf einen Pulk von Journalisten, der das Haus offenbar gerade gestürmt hatte und jetzt auf Auskunft wartete. Auf der Treppe erschien Gebhardt. Er winkte Hamm zu. »Wir kennen jetzt den Erreger!«, rief er.

»Hat sich die Virustheorie bestätigt?«, fragte einer der Journalisten, und die Mikrofone schoben sich dicht an Gebhardts Mund. »Wie heißt es? Und wie sieht es aus? Ist es verwandt mit HIV?«

»Ja«, bestätigte Gebhardt gleichgültig. »Aber wenden Sie sich bitte an unseren Herrn Koch, der für die Kontakte mit der Presse zuständig ist. Er wird Ihnen alles detailliert erklären. Diesen Flur bis zum Ende durch und dann nach links.«

Die Journalisten machten kehrt wie eine Herde von Ringelgänsen und strömten zur Verwaltung. Gebhardt ließ sie an sich vorbeifluten und kam dann zu Hamm. »Gut, was? Funktioniert immer. Hoffentlich hat Koch überhaupt schon etwas mitgekriegt. Das Virus gehört zu den Adenoviren und heißt jetzt Adeno 99. Es ist verwandt mit den Viren, die beim Menschen Halsschmerzen verursachen. Tolle Leistung der Virologen übrigens, es in der kurzen Zeit isoliert zu haben. Dauert sonst bedeutend länger.«

Der Aufzug kam und sie stiegen ein. Es ging nach unten. Dort lief ihnen gleich Michelsen über den Weg.

»Hat Gebhardt es Ihnen schon erzählt?«, fragte er sofort. »Wir haben tatsächlich die Geburt eines Krankheitserregers miterlebt. Eins von den wilden Viren, die sich unter veränderten Umweltbedingungen anpassen und sich plötzlich auf einen neuen Wirt oder ein neues Gewebe spezialisieren. Die Adenos konnten das ja schon immer gut.«

»Sie meinen, saurer Regen, Klimaveränderungen, radioaktive Strahlungen und so drehen ein bisschen am Erbgut des Virus und schon haben wir eine neue Seuche?«, fragte Hamm.

Michelsen seufzte. »Ja, so muss man es wohl sehen. Nicht alle Viren entspringen dem Urwald und der Affe ist auch nicht an allem schuld. Gehen Sie schon mal vor in mein Zimmer.«

Er blieb stehen, um auf einem Blechschrank ein paar Schriftstücke abzuzeichnen, die eine MTA im weißen Kittel ihm vorlegte. Gebhardt holte zwei Stühle aus einem benachbarten Raum.

»Und was habt ihr herausgefunden?«, fragte Gebhardt, als auch Michelsen gekommen war.

Hamm grinste in Vorfreude. »Ihr werdet euch wundern. Wir haben einen Ursprungsort, eine Wiege sozusagen, für das Virus entdeckt. Natürlich können wir das im Augenblick nicht beweisen, aber es ist alles ganz schlüssig.« Er zog seine Straßenkarte von Sylt aus der Gesäßtasche und faltete sie auseinander. »Die ersten Krankheitsfälle jedenfalls konzentrierten sich auf die Gegend um Keitum. Da hatte Frau Christensen ihr Pferd stehen und da ist das Ehepaar Weiss herumspaziert.«

»Was hat das denn mit einem Pferd zu tun?«

Gotje brach in ein herzhaftes Lachen aus, und Hamm fiel es auch schwer, ernst zu bleiben. »Hätte ich nicht die ganze Zeit den Namen Merle für einen nordfriesischen Pferdenamen gehalten«, erklärte er, »wäre ich wahrscheinlich schon eher darauf gekommen. Vom Krankenblatt hatte ich nur M. Christensen abgeschrieben. Erst als ich zufällig erfuhr, dass sie ein Pferd besessen hatte, ging bei mir die Alarmglocke und ich erinnerte mich an einen Ausspruch ihres Vaters. Kurz und gut, sie hatte ihr Pferd auf einer Weide bei Keitum. Und auf der benachbarten Weide waren mehrere Rinder scheinbar von Aujeszky befallen.«

Gebhardt unterbrach ihn. »Was ist Aujeszky?«

»Aujeszky ist eine tollwutähnliche Krankheit«, sagte Hamm. »Kann leicht mit ihr verwechselt werden. Ist nicht so wichtig jetzt. Auf jeden Fall war diese wutartige Krankheit bei mehreren Rindern zugleich außerordentlich ungewöhnlich und deshalb wollte Tjard Johannsen einen Vortrag darüber halten. Und ich Idiot hab mit ihm geschwatzt und die Rinder aus der Ferne betrachtet. Hätte ich nur genauer hingeschaut ...«

»Wieso?«

»Die Rinder hatten außer ihren Verhaltensstörungen auch noch Tumoren und schwere Schädigungen der Schleimhäute. Gestern habe ich hinter Archsum ein paar Rinder gefunden und gezielt nachgesehen. In Ostsylt war der Amtstierarzt mit der Keulungsaktion noch nicht angelangt.«

»Wollen Sie damit sagen«, begann Michelsen erstaunt, »dass Sie die ganze Sache auch schon früher hätten aufdecken können?«

Hamm zog eine Schulter etwas geniert in die Höhe.

»Das ist unfair«, versetzte Gotje. »Thomas hat sich nichts vorzuwerfen. Eher könnte man ...«

»Stimmt, stimmt.« Michelsen ergab sich mit reuiger Miene.

»Außerdem habt ihr mir nicht abgenommen, dass die

neue Rinderkrankheit etwas mit der neuen Krankheit bei Menschen zu tun hat.«

»Sag mal«, bemerkte Gebhardt nachdenklich, »muss bei solchen Vernichtungsaktionen der Amtstierarzt immer dabei sein?«

»Ja. Warum?«

»Der ist gestorben. An Pseudomelanose. Er war ein besonders krasser Fall. Eine halbe Stunde nachdem er eingeliefert worden war, starb er. Und im Sterben platzte eines dieser Pseudomelanome auf. Man stelle sich das vor: Die Dinger bildeten sich praktisch unter unseren Augen!«

»Scheußlich«, murmelte Hamm. »Offenbar ging es mit Tjard Johannsen ja genauso schnell. In Keitum erzählten sie uns am Abend noch, dass er putzmunter sei, und am Morgen war die Todesanzeige schon in der Zeitung.«

»Nein, er hatte einen Autounfall.«

Hamm runzelte die Stirn und ließ seinen Blick nachdenklich auf Michelsen ruhen. »Und wer war der Unfallgegner?«

»Ein Traktor, soviel ich weiß. So ein modernes Ungetüm. Dem Fahrer ist nichts passiert ...«

»Aha«, sagte Hamm und verfiel in Schweigen.

»Ihre Entdeckung wirft immerhin ein Licht darauf, weshalb es am Anfang hauptsächlich Bauern waren, die die Seuche bekamen«, meinte Michelsen.

»Außer deiner Frau und Heinz Müller«, ergänzte Gebhardt nüchtern. »Der uns ausgerissen war«, erklärte er für Gotje. »Bei ihm hat es übrigens am allerlängsten gedauert, bis er akut erkrankte. Ich weiß auch nicht, warum. Vielleicht, weil er ausgesprochen asketisch war, wie Vincence mir sagte.«

Michelsen räusperte sich. »Sie meinen also, dass die

Verursacher von Ihrer und unserer Seuche dieselben Viren sind?«

»Ich glaube es ganz sicher«, sagte Hamm. »Dafür spricht der Tod des Kollegen und der von Nanning Wollesen. Vielleicht begann es auf seiner Weide. Vielleicht haben die Mücken sich das Virus im Schleim eingefangen, der den Rindern aus dem Maul tropfte, und allmählich verbreitet. Und irgendwann erfolgte die Explosion.«

»Das hört sich plausibel an«, sagte Michelsen.

»Zum Glück, oder auch nicht, wie man's nimmt, haben Nanning Wollesen und ein Nachbar einen Kadaver illegal begraben. Man könnte ihn ausgraben und das Virusmaterial untersuchen.«

»Die neuen Adenoviren haben sich inzwischen jedenfalls gut durchgesetzt«, meinte Michelsen.

»Ja. Und meine verstorbene Frau ist der Beweis dafür, wie gefährlich sie sind und wie schnell sie zum Tod führen können, nach nur einer einzigen Zigarette ... Und eine Mücke hat sie erwischt, obwohl sie sich bestimmt hauptsächlich in der Stadt aufhielt.« Hamm stieß einen leisen Seufzer aus. Nun war Margrit doch noch zu einem wichtigen Glied in der wissenschaftlichen Beweiskette geworden. Er verspürte keine Genugtuung bei dieser Erkenntnis. Aber für ihn war es ein Punkt, der Abschluss eines Lebensabschnittes.

Es klopfte an der Tür, die vorsichtig aufgezogen wurde. »Möchten Sie die Präparate sofort haben?«, fragte die MTA.

»Ja, geben Sie her. Laufend, sobald Sie etwas Neues haben.« Michelsen bekam den schwarzen Kasten mit histologischen Präparaten ausgehändigt und zog die Plastikhaube vom Mikroskop.

»Offenbar gibt es also seit diesem Sommer auf Sylt einen Stamm von Adenoviren, der beim Menschen Tumoren hervorruft und bei Kühen Pseudoaujeszky«, fasste Hamm zusammen. »Möchte wissen, wieso.«

»Sich darüber Gedanken zu machen ist müßig, meiner Meinung nach. Evolution ist schon immer auf diese Weise vor sich gegangen. Irgendwann war etwas da, was es vorher nicht gab. Anders ausgedrückt: Es begann mit einer Schwefelkette und endete mit dem Menschen.«

»Oje«, seufzte Gotje, »das hört sich so unentrinnbar an wie eine chemische Reaktion.«

»Ist es vielleicht auch«, stimmte Michelsen zu, nahm das erste Präparat aus dem Kasten und stellte die Lupenvergrößerung darauf ein. »Aber manche Leute nennen es Schöpfung.«

»Siehst du etwas Neues?«, fragte Gebhardt hoffnungsvoll.

Michelsen schüttelte den Kopf. »Undifferenzierte Zellen, die enorm invasiv sind. Brutal!«

»Zum Glück gibt es Impfstoffe«, sagte Gebhardt nach einer Weile. »Im Prinzip. Für Adeno 99 natürlich noch nicht.«

»Aber sie arbeiten schon daran?«, fragte Hamm interessiert.

»Klar! In den letzten drei Tagen hat sich allerhand getan. Die Pharmaindustrie und die Universitäten schlagen sich um die Sondergelder, die der Bund als vorläufige Hilfsmaßnahme bereitgestellt hat. Die erste wissenschaftliche Delegation ist in die USA geflogen, um sich dort zu informieren.«

»Zyniker«, sagte Hamm.

Michelsen sah auf. »Wieso? Nein, es stimmt.«

Gotje sah ihn fragend an. »Wissenschaftler sind in die USA gereist?«

»Ja. Habermehl wird morgen von seinem Blitzbesuch zurückerwartet.«

»Aber die Krankheit ist doch dort unbekannt. Was wollen die denn da?«, fragte Gotje verwirrt.

»Viruslabors besichtigen. Diskutieren. Kontakte auffrischen.«

Gotje deutete zornig nach oben. »Während dort draußen Menschen sterben? Die verbraten Gelder, und die Familien der gestorbenen Bauern wissen nicht, wie es weitergehen soll?«

»Ja«, bestätigte Michelsen erstaunt. »Sagen Sie, Gotje, ist Ihnen das alles neu? Ich komme mir vor, als hätte ich Sie erschreckt. Das war nicht meine Absicht.«

Hamm nahm ihre Hand und streichelte sie. »Michelsen hat Recht, Gotje. Es ist so.«

»Thomas!«, rief Gotje und entzog sich ihm. »Das ist doch Missbrauch von Steuergeldern! Ihr tut so, als sei es selbstverständlich! Merkt ihr denn gar nicht, dass ihr auf dem Weg seid, genauso zu werden, wenn ihr es schon für normal haltet?«

»Als ich jünger war, habe ich mich auch aufgeregt, Gotje«, sagte der Pathologe. »Irgendwann merkt man, dass man es nicht ändern kann. Wenn man es trotzdem versucht, wird man als Außenseiter ausgegrenzt und abgestempelt.«

»Aber ...«

»Kein Aber. Es handelt sich nicht um Betrug. Es dreht sich darum, dass einer Kapazität niemals nachgewiesen werden kann, dass Gelder verschleudert werden. Es liegt im Wesen eines Topwissenschaftlers, dass er glaubhaft versichern kann, ein vierzehntägiger Aufenthalt am

Strand von Miami sei notwendig im Rahmen seiner Forschung. Er hält sich für eine Art Gottheit, die Anspruch darauf hat, und die Geldgeber glauben auch daran.«

»Unter anderem, weil einer von der Geberseite ihn besuchen wird, um sich von seinen Fortschritten zu überzeugen, die er dann zu Hause wiederum bestätigen wird«, sagte Gebhardt grinsend. »Minister und Staatssekretäre reisen quer durch die Welt, um solche wichtigen Aufgaben wahrzunehmen. Im Sport ist es dasselbe. Ich würde es auch machen, wenn ich in der Situation wäre.«

»Die Wissenschaftler benutzen ihren Wissensvorsprung als Machtmittel. Und zur persönlichen Bereicherung. Davon kann einem ja speiübel werden!« Gotje sprühte Funken vor Zorn.

Sie war so schön, dass Hamm der Atem stockte. Ausgerechnet in einem Souterrain, in dem Leichen etwas Alltägliches waren und in dem die Desinfektionsmittel in den Augen brannten, machte er die Entdeckung, wie sehr er Gotje liebte.

»Hat es dir auch die Sprache verschlagen, Thomas?«, fragte Gebhardt spöttisch. »Oder liest du wieder heimlich Gedanken?«

»Nein«, sagte Hamm spröde. »Ich versuche, meine Gedanken zu verbergen. Ich habe gerade eine Entdeckung gemacht.«

»Ich schätze«, sagte Gebhardt bedächtig und ließ seine Blicke zwischen Hamm und Gotje hin und her schießen, »es handelt sich um etwas Privates. Und in dieser Hinsicht ist auf meine Diagnosen Verlass; ich gelte als anerkannter Experte, sogar bei Habermehl.«

Hamm lächelte. »Wie lange werden sie brauchen, um

einen Impfstoff zu entwickeln? Gibt es schon eine Prognose?«

»Keine. Nur die Hoffnung, dass er im Bereich des Möglichen liegt. Schließlich sind die Säuglinge bis zu einem gewissen Alter immun.«

»Vielleicht erkrankt man nur auf Sylt und den Inseln. Womöglich gedeiht Adeno 99 nur im hohen Jodgehalt an der See, zum Beispiel«, mutmaßte Michelsen.

»Aber besonders zuversichtlich sind Sie nicht«, stellte Hamm fragend fest.

Michelsen schüttelte bedächtig den Kopf. »Über Viren wissen wir so schrecklich wenig. Trotz aller Wissenschaft. Hinzu kommt, dass wir innerhalb kurzer Zeit – nur zwei Jahrzehnten, was innerhalb des Seuchengeschehens schließlich enorm kurz ist, denn in den vergangenen eintausend Jahren gab es nur etwa ein Dutzend neue Seuchenerreger – zwei neue Seuchen erlebt haben, Aids und Rinderwahnsinn. Neue Viren treten jetzt häufiger auf und sie werden gefährlicher.«

»Das ist wahr«, murmelte Hamm.

»Und was die Bekämpfung betrifft, sind wir nicht viel weiter als im finsteren Mittelalter. Jeder Hygieniker hätte zwar aus dem Stand sagen können, was getan werden muss, damit Aids und BSE nur Infektionen einzelner bleiben. Aber nein, die Lobbys waren gegen jede Maßnahme: Diskriminierung Homosexueller ..., Arbeitsplätze bei BSE ..., und was sich alles noch so anführen lässt. Und die Politiker, die grundsätzlich auf der Seite von Wirtschaft und Interessenverbänden stehen, haben ihnen zugestimmt.« Michelsen unterbrach sich und sah zu Gotje hinüber. »Soll ich aufhören?«

Sie schüttelte stumm den Kopf.

»Und so wird denn manche Infektion zur Epidemie

und einige, wie Aids, zur weltumspannenden Pandemie. Nein, ich bin nicht zuversichtlich, dass sich die Sylter Seuche lokal begrenzen lässt. Heutzutage machen nicht mehr Heere und Pilger eine Infektionserkrankung zur Seuche, sondern Lobbys und Politiker.«

Es war beklemmend. Hamm atmete auf, als Michelsen meinte, er müsse jetzt dringend arbeiten, und sie sich verabschieden konnten.

Auf dem Rückweg nach Keitum machten sie einen Abstecher zur Redaktion des Anzeigers. Gotje ging dieses Mal mit hinein.

Martens war gedrückter Stimmung und nicht besonders redefreudig. Er kramte in seiner Schublade und übergab dann Hamm einen braunen Umschlag. »Eigentlich dürfte ich Ihnen die gar nicht geben«, sagte er. »Aber Böttcher bestand darauf.«

Hamm starrte sprachlos die Pistole an, die er dem Umschlag zusammen mit einigen Fotos entnahm.

»Ich weiß nicht, ob er Ihnen damit noch über seinen Tod hinaus drohen wollte. Solche Geradlinigkeit passte nicht zu ihm. Er war ein skurriler Typ, eigentlich nicht bösartig, eher punktuell geschäftstüchtig.« Martens ließ sich mit einem Seufzer auf seinen Stuhl sinken.

Hamm lächelte ihn bedrückt an. »Ich wüsste eine andere Erklärung. Er hat durchs Telefon beinahe mein Trommelfell zum Platzen gebracht. Vielleicht wollte er mir mitteilen, dass ich mich nicht mehr bedroht fühlen soll ...«

»Kann sein«, gab Martens zu.

»Das sind ja meine Fotos«, murmelte Hamm und schob sie auseinander, um sie nacheinander zu betrachten. »Hier habe ich das hundesitzige Rind nahe Keitum fotografiert. Dies ist das Elternhaus von Merle Christensen. Und hier sind meine eigenen Bilder von Archsum. Die muss er von Kerst bekommen haben ...«

»Böttcher hat Sie regelrecht überwacht«, erkannte Martens. Er war etwas bleich um die Nase. »Ja, das Handwerkszeug dazu hatte er ...«

»Ich habe manchmal das Gefühl gehabt, dass jemand beteiligt ist, den ich nicht kenne. Na ja. Er ist tot. Noch eine Frage, Herr Martens. Lässt sich in Ihrem Archiv nachschlagen, wer an dem tödlichen Unfall mit dem Tierarzt Tjard Johannsen beteiligt war? Es würde mich sehr interessieren.«

Martens presste die Lippen zusammen und blickte eine Weile aus dem Fenster in den Tag hinein, der so grau war, dass außer Herbststimmung kaum etwas zu erkennen war. »Um das zu erfahren, brauchen Sie kein Archiv. Ich kann es Ihnen sagen. Es war Böttcher.«

»Böttcher«, wiederholte Hamm betroffen. »Aber Sie halten ihn nicht für bösartig?«

Martens breitete seine breiten Pranken aus und ließ sie offen auf den Papieren liegen. In seine Augen trat Hilflosigkeit. »Er war Wahlsylter mit Leib und Seele. Seine Mutter hat in zweiter Ehe einen Landwirt geheiratet.«

»Und wie heißt der?«, fragte Hamm.

Martens sah aus dem Fenster. »Nanning Wollesen.«

Er hatte es geahnt. Aber es hatte keinen Sinn, dem noch nachzugehen. »Machen Sie es gut, Herr Martens«, sagte er leise und zog Gotje mit sich.

Kapitel 36

Als Professor Habermehl von seinem Arbeitsbesuch in den USA zurückgekehrt war, erfasste ihn ein Rausch von Arbeitseifer, in dessen Sog Frau Teschke und Lorenzen hineingezogen wurden.

Der Klinikchef befasste sich jetzt ganztägig mit der Ausarbeitung und Formulierung neuer Hygienevorschriften. Zwar waren von allen Gesundheitsämtern Merkblätter herausgegeben worden, aber er fand sie oberflächlich und unbrauchbar. Sein Haus war schließlich die Keimzelle des Wissens über Adeno 99, und nur Details, die ihren Erfahrungen entsprachen, konnten als praxisgerecht angesehen werden.

Er saß gerade über einem längeren Kommuniqué für den Sylter Anzeiger, als er sich wieder einmal gestört fühlte durch das Hämmern und den laufenden Zementmischer. »Wann sind die denn endlich fertig?«, fragte er ungehalten durch die offene Tür. »Es kann doch nicht tagelang dauern, ein paar Durchgänge zuzumauern!«

»Das ist auch nicht der Fall, Herr Professor«, antwortete Frau Teschke höflich. »Eine Isolierabteilung besteht aus mehr als Mauern, soviel ich gehört habe.«

»Und ausgerechnet mein Sanatorium«, fuhr Habermehl nörgelnd fort. Eigentlich interessierte ihn wenig, was die Teschke dazu zu sagen hatte. Sie verstand nicht das Geringste von Infektionserkrankungen.

»Zum Kuren hat sich in letzter Zeit niemand mehr angemeldet, Herr Professor. Der sachverständige Architekt war sehr angetan davon, dass es hier ein separates Haus gibt. Nicht alle Kliniken hätten so günstige Voraussetzungen für eine Isolierabteilung, sagte er.«

»Na ja«, brummte Habermehl halbwegs versöhnt. »Rufen Sie mir doch mal Lorenzen her.«

Als der Internist nach einer Weile kam, war Habermehl schon weitgehend zufrieden mit seinem Text. »Setzen Sie sich. Ich benötige Zahlen von Ihnen. Ich habe ja schon immer gesagt, dass es eine Viruserkrankung sein muss. Nicht wahr? Aber da kam dieser Besserwisser aus Hamburg mit seinem Ozonloch und alle haben ihm geglaubt! Vor allem Sie. Na ja, ich bin auch auf ihn hereingefallen. Schwamm drüber! Wie viele Patienten haben wir denn jetzt in der AV 99?«

»Achtzehn«, sagte Lorenzen wie aus der Pistole geschossen. »In der letzten Woche sind zwei gestorben, in dieser Woche noch keiner.«

Habermehl warf einen Blick aus dem Fenster. Es goss in Strömen. »Ich prophezeie Ihnen«, sagte er, »dass es jetzt aufhört. Die Epidemie wird sich verlaufen. Und wissen Sie, warum? Weil die Mücken im Winter sterben. Ich glaube, ich sollte neben den Sachberichten noch einen aufmunternden Artikel für den Anzeiger schreiben. Headline *Kopf hoch, Leute, Mücken sterben schneller*, oder so ähnlich.«

»Sehr gut«, sagte Lorenzen zustimmend. »Hatten Sie noch etwas für mich?«

»Nein. Wollte nur Ihre Meinung hören«, sagte Habermehl und begann sich für seine Idee so zu erwärmen, dass er kurze Zeit später den angefangenen Artikel einstweilen beiseite legte und sich Stichworte notierte, die geeignet waren, vom Tode bedrohte Menschen aufzumuntern. Als er aufsah, bemerkte er, dass Lorenzen fort war.

Er schrieb in fieberhafter Eile weiter. Erfahren, wie er inzwischen war, schaffte er es bis Redaktionsschluss. Den Vertreter des erkrankten Martens kannte er nicht, aber dieser natürlich den Klinikchef. Er versprach, sofort einen Redaktionsboten zu schicken.

Als alles erledigt war, fühlte Habermehl sich richtig zufrieden mit sich selber. Es war so viel angenehmer, den Menschen Hoffnung zu geben, als sie vor Gefahren warnen zu müssen.

Am nächsten Morgen saß Habermehl schon früh an seinem Schreibtisch und las mit kritischem Blick den auf der ersten Seite erschienenen Artikel durch. Als er gerade darüber nachdachte, ob er nicht doch lieber gelegentlich das Wort *Erwartung* statt *Hoffnung* hätte einstreuen sollen, wurde der Verwaltungsdirektor des Hauses zu ihm durchgestellt.

»Ja, Herr Koch?«, fragte Habermehl leutselig. »Was bringt Sie denn so früh an Ihren Schreibtisch? Auch aus dem Bett gefallen?« Ein Gurgeln drang an sein Ohr. »Es ist ein wenig zu früh für die Pfeife, finden Sie nicht? Bei Asthma!«

»Habermehl!«, rief Koch.

Habermehl rückte den Hörer von seinem Ohr fort. Koch schien außer sich zu sein, und er fand es unverschämt, andere Leute in solchem Zustand zu belästigen.

»Ich habe Ihnen bereits einmal den direkten Kontakt mit der Presse verboten!«, schrie Koch. »Was Sie sich heute geleistet haben, überschreitet aber alles Dagewesene.

Ihre optimistische Darstellung dieser Epidemie widerspricht allem, was die Fachleute vorhersagen. Wie können Sie solchen Unsinn von sich geben!«

»Sie überschreiten Ihre Kompetenz, Koch«, versetzte Habermehl eisig, aber danach bemühte er sich wieder um einen versöhnlicheren Tonfall. Vermutlich lagen bei Koch, wie bei manchem anderen, in diesen Tagen die Nerven blank. »Ich war einer der Ersten, der die Virusätiologie dieser Erkrankung erkannt hat, wenn nicht der Erste! Wissen Sie das überhaupt, Herr Koch?«

Anscheinend wusste er es nicht, wie Habermehl an Kochs Schweigen befriedigt feststellen konnte.

»Ich lasse mir auch jetzt den Mund nicht verbieten, wenn es darum geht, den Leuten die Wahrheit zu sagen«, fuhr Habermehl in gehobener Stimmung fort. »Es ist mir sehr wohl bewusst, dass es in Deutschland Kräfte gibt, die unseren Untergang prophezeien. Aber wir wollen die Situation doch nicht überdramatisieren! Die Krankheit hört im Winter auf! Ich verspreche es Ihnen!«

Koch beruhigte sich langsam. »Bitte schreiben Sie nicht mehr eigenmächtig«, bat er. »Legen Sie mir die Artikel wenigstens vorher vor.«

»Ja, natürlich, wenn Sie dann glücklicher sind«, sagte Habermehl nachsichtig. Er lauschte noch eine Weile ins Telefon, aber Koch hatte schon aufgelegt.

»Gotje«, sagte Hamm einige Tage später, als sie am Frühstückstisch saßen. Da ihre Eltern sich immer noch auf Langeness aufhielten, hatten sie das ganze Haus für sich.

Gotje verharrte und die Kaffeekanne in ihrer Hand blieb über der Tasse stehen. »Was gibt es? Hast du deine schweigsame Phase beendet?«

Er ging auf ihren scherzhaften Ton nicht ein. »Lass uns

auswandern. Wir bauen uns ein Nest in Neuseeland oder wo du sonst willst. Ich werde meine Praxis verkaufen.«

Die Kanne fiel scheppernd mitten in das blauweiße Porzellan. »Thomas! Ist das dein Ernst?«, fragte Gotje bestürzt. »Ich bin mitten im Studium, wie du weißt!«

»Ich liebe dich. Ich möchte dich heiraten. Die Situation ist dramatisch gefährlich.« Hamm seufzte tief. »Es bleibt uns praktisch nichts anderes übrig.«

Gotje sah unglücklich von den Scherben auf und blickte ihm fest in die Augen. »Ich wollte nie heiraten, schon gar nicht aus dem Grund, dass mir nichts anderes übrig bleibt. Und was meinst du überhaupt mit Situation?«

»Auf Sylt sind wir gefährdet. Alle. Glaube mir. Es wird schlimmer werden.«

»Woher weißt du? Professor Habermehl ist doch der Meinung, dass die Mücken sterben werden. Mir leuchtet das ein.«

»Habermehl ist ein Trottel. Viren neigen dazu, zunächst einmal gefährlicher zu werden, weil sie sich auf ihren neuen Wirt spezialisieren. Die Anpassung an den Wirt – was nichts anderes bedeutet, als dass sie ungefährlicher werden – kommt viel später. Vielleicht im nächsten Jahrhundert. Lepra war zuerst eine akut tödliche Erkrankung. Erinnerst du dich, dass Frau Schneider von der akuten Lepra sprach? Ebenso Syphilis, Pest, Masern, Pocken …«

»Das ist ja schrecklich«, flüsterte Gotje und wurde blass. »Bist du ganz sicher?«

Hamm schüttelte den Kopf und begann die Scherben aufzusammeln. »Nein. Aber Gebhardt hat mir berichtet, dass das Virus so wandelbar ist wie ein Influenzavirus – die echte Grippe. Kaum haben sie es identifiziert, hat es schon wieder andere Erbeigenschaften. Nach dem Ersten

Weltkrieg starben an der Grippe zwanzig Millionen Menschen. Und Aids – du weißt ja selbst. Ist es unter solchen Umständen sehr wahrscheinlich, dass die Entwicklung eines Impfstoffes schnell genug sein wird?«

Gotje gab ihm keine Antwort. Auf keine seiner beiden Fragen.

Kapitel 37

Einige Wochen später wurde es empfindlich kalt. Hamm war immer noch auf der Insel. Nichts zog ihn nach Frankfurt zurück; inzwischen führte ein neuer Vertreter seine Praxis.

Gelegentlich telefonierte er mit Gebhardt. Neues tat sich nicht: Die Epidemie dümpelte auf Sylt vor sich hin und im übrigen Deutschland wurde sie hier und da diagnostiziert, ohne erkennbare Logik. Die Erkrankungsrate war nicht atemberaubend hoch, jedoch starben in der Altersgruppe der Zwanzig- bis Dreißigjährigen mehr Männer an Pseudomelanose als an Herzinfarkt. Die Kliniker hatten inzwischen Verfahren entwickelt, um das Wachstum der Pseudomelanome zu verzögern. Und der Bauer Erichsen lebte immer noch.

Das hörte sich alles nicht besonders dramatisch an. Vielleicht kamen sie doch noch einmal davon. Die Hoffnung auf einen Impfstoff sei groß, stand im Sylter Anzeiger. Die Virologen meldeten erste Erfolge bei Mäusen, deren Genom verändert worden war.

Hamm hatte viel Zeit. Nach der Bürgermeisterwahl sah er in der Friedrichstraße zufällig Nicholaysen, der an den Schaufenstern entlangbummelte. Der ehemalige Bürgermeister nickte ihm zu, zögerte kurz und kam dann zu ihm herüber.

Er habe seinem Nachfolger die Amtsgeschäfte schon

übergeben, erzählte er. Unter dem Druck seiner Partei hatte er von einer Kandidatur Abstand genommen. Er würde auch nicht in die Landespolitik gehen, denn er war aus der Partei ausgetreten.

»Es gibt bei solchen Ereignissen immer Gewinner und Verlierer«, meinte Hamm, »aber dass ausgerechnet Sie der Verlierer sind, tut mir Leid. Allerdings gibt es in Verbindung mit Epidemien Schlimmeres, als ein Amt zu verlieren.«

Nicholaysen lächelte freudlos. »Ich weiß, Ihr Mitleid mit meiner Person war schon immer sehr begrenzt. Aber nun haben wir das Schlimmste ja überstanden.«

»Wirklich?«, fragte Hamm und reichte ihm die Hand.

An einem Morgen, an dem die braunen Blätter der Hainbuchen mit Raureif überzogen waren, hatte Hamm plötzlich das Gefühl, mit Gebhardt sprechen zu müssen, ohne besonderen Grund. Er rief ihn von einer Zelle aus an.

»Gut, dass du dich meldest«, sagte Gebhardt aufgeräumt. »Ich wollte dir nämlich etwas Interessantes erzählen. Als sie jüngst mit ihrer Keulungsaktion in Sylt-Ost angelangt waren, haben sie Nanning Wollesens Rind ausgegraben und untersucht. Sein Sohn, der gerade Semesterferien hatte, beschrieb dem neuen Veterinärrat, was er gesehen hatte. Er hat immer Angst gehabt, seitdem sein Vater kurz danach starb …«

»Aber er selber hat sich offenbar nicht angesteckt …«

»Nein. Es war eine andere Variante des gleichen Stamms vom Adenovirus.«

»Vielleicht weniger virulent. Aber schnell veränderlich. Das lässt für die Zukunft ja Böses ahnen …«

Gebhardt seufzte. Es klang nach Zustimmung.

»Überall wird jetzt aufgeklärt«, fuhr er fort. »Professor Kretschmann gilt inzwischen als der Experte in Deutschland. Wir erhalten alle zwei Wochen die jüngsten statistischen Erhebungen zur Epidemie, graphische Darstellungen, Vermutungen und Prognosen. Die Schüler können den Kubus von AD 99 schon auswendig zeichnen. Deutsche Blutkonserven sind mittlerweile aus dem Verkehr gezogen worden.«

»Und die Erkrankten selbst?«, erkundigte sich Hamm. »Ist schon einer gesund geworden?«

»Bisher noch nicht. Aber wir haben mehrere, bei denen die Krankheit andererseits auch nicht voranschreitet. Dein Erichsen ist unser Paradebeispiel. Vielleicht ist das ja ein positives Zeichen. Ich weiß nur nicht, wie es weitergehen soll. Wir können doch diese Kranken nicht ewig hier behalten. Unter Klinikbedingungen stecken sie niemanden an, aber draußen?«

»Dein armer Chef. Entscheidungen zu treffen ist wohl das Letzte, was er möchte.«

»Na ja, man munkelt, dass er sich bald pensionieren lässt. Wahrscheinlich merkt er selbst, dass er überfordert ist. – Man ruft nach mir. Ich muss aufhören, Thomas.«

»Viel Glück«, wünschte Hamm und legte auf.

An dieses Gespräch dachte Hamm zurück, als er eine Woche später nach Klappholttal eilte. Er konnte sich überhaupt nicht erklären, warum Gebhardt ihn dorthin bestellt hatte. Geheimnisvoll und drängend, ausreichend jedenfalls, um ihn besorgt zu machen. Der Schnee war geräumt worden, an beschatteten Stellen war es glatt, trotzdem fuhr er schnell. Er parkte auf dem Parkplatz der Kneipe, die angeblich Manfred Kerst gehörte. Alle Fensterläden waren dichtgemacht, und sie sah unbelebt aus, als wäre wochenlang niemand da gewesen.

Klaus Gebhardt stand auf einer Düne, seine Silhouette war gegen das Licht der spätnachmittäglichen Sonne gut erkennbar.

Hamm begann den Trampelpfad zur Düne hochzuklettern. Auf halbem Weg erreichte ihn Gebhardts Stimme.

»Du bist doch Segler, Thomas, oder? Hast du mir einmal erzählt.«

»Stimmt«, sagte Hamm erstaunt.

»Gut, dann kennst du dich mit Windrichtungen aus. Bleib in Luv von mir stehen und hör mir genau zu!«, befahl Klaus Gebhardt.

Das Reisebüro in Westerland hatte ab zehn Uhr morgens geöffnet und es war nichts von Hektik spürbar. Die Dame, die Hamm bediente, arbeitete freundlich und gelassen. »Verständlich, dass Sie in den Süden wollen«, sagte sie freundlich, während sie den Blick nicht vom Bildschirm löste, auf dem die verschiedenen Flugmöglichkeiten angezeigt wurden. »Für diese Jahreszeit herrscht ja eine Affenkälte auf Sylt.«

»Nicht wahr?«, fragte Hamm. »Wann kann ich die Flugscheine abholen?«

»In zwei Stunden. Soweit ich erkennen kann, wird Ihr Flug bestätigt. Und Sie sind sicher, dass Sie nur den Hinflug buchen möchten?«

»Ich bin sicher«, sagte Hamm nervös.

Ungeduldig trieb er sich die zwei Stunden in der Stadt umher, bis er die Unterlagen endlich abholen konnte.

Dann fuhr er nach Keitum. »Gotje«, sagte er entschlossen und legte die Flugscheine vor sie hin, »wir wandern aus. Am Sonntag fliegen wir. Du musst darüber nachdenken, ob deine Eltern nachkommen sollen.«

»Ich wusste nicht, dass es dir so ernst mit dem Auswandern ist. Du hast nie mehr davon gesprochen. Ich will nicht weg«, sagte Gotje und legte ihm die Arme um den Hals. »Ich liebe Sylt.«

Er sah in ihre klaren blauen Augen; sie waren so durchschaubar wie ihre Seele. »Ich liebe dich«, sagte er und küsste sie lange. »Und deshalb werden wir Sylt verlassen. Wenn wir jetzt nicht fliehen, könnte es zu spät sein.«

»Fliehen?« Gotje zog ihn auf das altmodische grüne Sofa hinunter. »Hast du Neuigkeiten von Gebhardt?«

Hamm atmete tief durch. »Ja. Das Virus wird nicht mehr nur durch Mücken übertragen; die sind alle schon tot. Adeno 99 hat einen schnelleren Weg gefunden: Es infiziert auf direktem Weg. Wie eine Grippe oder ein Schnupfen von Person zu Person. Wenn ein Keimträger niest, hat er den anderen möglicherweise schon angesteckt. Wie bei Lungenpest. Und wer das Virus in sich hat, erkrankt.«

»Nicht möglich«, flüsterte Gotje ungläubig.

Hamm strich ihr über die bleiche Wange. »Gebhardt hatte mich gestern in die Dünen bestellt, um es mir zu sagen. Er hat ein Melanom an sich entdeckt. Und mehrere der Melanompatienten, die sie seit Wochen betreuten, sind jetzt plötzlich gestorben. Auch Tade Erichsen ... Das nasskalte Wetter trägt dazu bei.«

»Er ist ganz sicher?«, fragte Gotje.

»Jawohl. Es wird alles geheim gehalten, damit keine Panik ausbricht. Gebhardt nahm mir das Versprechen ab zu schweigen. Er sagte, er fühle sich verpflichtet, uns zu warnen. Dich lässt er herzlich grüßen. Er empfiehlt dir umzusatteln. Auf Virologie. Oder Gentechnik.«

Gotje schüttelte stumm vor Entsetzen den Kopf. »Vielleicht findet man ja noch einen Impfstoff.«

»Gebhardt wird er nichts mehr nützen«, erwiderte Hamm trübe.

»Wie kannst du das sagen!«, fuhr Gotje ihn an. »Wenn man aufhört zu hoffen, ist man so gut wie tot.«

»Ja, etwas Ähnliches sagte ich zu Klaus auch.«

»Thomas, du verschweigst mir etwas!«

»Ich wollte dich nicht noch mehr beunruhigen.« Hamm nahm Gotjes Hände in seine. »Also gut. Es schwächte das Virus, dass es sich zwischendurch auf einen anderen Zwischenwirt einstellen musste. Rind – Mücke – Mensch – Rind ist ein weiter Weg für Viren. Wenn sie keinen Zwischenwirt mehr brauchen, sind sie um ein Vielfaches gefährlicher. Die neue Variante von Adeno 99 ist schneller und bösartiger. Wir haben es jetzt mit Adeno 100 zu tun ...«

»Gebhardt wird in einigen Tagen tot sein?«, fragte Gotje zögernd.

»Heute oder morgen. Er machte sich keine Illusionen. Gestern fühlte er sich noch völlig gesund. Aber wenn der Schock kommt, tritt der Tod innerhalb der nächsten Stunde ein. Jetzt auch ohne Kofaktoren ...«

Gotje nickte stumm. Hamm zog sie auf die Füße und zum Fenster. Eng aneinander geschmiegt blickten sie in die weiße Schneewand, die vor dem Fenster zu Boden wirbelte. »Und wenn wir das Virus bereits in uns haben?«

»Ja, möglich.«

»Trotzdem willst du ... ?«

»Ja«, sagte Hamm entschlossen. »Die Inkubationszeit ist so kurz, dass wir merken werden, ob wir infiziert sind. Wenn es uns auf dem Frankfurter Flughafen noch gut geht, verlassen wir Deutschland.«

Am Freitag brachten sie Gotjes Eltern nach Hörnum Hafen. Sie hatten sich bereit erklärt, nach Langeness auszuweichen, Neuseeland kam für sie überhaupt nicht infrage.

Dann begann das lange Warten. Sie hörten immer öfter die Sirenen der Krankenwagen. Aber die Radiosender brachten keine Neuigkeiten, die sich auf die Sylter Seuche bezogen. Das Leben auf der Insel verlief in normalen Bahnen.

Bis Samstagabend befürchteten sie, dass die Behörden den Hindenburgdamm wieder dichtmachen würden. Aber am Sonntagmorgen konnten sie ungehindert den ersten Zug besteigen und nach Hamburg fahren.

Erst als sie im Flugzeug saßen, das sie von Frankfurt nach Singapur bringen würde, war es Hamm, als ob sie beide wieder anfingen zu atmen und zu leben.

Gotje streckte sich und sagte versonnen: »Wo kam wohl die erste Adenovirus-Mutation her?«

»Weiß ich nicht«, antwortete Hamm. »Adenoviren kommen überall vor. Vielleicht bot ein Nordfriese, der rauchte und viel Nitrat aufnahm und sich außerdem in jodhaltiger, salziger Luft bei langsam ansteigender ultravioletter Strahlung aufhielt, ideale Bedingungen für die Entwicklung von AD 99. Vielleicht noch bessere als eine schwarzbunte Kuh, die in gesunder nordfriesischer Salzluft weidete, nicht rauchte und so weiter und so weiter … Das Zusammentreffen bestimmter Viren mit bestimmten Lebewesen unter bestimmten Bedingungen macht die Dinger so gefährlich. Den Schritt von AD 99 zu AD 100 machte das Virus dann ganz selbständig.

So etwas passiert jede Sekunde, auf der ganzen Welt. In Neuseeland hat sich ein Adenovirus womöglich auf Schafe spezialisiert.«

»Solange es sich nicht um Wissenschaftler kümmert, soll es mir recht sein«, sagte Gotje zuversichtlich. Sie zeigte aus dem Fenster. »Sieh mal, Thomas, wie schön. Die Sonne geht im Morgendunst auf.«

Worterklärungen

Ätiologie: Ursprung einer Krankheit
Aujeszkysche Krankheit: tollwutähnliche Infektionserkrankung bei Tieren
Autoklav: Gerät zum Sterilisieren von Instrumenten u. Ä.
Bacillus anthracis: Erreger des Milzbrandes
Benzpyren: Krebs auslösende Substanz
Biopsie: Entnahme einer Gewebeprobe
Colin Archer: traditionelles Segelboot des Kattegats
entdifferenziert: Zellen, die zu Tumorzellen geworden sind
Genese: Entstehung einer Krankheit
Gin Fizz: moderne Yacht
Glukokortikoid: Nebennierenrindenhormon
Hepatitis: Leberentzündung
Herpes: Viruserkrankung
Histologie: Lehre von den Geweben
in statu nascendi: im Entstehen
Intoxikation: Vergiftung
Kaiki: griechisches Segelboot
Kanzerogene: Krebs auslösende Substanzen
Melanom: bösartiger Tumor der Haut
Melanozytoblastom: bösartiger Tumor des Auges
Melanurie: schwarzer Urin
Metastasierung: Absiedelung von Tumorzellen

Morbidität: Krankheitshäufigkeit
Morbillivirus: Virusgruppe (z. B. Masern, Staupe, Rinderpest)
Mortalität: Zahl der Sterbefälle
Nävus: Fehlbildung der Haut, Muttermal
Nitrosamin: Tumor auslösende chemische Stoffgruppe
Noxe: Schadenserreger
0-Antigene: Oberflächenstrukturen auf Bakterien
Plasmaexpander: Ersatzmittel zur Auffüllung des Blutkreislaufs
Pseudomelanose: erfundene Erkrankung
Rigg: Takelage von Segelbooten
Schwarzwasserfieber: Sonderform der Malaria
Sedativum: Beruhigungsmittel
Sekundärinfektion: auf bereits bestehende Infektion aufgepfropfte zweite Infektion mit einem anderen Keim
Solarplexus: Nervengeflecht im Bauch
Spitzgatter: Segelboot mit spitzem Heck
Tachykardie: hohe Herzfrequenz
Toxikologie: Lehre der Gifte

Danksagung

Dieses Buch ist reine Fiktion, soweit es die Pseudomelanose des Menschen durch das Adenovirus 99 und die pseudoaujeszkysche Krankheit der Rinder betrifft.

Keine Fiktion ist die Hilflosigkeit von Fachleuten nach Entdeckung einer neuen Seuche gegenüber Verwaltung und Politik. Aus eigener Erfahrung weiß ich, dass verdrängt, verleumdet, gelogen und gedroht wird in einer Phase des Krankheitsgeschehens, in der Gegenmaßnahmen sinnvoll wären und greifen würden.

Selbst wenn die neue Gefahr nicht mehr zu leugnen ist, wenn sie auf breiter Ebene in den Medien diskutiert wird, bedienen sich die Politiker solcher »Fachleute«, die bereit sind, entgegen jeder wissenschaftlichen Vernunft die Öffentlichkeit mit Statements wie: *kein Risiko, Risiko geht gegen null, nach menschlichem Ermessen so gut wie keine Gefahr* und ähnlichen Floskeln zu beruhigen.

Getragen wird dieses alles von der absoluten Hörigkeit der staatlichen Organe und ihrer Vertreter gegenüber Industrie und Lobbys. Die Letzteren sind auch bereit, Gewalt anzuwenden, um ihre Interessen durchzusetzen.

Für diese Erfahrungen, die ich sowohl an Aids als auch an der Rinderseuche BSE festmachen kann, bedanke ich mich bei den beteiligten Personen. Einige werden sicher wissen, dass sie gemeint sind.

S. J.